Adolf Schmitthenner

Heidelberger Erzählungen

Herausgegeben von Heinz-Peter Heilmann
HPH-Verlag

Der Autor

Adolf Schmitthenner wurde 1854 in Neckarbischofsheim geboren und hat auch dort seine Kindheit verbracht. Nach Besuch von Volksschule und Lateinschule in seinem Heimatort wechselte er später in das Gymnasium nach Karlsruhe. Es folgte ein Theologiestudium in Tübingen, Leipzig und Heidelberg. Anschließend absolvierte er sein Vikariat in Lahr und Heidelberg, bis er als Stadtvikar nach Karlsruhe wechselte. 1880 heiratete er seine Frau Aline Wagner und begann 1882 seine Pfarrtätigkeit in seiner Heimatstadt Neckarbischoffsheim. 1893 berief man ihn zum Stadtpfarrer nach Heidelberg, wo er auch als Lehrer am evangelischen theologischen Predigerseminar lehrte. Mit nur 52 Jahren starb er und wurde auf dem Heidelberger Bergfriedhof beigesetzt.
Neben seinen theologischen und literaturwissenschaftlichen Werken hinterließ er eine Vielzahl von beliebten Romanen, Erzählungen und Dramen, die alle in den Grenzen seiner Heimat, dem Großraum Heidelberg, spielen. Als sein bedeutendster Roman gilt heute „Das deutsche Herz", die Geschichte über den letzten Ritter von Hirschhorn.

Neuauflage
Historische Reihe

1. Auflage 2013 – HPH-Verlag, Neckarsteinach

Gemeinfreier Originaltext, an die neue deutsche Rechtschreibung angepaßt.

Text: Adolf Schmitthenner (* 1854 – † 1907)
Umschlagbilder: VS: Heidelbergpostkarte 1940er, HS/6: Portrait Schmitthenner
(Gustav Porger: Schatzkästlein moderner Erzähler. Bielefeld und Leipzig 1904)

Bearbeitung: Heinz-Peter Heilmann

Printed in Germany

Bibliografische Information durch die Deutsche Nationalbibliothek: Die Deutsche Nationalbibliothek verzeichnet diese Publikation in der Deutschen Nationalbibliografie; detaillierte bibliografische Daten sind im Internet über http://dnb.d-nb.de abrufbar.

ISBN-13: 978-3-9814011-9-6

Adolf Schmitthenner
Heidelberger Erzählungen

Liebe Literaturfreunde,

heute halten Sie mit Adolf Schmitthenners „Heidelberger Erzählungen" den ersten Band unserer regionalhistorischen Buchreihe in Ihren Händen. Mit dieser Reihe haben wir es uns zur Aufgabe gemacht, vergriffene und vergessene literarische Werke mit heimatlichem regionalem Bezug den Lesern der Gegenwart wieder zugänglich zu machen, denn viele Schätze in Buchform sind im Laufe der Jahre bis Jahrzehnte aus den Regalen verschwunden oder unter dem literarischen Schutt der Zeit vergraben worden.

Keine literarische Gattung blieb von diesem Verschwinden verschont und so stießen wir in einer langen Zeit der Suche und Sichtung auf eine große Auswahl verschiedenster Werke aus unterschiedlichen Epochen. Ausdruckstarke tiefsinnige epische Romane, den Geist der Zeit widerspiegelnde Dramen und eine Vielzahl gefühlvoller Lyrik konnten wir zu Tage fördern. Allen gemeinsam ist die Verbundenheit mit unserer Region im Heidelberger Raum, egal ob dieser im Laufe der Zeit als Kurpfalz, Großherzogtum Baden, Baden-Württemberg, Bergstraße, Rhein-Neckar-Raum, Metropolregion oder anders bezeichnet wurde und wird.

Dabei fanden wir Werke, die gegenwärtigen „Bestsellern" in der literarischen Qualität in Nichts nachstehen und sich auch mit so manchem noch immer hoch geschätzten Klassiker der großen deutschen Autoren messen können.

Im Einklang mit dem Urheberrecht entschlossen wir uns, den Lesern der Gegenwart diese literarischen Schätze endlich wieder zugänglich zu machen. In vielen Fällen war und ist dies ein aufwendiger Prozess, da die Werke oftmals in alten Auflagen mit altdeutschem Druck gesichtet, die Seiten einzeln abgetippt und danach noch lektoriert und an moderne Lesevorstellungen angepasst werden mussten. Dabei haben wir im Sinne der Authentizität entschieden, die Texte so wenig wie möglich zu verändern, alte Begriffe und altertümliche Formulierungen beizubehalten.

Allein aus Gründen der besseren Lesbarkeit haben wir uns für die neue deutsche Rechtschreibung entschieden. Nicht zuletzt, um auch Schulen und Lehranstalten die Möglichkeit zu bieten, die Werke didaktisch zu nutzen.

Allen, die an der Entstehung dieser Reihe mitgewirkt haben und an zukünftigen Projekten noch mitwirken sei an dieser Stelle ganz herzlich gedankt.

Heinz-Peter Heilmann   Neckarsteinach, im Februar 2013

Adolf Schmitthenner.

Das Ehe-Examen

Melchior Stybelius, Pfarrherr bei Heiliggeist zu Heidelberg, stieg missmutig die Turmtreppe seiner Kirche hinab. Er hatte droben in der Stube des Wächters, als an einem stillen und ungestörten Flecklein, seine Predigt studieren wollen. Aber als er zur Tür eintrat, schnurrte der Schieferdecker vor ihm nieder. Der kam durch das geöffnete Dach von der Turmspitze herunter. Rings auf dem Boden lag das Handwerksgerät des Meisters. Schieferplatten, aufgeschichtete Neue und zerstreute Brocken von Alten, bedeckten die Dielen. Da war der Pfarrer rücklings zur Tür hinausgegangen. Jetzt stand er wieder in der engen Gasse. Wo sollte er hin? Nach Hause zurück? Aber seine Buben tollten durch Garten und Hausflur, sein Töchterlein Hanna saß in der Laube mit ihrer Gespielin – sie nähten die Aussteuer und sangen zu wett – und der Pudel Ranko, der ungezogenste Hund in Heidelberg, bellte die Gartenmauer hinauf, hinter die eine Katze gesprungen war. Sollte er den Buben Stille gebieten, die Mädchen verstummen machen, dem Hund das Bellen verwehren? Alle drei Dinge gingen nicht an. So wandte er sich die Steingasse hinab und schritt über die Neckarbrücke. Die verlassene Michaelskirche drüben über dem Neckar auf dem Heiligenberge war ihm eingefallen. Dort war er zwischen vier Wänden – die brauchte er notwendig, wenn er seine Predigt studierte –, sie waren nicht zu nah beieinander und nicht zu fern voneinander, gerade recht für einen Zimmerwandel, und die Schritte hallten nicht wie hier auf der hölzernen Brücke oder wie drüben in der Heiliggeistkirche.

Als der Pfarrer durch das äußere Brückentor schritt, sah er durch das offene Fenster in die Stube des Pförtners hinein. Der saß am Tisch und vesperte.

»Wann schliesst Ihr?« rief der Pfarrer.

»Seit Sankt Medard erst um zehn Uhr, Herr Pfarrer ... Herr Pfarrer, ist es wahr, was meine Barbara heute aus der Backstube gebracht hat, oder ist es Weibergewäsch?«

»Was meint Ihr denn?«

»Dass niemand mehr heiraten darf, der nicht den ganzen Katechismus auswendig hersagen kann, alle Fragen und Antworten von vorn nach hinten und von hinten nach vorn? Bei den jungen Maidlein sei ein rechter Jammer gewesen.«

»Übertrieben! Aber das ist wahr, die fünf Hauptstücke muss einer erzählen können, sonst darf er weder Bürger noch Ehemann werden in Pfälzer Landen.«

7

»Gottlob, dass wir uns schon haben, meine Barbara und ich«, sagte der Pförtner und verließ das Fenster.

»Schade!« murmelte der Pfarrer und sandte dem dicken Mann einen begehrlichen Blick nach. Das Examinieren war seine höchste Freude.

»Schade!« wiederholte er, als er das Tor verließ. Er schritt den rauschenden Strom entlang und sagte zu sich selber: »Ein König richtet das Land auf durchs Recht. Gott erhalte unsern edlen jungen Kurfürsten Friedericus den Vierten! Ein guter Herr, ritterlich und ehrbar und fromm! Er hält auf Zucht und Sitte. Den eifrigen Dienern Gottes gibt er Raum, der leichtfertigen Jugend aufzusitzen und Katechismus zu treiben. Aber, aber! *sic bibitur, sic bibitur in aulis principum.* Martinus hat recht: Deutschland ist ja ein arm gestraft und geplagt Land mit dem Saufteufel.«

Er bog vom Neckar ab in eine enge Schlucht hinein, durch die ein Fußpfad aufs Gebirge führte. Er ging langsam für sich hin. Zuweilen stand er in Gedanken still.

Wenn er morgen in die Heiliggeistkirche kommt – und er wird kommen, denn es ist ja der letzte Sonntag, ehe er in die Oberpfalz reitet –, Gott steh mir bei, dass ich kein stummer Hund sei. Ich will's ihm sagen, dick und dünn. Wie heißt es Esajas im fünften? Weh denen, die Helden sind, Wein zu saufen, und Krieger in Völlerei!

Der Pfarrer schritt grimmig fürbass, dann blieb er plötzlich stehen und schaute zum Schloss hinüber, dessen warmrotes Gemäuer mit der dunkelgrünen Bergwand dahinter im Schatten lag, während der Sonnenschein durch das Tal flutete.

»Der liebe junge Herr«, sagte er leise, und die Augen wurden ihm feucht.

Eine Weile stand er so und machte mit der Rechten eine Bewegung, wie wenn er seinem Kurfürsten die Locken aus der Stirn striche und die Wangen tätschelte. Da trat die Sonne hinter einer Wolke hervor und stach ihm in die Augen; er wandte sich um und stieg bedächtig den Berg hinan. Als er in den Schatten des Waldes getreten war, holte er aus der Tasche seines Kamisols die Predigtschrift heraus und begann darin zu lesen. Manchmal schmunzelte er vergnüglich und brummte in den Bart: »*Optime!*« Dann wieder wiegte er den Kopf, ließ die Unterlippe hängen und sah von der Seite mit schiefen Augen in das Heft hinein. Oder er stellte sich vor einen Baum und starrte in das Papier, wie wenn er es mit seinen Augen an den Stamm spießen wollte. War er mit dem Text einer Seite im reinen, dann schritt er mächtig aus mit seinen kurzen Beinlein. Er runzelte die Stirn, zog die Brauen zusammen, presste die Lippen aufeinander, und hundert und aber hundert Falten und Fältchen wimmelten über sein breites Gesicht. Seine Miene hatte den Ausdruck einer feindseligen Gespanntheit und eines verbissenen Trotzes: er memorierte. Der Schöpfer hatte ihm ein unbehältliches Ingenium verliehen, und so leicht ihm die Predigt aus dem Kopfe Floss, wenn er in seinem Museum am Tische saß und schrieb, so hart hielt es, bis die Predigt wieder drinnen war im Kopfe.

Also arbeitend war der Pfarrherr bis zur Höhe des Bergsattels hinaufgestiegen. Er trat aus dem Walde und sah über das jäh abstürzende Niederholz ins Tal hinab. Seine Augen suchten das Schloss. Es lag tief unter ihm und war hoch überragt von dem dunklen Berghang des Königstuhls. Aber auch so hatte es noch seine Majestät, wie wenn Berg und Tal und alles seinetwegen geschaffen wären.

Eine Weile stand er atmend und schaute hinab. Dann trat er zurück auf den Weg, setzte sich auf ein Bänklein und sah vergnüglich zu dem Brunnen hinüber, der jenseits des Wegs im Schatten einer großen Buche aus dem Felsen quoll. Er freute sich auf den frischen Trunk, den er sich gönnen wollte, sobald er sich ein wenig verkühlt hätte.

Da mit einem Male zog er die Stirn kraus. Er hatte etwas gehört und zugleich etwas gesehen, was seinen Sinnen höchst verdächtig erschien.

Er schritt auf das Brünnlein zu und blieb an dem Rande der Rinne stehen, die das Wasser des Quells über den Weg in den Graben hinüberführte. Er legte die Hand über die Augen, denn die Sonne schien ihm ins Angesicht, und spähte in das Gebüsch hinein, das dem Brunnen gegen die Abendsonne kühlen Schatten gab. Sein Gesicht wurde rot vor Zorn und nahm jenen entschlossenen Ausdruck an, der den Kirchendiener bei Heiliggeist jedes Mal veranlasste, nach der Türklinke zu greifen.

Der entrüstete Pfarrherr war im Losbrechen. Da wurde die strenge Straffheit seines Mundes durch einen Zug listiger Schlauheit gebrochen. Wartet, Racker! dachte er, wozu habe ich des Frontinus Büchlein über die Kriegslisten gelesen? Auf den Zehen stieg er über die Rinne und schlich um das Gebüsch herum. Seine Absicht war, den Rain hinunterzugleiten und das Doppelwild, das er entdeckt hatte, von vorn anzugehen; so schnitt er die Flucht ab und konnte, aus der Tiefe tauchend, die erschrockenen Sünder mit dem Strafgericht überrumpeln wie ein zürnender Elias.

Als er aus dem Gebüsch trat, sah er deutlich, was ihn, durch die Zweige geschaut, in Zorn versetzt hatte. Umflossen vom Abendsonnenschein saßen ein Bursche und ein Mädchen nebeneinander auf einem gefällten Baumstamm. Dem lichterfüllten Tale zugewandt, schauten sie in die Ferne hinaus. Der Bursche hatte seinen linken Arm um die Schulter des Mädchens gelegt. Die Geliebte lehnte sich an seine Brust und umschlang mit ihren Händen seine Rechte, die in ihrem Schoße lag.

Der Pfarrer stand eine Weile still, und ohne es zu wissen, weidete er sich an dem lieblichen Bilde. Seine Stirn glättete sich, und sein altes Herz wurde ihm warm. Die Entrüstung war zerschmolzen, und seinetwegen hätte das schöne Paar dort oben am Waldessaum weiter sitzen und träumen können. Aber die Kriegslist hatte es ihm angetan; die war zu schön, als dass sie hätte unvollbracht bleiben dürfen. Der Pfarrer dachte sich die entsetzten Gesichter der Ertappten, wenn er vor ihnen aus der Tiefe aufgetaucht wäre, und alsbald legte sich sein Gesicht wieder in strenge Falten. Er betrachtete den Abhang zu seinen Füßen; der war steil, mit blühendem Heidekraut und glänzend grünen Heidelbeeren bewachsen; weiter unten zeigte sich das Geländer eines Steinbruchs, und darüber hinaus traf der Blick die jenseitige Bergwand.

Vorsichtig setzte sich der Pfarrer auf den Boden nieder, ließ die Beine über den Rand hinabhängen, und mit den Händen sich abstoßend glitt er sacht den Abhang hinunter. Aber sei es, dass der Stoß zu stark gewesen, oder dass das Gewicht des runden Körpers zu schwer war: der Pfarrer glitt und glitt immer rascher den Abhang hinab. Zuerst lächelte er über die schnelle Beförderung, dann ärgerte er sich ob der misslungenen Kriegslist, dann schalt er sich wegen seines törichten Unterfangens einen Narren; mit einem Male aber fasste ihn jähes Entsetzen. Er gedachte des Steinbruchs, dem er entgegenglitt. Er sah im Geiste die schwindelnde Höhe, an der er so manches Mal hinaufgeschaut hatte. Er drehte sich um, so dass er mit dem Leib auf dem Boden lag, und krallte sich mit den Händen in den Boden. Aber die Heidelbeerbüsche und das Heidekraut, woran er sich halten wollte, glitten ihm durch die vor Schreck erstarrten Finger. Da gab er sich verloren. Mit einem Stoßgebetlein mischte sich die Vorstellung von dem Entsetzen, das die ganze Stadt ergreifen werde ob seines jämmerlichen Endes. Da sauste es rechts und links an ihm vorüber. Er fühlte, dass er dem Abgrund nahe sei. Ein Stoß und ein Krach, und das Geländer polterte hinunter. Er spürte einen scharfen Luftzug, und der Boden unter ihm hörte auf. In demselben Augenblick fühlte er sich an beiden Armen gepackt. Es war ihm, als ob sie ihm aus dem Leibe gerissen würden. Aber, o Entsetzen, die festhaltenden Gewalten gaben nach, die rettenden Stützen rechts und links kamen selbst ins Gleiten und Stürzen. Doch das war nur einen Augenblick. Jetzt hielten sie wieder fest. Ein Stemmen und Stampfen, ein Ringen mit dem Boden. Der

10

Pfarrer hatte seine Füße in die Höhe gezogen und sich mit den Knien in den zerbröckelten Grund gebohrt. Jetzt fand er mit Händen und Füßen einen festen Halt, und nachdem er eine Weile stillgelegen und Atem geschöpft hatte, versuchte er's, sich aufzurichten. Seine Knie zitterten, aber er stand fest. Vorsichtig wandte er sich um, und es grauste ihm. Er stand am Rande des Steinbruchs. Die Erde und das Geröll waren in die Tiefe hinuntergetreten, und man sah in der Kante die Gräben, worinnen die Menschenleiber sich gemüht hatten, dem Sturz in den Tod zu entklimmen.

Schaudernd wandte er sich um, und ein »Gott sei Dank!« entwand sich seiner Brust. Dann sah er sich nach seinen Rettern um. Der Bursche und das Mädchen stiegen ein paar Schritte vor ihm die Höhe hinan, ruhig und still, wie wenn nichts geschehen wäre. Der Bursche hielt seine Gefährtin am Handgelenk umfasst, und dann und wann, bei besonders steilen Stellen, unterstützte er sie beim Steigen. Dabei sprachen sie leise zueinander und wandten zuweilen den Kopf dem hinter ihnen herkeuchenden Pfarrer zu.

An einer Stelle, die besonders glatt und steil war, bückte sich der Bursche und hob die Predigtschrift auf, die dem Pfarrer, als er sich im Gleiten umgewandt hatte, aus der Tasche gefallen war. Er wollte sie ihrem Eigentümer zurückgeben. Aber als er sah, wie der Pfarrer außer Atem und hochroten Gesichts aufwärtsklomm, verschob er dies auf später und steckte die Schrift in sein Wams. Nach einer Weile sah sich der Bursche wieder um. Die Augen der beiden Männer begegneten sich. Die abwehrende Gebärde des Pfarrers sagte deutlich: Lasset mich in Ruhe, bis ich den abscheulichen Abhang hinter mir und sichern Boden unter meinen Füßen habe.

Jetzt standen die beiden jungen Leute oben am Rande des Waldes. Das Mädchen reinigte ihr Röckchen von den Erdkrumen, die in den Falten saßen, und der Bursche sah schweigend dem Pfarrer entgegen, der langsam heraufgestiegen kam.

Melchior Stybelius war oben angelangt. Er schöpfte tief Atem und wiederholte: »Gott sei Dank!« Dann schritt er auf die jungen Leute zu, streckte ihnen beide Hände entgegen und sagte mit einem warmen Aufleuchten seiner guten Augen: »Gott soll's euch lohnen! Ihr habt euer Leben gewagt, um das meinige zu retten!«

»Es ist hart am Tode vorbei bei uns allen dreien«, sagte der Bursche.

»Und wir wollen doch übermorgen Hochzeit halten!« fügte das Mädchen hinzu.

»Wollt ihr?« sagte der Pfarrer und betrachtete die beiden wohlgefällig vom Kopf bis zu den Füßen. »Das glaube ich euch schon«, fügte er lächelnd hinzu. »Aber seid ihr denn auch aufgeboten?«

»Freilich sind wir's!« sagte das Mädchen, »und morgen geschieht's zum andern Male. Heute vor acht Tagen haben wir uns dem Magister Scultetus vorgestellt, und der hat uns am letzten Sonntag in Heiliggeist aufgeboten. Das ist Bernd Hieber, der Jäger, und ich heiße Apollonia Wamboldin.

Der Pfarrer erinnerte sich daran, die beiden Namen in dem Aufgebotbüchlein gelesen zu haben, das ihm sein Amtsbruder zum Gebrauch für den morgigen Gottesdienst übersandt hatte. Bernd Hieber war ihm unbekannt, aber von dem Mädchen wusste er, dass es des kurfürstlichen Postreiters Wambold hinterlassenes Kind war, das seit des Vaters Tod draußen in der Au bei einer Muhme wohnte.

»Ihr Racker!« sagte er und setzte sich auf den Baumstamm, auf dem vorhin die beiden gesessen hatten. »Was treibt ihr euch denn da oben im einsamen Walde herum? Wisst ihr denn nicht, dass ihr euch gegen göttliches und kurfürstliches Gebot vergangen habt?«

»Wir haben nichts Böses getan«, sagte der Bursche.

Und das Mädchen fügte hinzu: »Er hat im Hirschgehege an der hohen Straße droben die Wacht. Ich muss hinauf zu ihm, das Neueste zu künden.«

Das Mädchen seufzte, und der Bursche sah traurig zu Boden.

»Dann hat er mich bis hierher geleitet«, fügte Apollonia nach einer Weile hinzu.

»War's keine gute Kunde, die du deinem Schatze gebracht hast, Apollonia Wamboldin?« fragte der Pfarrer.

Sie schüttelte traurig den Kopf.

»Ihr wisst es ja«, sagte sie, und ihre Augen standen voller Tränen. »Es darf ja niemand mehr heiraten, der nicht den ganzen Katechismus herbeten kann, alle Fragen und Antworten, die Erklärungen und die Bestätigungen, die Beweisstücke und die Exempel, von vorn nach hinten und von hinten nach vorn. In der Backstube haben sie's heute erzählt, und es ist ein rechtes Wehklagen gewesen bei allen jungen Maiden. Ich kann ihn noch so ziemlich, aber er hat ihn völlig vergessen. Er hat ihn niemals gründlich gelernt, denn er ist aus dem Ambergischen. Keine Antwort kann er mehr, geschweige ein Beweisstück. Ich hab' ihm einen Katechismus heraufgebracht und habe gemeint, er solle nur frischweg vorn anfangen, der liebe Gott werde ihm schon helfen. Aber er hat gesagt, ich solle ihn nur wieder heimnehmen, er brächt' ihn sein Lebtag nimmer in den Kopf. Und wenn der Kurfürst bei seinem Sinn bleibe, dann müsse er sich ein Leid antun, denn heiraten darf er mich nicht, und er kann doch auch nicht von mir lassen.«

Der Bericht war von häufigem Schluchzen unterbrochen, und als das Mädchen zu reden geendet hatte, fuhr es zu weinen fort. Der Bursche sah finster vor sich nieder.

Der Pfarrer sah zuerst die Dirne und dann den Jäger an. Seine Augen wurden lüstern. Es überkam ihn ein Gefühl, wie es der Goldschmied hegen mag, dem mitten im Walde von dem pirschenden Pfalzgrafen ein köstlicher Stein zur würdigen Fassung übergeben wird.

»Wo ist denn der Jäger in die Schule gegangen?« fragte er.

»Zu Neumarkt in der Oberpfalz.«

Melchior Stybelius hob drohend den Finger. »Dort ist die Luft nicht sauber! Ubiquistischer Irrwahn ist die Pestilenz, die dort im Finstern schleicht; da werden wir dem Bräutigam besonders in der Lehre von den Sakramenten auf den Zahn fühlen müssen.«

Der Bursche erbleichte, und Apollonia brach von neuem in Tränen aus.

»Hör mit dem dummen Gegreine auf!« sagte der Pfarrer unwirsch. Dann ergriff er die Dirne an der Hand und zog sie an seine Seite nieder.

»Was gilt's?« scherzte er. »Heute wird das Examen bestanden, morgen werdet ihr aufgeboten, und übermorgen – husch! Setze dich zu meiner andern Hand, mein Sohn. So! Und jetzt nehmt euern Kopf zusammen!«

Apollonia schluckte die Tränen hinunter und richtete sich tapfer auf. Der Jäger saß geknickt zur andern Seite des Examinators.

»Ich werde zuerst einige Kreuzundquerfragen tun aus dem dritten Teile, den ich mit dem ersten verbinden werde, um sodann bei der Lehre von den Sakramenten des längern zu verweilen.«

Bei dieser Ankündigung zuckte Apollonia zusammen, der Jäger aber richtete sich auf und sah in trotzigem Gleichmut vor sich hin.

»Bernd Hieber, was verbeut Gott im achten Gebot?«

»Das Stehlen.«

»Schon recht. Aber wie sagt der Katechismus?«

Der Bursche schwieg.

»Antworte du, Apollonia Wamboldin.«

Das Mädchen schöpfte Atem und sagte dann die lange Antwort her, hier und da von dem beifällig nickenden Pfarrer unterstützt.

»Wie beweisest du, dass der Geiz verboten sei, Bernd Hieber?«

»Der Geiz ist verboten, weil er ein schändliches und schmutziges Ding ist.«

»Nichts da! Beweise aus der Schrift, aus der Schrift! Apollonia Wamboldin?«

Das Mädchen wollte das Gleichnis von dem reichen Mann anführen, dessen Feld wohl getragen hatte, so dass er sich sagte: Ich will meine Scheunen abbrechen und größere bauen. Aber der Pfarrer fiel ihr ins Wort: »Die Exempel kommen später; Lehrbeweise gehören hierher.«

Das Mädchen besann sich und raffte einige Sprüche zusammen, mit denen der Pfarrer zufrieden war.

So ging die Prüfung weiter. Der Jäger antwortete auf jede Frage, aber nur nach seinem Sinn und Herzen, weder mit den Worten des Katechismus noch mit denen der Schrift. Das Mädchen dagegen sagte die verlangten Erklärungen, Bestätigungen, Beweise und Beispiele, wie sie der Prüfende wünschte.

Melchior Stybelius war gerade im Begriff, zu der Lehre von den Sakramenten überzugehen, als er, den Augen des Jägers folgend, in den rotglühenden Sonnenball hineinschaute, der sich hinter einer Wolkenwand gegen die klaren Hardtberge zu senkte. Da fiel ihm ein, dass morgen Sonntag sei, und dass er seine Predigt noch nicht im Kopfe habe. Darum beschloss er, die Prüfung abzubrechen; aber sein Gewissen hätte ihm nicht erlaubt, dies zu tun, ohne einen wirkungsvollen Schluss.

Er stand auf, zielte mit dem Zeigefinger auf einen hirschhornenen Knopf am Wamse des Jägers. Dann setzte er sich wieder und hob behäbig an: »Seht, Kinder, ihr habt mir das Leben gerettet. Wenn ich nun aus Dankbarkeit gegen diese Wohltat durch die Finger sähe, wäre das recht von mir gehandelt, Bernd Hieber?«

»Ja«, sagte dieser herzhaft.

»Falsch geantwortet, grundfalsch. Sprich du, Apollonia Wamboldin. Wäre es recht von mir gehandelt?«

»Nein, es wäre nicht recht!« sagte das Mädchen weinerlich.

»Und warum denn nicht?«

Melchior Stybelius sah zuerst den Bräutigam und dann die Braut an. Beide schwiegen.

»Ich will euch auf die Spur helfen. Was würde ich ansehen, wenn ich euch, meinen Lebensrettern, Nachsicht gewährte? Antworte, Bernd Hieber!«

»Euern schrecklichen Tod, in den Ihr sicherlich gefallen wäret, wenn wir nicht beigesprungen und unseren Hals gewagt hätten.«

14

»Falsch, grundfalsch. Sag du's besser, Apollonia Wamboldin. Was würde ich ansehen?«

»Die Person, Herr Pfarrer!«

»Sehr gut! Und wie heißt es in der Schrift? Doch, das wisst ihr nicht! Keine Person sollt ihr im Gerichte nicht ansehen. Im fünften Buche Moses im ersten. Welches Gebot würde ich übertreten, wenn ich jetzt die Person ansähe?«

»Keines«, sagte der Jäger.

Der Pfarrer runzelte die Stirn.

»Das erste!« rief das Mädchen aufs Geratewohl in der Todesangst.

»Sehr richtig«, nickte der Pfarrer. »Denn wer die Person ansieht, treibt Abgötterei.«

Mit erhobener Stimme fuhr er fort: »Wer seinen Nächsten zur Abgötterei verführt, was hat der verdient nach der Schrift? Antworte, Bernd Hieber.«

Der Jäger schüttelte den Kopf und stand leise auf.

»Den Tod!« flüsterte das Mädchen angstvoll.

»Ganz gewiss, den Tod. Denn wie sagt die Schrift? Doch, das wisst ihr nicht. Also spricht sie im fünften Buche Moses im dreizehnten: ›Man soll ihn zu Tode steinigen, denn er hat dich wollen verführen von dem Herrn deinem Gott, der dich aus Ägyptenland, von dem Diensthaus geführt hat‹.«

In steigender Erregung fuhr der Pfarrer fort: »Bernd Hieber, Apollonia Wamboldin, wenn ihr mich zu der greulichen Abgötterei verführt, eure Person anzusehen, weil ihr mir das Leben gerettet habt, dann wehe euch, den Tod der Steinigung habt ihr verdient!«

Im höchsten Zorne war er aufgesprungen und schnappte nach Luft. Der Jäger stand vor dem Gebüsch und sah den Pfarrer mit erstaunten Augen an, während das Mädchen die Hände im Schoße rang.

Der Pfarrer fasste sich. Er wischte sich mit seinem Tüchlein die Schweißtropfen von der Stirn.

»Gott war euch gnädig, ich habe mich nicht verführen lassen, sondern recht und schlecht ohne Ansehen der Person habe ich euch geprüft. Apollonia Wamboldin, du bist löblich bestanden und magst unter Gottes Wohlgefallen vor den Altar treten. Aber mit dir steht es schlimm, Bernd Hieber. Wenn du im dritten Teile, so der leichteste ist, so schlecht beschlagen bist, dass du keine einzige Antwort hast geben können, wie erginge es dir, wenn ich dir in den Sakramenten auf den Zahn fühlte? Ich kann es vor Gott dem Herrn, der die heiligen Gebote gegeben hat, und vor unserem gnädigen Kurfürsten, dem er sie anvertraut hat, nicht verantworten, dich vor den Altar treten zu lassen. Du bist nicht würdig, ein Ehemann zu werden!«

Bernd sah den Pfarrer mit funkelnden Augen an.

»Wir werden übermorgen Hochzeit halten, ob Ihr es erlaubt oder nicht.«

»Ihr werdet so lange warten, bis du den Katechismus gelernt hast«, erwiderte der Pfarrer. »Und wehe euch, wenn ihr –«

Melchior Stybelius hob drohend den Finger und sah den Burschen mit durchdringendem Blicke an. Bernd zuckte gleichmütig die Achseln und suchte Apollonias Augen. Aber diese wichen aus und schauten unsicher zur Seite.

»Apollonia geht mit mir in die Stadt zurück, und du eilst dich, dahin zu kommen, wohin deines Kurfürsten Dienst dich stellt. Heute über vierzehn Tage – wie lange dauert deine Wacht droben im Wildgarten?«

»Morgen Abend geht sie zu Ende, und am Dienstag muss ich mit dem Kurfürsten in die Oberpfalz gen Amberg.«

»Und du, Apollonia?«

»Wenn ich seine Frau bin, gehe ich mit, in der Kurfürstin Frauenzimmer. Wenn wir nicht vorher Hochzeit halten, muss ich zurückbleiben, denn die Kurfürstin nimmt nur Eheweiber mit auf ihre Reisen.«

Der Pfarrer schwieg und senkte den Kopf. Er wusste, dass der Kurfürst mindestens ein Jahr in der Oberpfalz verweilen werde, denn die Aufregung der lutherisch gesinnten Bevölkerung, die das Joch der reformierten Kirchenordnung nicht tragen wollte, erforderte die längere Anwesenheit des Landesherrn.

Ein mitleidiger Blick streifte das Mädchen. Aber nur einen Augenblick dauerte diese Regung, »*Apage Satana*!« murmelte er. »Ihr sollt bei dem Gericht keine Person nicht ansehen!«

»So hast du umso besser Zeit, den Katechismus zu lernen«, sagte er dann laut. Behüt dich Gott! Lasse dich nicht verführen durch den ubiquistischen Irrwahn. Dass du mir das Leben gerettet hast, werde ich dir ewig danken, und du sollst meines Dankes froh werden; aber zuvor musst du das Eheexamen bestanden haben.«

Der Jäger machte noch einen Versuch, einen Blick seiner Liebsten zu haschen. Aber Apollonia stand gesenkten Hauptes und ließ einen Grashalm durch die Finger gleiten. Da wandte sich Bernd unmutig ab, ohne den raschen Blick zu bemerken, den das Mädchen in diesem Augenblick ihm zuwarf. Ohne Gruß ging er davon und verschwand im Walde.

Apollonia lauschte den verhallenden Schritten, und als sie sich davon überzeugt hatte, dass ihr Bräutigam von ihr gegangen sei, kam über sie der ganze Jammer einer zerstörten Hoffnung. Sie setzte sich auf den Baumstamm nieder, barg das Gesicht in den Händen und weinte bitterlich. Der Pfarrer setzte sich zu ihr und redete ihr tröstlich zu. Er wusste nicht, was er sagte, denn er war in der peinlichsten Ratlosigkeit, und sein Herz wurde von einer Angst gepresst, wie er sie nimmer empfunden hatte seit jener Stunde, wo er als Schüler des Kreuznacher Gymnasiums, an einer lateinischen Frühlingsode dichtend und über einen gemähten Kleeacker stolpernd, ein Lerchennest zertreten hatte. Die Sense des Mähders hatte die Brut geschont, aber der Stiefel des Poeten zermalmte sie.

So war ihm jetzt wieder zumute, und wie ein armer Sünder saß er neben dem weinenden Mädchen. Er redete auf sie ein, aber sein Herz wusste nichts von dem, was er sagte, und während sein Mund tönte, schämte er sich.

So saßen sie eine Weile. Die gegenüberliegende Bergwand und das Schloss lagen schon im düstern Abendschatten, und es wurde kühl unter den Bäumen. In einem nahen Busch sang eine Amsel, und drunten in der Schlucht sang eine andere. Melchior Stybelius hing mit angstvollen Augen an jeder Bewegung und an jeder Miene der Dirne.

Als sie aufstand und sich zum Gehen wandte, erhob auch er sich von seinem Sitz und schlich sich ihr an, denn er hatte das Gefühl, dass er ihr etwas sein müsse in ihrer großen Traurigkeit. Er schaute nach der Michaelskirche empor, die auf dem Berggipfel über ihm aus den Tannen schaute; ihr Turm leuchtete in den Strahlen der Abendsonne, die unter dem Gewölk hervorgetaucht war, und riesig dehnte sich der Schatten der Kuppel auf der Bergwand jenseits der Schlucht. Der Pfarrer bei Heiliggeist gab seinen Plan auf, droben in der leeren Kirche seine Predigt zu lernen. Er hatte ja noch die lange stille Nacht vor sich, und wenn die Kindlein in der Kammer schliefen und der Hund Ranko durch keinen hallenden Schritt, durch kein Pferdegetrapp und keine knarrende Tür mehr geärgert wurde, gab es keine stillere Klause als seine Studierstube im unteren Kaltental.

Schweigend waren der Pfarrer und das Mädchen den Pfad hinabgegangen und näherten sich eilenden Schrittes dem Ausgang der Schlucht. Auf dem Wege war mit beiden eine Veränderung vorgegangen. Apollonia hatte aufgehört zu weinen. Sie schien einen Entschluss gefasst zu haben, dessen sie sich heimlich freute. Ihre Wangen leuchteten, und ihre großen Augen glänzten. Auf den schwellenden Lippen lag das Lächeln eines trotzigen Übermuts. Und nun war es, als ob sich die Wandlung in dem Gemüt des Mädchens dem Pfarrer mitgeteilt hätte; auch bei ihm schwand die weiche Stimmung. Je mehr er sich seiner Kirche näherte, desto gewisser wurde er, unsträflich gehandelt zu haben. »Verflucht sei, wer das Werk des Herrn lässig treibet!« sagte er zu sich; und als sie an das Brünnlein kamen, das zur Seite aus dem Felsen quillt, wo die Hirschgasse in das Neckartal mündet, da hatte er wieder all die Würde gewonnen, die einem Pfarrer bei Heiliggeist geziemt.

Apollonia machte halt an dem Brunnen. Sie wusch sich die verweinten Augen.

Melchior Stybelius war gleichfalls stehengeblieben; er besah sich, ob seine Gewandung die letzten Spuren des Sturzes abgeschüttelt habe.

Da kamen rasche Schritte die Schlucht herunter. Aufblickend erkannte der Pfarrer Bernd, den Jäger. Die Zornesröte stieg ihm ins Gesicht. Aber als er das gefaltete Papier sah, das der Bursche aus der Ferne in die Höhe hob, da übermannten ihn Schreck und Freude. Er griff in die Tasche seines Kamisols. Seine Predigt war nicht darinnen. Er schaute und griff nach dem Papier, das der Jäger in der Hand hielt – es war seine Predigt.

»Es ist Euch dies aus der Tasche gefallen, als Ihr den Berg hinunterkollertet. Verzeiht mir, dass ich vergessen habe, es Euch droben zu geben.«

Da strömte es über, das Herz des Pfarrers. Für die wiedergebrachte Predigt fühlte er heißeren Dank als für das gerettete Leben. Das Herz bebte ihm bei dem Gedanken, dass er zu Hause den Verlust entdeckt hätte; es wäre zum Verzweifeln gewesen, denn die Kurfürstin hatte ihm das Thema der Predigt angegeben, und er hätte keine andere halten können als diese, die nur auf dem Papier und nicht in seinem Kopfe war. Und nun hatte er sie wieder! Es war ihm, als müsse er die Hand des Burschen, die er in überströmender Dankbarkeit erfasst hatte, in die Hand des Mädchens legen. Aber ob ihm nun das unbefangene Zutrauen zu den natürlichen Regungen seines Herzens verlorengegangen war oder ob die wiedergewonnene pfarrherrliche Würde ihn an das Werk des Herrn erinnerte, das er zu treiben hatte: fast heftig ließ er die Hand des Burschen fahren.

»Ich danke dir, Bernd«, sagte er, und die Stirn runzelnd fügte er hinzu: »Wer hat dir erlaubt, deinen Posten zu verlassen?«

Als ihn bei diesem gelogenen Vorwurf die Scham überkam, trat er auf die Seite und untersuchte sein Manuskript, ob es auch vollständig sei. Währenddessen trat der Bursche auf seine Braut zu, die ihn mit leuchtenden Augen anschaute. Sie wechselten einige Worte des Einverständnisses, und der

Abschied, den sie voneinander nahmen, war nicht derart, als wenn er auf lange gelten sollte.

Melchior Stybelius sah dem davonschreitenden Burschen nach, und sein innerer Mensch richtete sich auf an dem Wort der Schrift: »Du sollst beim Gericht keine Person nicht ansehen.« Und als er durch das Tor schritt und den Turm seiner Kirche vor sich schaute, hob er sein Haupt voller Zuversicht und guten Gewissens. Hatte er doch den Versucher seiner Amtsehre zurückgeschlagen, und hatte er doch die Predigt für morgen in der Tasche.

Hinter dem inneren Tor schieden die beiden voneinander.

»Halte dich züchtig und eingezogen, bis dein Bräutigam wiederkehrt, und bete zu Gott, dass er dir und dem Katechismus treu bleibe.«

Apollonia hörte diese Ermahnung demütig an, aber ihre Augen wichen denen des Seelsorgers aus, und als sie durch die Neckarstraße dem oberen Tor zuschritt, lag ein üppiger Trotz auf ihren geschürzten Lippen.

Melchior Stybelius eilte über den dämmerigen Marktplatz. Als er am Gasthaus zum Goldnen Hirschen vorüberkam, klang ihm aus der sommerlich geöffneten Tür der Gaststube ein lautes Gespräch ins Ohr, aus dem er einzelne Worte auffing. Dieselben Worte tönten ihm aus den Gruppen plaudernder Bürger, an denen ihn sein Weg vorüberführte. Das Gespräch verstummte, wenn er vorbeischritt, und er fühlte, dass ihm die Leute auf den Rücken schauten.

Am Marktbrunnen, der unter einer breitästigen Linde rauschte, standen wasserholende Bürgertöchter und Dienstmägde, und hier war der Eifer des Gesprächs so groß, dass die Schwatzenden des Pfarrherrn nicht gewahr wurden. »Der Alte ist dran schuld!« rief es. – »Nein, der junge Frühprediger von der Klosterkirche; der sieht immer so griesgrämig drein, der möcht' uns am liebsten das Heiraten ganz verbieten.« – »Nein, ich sag euch, der Alte ist's, der hat eine Tücke auf uns, weil seine Hanna –«

Die Rednerin brach ab, die Mädchen stellten mit großem Geräusch ihre Kübel unter die Brunnenröhren. Die einen sahen verlegen drein, die anderen kicherten. »Meinetwegen hat er's gehört«, sagte die Rednerin von vorhin.

Der Pfarrer sputete sich, die stille Gasse zu erreichen, die zu seinem Hause führte. Als er aus der Hauptstraße in sie eingebogen war, vernahm er das scharfe Gebell seines Hundes.

Es klang von oben herab; der Hund musste in der Speicherkammer eingesperrt sein. Das war sein üblicher Platz, wenn ein Fremder im Hause war. Denn er hatte die Unart, zu bellen und zu heulen, bis der fremde Mensch das Haus verlassen hatte. Die Nachbarn des Pfarrers hatten deshalb eine Bittschrift an die hohe Obrigkeit gerichtet, der Pfarrer möge angehalten werden, den Hund abzutun, da er durch sein grässliches Geheule der Nachbarschaft das Leben verleide. Ein alter Schneider, des Pfarrers nächster Nachbar, hatte von Haus zu Haus die Unterschriften gesammelt, denn er und der Pudel Ranko waren intime Feinde, und das Geheul des Hundes war ihm besonders hinderlich, weil es seine Entwürfe störte, wenn er einen Kunden betrachtete.

Die Obrigkeit machte Erhebungen, und da dem Pudel keine Tätlichkeit vorgeworfen werden konnte, als dass er einmal einem kurfürstlichen Hatschier die Hosen zerrissen hatte, so erklärte sich das weltliche Gericht für unzuständig und übergab die Angelegenheit dem Kirchenrat zur disziplinaren Behandlung. Zufällig wohnte gerade der Kurfürst der Kirchenratssitzung bei, worinnen der Pudel traktiert wurde. Lachend entschied er, dass der Pfarrer einen Revers unterzeichnen solle, worinnen er sich verpflichte, für allen Schaden, den sein Pudel anrichte, aufzukommen. Die geistlichen Herren des Kirchenrats setzten den weiteren Beschluss durch, dass der Pfarrer amtsbrüderlich vermahnt werde, sich seines Pudels zu entledigen, um Ärgernis zu vermeiden. Wolle er dies nicht, so solle er sich anheischig machen, wenn ein Gemeindeglied zu ihm komme, geistlichen Rat zu holen, den Hund in einem sicheren und etwas entfernten Gewahrsam unterzubringen, damit das seelsorgerliche Gespräch nicht turbieret würde. Seitdem wurde der Hund, sobald ein Gemeindeglied den Pfarrer zu sprechen wünschte, von der Magd, der Tochter oder einem der Knaben in die Speicherkammer geschleppt.

Als der Hausherr an die Tür pochte, schwieg der Hund einen Augenblick und stieß ein freudiges Geheul aus, um alsbald wieder sein gewohntes Gekläff zu beginnen.

Die Tür öffnete sich, und Hanna, seine älteste Tochter, die ihm nach seiner Frau Tod das Haus führte, leuchtete die Treppe herunter.

»Du bist es, Vater!« sagte sie mit ihrer tiefen, wohllautenden Stimme.

Melchior Stybelius stieg langsam die Treppe hinauf.

»Wie geht es den Kindern? Sind sie zu Bett? Warum heult denn der Hund? Ist denn noch jemand Fremdes im Haus?«

»Ach freilich, Vater, deine ganze Stube ist voll von Weibern, die auf dich warten schon seit einer halben Stunde. Sie wollen mit dir sprechen wegen des Eheexamens. Du glaubst gar nicht, wie groß die Aufregung ist in der ganzen Stadt. In deiner Stube geht es zu wie in einer Nähschule.«

»Was wollen denn die Weiber von mir?« rief der Pfarrer zornig. »Ich kann sie nicht brauchen, ich muss meine Predigt lernen, schicke sie fort!«

»Aber Vater, kannst du denn deine Predigt noch nicht? Du warst doch im Turmstübchen!«

»Ach, dort hatte der Schieferdecker sein Wesen.«

»Bist du denn nicht in den Wald gegangen?«

»Bin ich, Hanna! Aber dort – doch ich erzähle dir nachher alles. Schaffe mir nur die Weiber fort!«

»Das kann ich nicht, Vater. Du musst hinein zu ihnen. Sie haben dich kommen hören. Aber warte – lasse mich nur machen. Du sollst sie bald wieder los haben. Versprich mir –«

»Was, Hanna?«

»Dass wir unseren Ranko behalten!«

»Wenn nicht der Kurfürst selber ihn uns abspricht, behalten wir ihn. Und nun in Gottes Namen will ich hinein. Richte mir das Essen, Hanna. Ich habe Hunger. Und hilf mir bald!«

Das Mädchen nickte ihm lachend zu und stieg die leiterartige Treppe hinauf, die zum Speicher führte.

Seufzend öffnete der Pfarrer die Tür seines Zimmers.

»Guten Abend miteinander!«

Etwa sieben oder acht Frauen, alle im mittleren Alter, erhoben sich von dem Ruhebettlein und den Stühlen und grüßten: »Guten Abend, Herr Pfarrer!«

Er gab jeder einzelnen die Hand.

»Was führt euch zu mir noch so spät in der Nacht?«

Eine von ihnen, der sich die Blicke der übrigen zugewandt hatten, erwiderte: »Wir möchten wissen, ob es mit dem Katechismusexamen der Hochzeitsleute seine Richtigkeit hat.«

»Da ist der Bescheid schnell gegeben. Er lautet ‚ja‘.«

»Aber, Herr Pfarrer, das war doch früher nicht! ... Meine Bärbel heult den ganzen Tag ... Es wird niemand mehr heiraten in der ganzen Pfalz.«

So rief es durcheinander.

»Wenn ihr einen Augenblick still seid, will ich es euch mit zwei Worten erklären. Aber habt ihr denn Zeit am Samstagabend? Wollt ihr nicht lieber ein andermal –?«

»Nein«, sagten die Frauen, »wir haben Zeit.« Und die Sprecherin setzte sich wieder auf das Ruhebettlein nieder.

Der Pfarrer hub an: »Erstlich, dieweil all unser Heil daran liegt, dass wir und unsere Nachkommen –«

In diesem Augenblick erhob sich in nächster Nähe ein so fürchterliches Geheul, dass selbst der Pfarrer erschrak.

»Das ist der Hund!« riefen die Frauen durcheinander und schauten ängstlich nach der Tür, die zu des Pfarrers Schlafkammer führte. In den kurzen Pausen zwischen den einzelnen Heulstrophen hörte man das schnuppernde Stoßen einer Hundsschnauze.

»Wir sind ganz sicher«, sagte der Pfarrer, innerlich erfreut. »Die Tür ist geschlossen.«

»So weiset doch Euern Hund zur Ruhe! Man versteht ja sein eigen Wort nicht!« schrie die Sprecherin dem Pfarrer ins Ohr.

»Ich will es versuchen, aber ihr werdet sehen: mir folgt er nicht!« schrie der Pfarrer durch seine vorgehaltenen Hände.

Er ging in seine Schlafkammer, und die Frauen hörten durch das Geheul des Hundes sein beschwichtigendes Zureden. Nach einer Weile kam er kopfschüttelnd zurück und zuckte mit der Achsel.

»Der sollte mein gehören! Ruft Eure Tochter!« schrien die Weiber durcheinander.

»Hanna! Hanna! Hole den Hund!« rief der Pfarrer in den Hausgang hinaus. »Wo ist denn das Mädchen?«

Er ging hinaus, sie zu suchen. Nach einer Weile kehrte er unverrichteter Dinge zurück. »Sie ist im ganzen Hause nicht zu finden.«

»Hier kann man ja nicht sprechen!« schrie die Wortführerin. »Könnt Ihr uns nicht in ein anderes Zimmer führen?«

»Gern«, sagte der Pfarrer lächelnd und ging mit der Ampel voran durch den Hausgang in das Wohnzimmer, wo sein Süpplein auf dem Tische dampfte. Aber kaum waren die Frauen eingetreten, so erscholl das Hundegeheul genau in derselben Nähe, und wieder hörte man in den kurzen Pausen das Schnüffeln und Kratzen des Tieres.

Die Weiber sahen einander ärgerlich an und fügten sich zum Gehen.

»Ihr solltet Euern Hund besser ziehen, abschaffen, totschießen!« schrien sie dem Pfarrer beim Abschiede zu. Der leuchtete ihnen die Treppe hinunter. Unten bei der Haustür hielten sie an, und die Sprecherin machte noch einen Versuch, von ihrem Thema zu reden.

Da musste der Hund die Tür aufgesprengt haben. Er erschien oben an der Treppe, stellte sich mit gespreizten Beinen hin, streckte den Kopf in die Höhe und fing so erbärmlich an zu heulen, dass die Weiber, einander drängend, aus dem Hause flüchteten.

Als sich die Tür geschlossen hatte, war Ranko über seine gelungene Heldentat außer sich vor Vergnügen. Er raste von der Speicherstiege bis zur Haustür und wieder zurück und stieß mitunter einen Trompetenstoß triumphierender Lust aus. Wenn er an seinem sogenannten Herrn vorüber schoss, sah er ihn von der Seite an mit funkelnden Schalksaugen oder stieß ihn mit der Schnauze an den Stiefel.

Melchior Stybelius begab sich in das Wohnzimmer und setzte sich an den Tisch. Gleichmütig, wie wenn nichts geschehen wäre, kam seine Tochter zur Tür herein, holte ihr Nähzeug vom Fenstersims und setzte sich auch an den Tisch. Während der Vater sein Süpplein aß, erzählte er zwischenhinein in kurzen, abgerissenen Sätzen die Erlebnisse des heutigen Nachmittags. Hanna hörte ihm schweigend zu. Als sie von der Lebensgefahr des Vaters gehört hatte, war sie erbleicht, und als er von seiner Rettung erzählte, traten Tränen in ihre warmen braunen Augen. Ihre Lippen öffneten sich zu einem unmutigen Worte, als er von dem Ausgange des Eheexamens berichtete; aber ihr Vater, der gerade aufsah, winkte ihr Schweigen. Er hatte seine Erzählung vollendet und seine Suppe gegessen. Mit dem ungestüm fordernden Bettler, der bei jedem Bissen an ihm emporsprang und ihn am Ärmel kratzte, teilte er Brot und Fleisch und erhob sich dann, um sich in sein Stüblein zu begeben.

Unter der Tür blieb er stehen und sah auf den Hund zurück, der sich auf ein Wolfsfell gelegt hatte: »Ranko, ich möchte dich gern bei mir haben; willst du mit mir gehen?«

Der Hund besann sich eine Weile, dann erhob er sich missmutig, streckte die Glieder und wandelte wie ein verdrießlicher Wohltäter hinter dem Pfarrer her.

Als dieser in seinem Museum war, stellte er die Lampe auf den Ofen, so dass sie das ganze Zimmer erhellte, zog die Predigt aus dem Kamisol und begann den üblichen Zimmerwandel.

Aber seine Gedanken waren nicht gesammelt. Immer wieder zogen sie hinauf zu dem Burschen, der jetzt in der Nacht droben im Walde stand und mit bitteren Gedanken seiner gedachte. Melchior Stybelius war heute gar nicht mit sich zufrieden, und wenn er kein gutes Gewissen hatte, fiel ihm das Erlernen der Predigt noch einmal so schwer.

Er setzte sich auf sein Ruhebettlein und rief seinen Hund. Als dieser sich nicht rührte, trat er zu ihm, kniete bei ihm nieder und liebkoste ihn. Dann trat er an das Pult und schrieb in ein Büchlein die Worte: »Durch die Barmherzigkeit des grundgütigen Gottes habe ich heute drei Wohltaten erhalten. Erstlich: Bernd, der Jäger, und Apollonia Wamboldin haben mir das Leben gerettet. Zum anderen: Bernd, der Jäger, hat mir meine verlorene Predigt wieder gebracht. Zum dritten: Mein Hund Ranko hat mir die Weiber zum Haus hinausgeheult. Es dünket mich fast, dass ich für die letzte Wohltat am dankbarsten gewesen sei.«

Er ging dann wieder auf und ab und begann an seiner Predigt zu lernen. Aber mit einem Mal ertappte er sich, wie er am Fenster stand, in die Nacht hinausschaute und an das arme Mägdlein dachte, das jetzt wohl auf seinem Lager heiße Tränen weinte.

In solchen Augenblicken wurde in dem alten Pfarrer die Sehnsucht nach seinem verstorbenen Weibe lebendig, und es trieb ihn zu seinem Kinde hin, das der Heimgegangenen in Aussehen und Wesen so ähnlich war.

Auch jetzt verließ er seine Stube und ging leise hinüber in das Wohnzimmer. Er hatte das Bedürfnis, von seinem Kinde gerechtfertigt zu werden, so dass er dann mit geheiltem Gewissen zu seiner Predigt zurückkehren könnte.

Es war, als ob Hanna ihren Vater erwartet hätte. Sie schlug die Chronik zu, in der sie gelesen hatte, und sah ihren Vater an, der gesenkten Hauptes im Zimmer auf und nieder ging.

Als er wieder einmal ihrem Stuhle zunächst war, blieb er stehen, schaute sein Kind an und sagte: »Hanna, ich bringe die dumme Geschichte nicht aus dem Sinn.«

»Ich auch nicht, Vater.«

Sie schauten sich in die Augen. Als Hanna bemerkte, dass die Augen ihres Vaters flimmerten, senkte sie die ihren.

Nach einer Weile hub der Pfarrer wieder an, wie im Verfolg der Worte, die er in sein Büchlein geschrieben hatte: »Weißt du, Hanna, die beiden anderen sind meine Pfarrkinder, und denen bin ich Besseres schuldig als nur ein Herz.«

»Ich kenne nichts Besseres, Vater, als dein Herz.«

Melchior Stybelius streichelte seinem Kinde die braunen Flechten, und seine Augen füllten sich mit Tränen.

»So musst du nicht sagen, Hanna! Aber eines möcht' ich noch von dir wissen. Nicht wahr, Kind, ich konnte doch nicht anders handeln? Ich wäre treulos gewesen gegen mein Amt, wenn ich der Neigung nachgegeben hätte.«

Er liebkoste ihre Flechten, aber die billigende Antwort blieb aus.

»Dann hättest du vorhin auch die Weiber anhören müssen, Vater!«

Der Pfarrer sah betroffen auf.

»Wahrhaftig«, sagte er, »wenn ich sie hätte examinieren dürfen – ich glaube, sie wären jetzt noch da.«

Er trat ans Fenster und schaute durch die runden Scheiben in die Nacht hinaus.

»Hanna!«

»Was willst du, Vater?«

Er drehte sich rasch um und sah scharf zu seiner Tochter hinüber.

»Was würdest du tun an Apollonias Stelle?«

Hanna richtete sich auf, so dass ihr Kopf in den Schatten der Spinde kam, und sagte, ohne sich zu besinnen:

»Ich ginge hinauf zu ihm in seine Wildhütte, noch in dieser Nacht, und würde ihm sagen: ›Da hast du mich, ich bin dein Weib‹; und morgen früh ginge ich mit ihm in die Welt hinaus.«

Der Pfarrer ging auf sein Kind zu und drückte ihr Haupt an seine Brust. Dann sagte er: »Gute Nacht, Hanna«, und ging still auf seine Stube.

Hanna löschte das Licht aus und ging hinüber in ihre Kammer. Das volle Mondlicht fiel herein. Sie öffnete ihre Flechten und setzte sich ans Fenster. Sie schaute hinaus in den flimmernden Schein und gedachte an den Weg des Mädchens durch den stillen Wald den dunkeln Berg hinan.

Da hörte sie ihres Vaters Tür gehen. Sie erhob sich, um ihn nochmal zu grüßen. Sie hatte schon ihre Tür geöffnet. Da sah sie ihren Vater, zum Ausgange gerüstet, mit Hut und Stock aus dem Zimmer kommen.

Unter der Tür wandte er sich noch einmal in die Stube zurück und lockte mit flüsternder Stimme den Hund. Der kam aus seinem Winkel hervor, ging um seinen schmeichelnden Herrn herum und wandelte dann wieder ins Zimmer zurück. Hannas Vater machte noch einen vergeblichen Versuch, seinen Hund zu bewegen, ihn zu begleiten. Dann drückte er leise die Tür in die Falle und schlich die Treppe hinunter. Das Mädchen hörte, wie er die Haustür öffnete und von außen zuschloss, und wie seine Schritte in der Gasse verhallten.

Wie gern wäre sie mit ihm gegangen! Aber sie wusste, dass er sie nicht dulden würde, und sie hatte das Gefühl, dass er bei diesem Gange allein sein müsse. Sie trat ans Fenster und sah zum bleichen Himmel empor. »Hinter dem Hause muss der Mond strahlen«, sagte sie. Er hat hellen Weg. Und betend dachte sie an ihren Vater. Dann ging sie in die Küche, füllte die Ampel mit Öl und kehrte in das Wohnzimmer zurück. Ihr Buch lag noch aufgeschlagen auf dem Tische. Sie suchte, wo sie stehengeblieben war, und las weiter getrosten Herzens und fröhlichen Sinnes.

Es war stille Mitternacht, als der Pfarrer über den mondbeglänzten Marktplatz ging. Er eilte an dem schwarzen Gebirge seiner Kirche vorbei, die

Steingasse hinab, dem Brückentor zu. Hier klopfte er dem Pförtner und nannte seinen Namen. »Ja ja, der Tod geht um drüben über dem Neckar«, brummte der alte Daniel und erhob sich von seiner Pritsche. »Es schleicht zu Weinheim weidlich herum und ist jetzt schon in dreizehn Häusern, und jetzt ist es allbereits in Neuenheim, so dass sie den Pfarrer rufen. Da kann es leichtlich auch hierher kommen. Denn es ist noch niemals zu Weinheim gewesen, ohne dass es auch hierher gekommen sei.«

Der Mann redete von der Pest. Er war ans Fenster getreten und rief hinaus: »Geht nur zu, Herr Pfarrer; die Pforte ist auf!«

Melchior Stybelius öffnete das Türlein und schlüpfte hinaus in die schwarze Nacht, in die der Mondschein durch die Lücken des Brückenbaues neugierig hineinschaute. Der Boden dröhnte unter seinen Schritten, und aufgescheuchtes Nachtgevögel huschte über ihn hin und flüchtete sich in die schwärzesten Winkel des Dachgebälkes. Jetzt stand er vor der aufgetürmten Finsternis des äußeren Tors. Er klopfte an das Fenster und nannte seinen Namen. »Barbara, Barbara!« rief innen der Wächter. »Der Pfarrer geht hinüber. Jetzt fängt in Neuenheim das Sterben an.« Nach einer geraumen Weile kam er heraus mit einer Laterne und dem unförmlichen Schlüssel. Er öffnete die Tür, und der Pfarrer trat hinaus auf die mondhelle Straße. Er eilte dem Ufer entlang; rechts der glitzernde Strom, links das lichterfüllte Rebgehänge. Dann bog er in die nächtige Schlucht ein, die ins Gebirge hinaufführt ...

Er schritt vorwärts, ohne sich umzuschauen, ohne innezuhalten. Alle Müdigkeit war verschwunden, und wenn der Weg steiler wurde, so reizte ihn dies, nur umso schneller zu gehen. Er sah kaum zur Seite, wenn es im Gebüsch raschelte, und er horchte kaum auf, wenn das Echo den Hall seiner Schritte zurückwarf. Nur wenn die Glockenschläge vom Heiliggeistturme zu ihm herüberklangen, blieb er stehen und zählte. Bald war er aus der Finsternis der Schlucht auf die lichtbeglänzte Berghöhe gelangt und eilte nun unter den flimmernden Zweigen der jungen Buchen fürbass, immer hinauf. Er atmete schwer, und der Schweiß brach ihm aus den Poren. Aber er hemmte seine Schritte nicht, bis er oben stand an dem stillen Kreuzwege, wo das Brünnlein klang wie ein Silberglöckchen aus dem heimlichen Mondscheinreiche der Elfen.

Dort hinter dem Gebüsch musste der Baumstamm liegen, wo die beiden Liebesleute gesessen hatten, und hier war der Weg, der zum Holtermann hinaufführte. Hinter diesem, zwischen der einsamen Waldstraße, die von den Römerzeiten her auf dem Kamme des Gebirges hinführte, und zwischen dem steilen Berghang, der in das Siebenmühlental hinabstürzte, lag des Kurfürsten

Hirschgarten, den der Jäger Bernd Hieber vor dem Einbruch der Wildschützen zu hüten hatte.

Melchior Stybelius stieg rüstig den Berg hinan zwischen den hohen Föhren, deren rötliche Gipfel im Mondlicht leuchteten. Darauf kam er in stillen, dunkeln Tannenwald. Hier hörte er seinen eigenen Tritt nicht und atmete auf, wenn er mit dem Fuße an eine unterhöhlte Wurzel stieß. So ging er eine Weile. Dann lichtete sich der Blick. Er sah aus der Finsternis in einen Schlag hinaus, wo ein gespenstischer Tag waltete und auf den klaren Stämmen der vereinzelten Hochbäume sich flimmernde Wipfel wiegten.

Der Pfarrer ging langsamer; es war ihm feierlich zumute, wie wenn er auf die Kanzel stiege. Jetzt war er in den Schlag hinausgetreten. Auf dem Boden wechselten langgestreckte, schwarze Schatten mit breiten lichten Streifen. Dort das unförmliche Ungetüm, das mitten in einem weiten hellen Raum schwarz auf dem Boden klotzte, war der Schatten der Holtermannseiche; und zur linken Hand stieg sie selber empor, auf der Mondseite wie lichter Firnschnee, gegen den Schatten zu wie schwarze Felswand.

Die Gestalt des Pfarrers wandelte hoch zwischen den Bäumen, und ihr gespenstischer Schatten glitt von Finsternis zu Finsternis. Jetzt war der Schatten in die Nacht getaucht, die den Holtermann hütete, und schon wollte er wieder herauswachsen in das Licht hinein und dem nächsten Dunkel zu, da rief aus eben diesem Dunkel eine helle Stimme:

»Halt, oder ich schieße!«

Melchior Stybelius hatte die Stimme erkannt, und das Herz frohlockte ihm in der Brust.

»Bernd Hieber, lasse mich hinaustreten ins Licht, und dann erschieße mich, wenn du willst.«

Eine Weile war alles still, dann fragte die Stimme von vorhin, aber sie bebte:

»Wer seid Ihr denn?«

»Das wirst du alsbald sehen!«

Der Pfarrer trat aus dem Schatten und befreite sein Haupt von dem breitkrempigen Hut.

Da stieß der andere einen Schreckensruf aus und begann:

»Alle guten Geister ...«

Der Pfarrer lachte. »Du Narr, ich werde doch nicht spuken bei lebendigem Leibe.«

Er trat auf den Jäger zu und griff mit der Hand voraus.

»Da ist die Armbrust, und da bist du selber. Hier hast du meine Hand, sie ist Fleisch und Bein und noch warm und lebendig, Gott sei Dank und dir!«

»Was wollt Ihr da oben?« fragte der Jäger entsetzt.

»Ich will zu dir.«

»Zu mir? Wer hat Euch verraten ...« brauste der Jäger auf.

»Verraten? Was ist da zu verraten? Komm heraus aus der Finsternis, dass wir uns in die Augen schauen! Bernd, bist du allein?«

»Ja.«

»Ist niemand in deiner Hütte?«

»Nein.«

»Weit und breit kein Mensch?«

»Keiner, von dem ich weiß.«

»So komm! Ich bin müde. Wir wollen noch ein paar Schritte gehen bis zur Wegscheide. Dort steht eine Bank.«

Sie kehrten auf den Weg zurück und hatten bald die Bank erreicht. Sie lag im Dämmerschein. Der Mond neigte sich zum Untergang.

»Wir wollen uns setzen, Bernd. Leg dein Gewehr auf die Seite und antworte, was ich dich frage. Du wirst mir dieses Mal auf jede Frage antworten können. Aber Bernd, dass du mir die Wahrheit sagst! Versprich mir's bei Gott!«

»Bei Gott!« sagte Bernd.

»Sage, Bernd, warum hast du mich angerufen, als ich noch im Schatten war. Hätte ich Böses im Sinne gehabt, so hätte ich mich rüsten können zur Wehr.«

»Oder Ihr hättet auch fliehen können«, sagte Bernd. »Unter den Wildschützen ist so mancher arme Teufel. Hab' ich ihn nicht gesehen, so brauch' ich nicht wider ihn zu zeugen.«

»Siehst du, Bernd«, sagte der Pfarrer vergnügt, »jetzt bist du in der hundertundsiebenten Frage des Katechismus bestanden. Denn wie lautet selbige? ›Ist's aber damit genug, dass wir unseren Nächsten, wie obgemeldet, nicht töten?‹ Antwort: ›Nein, denn indem Gott Neid, Hass und Zorn verdammt, will er von uns haben, dass wir unsern Nächsten lieben als uns selbst, gegen ihn Geduld, Friede, Sanftmut, Barmherzigkeit und Freundlichkeit erzeigen, seinen Schaden soviel uns möglich abwenden, und auch unseren Feinden Gutes tun.‹ Die Wildschützen sind ja deine Feinde, Bernd ... Warum hast du mir denn heute Mittag die Predigt wieder gebracht? Hättest du sie nicht gebrauchen können, um dir Pfropfen daraus zu machen?«

»Freilich wohl«, sagte Bernd; »aber ich wusste ja, dass sie euch zugehört. Und dann —«

Der Pfarrer fiel ihm erfreut ins Wort: »Wenn du deine Armbrust verlörest und ich fände sie, was wolltest du?«

»Dass ich sie wieder kriege.«

»*Optime!* Die hundertundelfte Frage ist auch bestanden. Denn wie heißt sie? ›Was gebeut dir Gott im achten Gebot?‹ Antwort: ›Dass ich meines Nächsten Nutzen, wo ich kann und mag, fördere und gegen ihn also handle, wie ich wollte, dass man mit mir handle!‹« »Ich habe noch nicht alles gesagt«, meinte der Bursche, und seine Stimme klang verzagt.

»So? Was hast du mir noch zu sagen?«

»Ich habe auch die Apollonia noch einmal sehen wollen.«

»Und mit ihr sprechen wollen?«

»Ja.«

»Und etwas mit ihr verabreden wollen?«

Der Bursche nickte.

Der Pfarrer kraute sich hinter den Ohren. »In der hundertundneunten Frage steht die Sache bedenklich. Weißt du, sie lautet: ›Verbeut Gott in diesem Gebot nichts mehr denn Ehebruch und dergleichen Schanden?‹«

Plötzlich aber ging ein Freudenschein über sein Gesicht, und er rief:

»Umso besser aber weißt du in der hundertundzwölften Frage Bescheid! ›Was will das neunte Gebot?‹ Antwort: ›Dass ich wider niemand falsch Zeugnis gebe, in Gerichts- und allen anderen Handlungen die Wahrheit liebe, aufrichtig sage und bekenne.‹ Zu den Gerichtshandlungen gehört auch das Eheexamen. In der zweiten Tafel bist du gut bestanden, Bernd. Wir wollen jetzt noch ein wenig die erste Tafel vornehmen. Wie du den Berg hinunter gesprungen bist, um mich vor dem Absturz zu retten, hast du da auch an Gott gedacht?«

»Dazu hatte ich nicht die Zeit«, sagte Bernd ehrlich.

»Gut. Wenn du nun selber hinuntergestürzt wärest und wärest todwund zwischen den Steinen gelegen, aber noch mit all deinen Sinnen, was hättest du getan?«

»Ich hätte mich umgeschaut, wo die Apollonia ist.«

»Recht so! Und wenn du sie heil und gesund gesehen hättest, was hättest du dann gesagt?«

»Gott sei Dank! hätte ich gesagt.«

»Vortrefflich! Und wenn sie tot neben dir gelegen wäre?«

»Dann wäre ich zu ihr hingekrochen und hätte ihr die Augen zugedrückt.«

»Und dann?«

»Dann hätte ich gesagt: Gott schenke ihr eine fröhliche Auferstehung!«

»Und wenn das Sterben an dich selber gekommen wäre?«

»Dann hätte ich gesagt, was mich meine Großmutter gelehrt hat.«

»Was hat dich denn deine Großmutter gelehrt?«

Der Bursche faltete andächtig seine Hände, schwieg aber.

»Nun?« ermunterte der Pfarrer.

»Das sagt man nur in Todesnot«, erwiderte Bernd leise.

Eine Weile schwiegen beide.

»Auch in der ersten Tafel bist du gut beschlagen«, sagte der Pfarrer mit weicher Stimme. »So sind wir nun über die Gebote glücklich hinaus«, fuhr er munter fort. »Da in dem gottseligen Wandel nach den zehn Geboten sich des Menschen Dankbarkeit für die Erlösung erweist, diese Dankbarkeit aber den rechten Glauben voraussetzt, so wollen wir annehmen und uns dessen freundwillig versichert halten, dass du auch im Glauben wohl und vortrefflich bestanden seist. Nun aber die Sakramente! Wie wird es wohl damit stehen, Bernd? Das wird ein schweres Stück geben.«

Melchior Stybelius schaute eine Weile vor sich nieder; dann blitzte es schalkhaft in seinen Augen.

»Bernd«, sagte er, »sprich die Wahrheit! Weißt du, was Ubiquität ist?«

»Nein«, antwortete der Jäger betrübt.

»Gott wird dir solche Unwissenheit lohnen!« sagte der Pfarrer feierlich. »Und nun versprich mir, Bernd, erhalte dir diese glückselige Unkenntnis, wenn du nach Amberg kommst, wo die Lutherischen wohnen. Versprich mir, Bernd, dass du dich niemals mit der Ubiquität in deinen Gedanken abgeben willst, und dass du einen jeden, der dir diesen seelenmörderischen Irrwahn empfiehlt, als einen greulichen Verführer verabscheuen willst.«

»Das verspreche ich gern«, sagte Bernd treuherzig und schlug in die hingehaltene Rechte ein.

»So, Gott sei Dank! Jetzt sind wir auch durch die Sakramente glimpflich hindurchgekommen. Bernd, stehe auf!«

Der Pfarrer erhob sich gleichfalls.

»Bernd Hieber, kurfürstlicher Jäger, du hast dein Eheexamen rühmlich bestanden! Übermorgen ist Hochzeit im Pfarrhause.«

»In Eurem Hause?« fragte der Bursche verwundert. »Wer denn?«

»Bernd Hieber und Apollonia Wamboldin.«

Da schwang der Bursche seine Mütze und jauchzte in den Morgenwind hinein.

»Und nun leb wohl bis dorthin! Wann zieht der Kurfürst ab?«

»Am Dienstag nach der Mahlzeit.«

»Und am Dienstag früh um zehn Uhr ist die Trauung in der Heiliggeistkirche.– Welche Stunde mag es jetzt sein, Bernd?«

Der Jäger sah gen Himmel und sagte: »Drei Uhr ist's vorüber.«

»Und um halb neun Uhr habe ich die Predigt zu halten!«

Der Pfarrer fröstelte.

Der Mond war untergegangen. Sein mildes, weiches Reich war von harter, kalter Morgendämmerung verdrängt. Die Schatten waren verschwunden, aber auch das Licht war erloschen, und im kühlen Tau schauerte der Wald. Aus der Tiefe aber klang ein Wachtelruf.

Bernd begleitete den Pfarrer durch den Schlag und den Tannenwald bis an die Wegscheide, in deren Nähe das gestrige Examen stattgefunden hatte.

»Bis hierher darf ich gehen«, sagte er. Er trat aus dem Walde vor und spähte den Weg hinab.

»Nach wem spähst du aus?« fragte der Pfarrer.

Bernd antwortete nicht. »Wollt Ihr mir noch einen Gefallen tun?« fragte er nach einer Weile.

»Welchen?«

»Geht nicht die Hirschgasse hinunter, sondern am Heidenknörzel vorbei über die Kühruhe und die Küblerswiese nach dem Stifte.«

»Warum denn?«

Bernd kämpfte mit sich, aber er fürchtete offenbar, das gute Ergebnis seines Eheexamens zu beeinträchtigen. Er blieb die Antwort schuldig.

»Es ist ein Umweg von einer halben Stunde, aber ich will dir den Gefallen tun, Bernd«, sagte der Pfarrer.

Sie schieden voneinander. Der Pfarrer griff wacker aus. Es war ihm so frisch und fröhlich zumute. Er lauschte auf das Gezwitscher der erwachenden Waldvögel und schaute in den goldig aufdämmernden Morgen hinein.

»Jetzt die Predigt«, sagte er. Er zog die Handschrift aus dem Kamisol. Aber es war noch zu finster, dass er hätte lesen können.

Er steckte sie wieder in die Tasche und suchte sich aus dem Gedächtnis den Gang der Predigt zu vergegenwärtigen. Wie stand sie ihm mit einem Male so deutlich vor der Seele, greifbar in allen ihren Teilen, übersichtlich und durchsichtig! Und wie er nun daranging, sie wörtlich durchzudenken, wie strömten, wie drängten sich die Gedanken, wie stellten sich mühelos die Worte ein! Er hielt die Predigt nicht laut, aber er machte mit der Rechten die Gebärden, während er in der Linken Stock und Hut trug. Jetzt tätschelte er seinem Kurfürsten die Wangen, jetzt hob er drohend die Faust.

Er war gerade an der Stelle angelangt, wo er den scheidenden Kurfürsten vor den Gefahren des Hoflebens warnt. »Wehe denen, die Helden sind, Wein zu saufen, und Krieger in der Völlerei!«

Er hob beschwörend seine Rechte, während er gerade im dichten Kochwald um eine scharfe Wegbiegung stürmte. Da hörte er unmittelbar vor sich den Entsetzensschrei einer weiblichen Stimme.

Als er zu sich kam und vorwärts schaute, da sah er, wie eine schlanke Dirne, die in der Rechten ein Bündel trug, eiligen Laufs den Berg hinunter flüchtete.

Der Pfarrer lachte hinter ihr her. Vergnüglich sagte er zu sich: »So hat denn Bernd, der Jäger, auch die schwierige hundertundneunte Frage bestanden, die vom siebenten Gebot.«

Als er eine Weile fortgeschritten war, kam er an einen Platz, von dem er den Weg bis hinunter auf die Landstraße überschauen konnte. Das Mädchen kam ihm wieder zu Gesicht. Es lief noch immer in der gleichen Fluchtschnelle.

»Ja, springe du nur, Dirnlein!« lachte der Pfarrer behaglich. »Wenn eine sündige Maid einem alten Seelenwächter zuvorkommen will, muss sie früher auf den Beinen sein.«

Eine übermütige Stimmung war über ihn gekommen, als er zu sich sagte: »Meine Hanna wäre mir zuvorgekommen...!«

Als der Pfarrer die Tür seines Hauses öffnete, da leuchtete ihm schon durch das Flurfenster die Morgensonne entgegen. Beim Treppensteigen fühlte er Todmüdigkeit in den Beinen. Aber sein Herz war vergnügt, darum hatte er das Bedürfnis, ein Wesen zu liebkosen, ehe er sich niederlegte. Er trat in die Studierstube, deren dumpfige Luft ihm fast den Atem versetzte, und trat auf seinen Pudel zu. Der Hund war durch die Tritte aufgewacht und sah, schwach mit dem Schwanze wedelnd, seinen Herrn verdrießlich an. »Du bist ein guter Hund, ein schöner Hund, der beste Hund in ganz Heidelberg«, so schmeichelte er der ungnädigen Bestie. Da umschlangen ihn von hinten zwei weiche Arme, eine zarte Wange schmiegte sich an die seine, und sein Töchterlein flüsterte: »Und du hast das beste Herz in ganz Heidelberg.«

»So früh schon auf?« sagte der Pfarrer, der sich die Liebkosung seines Kindes wohlig gefallen ließ.

Hanna erwiderte nichts.

Sie hielt ihren Vater umschlungen und fragte: »Wie ist es ergangen?«

»Gut, gut. Aber ich bin müde. Welche Zeit ist es?«

»Es ist fünf Uhr vorüber.«

»Lasse mich zwei Stunden schlafen, dann wecke mich und halte mir die Morgensuppe bereit. Übermorgen ist bei uns Hochzeit.«

»Bei uns?« rief die Tochter erstaunt.

»Freilich. Aber du nicht. Bernd, der Jäger, und Apollonia Wamboldin.«

Der Pfarrer gähnte.

Hanna sah ein, dass jetzt keine Zeit zu Erörterungen sei. Sie begleitete ihren Vater bis an die Tür seiner Kammer.

»Weißt du auch«, sagte er, mit schweren Füßen an die Schwelle stoßend, »weißt du auch, dass ich über dich bei mir selber ein Urteil getan habe – in Vergleichung?«

»Ich verstehe dich kein Wort. Was für ein Urteil?«

»Das sag' ich dir erst an *deinem* Hochzeitstage. Wenn's dazu kommt«, fügte er seufzend hinzu und ging in seine Schlafkammer...

Der Kirchendiener stand besorgt vor der Sakristeitür und sah den Fischmarkt hinab. Es läutete schon eine Viertelstunde. Der kurfürstliche Hof war bereits erschienen, und der Pfarrer war noch nicht da. Da sah er ihn hinter dem Turme hervorkommen, langsam und schwerfällig, wie einer, der müde Glieder hat. Auch sah er bleich und übernächtig aus; aber seine Augen leuchteten fröhlich.

Der Kirchendiener ging beruhigt in die Kirche zurück, seine Obliegenheiten zu besorgen. Nach einer Weile kam er in die Sakristei und prüfte den Pfarrer von allen Seiten, ob er recht sei. Er zupfte ihm die Krause über dem Predigtmäntelchen zurecht und steckte die hervorlugenden weißen Bändel hinter den Kragen. Dann öffnete er ihm die Tür.

Die Kirche war gesteckt voll. Die Heidelberger wollten noch einmal ihren geliebten Kurfürsten schauen. Er hatte durch seine schlichte Leutseligkeit ihre Herzen gewonnen, und seine Fehler entschuldigten sie. Nicht minder hingen sie an seiner edlen Gemahlin, der Tochter des großen Oraniers. Als das stattliche Fürstenpaar durch ihre Mitte schritt, da hingen hundert Augen voll Zärtlichkeit und guter Wünsche an den hohen, adligen Gestalten.

Aber noch etwas anderes hatte die Heidelberger in die Kirche gezogen. Sie erwarteten, dass ihnen heute der kurfürstliche Erlass wegen des Eheexamens mitgeteilt und ausgelegt werde, und es gab derer genug, die versichert hatten, sie würden laut und deutlich ihr Missfallen kundtun.

Melchior Stybelius sprach heute etwas leiser als gewöhnlich, und seine Stimme hatte einen weichen Klang. Zuerst schien er unsicher zu sein, er redete stockend und versprach sich zuweilen. Aber bald riss ihn die innere Bewegung mit sich. Die Predigt war auf den scheidenden Fürsten gemünzt und sprach schlicht und warm all die Sorgen, Hoffnungen und Wünsche aus, die ein gutes Pfälzerherz in der Abschiedsstunde für seinen geliebten Pfalzgrafen hegte. Der Prediger vergaß alle anderen Menschen, er hatte es nur mit dem Kurfürsten zu tun. Er klopfte ihm auf den Backen, er strich ihm das blonde Haar aus der Stirn, er sah ihm in die hellen blauen Augen hinein und redete zu ihm ehrerbietig und väterlich vor allem Volk. Die Frau Kurfürstin hatte Tränen in den Augen, und Friedrich saß gesenkten Hauptes. Als die Predigt auf den Höhepunkt des strafenden Teils gelangt war und von der Kanzel die Drohung erscholl: »Weh denen, die Helden sind, Wein zu saufen«, da senkte sich das kurfürstliche Haupt noch tiefer, und der erste Reichsfürst saß inmitten der Bürger seiner Hauptstadt wie ein reuiger Sünder.

Nach dem Gesange der Gemeinde und nach dem Gebet kam die Verkündigung des kurfürstlichen Erlasses. Ein Rauschen ging durch die Versammlung. Die Leute stellten sich auf die Zehen, um besser hören zu können. Der Pfarrer verlas den Befehl ohne Erläuterung. Unter den jungen Bürgern entstand ein Räuspern und Scharren. Die Kurfürstin machte ihren Gemahl darauf aufmerksam. Dieser, um eines Hauptes Länge höher denn alles Volk, drehte sich um und ließ seinen Falkenblick über die Menge hinschweifen. Da wurde es mäuschenstille. Der Pfarrer hielt inne, schaute mit suchendem Blick in die Gemeinde hinein, und als er gefunden hatte, senkten sich zwei Mädchenaugen. Dann fing er an mit erhobener Stimme: »Nach rühmlich bestandenem Eheexamen werden zum anderen und letzten Male ausgerufen: Bernd Hieber, der Jäger, und Apollonia Wamboldin. Gott möge solchen zu ihrer übermorgen vorhabenden Hochzeit Glück und Segen verleihen!«

Ein fröhliches Flüstern rauschte durch die Kirche. »Das fängt gut an!« sagten die Mädchen zueinander. Die Burschen aber meinten: »Wenn der Bernd das Examen bestanden hat, dann brauchen wir uns auch nicht zu sorgen.«

Melchior Stybelius stieg die Kanzel hinunter. Unten wartete seiner der Kurfürst und streckte ihm die Hand entgegen. Hierauf trat die Kurfürstin auf ihn zu und dankte ihm mit warmem Blick.

Dann gingen die Herrschaften, von dem Geistlichen geleitet, den mittleren Gang vor und dem Turmtore zu. Die Leute waren in ihren Bänken geblieben, und jetzt streckten sich von allen Seiten dem Kurfürstenpaare die Hände entgegen. »Behüt euch Gott! Glückliche Reise! Kommet gesund wieder!« riefen Männer und Frauen. Ein Mütterchen rief der Kurfürstin zu: »Ein Söhnlein zur

Weihnacht!« Und die hohe Frau dankte mit freundlichem Blick für den guten Wunsch.

Jetzt waren die Scheidenden, vom Volke umdrängt, bis zum Ausgange gelangt. Da blieb der Kurfürst stehen und fragte: »Wo sind denn die Hochzeitsleute, die das Eheexamen so rühmlich bestanden haben?«

»Der Jäger ist droben am Kirschgarten auf der Wacht«, erwiderte Melchior Stybelius.

»Hier ist die Wamboldin!« rief es, und zwei Frauen führten das errötende Mädchen vor das Fürstenpaar.

»Bernd, der Jäger, geht mit nach Amberg; da werden wir seine Liebste auch mitnehmen müssen«, sagte der Kurfürst lächelnd.

»Es ist noch ein Platz auf dem Mägdewagen«, erwiderte die Oranerin.

»Und den Bernd werden wir zum Kutscher machen müssen«, meinte der Kurfürst. »Seine Liebste aber muss zuhinterst sitzen, sonst wirft er uns den Mägdewagen um.«

Lachend ging der Kurfürst aus der Kirche. Vor dem Tore blieb er stehen und sah noch einmal nach dem Bräutchen zurück:

»Wann soll die Hochzeit sein?«

»Übermorgen«, sagte Apollonia knicksend.

»Potz Blitz, da müssen wir unsere Reise auf einen Tag verschieben, Luise!« sagte der Kurfürst zu seiner Gemahlin. »Ich muss natürlich bei der Hochzeit sein, und mein herzliebes Gemahl will auch wieder einmal tanzen.«

Diese verzog schmollend die Lippen.

»Wo werdet ihr beieinander sein? Im Hirschen?«

»In meinem Hause findet die Hochzeit statt, kurfürstliche Gnaden.«

»So? Im Pfarrhause? Wohl zur Probe für des eigenen Töchterleins Hochzeit? So gefallen mir meine Pfarrherren! Was gilt's, gestern haben meine Heidelberger über das Eheexamen gewettert, und heute sind sie vergnügt damit. Das habe ich Euch zu verdanken. Mein Gemahl und ich werden kommen zur Hochzeit! Verlasst Euch drauf. Den Braten werden wir mitbringen. Wie sieht es mit Euerm Keller aus?«

»Kurfürstliche Gnaden werden's ja erproben!«

»Stybel, Stybel!« lachte der Fürst und hob drohend den Finger. »Während Eurer Predigt habe ich auf ein Vierteljahr das Trinken verredet, und Ihr seid der erste, der mich zum Trinken verführt!... Wartet, ihr Schlingel!« unterbrach er sich und kam seiner Gemahlin zu Hilfe. Diese war von einer Kinderschar eingefangen worden. Knaben und Mädchen reihten sich zu einem Kreis um die Fürstin und sangen im Ringelreihen

»Wer ist in diesem Türmelein?
Des Niederländers Töchterlein.
Darf man sie auch sehen?
Nein, der Turm ist viel zu hoch.
Man muss einen Stein abbrechen.«

Vor dem lustig scheltenden Kurfürsten stob das Geflügel kreischend auseinander. Er gab seiner Gattin den Arm und rief der lachenden Kinderschar zu: »Kommt morgen Mittag um zwölf Uhr auf das Schloss, das Lösegeld zu holen. Was wollt ihr denn?«

»Roter Wein
Und Brezel drein.
Was noch dazu?
Paar neue Schuh«,

sangen die Kinder hinter ihm her.

Von dem fröhlichen, grüßenden Volke umdrängt, gingen die kurfürstlichen Herrschaften zu Fuß den Schlossberg hinauf.

Drei Tage später verließ der Hof die Hauptstadt. Aus allen Dörfern strömten die Leute herbei, um ihrem Pfalzgrafen Lebewohl zu sagen. In der Hauptstraße war ein Menschengewoge, so dass sich der Reiterzug, an dessen Ende der Kurfürst ritt, kaum hindurchwinden konnte. Des Rufens und Grüßens und Tücherwehens nahm es kein Ende. Dann kam die Kutsche der Kurfürstin. Es war keine Frau und kein Mägdlein in Heidelberg, das nicht noch einmal hineingegrüßt hätte zu dem lieben, blassen Gesicht. Den Schluss machten die Gesindewagen. Auf einem derben Fuhrwerk saßen acht dralle Mägde, lauter junge Ehefrauen, deren Gatten im Gefolge ritten. Auf der Vorderbank saß Bernd, der Jäger, mit der Peitsche in der Hand, und neben ihm, strahlend vor Glück, seine Eheliebste. Als sie an der Heiliggeistkirche vorüberfuhren, trat der alte Pfarrer Melchior Stybelius auf den Wagen zu. Bernd hielt die Pferde an, und noch einmal schauten die glückseligen jungen Leute in die guten Augen ihres Examinators. Sie schüttelten ihm die Hand, und der Wagen fuhr weiter. Er war noch nicht am Chor der Kirche vorüber, da richtete sich Bernd auf, drehte sich um und tat einen solchen Jauchzer, wie ihn der Heiliggeistkirchenturm bei all seinem Alter noch nicht vernommen hatte. Bis heutigen Tags hat der Turm keinen solchen Jauchzer gehört, und er ist doch seit damals um mehr als dreihundert Jahre älter geworden.

Der Wildfang

»Wildfang! Wildfang!« klang es durch die kurze Gasse. Das Heidelberger Bürschlein, das so gerufen hatte, wartete eine Weile, ob der Kesselflicker, der eben in der kurfürstlichen Kanzlei verschwunden war, wieder herauskomme.

Der Platz war günstig: das Ruferlein stand im Schatten der hohen Mauer des Barfüßerklosters, und man konnte von seinem Standort nach verschiedenen Seiten hin ausreißen. Aber Wartenkönnen war noch nie eine besondere Tugend der Heidelberger Jungen gewesen.

»Wildfang!« rief das Bübchen noch einmal aus Leibeskräften die Kanzleigasse hinauf, dann ging es pfeifend von dannen.

Um dieselbe Zeit begegneten sich zwanzig Schritte davon zwei Männer; der eine ging würdevoll, der andere hatte es eilig.

»In den Rat?« fragte den Schwertfegermeister Johannes der kurfürstliche Apotheker. Johannes, der auf das »Wildfang!« gelauscht hatte, sah den Fragenden gedankenvoll an und nickte. Gleich darauf blieb er stehen und schaute zurück. Es war ihm eingefallen, dass er hätte antworten sollen: »Nein, zur Glockenschau!« Aber der Nachbar bog eben hurtig in die Kanzleigasse ein; dem war es wohl nicht so wichtig gewesen mit seiner Frage.

Johannes nahm die schwarze Mappe, die er in der rechten Hand getragen hatte, unter den linken Arm und zupfte den breiten weißen Kragen über seinem Mantel zurecht. Dann ging er langsam seines Wegs weiter, den Burgweg vollends hinab, am Kloster vorbei, am Marktplatze hin, auf die Heiliggeistkirche zu.

Als er vor dem schmalen, niederen Turmpförtlein stand, schob er einen Schemel zur Seite, der den Zugang versperrte. Der Schemel gehörte dem Geschirrhändler, der zwischen den beiden nächsten Strebepfeilern zur rechten Hand seine Bude hatte. »Guten Morgen, Meister!« grüßte der Mann aus seinem Lädchen heraus. Johannes winkte dankend mit der Hand, dann holte er einen breiten Schlüsselbund aus seinem Mantel hervor und hielt ihn vor sich in die Sonne. Die Sonne kam von hinten her; unter ihrem Glitzern leuchtete das weiße Haar milden Scheines auf dem blendenden Kragen, wie Silber auf einem damastenen Tischtuch. Der Alte beschaute aufmerksam die Schlüssel, dann griff er nach dem richtigen und wollte ihn gerade in das Schloss des Türchens stecken, als sich ihm eine Hand auf die Schulter legte.

Unwirsch sah er sich um, aber als er in die lachenden, grüßenden Augen seines Stubenherrn sah, verflog der Schatten von seiner Stirn.

Es wäre wohl niemand möglich gewesen, verdrießlich in diese fröhlichen Augenlichter zu schauen. Aus einem jungen, lebendigen Antlitz leuchteten sie frisch und ehrlich in die Welt hinaus. Der, dem sie gehörten, mochte guter Leute Kind sein. Die Kavaliersfeder auf dem Hut und der neumodische Degen an der Seite hätten auf einen von Adel schließen lassen, auf einen hannöverschen oder brandenburgischen Junker, wie sie sich damals häufig mit ihren Hofmeistern auf der Reise nach Welschland in dem lustigen Heidelberg aufhielten; aber das derbe, hausgemachte Tuch der Gewandung deutete auf einen Sohn aus schlichtem Bürgerhause, und die Schreibmappe unter dem Arm auf einen Studenten.

»Lasst mich Eure Akten tragen und nehmt mich mit, Hospes!« sagte der junge Mann, und schon hatte er seinem Hauswirt das schwarze Leder abgenommen. »Ich habe Euch etwas Herrliches aus dem *collegium politicum* des Herrn Samuel Pufendorf zu erzählen!«

»Einem anderen schlüge ich's ab«, sagte Meister Johannes und steckte den Schlüssel ins Schloss. »Gerade bei diesem Gange bin ich gern allein.«

»Verzeiht!« sagte der Student betreten und reichte dem Alten die Mappe hin.

»So ist's nicht gemeint!« rief Meister Johannes und drehte den Schlüssel um. »Euch hab' ich immer gern bei mir. Kommt nur mit, Jodokus!«

Er zog das Türchen auf. Aber ehe er eintrat, wandte er sich um und sah forschend und innig seinem jungen Freund ins Angesicht.

Jetzt sieht er mich wieder so an, dachte der Student und öffnete die Lippen; aber der Alte nahm ihm das Wort weg.

»Wir müssen langsam tun; darum will ich vorausgehen.«

Er trat in den Turm.

Dicht hintereinander gingen sie die finstere Wendeltreppe hinauf. Gleich nach den ersten Stufen hatte Jodokus angefangen, ein lustiges Liedlein zu pfeifen, aber als der Meister stehenblieb, unterbrach er sich und fragte: »Es ist Euch nicht recht, wenn ich pfeife; nicht wahr, Hospes?«

»Sonst immer, aber jetzt unterlasst es lieber.«

Johannes ging weiter. Jodokus blieb stehen und rief hinauf: »Soll ich weggehen?«

»Nein, kommt! Aber seid ein bisschen ernsthaft, wenn Ihr könnt.«

Der Alte hielt sich beim Steigen am Seil. Als sie an einem Lichtloch vorüber waren und der helle Schein gerade noch des Jünglings Wange streifte, wandte der Ratsherr langsam den Kopf und schaute dem Studenten ins Angesicht. Dieser sah den Blick nicht, aber er fühlte ihn.

»Meister Johannes«, begann er, »warum schaut Ihr mich immer so an? Oder lasst mich anders fragen: Warum habt Ihr mich überhaupt haben wollen?«

»Heut ist mir's lieb, dass ich jemand eignes bei mir habe, mit dem ich reden kann«, sagte der Alte und stieg langsam vorwärts. »Meine Frau wäre mitgegangen, aber sie kann die Treppe nimmer steigen. Sie wird mich abholen, denn sie weiß, was für ein schweres Herz ich herunterbringe.«

Jodokus war errötet, als ihn sein Hauswirt jemand eignes nannte. Er schwieg eine Weile, dann hub er wieder an.

»Ich meine nicht heute, sondern überhaupt, von Anfang an. Ihr braucht Euch doch nicht mehr die Last mit einem Studenten aufzuhalsen, der Euch nur Unmuss ins Haus bringt? Warum habt Ihr mich denn damals haben wollen? Da komm' ich in den Burgweg hinein und denke bei mir: Dort den alten, lieben Mann mit den freundlichen Augen und dem weißen Haar, den bittest du, dass er dir zu einem Stüblein rate und zu ehrlichen Herbergsleuten. Und wie ich Euch frage, schaut Ihr mich an mit ebensolchen Augen wie vorhin und nehmt mich an der Hand und führt mich in Euer Haus. Hei, wie mir das Herz lachte, als ich in Eure Werkstatt kam! War mir's doch, als wär's meines Vaters seine! Ihr aber führtet mich die Treppe hinauf in die Stube zu Eurer Frau –«

»Vergesset Eure Rede nicht«, unterbrach ihn Meister Johannes, »aber schweiget jetzt. Es spricht sich und hört sich nicht gut beim Treppensteigen.«

Sie gingen nun schweigend weiter, bis sie in ein helles, breites Gemach kamen. Es war der Läuteraum. Die Enden der Glockenseile hingen von der Decke herunter. In einem Winkel führte eine hölzerne Stiege weiter hinauf. Dem breiten Fenster gegenüber in einer Mauernische war ein Bänklein, darauf sich der Alte setzte. Jodokus stand vor ihm und fuhr lebhaft fort:

»Wie mich Eure Frau sieht, schlägt sie die Hände zusammen und ruft: Der Valentin, wie er leibt und lebt! Und Ihr behaltet mich bei Euch, gebt mir ein lustiges Stüblein, von dem ich den Schlossaltan schauen könnte und die schönen Hoffräulein der Frau Kurfürstin, wenn der dicke Turm nicht wäre; und die Hospita hält mich wie ihr eigen Kind. Aber wenn ich nach dem Valentin frage, dem ich so ähnlich sehen soll, dann weicht Ihr mir aus und die Hospita auch, als ob's nicht geheuer wäre, davon zu reden. Hier ist ein Ort, recht dazu geschaffen, wundersame Mär zu hören. Was ist's mit dem Valentin, Meister?«

Der Alte sah vor sich nieder. Nach einer Weile fragte er:

»Habt Ihr niemand in Eurer Familie, der ein Schwertfeger war, wie Euer Vater, und gleichen Alters mit ihm und mir, und der Valentin Herbert hieß?«

»Schwertfeger sind meine Vorfahren alle gewesen«, sagte der Student, »aber der Name Herbert kommt in unserer Schwägerschaft nirgends vor, und auch der Vorname Valentin ist unserer Familie fremd. Zudem ist keiner in unserer ganzen Freundschaft, von dem man nicht reden dürfte. Ihr aller Leben ist recht und schlecht gewesen; es müsste denn —«

Meister Johannes schaute den Studenten aufmerksam an.

»Erlaubt, dass ich mich zu Euch setze!« sagte dieser. Er war bisher vor dem Alten gestanden und hatte mit einem der Glockenseile gespielt, dem einzigen schwarzen unter den fünfen; Meister Johannes hatte ihm zugesehen, und sein Blick war einige Mal mit eigentümlichem Ausdruck dem Wellenlauf des Seiles in die Höhe gefolgt. Jetzt warf der Student das Seil in den Winkel und setzte sich zu seinem Hauswirt.

Jodokus erzählte.

»Als Kinder kamen wir zuweilen von Dillenburg nach Herborn hinüber zu meinem Großvater, dessen Waffenschmiede hinter dem Amthause in der Chaldäergasse lag. Er hatte eine alte Bilderbibel, die wir oft betrachteten. Wenn wir sie durchgeblättert hatten, dann entzifferten wir, was der Urgroßvater hinten auf die letzten Blätter geschrieben hatte. Es waren Nachrichten über seine Eltern und Kinder, wann und wo sie geboren worden sind, wer sie über die Taufe gehoben hat, wo und mit wem sie ihren Hausstand gegründet haben; und wenn sie nicht mehr am Leben waren, stand auch, meist von anderer Hand geschrieben, von ihrem seligen Abschied darinnen. Unter den Kindern meines Urgroßvaters war auch ein Mägdlein angeführt, deren Namen durch einen dicken schwarzen Strich so zugedeckt war, dass er nicht mehr gelesen werden konnte. Dass es ein Mägdlein war, sahen wir daraus, dass am Anfang der Zeile vor dem ausgestrichenen Namen von des Urgroßvaters Hand geschrieben stand: eine Tochter. Hinter dem dicken Strich aber an der Stelle, wo bei den andern von ihrer Verheiratung oder von ihrem christlichen Ende zu lesen war, stand geschrieben: Den Namen der Gottlosen vertilgest du immer und ewiglich. Psalm 9, Vers 6.

Als wir wieder einmal hinter den Blättern saßen, trat gerade der Großvater ins Zimmer. ›Wer ist denn das‹ fragten wir und wiesen auf die verdeckte Schrift. – ›Das war eine Schwester von mir.‹ – ›Wie heißt sie denn?‹ – ›Sie hat keinen Namen.‹ – ›Wer hat den großen schwarzen Strich gemacht?‹ – ›Das hat euer Urgroßvater getan.‹ – ›Was bedeutet denn der schwarze Strich?‹ – ›Der bedeutet: sie ist nicht mehr vorhanden.‹ Damit nahm der Großvater uns das Buch aus der Hand und Schloss es in die Lade. Mir aber geht es seit der Zeit durch Mark und Bein, wenn ich die Worte lese oder höre, die der Erzvater Jakob zu seinen Söhnen gesagt hat: ›Joseph ist nicht mehr vorhanden, Simeon ist nicht mehr vorhanden ... ‹«

»Habt Ihr denn gar keine Spur, wohin Eures Großvaters Schwester verschlagen worden ist?« fragte Meister Johannes.

Nach einigem Nachsinnen sagte Jodokus: »Vielleicht hat sich ihr Schicksal in der Stadt Mainz vollendet. – Hospes, was schaut Ihr mich so an?«

»Woraus schließt Ihr das?«

»Weil es ein Herkommen in unserer Familie ist, die Stadt Mainz zu meiden. Als ich nach Heidelberg zog, sagte mir mein Vater zu guter Letzt: ›Du weißt, Jodokus, kein Schuh aus unserem Geschlecht tritt auf das Mainzer Pflaster.‹«

Das dünne schwarze Glockenseil, das Jodokus vorhin in den Winkel gejagt hatte, zitterte zu seiner Rechten, und er griff von neuem danach, denn er hatte die Gewohnheit, dass seine Hand immer mit etwas spielen musste. Sein Hauswirt aber, dessen Blick darauf gefallen war, legte ihm den Arm über die Schulter und nahm ihm das Spielzeug aus der Hand.

»Ihr seid es«, sagte er mit bewegter Stimme, »meines Herzbruders Gefreund. Die Ähnlichkeit hat nicht gelogen.«

»Habt Ihr die Verschollene gekannt?« fragte Jodokus schier erschrocken.

»Nein, und ich weiß auch ihren Namen nicht. Aber ihr Sohn ist mein Trautgesell gewesen hier in Heidelberg. In Euerm Stüblein hat er gehaust.«

Jodokus sagte zögernd: »Unser Name hat reinen Klang. War er ein ehrenhafter Gesell?«

»Ihr sollt es hören. Aber zuvor muss ich meines Amtes walten. Geht mit hinauf bis auf den Altan, dort wartet meiner, bis ich von den Glocken herunterkomme. Wir setzen uns dann in den Schatten des Turmes, und ich erzähle Euch von Valentin Herbert, Euerm Blutsverwandten, und meinem Herzbruder.«

»Erlaubt, dass ich Euch begleite«, bat Jodokus. »Ich bin immer ums Leben gern zu den Glocken hinaufgestiegen.«

Der Alte sah seinen Genossen freundlich an und nickte ihm zu, dann stand er auf und ging voran die hölzerne Treppe hinauf.

Sie kamen zu der Wohnung des Turmwächters und traten ein. Es waren drei freundliche Gelasse nach Nord, West und Ost. Der Wächter stand in gehorsamer Haltung an der Tür und gab dem Ratsherrn auf seine Fragen gebührenden Bescheid. Meister Johannes prüfte die Feuerlaterne, ließ sich die Brandfahne zeigen, besichtigte das Feuerhorn und maß das Öl im Fläschlein, ob es auch vorschriftsmäßig am Samstag für die Woche erneuert worden sei. Dann trat er auf den engen Vorplatz hinaus und untersuchte die Glockenseile, die hier, wo sie durch den Boden gingen, am meisten gescheuert wurden. Eines sprach er ab, die anderen waren in Ordnung. Nachdem all dies vollendet war, stiegen sie vollends hinauf.

Es ist ein eigen Ding, oben bei den Glocken zu sein. Da hängen sie nebeneinander, die großen und die kleinen, im dicken Gebälk. Es ist feierlich still bei ihnen. Weil sie so mächtig rufen können, darum können sie auch so merkwürdig schweigen. In den Winkeln hinter den Glocken ist es finster, so recht ein Ort für Fledermäuse und Schleiereulen. Aber durch die Schalllöcher flutet der Sonnenschein, und draußen gehen die Winde. Die Schalllöcher sind wunderbar hell und überaus festlich; so gibt es gar keine anderen Fenster mehr in der Welt. Man sieht es ihnen an, dass sich da der Glockenschwall hinausschwingt in die freie Luft hinein.

Die beiden Männer standen an einer Stelle, von wo sie den ganzen Raum überblicken konnten. Der Meister nannte die Glocken eine nach der anderen und erzählte von ihrer jeglichem Berufe. Aber eine, die in dem finstersten Winkel hing und tiefer als alle anderen, nannte er nicht.

»Was ist denn das für ein arm ausgestoßen Glöcklein, das nie keinen Sonnenstrahl kriegen kann und tief unter den anderen hängt?«

Der Meister, der gerade vorsichtig über die Balken schritt dem Ausgange zu, gab keine Antwort; aber als sie draußen waren und die Leitertreppe hinunterstiegen, sagte er: »Das ist die Armesünderglocke.«

Sie gingen an der Turmwohnung vorbei und noch eine hölzerne Treppe weiter hinab. Dann kamen sie an ein Pförtlein. Der Alte stieß den Riegel zurück, und sie traten hinaus auf den Turmaltan.

Da schauten sie auf den fröhlichen Strom zwischen seinen grünen Ufern, auf die dunkle Brücke hinter dem Brückentor und auf die trutzige Stromfeste, den Marstall. Und sie schauten über die Gärten und Wiesen der Vorstadt, über die Türme und Ringmauern hinaus in die lustige Pfalz, durch die der Neckar seine Schleife zieht, und sahen den Rhein in der Ferne leuchten, und darüber schwebten die Wasgauberge in blauem Duft. Und dann schauten sie in den grünen Wald hinein, der zum Greifen nah in die Höhe steigt, und hinüber nach dem Fürstenschloss. Die Fenster glänzten in der Morgensonne, und der rote Stein hauchte eine milde Glut. Hinter dem dicken Turme schaute der Friedrichsbau vor wie ein lachendes Frauenantlitz hinter einer dräuenden Eisenfaust. Und sie schauten in die Altstadt hinunter, die aus tiefen steinernen

Augenhöhlen zu ihnen heraufsah, und deren spitze Giebeldächer sich um die Kirche drängten wie erschrockene Schafe um ihren Hirten. Und sie sahen in die Gassen hinein und mussten lächeln über die fußelnden Männlein und Fräulein; und wenn ein Bübchen über die Straße sprang, sahen sie es, als ob eine Ameise quer über einen Zaunstecken liefe.

Der Himmel war klarblau. Gerade über der Kirche aber hing eine wohlige, schwellende weiße Wolke; die warf einen milden Schatten auf die Stadt, während das obere Tal, die Kuppen der Berge und das ebene Land im Sonnenschein lagen.

Nachdem Jodokus seine Augen geweidet hatte, suchte er das Dach im Burgweg, unter dem sein Stüblein lag. Als er's gefunden hatte, deutete er auf den dünnen Rauchodem, der dem Schornstein entschwebte, und sagte: »Meister, das Feuer auf der Hospita ihrem Herd hat's nicht eilig, gerade wie der Ritterbote daheim in meiner Heimat.« Dann wandte er sich rasch um und rief: »Nun weiset mir den Speyrer Dom, wo die Kaiser begraben liegen.«

Johannes deutete nach der Richtung und sagte: »Seht Ihr dort das Hochgericht in der Ebene draußen, rechts neben dem Gaisberg? Gerade über dem mittleren Galgen seht Ihr die Türme von Speyer.«

Jodokus schaute hinüber; dann senkte er die Augen und rief:

»Hei, da kann man schön in die Stuben hineinschauen!«

»Man kann auch schön hineinschießen!« schmunzelte der Meister. »Habt Ihr's einmal getan?« fragte Jodokus.

»Das will ich meinen, ich und Kunigunde, wir waren die letzten da oben.«

»Wer ist Kunigunde?«

»Ihr werdet's hören, wenn ich Euch jetzt von meinem Hammergesellen, dem Valentin Herbert, Euerm Gefreund, erzähle. – Nicht hierher«, wehrte er, als sich der Student auf das Bänkchen gesetzt hatte, das hinter ihnen an den Turm gemauert war. »Ich muss hier immer nach dem Hochgericht schauen, und das tut meinen Augen weh; kommt, auf der anderen Seite ist auch ein Ruhsitz.«

Sie gingen um den Turm herum und setzten sich. Sie lehnten den Rücken an die Wand und schauten über das Kirchendach und das Rathaus hinüber den alten Strom hinauf in die grüne Bucht der Berge.

Meister Johannes hub an:

»Seit zweihundert Jahren und länger ist die Waffenschmiede am Burgweg zu Heidelberg bei allen, die Schwert und Sporen tragen, löblich bekannt. Hier hat der Vater des Philippus Melanchthon seinem Kurfürsten Flamberge und Hellebarden geschmiedet. Von dem kam die Schmiede auf den Urgroßvater

45

meiner Frau. Sein Enkel, mein herzliebster Schwäher, hatte keinen Sohn, aber ein Töchterlein. Das sollte die Schmiede erben, und jeder, der als Gesell ins Haus zog, wurde darauf angesehen, ob er der Rechte sei, Tochter und Schmiede zu kriegen.

Es war im Jahre zwanzig. In Böhmen brannte das Kriegsfeuer. Aber man dachte bei uns: Heidelberg ist weit von Prag! Das Jahr neunzehn war gut gewesen, und man war fröhlichen Herzens ...«

»Was ist denn das?« unterbrach Jodokus den Erzähler und trat an das steinerne Geländer.

Von der Bergstadt her erscholl ein Geschrei wie von vielen hellen Knabenstimmen. Da man wegen der überhangenden Dächer in die engen Quergassen jener Gegend nicht hineinschauen konnte, war die Ursache des Getümmels verborgen. Aber der Lärm näherte sich der Kirche. An der Mündung der Apothekergasse blieben Leute stehen und schauten hinauf. Also da herab musste die schreiende Schar kommen.

»Sind doch ein hitzig Völklein, die Pfälzer«, sagte Jodokus altklug und schüttelte missbilligend seinen Lockenkopf. »Was die in einem Gässlein zusammenspektakeln, das gibt bei uns einen Landlärmen von Hadamar bis Dillenburg.«

Jetzt hörte man einzelne Rufe aus dem unsichtbaren Chore. Es waren gellende Stimmlein. Nur ein einziges Wort schrien sie, das lautete: »Wildfang! Wildfang!«

»Sie jagen Euerm Kurfürsten einen Wildfang ein«, sagte Jodokus.

Meister Johannes schüttelte den Kopf und erwiderte: »So sind unsere Heidelberger Buben nicht; die stellen viel lieber dem Weibel ein Bein, wenn er einen Wildfang jagen will.«

Jetzt ergoss sich der lärmende Haufen auf die Hauptstraße. Voran ging ein Kessler, der eine Pauke trug, die er geflickt haben mochte, und hinter ihm drein sprangen große und kleine Buben und schrien: »Wildfang! Wildfang!« Der Kessler aber ging unbekümmert seines Wegs, und die Vorübergehenden blieben stehen und lachten.

»So hat die Gasse eine Komödie aus dem Jammer gemacht!« sagte Meister Johannes und strich sich die Haare aus der Stirn.

»Eine Tragikomedia hat heute auch Samuel Pufendorf den Pfälzer Wildfangstreit genannt«, erwiderte Jodokus eifrig. »Davon hab' ich Euch vorhin erzählen wollen. Ihrer fünfe von uns, lauter Rheinländer, haben ihn in einem

Schreiben ehrerbietig darum gebeten, dass er uns im Kollegium sagen möchte, wer recht hat, ob Carolus Ludovicus oder seine Widersacher.«

»Ei der tausend!« rief der Ratsherr neugierig; »und was hat er denn gesagt?«

»Wildfang! Wildfang!« rief es noch einmal vom inneren Tore her, dünn und fremd, wie ein Spinnwebfädchen, das der Windeschwall heraufgetrieben hat.

»Oh, es war eine herrliche Stunde! Wir Ausländer jubelten wie noch nie. › *Recte dixisti*!‹ schrien wir, › *pulcherrime, verissime, splendidissime*!‹ Die Pfälzer, die zuerst Widerpart hielten, wurden mitgerissen. Nur ein paar vom Pfälzer Adel, ein Katzenellenbogen und ein Degenfeld und ein Menzingen, scharrten. Da schrie ich: › *Cui non placuit exito*!‹ Die anderen schrien mit. Da verhielten sie sich still. Der Kurprinz, der zuerst totenblass geworden war, als das Lärmen anfing, wandte sich um und schaute mich freundlich an mit seinen schwermütigen Augen und klatschte in die Hände, dass seine bleichen Wangen rot wurden. Ich weiß, er kann den Degenfeld nicht leiden. Oh, es war ein herrlicher Spektakel!«

»Und was hat denn Herr Samuel Pufendorf für eine Antwort gegeben?«

»Oh, es war so fein und so groß, so wuchtig und so spitzig! Es lässt sich eigentlich nur auf lateinisch sagen.«

»Was war denn der Sinn?«

»Der Streit hat drei Seiten«, sagte er, »eine juristische, eine ökonomische und eine politische. Die Juristen müssen sagen: Der Pfalzgraf hat recht. Denn alle Leute, die nirgends hingehören und darum keine andere Heimat haben als des Reiches Boden, die sind von Rechts wegen dem deutschen König eigen als ihrem einzigen Schützer, so alle Landstürzer und Bastarde und Unehrliche und jedermann, der ohne Fried und Recht ist. Nun hat der Kaiser Wenzel alle Königsleute in jeglichem Gebiet, worinnen dermaleinst das Recht der Franken galt, dem Pfalzgrafen bei Rhein geschenkt für ewige Zeiten. Aber Jahr und Tag darf ein solcher leben und schalten und walten, als ob er frei wäre; aber wenn er zwölf Monate und sechs Wochen und drei Tage an einem Ort gewesen ist, der dereinst zum Frankenland gehörte, dann kann der Büttel des Pfälzers kommen bei Tag oder Nacht, der legt ihm die Hand auf die Schulter und sagt: ›Ich nehme dich im Namen meines gnädigen Kurfürsten zum Wildfang.‹ Jetzt muss er dem Pfalzgrafen zinsen und fronden; kein Teufel kann ihm helfen, es sei denn, dass er ihn in die Hölle holt. So müssen die Juristen sagen. Die Rentmänner aber werden urteilen: Dem Pfalzgrafen ist ein weidlich Mittel an die Hand gegeben, seine Untertanen zu mehren und seinen Schatz zu bessern. Und wenn ein Land so verödet ist wie die Kurpfalz durch den Jammer des großen Krieges, hat dann nicht der Herr des Bodens die Pflicht, dem verderbten Wesen aufzuhelfen? Auch in früheren Zeiten haben die Pfälzer so getan, jedes Mal wenn es galt, die Kraft des Landes zusammenzuraffen. Nie aber war es nötiger als jetzt, und nie günstiger. Denn der Krieg hat auf dem Gebiet des alten Frankenlandes die Hälfte von allem verschlungen, was Recht und Heimat hieß, und die Hälfte aller Menschen dem hingeworfen, dem die Heimatlosen und Rechtlosen gehören. Kein deutscher Fürst würde sich besinnen, sie aufzuheben als ein Geschenk des Schicksals; warum sollte es der Pfälzer tun? – Nun aber hat der Wildfangstreit noch eine dritte Seite, die politische. Von der Politik verstehen die Juristen und Rentmeister unserer Tage so viel wie der Esel vom Saitenspiel. Ist es nicht eine Tragikomödie, dass der deutsche König seine Rechte verschleudert wie ein Verschwender den Silberschatz seines Hauses, und dass ein deutscher Fürst, um seinem Land aufzuhelfen, von Rechts wegen seine deutschen Nachbarn übel traktiert und ausplündert, und dass er, um ein Vater des Vaterlandes zu sein, ein Mitzerstörer des Reiches sein muss? ›Da seht ihr, was das Reich ist!‹ hat er uns zugerufen, und seine Perücke hat der Zorn geschüttert, und seine Augen haben gesprüht. ›Es ist kein Staatsgebilde, es ist ein Untier, das um die Wette mit den Fremden das deutsche Volk verdirbt. Aber das deutsche Volk ist nicht zu verderben‹, hat er gerufen. ›Deutschland ist trotz all seines Unglücks reich an Menschen und an Gütern. Die deutsche Nation ist kriegerisch von jeher, aber sie ist auch zu allen Werken des Friedens in Kunst und Wissenschaft, in Handel und Gewerbe und Ackerbau überaus geschickt. Unter einer starken Krone könnte unser Volk der ganzen Welt furchtbar sein; aber wir wären es nicht, sondern die ganze Welt würde reich werden von dem Segen des deutschen Volkes!‹ – Als er das sagte, ist ein Jubeln und Jauchzen ausgebrochen, dass es nicht zu beschreiben ist.«

Der Erzähler war in der Erregung aufgestanden. Seine Wangen waren gerötet, und mit seinen Locken spielte der Wind.

Meister Johannes schüttelte den Kopf. Er schaute nach dem Schlosse seiner Fürsten hinüber und sagte: »Fröhlich Pfalz, Gott erhalt's!«

Jodokus war den Augen seines Wirts gefolgt und rief: »Seht, wie der Hospita ihr Feuer brennt! Aus dem dünnen Streiflein ist eine Rauchsäule geworden.«

»Lasst das Feuer brennen, wie es will«, sagte Johannes bedächtig. »Kommt, setzt Euch auf das Bänklein und hört mir zu.«

»Ist Euer Hammergeselle Valentin vielleicht ein Wildfang gewesen?«

Der Meister zog die Augenbrauen in die Höhe und sagte: »Ihr werdet's hören. Kommt, setzt Euch her!«

Jodokus verzog den hübschen Mund. Seine Lust, den neuen Verwandten kennenzulernen, schien nicht übermäßig groß zu sein. Zögernd kam er herbei und setzte sich widerstrebend an die Seite seines Hauswirts. Aber ehe dieser den Mund öffnete, sagte der Studiosus fast ängstlich: »Hospes, in meiner Sippe sind lauter ehrenwer–«

Meister Johannes zerschnitt ihm das Wort durch eine gebieterische Handbewegung.

»Wir waren drei Gesellen«, fuhr Johannes fort, »und wir hatten gute Zeiten in der Schmiede verlebt und uns eine braven Batzen erworben. Denn als Friedrich mit seiner Engländerin noch bei uns hauste, war ein herrliches Leben oben auf dem Schlosse und nieden in der Stadt. Da war kein Tag, an dem nicht ankommende und scheidende Gäste an der Schmiede vorbeiritten, und die Lustbarkeiten auf dem Anger nahmen kein Ende. Für uns gab's alle Hände voll zu tun. Die Arbeit war streng, aber mit allerlei Kurzweil vermischt. Die Werkstatt wurde nicht leer von Herren, denen am Zeug zu bessern war, oder die kamen, um Waffen zu kaufen oder zu vertauschen, und mancher, der in einer Kavaliersfehde den Todesstoß erhielt, hatte vorher bei uns die Waffe, die ihm das Leben nahm, prüfend in der Hand gehalten. So gab es für uns viel zu gaffen und zu horchen, zu lachen und zu schwatzen. Dabei waren wir im Hause trefflich gehalten. Des Meisters Tochter Margarete sorgte für den Tisch – der Alte war ein Witwer –, und jeder von uns dreien hätte meinen können, dass sie ihm besonders günstig sei, so unparteiisch bedachte sie der Reihe nach jeden von uns mit seinen Leibspeisen.

Als die Pfalz nach Böhmen gezogen war, wurde es still in Heidelberg, und für uns kamen müßige Stunden. Die Büchsenmacher und die Stückgießer hatten mehr zu tun als wir, denn von unserem Gezeug waren die Rüstkammern trefflich voll. Ein Geselle hätte jetzt ausgereicht, aber der Meister bat keinem von uns ab; es mochte ihm die Wahl wehtun zwischen uns, und geradeso erging's wohl seiner Margarete. Auch von uns dreien kam keinem das Wandern in den Sinn, obgleich es keinem nach dem Geschmack war, auf der faulen Haut zu liegen.

Bald kamen bedenkliche Nachrichten aus Prag und hinter ihnen die Sorgen. Auch in der Pfalz wurde geworben, und unser gnädiger Herr, der Administrator, besann sich auf das pfälzische Wildfangrecht, um die Kriegskasse zu füllen. Alle Zugewanderten wurden aufgeschrieben und ihrer Herkunft heimlich nachgespürt. Unsaubere Gesellen taten dabei Kundschafterdienste. Hatte sich der Wildfang Haus und Hof erworben, so dass kein Verdacht des Auswanderns war, so blieb er unbehelligt; war aber Sorge, dass er aus dem Lande zöge und bar Geld mitnähme, so legte ihm der Büttel die Hand auf die Schulter und fing ihn für den Kurfürsten, dem er fortab zahlen und zinsen musste, dass es eine Schinderei war. Einigen wenigen gelang es, sich vorher hinwegzustehlen; ob sie aber die Freiheit retteten, blieb ungewiss, denn in den Städten und Flecken all des Landes, worüber des Kurfürsten Wildfangrecht ging, saßen kraft alter kaiserlicher Bewilligung pfälzische Ausvögte, um jeden, der bis hierher entronnen war, abzufangen, und man erzählte sich, dass in den Dörfern der Waldecker Zent und anderwärts die Bauern zur Wildfangjagd aufgeboten wurden wie sonst zur Saujagd. Darum waren es nur wenige, die ihr Heil in der Flucht suchten. Es gab einen besseren Ausweg. Wer sich in einem pfälzischen Regiment anwerben ließ, war vor dem Vogte sicher, solange er dem Kurhut diente. So kam es, dass viele Gesellen, mit deren Herkunft es nicht in Ordnung war, die Werkstatt mit dem Rücken ansahen und dem Kalbfell nachliefen. Es verging nicht ein Tag, wo nicht der eine oder der andere von unseren Herbergskameraden in die Schmiede kam und uns zum Abschied lud. Da waren wir dann noch einmal beisammen und sangen gute Reiterlieder. Aber ein herzlicher und aufrichtiger Klang war nicht dabei. Keiner fragte den Scheidenden: ›Warum gehst du?‹ und von selber gab keiner Auskunft. Ein verdrücktes und verschlossenes Wesen hatte überhandgenommen, denn Angeberei und Heimtückerei waren im Schwang. Darum redete niemand von seiner Herkunft, und keiner fragte den anderen danach. Da das Wildfangrecht lange vergessen gewesen war und die Herrschaft es von heut auf morgen hervorholte, war kein Mensch darauf gerichtet, und die Unsicherheit war umso größer. Auf der Herberge, wo es sonst so lustig zuging, ward es einsam und stumm. Handel und Wandel fingen zu stocken an, und wer Herr seines Leibes war, verließ die Stadt, über die krächzend die Raben flogen.

Wir drei blieben. Was ging uns der Wildfangschrecken an? Ich selber war ein Heidelberger Kind, und von den anderen beiden wusste ich nichts anderes, als dass auch sie bürgerbürtige Leute seien. Der eine war aus Friedberg in Hessen, der andere aus Mainz. So hatten wir nichts zu fürchten; und mochte es auch in der Stadt unerfreulich zugehen, wir drei hielten zusammen und hatten aneinander genug. Ich war von uns dreien der älteste und war auch am längsten in der Schmiede. Bald nach mir war Gerwig aus Kaiserslautern herübergekommen. Wir wurden schnell gute Freunde, und außer einem, mit dem ich zusammen in Bacharach vor dem Amboss gestanden hatte, war mir nie einer lieber gewesen als er. Den anderen freilich konnte ich nicht vergessen, und wenn wir des Sonntags nach dem Mittagsmahl in unserer Kammer lagen und die Hieben verzehrten, die Margarete uns mit hinaufgegeben hatte, und die Sonne so freundlich zum Laden hereinschien, und Gerwig sich streckte und sagte: ›Es ist doch eine Staatsherberg, dies Heidelberg‹ – dann erwiderte ich: ›Wenn noch mein Valentin da wäre, dann könnte es nirgends schöner sein in der Welt als hier!‹ – Auf den war aber nicht zu hoffen; er hatte auf dem Rochustag zu Bingen eines Ratsherrn Sohn niedergeschlagen einer Dirne wegen und war flüchtig gegangen. Darauf hatte es auch mir in Bacharach nimmer gefallen wollen, und ich war heimwärts gezogen. Von Valentin hatte ich seit Jahr und Tag nichts mehr gehört.

Da trat er eines Tags in die Schmiede herein und fragte nach Arbeit. Es war an einem Sonntagabend. Wir hatten auf dem Anger mit der Armbrust geschossen und saßen bei einem Kruge Wein in der aufgeräumten Werkstatt. Ich traute meinen Augen nicht, als ich die hohe Gestalt in der Tür stehen sah. ›Kennst du mich denn nicht mehr, Johannes?‹ fragte er. Da flog ich ihm um den Hals.

Valentin gefiel dem Meister ausnehmend wohl. Er war ein Bursche so stattlich und schön, dass ihn jedermann mit Lust ansehen musste. Gemeiniglich schaute er sanft und treuherzig aus seinen Augen, aber wenn er einen rasch anblickte, fuhr ein Feuerstrahl heraus. Dabei war er lustig und gegen jedermann freundlich. Er war die gute Stunde selbst und brachte den Sonnenschein mit, wohin er kam.

In unserer Kammer wurde eine dritte Lagerstatt aufgeschlagen, und am anderen Morgen stand er mit uns am Amboss. Der Meister lachte über sein ganzes Gesicht, wenn er ihn heimlich betrachtete, so flink und geschickt und verständig war er bei der Arbeit.

Ich freute mich über seinen guten Einstand und war daheim und auf der Herberge stolz ob meines Kameraden. Dem gefiel es wohl bei uns, und er beschloss zu bleiben. Ich fragte ihn, ob er nichts zu fürchten habe wegen des Binger Ratsherrn Sohn, den er auf dem Rochusberg zuschanden gehauen hatte. ›Du meinst den Mainzer Fähnrich?‹ erwiderte er gleichmütig. ›Ach was, wer einem Linguisten den Arm gelähmt hat, braucht jetzt in Heidelberg nichts zu fürchten. Auf dem Wege hierher bin ich in Mainz selber gewesen und bin den Stadtknechten vor den Spießen herumgelaufen‹ – ›Das ist tollkühn!‹ rief ich erschrocken. Er zuckte die Achsel und meinte, er blühe unter einem glücklichen Stern.

Leid tat es mir, dass unseres Meisters Tochter über den neuen Gast nicht erfreut zu sein schien. Sie war scheu und stumm in seiner Gegenwart. Als ich sie fragte, ob sie ihn nicht leiden könne, zuckte sie die Achsel, und als ich wissen wollte, was sie gegen ihn habe, sagte sie, dass sie sich vor seinen blitzenden Augen fürchte.

Ein eigentümliches Ding war es mit Gerwig. An jenem Sonntag, wo Valentin kam, war er überaus lustig gewesen, aber mit Valentins Eintritt fiel ein Schatten auf seine Stirn, und er war ein paar Tage lang mürrisch. Aber das wunderte mich bei ihm nicht, denn er war zäh wie Harz, aber treu, wie die Hessen sind.

Es dauerte nicht lange, so hatte ihm Valentin das Herz abgewonnen, und täglich wuchs ihr Gefallen aneinander. Zuerst freute ich mich darüber, dann wurde ich traurig: Ich merkte wohl, dass sie sich lieber hatten als mich; und doch war ich dem einen wie dem anderen der frühere Freund gewesen – jetzt aber war ich beiden entbehrlich geworden. Es entging mir nicht, dass sie mich leiden mochten als einen, der nichts verdarb und es ehrlich meinte; aber ihre Lust hatten sie ohne mich aneinander.

Eines Sonntags badeten wir vor dem Mittagessen. Da sah ich, dass sie sich ihre Zeichen in den Arm geschnitten hatten und Herzbrüder geworden waren, und mir hatten sie nichts davon gesagt! Als wir nach dem Mahle in unsere Kammer hinaufstiegen, kam's über mich mit Grimm und Weh. Die beiden hatten sich schon zum Faulenzen ein jeder auf sein Lager gelegt, und ich verteilte unter sie die Hieben, die mir Margarete mitgegeben hatte. Als ich Gerwig die neunte auf sein Bett hinzählte, fragte er verwundert: ›Hat sie dir heute siebenundzwanzig statt achtzehn gegeben?‹

›Nein‹, sagte ich; ›aber ich mag keine, der Bissen quillt mir im Mund. Es wird das Beste sein, wenn ich meine Vaterstadt verlasse und wieder in die Welt hinausziehe!‹

›Warum denn?‹ fragte Gerwig verwundert.

›Ihr beide braucht mich doch nicht!‹ rief ich unmutig und warf mich auf mein Bett.

Eine Weile waren sie still, dann fing Valentin an: ›O du alter, guter, dummer Johannes!‹

Ich grub den Kopf in das Kissen, um nichts zu hören, aber so viel merkte ich doch, dass beide schwiegen.

Als ich am anderen Morgen in die Schmiede trat, kamen sie wie auf Verabredung auf mich zu, fassten mich freundlich an den Händen, und Gerwig sagte: ›Johannes, wenn es dir recht ist, wollen wir beide auch mit dir

Herzbrüderschaft machen.‹ Da wurden mir die Augen feucht vor Freude. Wir riegelten die Schmiede zu und vollbrachten alles nach Schwertfegerbrauch. Zum Schluss ätzten sie mir ihre Zeichen in den Arm, und ich tat ihnen das gleiche mit dem meinen.«

Der Erzähler streifte Wams und Hemd an seinem rechten Arme zurück und zeigte seinem jungen Freunde die blauen Bilder auf der Kaut. »Das Karnischkettlein mit dem Dolch ist Gerwigs Zeichen«, erläuterte er. »Der gebogene Arm mit dem Schwertfegerhammer in der Faust ist Valentins Emblema; es stammt, wie er sagte, von seiner Mutter Seite.«

»Das steht ja auf meines Vaters altem Siegelring!« rief Jodokus.

Der Meister sah den Studenten bedeutungsvoll an.

»Euer Gefreund ist's, von dem ich erzähle. Doch hört weiter!

Von jenem Tage an hielten die beiden und ich zusammen wie Stahl und Eisen.

Valentin und Gerwig gingen Hand in Hand und Aug' in Auge; aber dabei streckte jeder die Hand aus nach mir, und ich ging bald neben dem einen, bald neben dem anderen. Mich deuchte damals, dass zwischen uns dreien kein Geheimnis und kein verborgener Gedanke möglich sei. Ach, und doch war beides vorhanden!

Es gab eine Sache, über die wir niemals redeten, obgleich sie so nahelag: das war die Frage, ob wir bleiben oder weggehen sollten. Wir saßen in der Schmiede, als ob dies so sein müsse, obgleich wegen der Kriegsläufe die feine Arbeit, für die wir eingerichtet waren, immer seltener begehrt wurde, und wegen des Wildfangwesens Beklemmung und Unmuss in der Stadt von Tag zu Tag zunahmen.

Von unseren Kameraden mussten wir deshalb manchen Spott hören. Sie meinten, dass jeder von uns des Meisters Tochter und die Schmiede ersitzen wollte, und sie wunderten sich nicht wenig über unsere Eintracht bei diesem Geschäft.

Aber nicht Margarete war der Grund unseres Bleibens, sondern ein anderes Frauenbild: das war Margaretens Muhme Kunigunde, die Tochter des Turmwächters auf der Heiliggeistkirche.

Ihr Vater war Schließer auf der Feste Dilsberg gewesen und war von dort mit seiner Tochter an jedem schönen Sonntag herübergekommen in die Burgwegschmiede zu Heidelberg. Das war noch zu der Zeit, wo es lustig in Heidelberg herging. Hatten sich Vater und Tochter in der Schmiede ausgeruht, dann zogen wir sechs, die beiden Alten, die zwei Mädchen und Gerwig und ich

(Valentin war damals noch nicht da) auf den Anger hinaus und vergnügten uns nach Herzenslust. Bald nachdem der Kurfürst nach Böhmen gezogen war, wurde Kunigundens Vater von einem Schlagsfluss heimgesucht, und unser gnädiger Herr, der Administrator, gab ihm aus sonderlicher Huld den leichten Wärterdienst auf dem Turm der Heiliggeistkirche. Seitdem war Kunigunde täglicher Gast in der Schmiede.« –

Der Erzähler schwieg. Jodokus, der zuvor zerstreut zugehört hatte und erst aufmerksam geworden war, als Valentin, der mutmaßliche Sohn seiner Altmuhme, erwähnt wurde, sah seinen Hauswirt verwundert an. Der stand auf und ging den Altan vor bis an das entgegengesetzte Eck. Dort stand er eine Weile und schaute in die blaue Ferne. Dann kam er zurück, setzte sich auf das Bänklein, wischte mit der Hand über die Stirn und fuhr fort:

»So stolz und schön war keine, weder in der Stadt noch droben auf dem Schloss, als des Turmwächters Tochter. ›Sie geht wie eine Pfalzgräfin‹, sagten die Bürgersfrauen neidisch, wenn sie ihr nachschauten, und klagten, dass ihr Gruß hochmütig sei, als ob sie mehr wäre als alle anderen. Sie trug ihre schweren goldenen Zöpfe wie eine Krone auf dem Haupt und neigte beim Gruß ihr Köpfchen so leise, als ob sie für ein unsichtbares Krönlein auf der Flechtenkrone fürchte. Wenn ihr Mündlein nicht lachte, dann schmollte es. Ihr Lachen klang immer von oben herunter wie von einem Altan oder einem weißen Zelter, und wenn sie die Lippen aufwarf, dann sah sie aus, als ob die ganze Welt dazu da wäre, dass die Tochter des Turmwächters der Heiliggeistkirche ihre Glossen über sie mache.

Da ihr Vater am rechten Arme gelähmt war, besorgte sie den größten Teil seines Amtes. Sie löste ihn ab im Ausguckhalten und steckte die Brandfahne hinaus und schlug Sturm, wenn ein Feuer ausgebrochen war. Sie läutete die verschiedenen Glocken, von der Frühglocke bis zum Feierabendglöcklein, und des Sonntags überwachte sie das Zusammenläuten. Des Nachts und von der Mittagsglocke bis zur Vesperglocke war ein Stadtknecht ihrem Vater zur Hand. Gehaust hat sie droben in den Stüblein, die Ihr angesehen habt, und ihr liebster Platz war hier, wo wir jetzt sitzen.

Des Mittags nach dem Zwölfuhrläuten stieg sie den Turm hinab und tat ihre Gänge in der Stadt. War sie damit fertig, so verweilte sie den Rest ihrer freien Zeit in der Burgwegschmiede. Wenn sie hereintrat, kam der lichte Tag. Mit raschem Gruß ging sie an uns vorüber hinauf zu ihrer Muhme. Nach einer Weile, während deren wir Gesellen kein Wort sprachen und auf jeden Laut horchten, kamen die Mädchen herunter und setzten sich auf ein Bänklein der

Esse gegenüber. Da saßen sie und schauten uns zu. Bald hub ein Lachen und Schwatzen an; das Eisen klirrte lustig, und die Funken sprühten dazu. Hatten wir's damit genug getrieben, dann sangen wir: ›Dort droben auf dem Berge, da steht ein Rautensträuchelein.‹ Oder: ›Es steht ein Baum im Odenwald, der hat viel grüne Äst.‹ Es ist nicht zu sagen, wie lieblich ihre Stimme scholl; die flog gleich einer Lerche über die anderen Stimmen hinaus, und der ganze Burgweg war voll süßen Getöns. Einmal war die Pfalzgräfin von Zweibrücken mit ihrem Frauenzimmer hereingetreten während des Gesangs. Sie stand an der Tür und winkte uns zu, dass wir zu Ende singen möchten. Margaretens dünnes Stimmlein hörte man fast nicht mehr, und auch Gerwig und ich schwankten und wurden unsicher und leise, aber unsere Lerche jubilierte geradeso gleichmütig und himmelsgewiss wie sonst, und wundervoll schmiegte sich ihr Valentins Stimme an. Als dann die Pfalzgräfin den Mädchen dankend die Hand reichte, da wurde Margarete über und über rot und knickste bis schier auf den Boden, aber ihr Gespiel neigte das Haupt, wie wenn sie die Kurfürstin wäre und sich die Pfalzgräfin für eine Huld bedankt hätte.

Unseres Meisters Tochter wusste immer etwas zu arbeiten, und auch während des Plauderns und Singens trieb sie jederzeit etwas Nützliches. Kunigunde dagegen hielt die Hände müßig im Schoß, oder wenn ihre schlanken Finger etwas zu schaffen hatten, dann war's ein Spielwerk.

Eines Tages wurde sie von Margarete, halb im Ernst, halb im Scherz, darob gescholten.

Da warf Kunigunde die Lippen auf und sagte: ›Meine Hände treiben ein heilig Werk, darum dürfen sie gemeine Arbeit nimmer tun.‹

›Was ist das für ein heilig Werk?‹ fragte Margarete.

›Glockenläuten!‹ erwiderte sie. ›Wenn ich's unterließe, dann wäre der Tag ohne Segen und die Nacht ohne Gebet.‹

›Darf man der Jungfer nicht einmal helfen bei dem heiligen Werk?‹ fragte ich.

›Warum denn nicht?‹ sagte sie lächelnd. ›Aber nur einer auf einmal. Es ist nur Platz für zwei auf dem Ausruhbänklein.‹

›Umso besser!‹ rief ich und lachte.

Kunigunde aber sagte: ›Ich habe zweierlei Glockenseile, weiße und ein schwarzes. Bei was für einem wollt ihr mir läuten helfen?‹

Sie schaute zu uns her, aber keinen an.

›Bei einem weißen!‹ rief ich.

›Und Ihr, Valentin?‹ fragte sie und beugte sich zurück in den Schatten des Feilenbords, das zu ihren Häuptern war.

›Ich will Euch beim schwarzen helfen‹, sagte Valentin und spannte den Koller, den er über den Bügel gelegt hatte. Er sagte es leichthin und mühsam, wie der redet, der gerade eine schwere Arbeit tut.

›Das ist recht!‹ rief Kunigunde, und eigentümlich klang ihre Stimme. ›Bei den weißen Seilen brauche ich niemand, aber das schwarze geht zu einer schweren, schweren, schweren Glocke. Morgen sollt Ihr mir sie läuten helfen!‹

Gerwig hatte bei diesem Gespräche kein Wort gesagt. Er stand im finstersten Winkel der Werkstatt und feilte drauflos, dass das Eisen knirschte und stöhnte.

Nach dem Abendessen gingen wir drei auf die Herberge zum Wein. Als wir an die Ecke der Ingramstraße und der mittleren Badgasse gekommen waren, zog ein Haufen Menschen die Gasse her.

›Da haben sie wieder einen gefangen‹, sagte Gerwig; ›wer mag es wohl sein?‹

Wir warteten, bis der Trupp vorüber wäre.

Hinter dem Büttel zwischen zwei kurfürstlichen Knechten ging ein Bekannter von uns, ein Grobschmiedgeselle. Er war barhäuptig, sein Wams war zerrissen, und seine Augen waren mit Blut unterlaufen. ›Heute mir, morgen dir!‹ rief er herüber, als er unser ansichtig wurde.

Die Schar war vorbei, und wir gingen langsam unseres Weges weiter, mitten in einer aufgeregten schwatzenden Menge.

›Sie haben ihn vom Amboss weggeholt.‹ – ›Er hat sich am Büttel vergriffen und muss für drei Tage in den Turm.‹ – ›Sie haben ihm eine schändliche Falle gelegt; der krumme Schreiber auf der kurfürstlichen Kanzlei ist schuld daran.‹ – ›Er muss sein Werkzeug verkaufen, dass er den Fahndgulden zahlen kann.‹

So flog es uns von rechts und links in die Ohren.

Als wir in der Herberge angekommen waren, saß der Tisch voll Kameraden, und alle redeten von dem Vorfall. Wir setzten uns zu ihnen und hörten zu und redeten mit.

Niemand hätte vermutet, so hieß es, dass der Herbold ein Wildfang sei. Er habe sich selber verraten. Er sei zu einer Zeit nach Heidelberg gekommen, wo noch kein Mensch hätte denken können, dass die Herrschaft ihr Wildfangrecht hervorhole, darum habe er sich den Tag seiner Ankunft nicht gemerkt. Um ihn zu erfahren, sei er auf die kurfürstliche Kanzlei gegangen. Dort habe man Verdacht geschöpft, dass er vor Jahr und Tag davongehen wolle, und habe ihm ein falsches Datum gesagt, so dass er der Meinung gewesen wäre, er hätte noch lange Zeit. Unterdessen hätte man seiner Herkunft nachgespürt und gefunden, dass er ein Jungfernkind sei und darum dem Pfalzgrafen verfallen. Man habe ihn ruhig gewähren lassen bis auf die Stunde, wo zwölf Monate, sechs Wochen und drei Tage um waren, da habe ihn der Büttel gefangen. Es wurde weiter noch berichtet, dass der Grobschmied, der daran gewesen sei, Meister zu werden, wegen seiner unehrlichen Geburt aus der Zunft gestoßen werden müsse. Es bleibe ihm jetzt nichts anderes übrig, als Soldat zu werden, und er habe doch eine alte Mutter zu ernähren. An all dem Unglück sei niemand schuld als der krumme Schreiber mit seiner Schnüffelei.

›Schlägt denn niemand dem verdammten Schreiber die Zähne in den Hals?‹ rief Valentin ingrimmig. Dann schüttelte er sich, wie er immer tat, wenn er einer Sache los sein wollte, und war bald der Lustigste am Tisch.

Wir brachen alle miteinander auf. Die anderen waren schon auf der Straße, Gerwig und ich standen an der Tür und warteten auf Valentin, der als der letzter vom Tische aufstand. Er nahm seine Kappe von der Wand. Es war niemand in der Stube als der Wirt und wir drei. Im Nebenzimmer saßen noch ein paar Meister. Valentin ging an uns vorüber nach dem Fenster und sah durch die Scheiben in die schwarze Nacht. Dann wandte er sich um, schritt in den Winkel neben dem Schenktisch und blieb vor der Lade stehen, worinnen das Zunftbuch liegt, in das Name und Herkunft aller Gesellen und der Tag ihres Eintritts eingeschrieben sind.

›Nun?‹ fragte Gerwig verwundert.

Valentin aber wandte sich an den Wirt und sagte:

›Holt mir doch einmal das Gesellenbuch heraus! Ich möchte etwas darinnen nachsehen!‹

›Was wollt Ihr denn nachsehen?‹ fragte der Herbergsvater und schaute den Valentin von der Seite an.

Der gab keine Antwort, und der Wirt wartete auf keine, sondern ging in den Keller. Valentin setzte sich zu uns, die wir uns auf der Bank neben der Tür niedergelassen hatten. Valentin harrte des Wirts, und wir anderen schauten verwundert drein; keiner mochte fragen.

Als der Wirt wieder heraufkam, sagte er: ›Der Büttel hat das Buch geholt. Es liegt auf der kurfürstlichen Kanzlei. Wenn Ihr etwas nachsehen wollt, müsst Ihr dorthin gehen.

Dem Herbold hat der Gang die Freiheit gekostet‹, fügte er hinzu und trug den geholten Wein in das Nebenzimmer.

Wir standen auf und gingen nach Hause.

›Was hast du denn nachsehen wollen?‹ fragte Gerwig in der Finsternis.

›Ach nichts, eine Kleinigkeit! Ich sag's euch einmal. Heute ist mir's nicht drum.‹

Als wir in unseren Betten lagen, sagte keiner gute Nacht. Dies war ein Zeichen, dass jeder noch zu plaudern willens war; aber lange fing keiner an. Doch der Wein hatte mich aufgeregt; ich dachte an Kunigunde und an das schwarze Seil, und auf einmal fuhr mir's heraus:

›Ich möchte wissen, welchen von uns dreien sie am liebsten hat.‹

›Du brauchst nicht an sie zu denken, Johannes!‹ sagte Gerwig nach einer Weile. Seine Stimme klang schier hochfahrend.

›Oho! Warum nicht? Das möchte ich doch wissen!‹ rief ich auffahrend. Ich hatte etwas reichlich getrunken.

›Sie ist viel zu steil für dich‹, sagte jetzt Valentin.

›Zu steil?‹

›Ja! Wo man an sie hinkommt, findet man nichts als Absturz. Das ist nichts für dich, Johannes. Mach dich an die Margarete! Die ist wie der Königstuhl von hinten.‹

›Was du schwätzest! Wie der Königstuhl von hinten?‹

›Jawohl! Da geht es so sachte hinauf vom Angelbachtälchen her durch die Wiesen und Felder nach Gaiberg und durch den fröhlichen Wald so allgemach zum Gipfel. So ist die Margarete. Aber die Kunigunde ist wie der Königstuhl von vorne. Aus dem Strom steigt er dachjäh in die Höhe, so steil, dass man den Gipfel nicht sieht. Man weiß gar nicht, wie hoch der Berg ist, wenn man anhebt, hinaufzusteigen. Da bleib du weg, Johannes.‹

›Natürlich, das ist nur etwas für dich!‹ brummte ich. ›Seid jetzt still!‹ sagte Gerwig mürrisch. ›Ich will schlafen. Gute Nacht!‹

›Gute Nacht!‹ sagten wir. Ich wachte noch eine Weile, und solange ich wachte, hörte ich, wie sich Gerwig unruhig in seinem Bett herumwarf.

Am folgenden Tag hatten wir mehr zu arbeiten als sonst. Der Meister war in aller Frühe zu einem werten Kunden, dem Herrn Philipp von Selmstatt, nach Bischofsheim gefahren, um Waffen zu bringen und Waffen zu holen. Da hatten wir drei umso nötiger, fleißig zu sein, denn ein Herr von Gemmingen hatte am vorigen Abend einen Harnisch geschickt, den er zur Vesperzeit wieder haben wollte, und in der Frühe brachte der Büttel ein Richtschwert zum Bessern: es sollte ausgewetzt, geschärft und geglättet werden, und zwar alsbald, denn noch an demselben Tage wurde Hochgericht gehegt. Wir arbeiteten den Morgen über angestrengt, und keiner hatte Lust zum Plaudern.

Als wir nach dem Mittagessen wieder begonnen hatten, kam Kunigunde. Sie trug ein schwarzes Kleid und zeigte ein ernstes Gesicht. Margarete war ihr auf der Straße begegnet; so traten sie miteinander zur Schmiede herein. Gerwig und ich arbeiteten an dem Harnisch, Valentin glättete das Richtschwert. Kunigunde trat alsbald an den Tisch, sah Valentin freundlich an und sagte:

›Ich will Euch helfen!‹

Wir trauten unseren Ohren nicht.

Sie nahm einen Lappen Hirschleder vom Tisch, tunkte ihn in das Putzpulver und begann am oberen Ende zu reiben, da, wo das Eisen in eine breite Spitze zuläuft.

›Rührt das Ding nicht an!‹ rief Valentin und zog das Schwert zurück. ›Wisst Ihr, was das ist?‹

Kunigunde nickte. ›Freilich«, sagte sie; ›das ist auch eine vornehme Arbeit, so gut wie das Läuten.‹

Sie griff wieder nach dem Eisen, wie wenn es ein Gartenmesser wäre, zog es an sich heran und fuhr fort, eifrig zu reiben.

Ohne innezuhalten, sagte sie:

›Ihr helft mir ja heute auch – am schwarzen Seil ziehen!‹

Ihre Wangen glühten.

Wir beiden anderen waren aufgestanden und schauten nach dem Paare hinüber. Mir war der Anblick bitter; aber – ich wusste nicht, wie es kam – ich musste voller Angst an Gerwig denken. Dem zitterte der Arm, so dass das Kettlein am Harnisch klirrte. Von Gerwig gingen meine Augen zu Margarete, die auf einem Schemel saß und Frühbohnen zum Nachtmahl richtete. Sie schaute nach dem Paar hinüber und lächelte glücklich in sich hinein, wie eine, die ein holdes Geheimnis weiß.

Das Richtschwert war nun glatt und hell wie ein Spiegel. Valentin hielt es in die Sonne, und Kunigunde betrachtete die eingegrabenen Zieraten. In der Mitte des breiten Eisens über den zarten Bug hinweg war ein Hochgerichtsbild dargestellt. Der arme Sünder saß auf dem Richtstuhl, die Hände auf dem Rücken, den Nacken bloß, die Augen verbunden. Hinter ihm stand der Rachrichter und schwang das Schwert in beiden Händen. Rechts und links von dem Bilde war je eine Inschrift. Kunigunde las:

›Die   Herren   wehren   dem   Unheil.
Ich exequiere ihr Urteil.‹

›Weiß der Mann sonst nichts?‹ fügte sie geringschätzig hinzu. Dann las sie leise den Spruch auf der anderen Seite und sagte: ›Das lautet besser:

Wenn   ich   das   Schwert   tu   aufheben.
Dann schenke dir Gott das ewige Leben.‹

Sie sah das Bild an.

›Wenn er so hinter dir steht, kann nur deiner Seele noch geholfen werden‹,
sagte sie zu dem armen Sünder auf dem Bild.

›O nein‹, erwiderte Valentin, und seine Stimme klang bewegt. ›Wenn jetzt
ein Weib die Arme um ihn schlingt und ruft: Ich begehre dich zum Gatten!,
dann hat sie das Recht, seine Stricke zu zerschneiden und ihn frei und ledig von
dannen zu führen.‹

›Ist das wahr?‹ fragte Kunigunde.

›Ja, es ist Rechtens seit alter Zeit‹, versicherte ich.

›Das tut keine!‹ rief Kunigunde.

›Wenn sie ihren Schatz von Herzen lieb hat?‹ warf Margaretens sanftes
Stimmlein ein.

›Gehört sie dann nicht in des Henkers Sippe?‹ fragte Kunigunde.

Es musste jemand mit dem Kopfe genickt haben, denn sie richtete sich hoch
auf und rief: ›Pfui! Dann ist sie ja unehrlich und gehört zu denen hinter der
Stadtmauer am Mantelbau! Pfui!‹

Während sie dies sagte, schaute ich zufällig nach der offenen Türe und sah
den Büttel den Burgweg herunter kommen, aber ich sah auch, wie Valentin bei
Kunigundens Worten totenblass wurde.

Der Büttel tappte jetzt über die Schwelle, blieb stehen und sah sich um.
Schmunzelnd betrachtete er die beiden Mädchen und sagte: ›Bei euch geht's
lustig zu!‹

Dann fragte er: ›Ist der Kitzelstecken fertig?‹

Valentin legte das Schwert in seine Scheide und überreichte es dem Büttel.

Der nahm es und fragte:

›Seid Ihr nicht der Valentin Herbert aus Mainz?‹

›Der bin ich; was soll's?‹

›O nichts‹, sagte der Büttel und sah Valentin freundlich an. ›Unsereins muss
einen jeden kennen, von Amts wegen.‹

Dann zog er das Eisen heraus und betrachtete die blitzende Schneide.

›Hui!‹ rief er und zog die Schultern in die Höhe. Er stieß das Eisen schnell
wieder in die Scheide. Dann wog er das Schwert in beiden Händen.

›Schwer ist's! Aber der Kerl hat auch einen Nacken wie ein Stier. – Wohl
bekomm's! Wohl bekomm's! – So! Jetzt kann ich wieder gehen. – Viel
Vergnügen miteinander!‹

Während der Büttel zur Tür hinauspolterte, trat Kunigunde zu Valentin. Auch sie war blass geworden.

›Ihr wisst jetzt, wobei Ihr mir helfen sollt; seid um sechs Uhr im Turm. Und‹ – sie betrachtete ihn vom Kopf bis zu den Füßen – ›ich habe mein Nachtmahlkleid angelegt.‹

Als sie, von ihrer Gespielin begleitet, weggegangen war, arbeiteten wir schweigend, jeder mit seinen Gedanken beschäftigt.

Eine halbe Stunde vor sechs Uhr legte Valentin still die Arbeit nieder. Keiner von uns anderen schaute auf, und keiner sagte ein Wort. Er ging die Stiege hinauf. Nach einer Weile kam er wieder herein in seinem Sonntagsgewand, mit hellen Wangen und Händen. Guten Feierabend wünschte er uns und verließ die Schmiede.

Wir arbeiteten weiter, ohne zu reden. Als es sechs Uhr zu schlagen anhob, legte Gerwig die Arbeit hin. Ich tat dasselbe. Wir lauschten. Als der letzte Stundenschlag verhallt war, fing das Armesünderglöcklein an zu läuten.

Ich kannte den Ton von Kindesbeinen an. Es kam mir vor, als hätte es nie so laut und hurtig geklungen. Natürlich; sie waren ja auch zu zweit.

Nach einer Weile hörte die Glocke auf. ›Das ist die erste Pause‹, sagte ich; ›jetzt geht der arme Sünder am Kirchturm vorüber.‹

Ich nahm die Arbeit wieder auf. Gerwig stand am Fenster und schaute in den Hof. Plötzlich schnellte er herum und fuhr mich an: ›Was willst du?‹

›Ich habe nichts gesagt‹, erwiderte ich und arbeitete weiter. Er wandte sich dem Fenster zu und starrte wieder in den Hof hinaus.

Jetzt fing das Glöcklein von neuem an. Der arme Sünder war am inneren Tore angelangt.

Es war mir, als habe die Glocke mit dem schwarzen Seil noch nie so schrillen Ton gehabt. Man hörte es ihrem wilden Klingen an, wie das Erz in den Lüften flog. Das Triumphieren des trunkenen Glöckleins nahm kein Ende. Es war nimmer zum Aushalten. Ich drückte mir die Ohren zu, aber das schneidende Sausen fand doch seinen Weg zu meinem Gehör. Gerwig lief in der Schmiede auf und nieder und schlug an das Eisenblech, das an den Wänden hing und in den Winkeln lehnte, damit der unheimliche Jubel vom Turme übertönt werde. Als er wieder einmal an mir vorüberfuhr, fielen mir die Hände von den Ohren, so erschrak ich über sein verzerrtes Gesicht.

Da merkte ich, dass die Glocke schwieg. Dann war mir wieder, als ob sie weiter läute. Sie hatte wirklich aufgehört. Aber durch die Lüfte zog ein scharfes Summen, und der Glockenton bebte mir noch im Mark.

›Läuten sie wieder?‹ fragte Gerwig.

›Nein‹, erwiderte ich. ›Die zweite Pause dauert länger als die erste.‹

›Ewig lang, ewig lang!‹ stöhnte Gerwig.

Dann rief er: ›Warum läuten sie denn nicht? Der Kerl ist ja schon zum Speyrer Tor hinaus!‹

›Sie werden gleich wieder anfangen‹, sagte ich, um ihn zu beruhigen.

Gerwig fuhr herum und sah mich ingrimmig an. Ich las ihm das Wort von den Lippen, das er mir zurufen wollte.

Dann zischte er: ›Sie sollen wieder läuten!‹ und schrie: ›Läutet! Läutet! Läutet!‹

Endlich fing das Glöcklein wieder an zu läuten. Gerwig horchte.

›Läuten sie?‹

›Ja.‹

Da nahm er ein Blech, warf es auf den Amboss, ergriff den größten Hammer und schlug darauf los, dass die Schmiede mit Getöse erfüllt war.

›Hör auf!‹ rief ich. ›Man wird ja verrückt!‹

Ich zog ihm das Blech unter dem Hammer weg. Da schmiss er den Hammer in den Winkel und warf sich auf einen Stuhl.

Wir lauschten. Das Glöcklein schwieg.

Ich machte mich daran, die Werkstatt aufzuräumen.

Gerwig stützte den Ellbogen auf das Knie, legte das Kinn in die Hand und schaute unverwandt nach der Tür. Er atmete schwer, und das Haar hing ihm in die heiße Stirn.

Nicht lange, so tat sich die Tür auf, und Valentin trat mit fröhlichem Gruße herein. Wir schauten ihm ins Gesicht. Ich sah ihm an, mit einer Gewissheit, die ich hätte beschwören mögen, dass er Kunigundens Mund geküsst hatte. Ein stolzes Lächeln lag auf seinen Lippen, und er kräuselte sie so voller Übermut, wie wenn sie ihm ihr Lachen und ihr Schmollen aufgehusst hätte.

Ich schaute Gerwig an, ob der es auch sähe. Ja, er sah es auch. Seine Unterlippe bebte, unsere Augen begegneten einander, und wir verstanden uns.

Valentin war erregt und voller Gedanken. Lichter und Schatten flogen über sein Gesicht. Er ging unruhig im Gemach umher. Seine Augen ruhten zuweilen auf Gerwig und auf mir, wie wenn er uns etwas sagen wollte, was ihm schwer über die Lippen ging. Als er einmal hinter Gerwig stehenblieb und die Stuhllehne mit den Händen fasste, stand Gerwig auf, als ob er es nicht bemerkte, und ging zur Tür hinaus. Auch ich ging meines Wegs, und an diesem Abend redete keiner ein Wort mehr mit dem anderen.

Als ich in unsere Schlafkammer trat, lag Gerwig schon zu Bett. Ich merkte, dass er noch wache, aber es war mir nicht um ein Gespräch. Ich hatte mich kaum niedergelegt, als Valentin hereinkam. Er lauschte auf der Schwelle, und da wir beide still waren, trat er leise herein, entkleidete sich rasch und bestieg sein Lager. Ich hörte, wie er einige Mal tief aufseufzte. Dann richtete er sich auf und sagte:

›Gerwig! Johannes! Gerwig! Wacht ihr? Hört ihr, was ich sage?‹

Gerwig gab einen Laut von sich, und ich fragte: ›Was willst du?‹

›Wisst ihr noch genau, an welchem Tage ich hierhergekommen bin?‹

Eine Weile gab ihm niemand Antwort. Dann sagte ich:

›Nein. Es wird etwa ein Jahr sein. Warum fragst du denn?‹

›Der Kurfürst war noch in Heidelberg‹, sagte Valentin; ›es war ein Sonntag?‹

Ich bestätigte es. ›Ja. Und Kunigunde war dagewesen. Aber die kam damals an jedem Sonntag vom Dilsberg herein.‹

›War es noch im Juli? Oder war es schon im August? Das weiß ich nicht.‹

Nach einer Pause sagte Gerwig, der bisher geschwiegen hatte: ›Ich weiß, wann du gekommen bist.‹ – ›Wann war's?‹ – ›Im Kopfe hab' ich's nicht.‹ – ›Hast du's aufgeschrieben?‹ – ›Ja.‹ – ›Wo denn?‹ – ›Nicht hier.‹ – ›Aber wo denn? Wo steht es denn?‹ – ›Im Wald.‹ – ›Im Wald?‹ – ›Ja.‹

Ich fuhr auf. ›Gerwig, redest du im Traum?‹ fragte ich.

›O nein, ich wache. Ich habe im Wald eine Buche; in ihre Rinde habe ich alles eingeschrieben.‹

›Und da steht auch, wann ich gekommen bin?‹

›Jahreszahl und Monat und Tag. – Daneben ist eine Armbrust in die Rinde geschnitten.‹

›Was bedeutet die Armbrust?‹

Gerwig antwortete leise: ›An dem Tag hat Kunigunde mit meiner Armbrust geschossen. – Am Abend dieses Tages – ich erinnere mich ganz genau – bist du gekommen.‹

Eine gute Weile war es still.

›Schau doch in dem Herbergsbuch nach!‹ rief ich, denn es war mir, als müsse ich ihn und Gerwig auseinanderhalten.

›Das ist ja auf der Kanzlei.‹

›Ich will für dich hingehen und fragen.‹

›Aber die Halunken geben es nicht aus der Hand.‹

›Nun gut; drum fragt man sie.‹

›Ach‹, sagte Valentin, ›dann denken sich die Schufte wer weiß was!‹

›Lasse sie denken, was sie wollen!‹ meinte ich.

Gerwig aber fragte: ›Warum möchtest du denn wissen, wann du gekommen bist?‹

›Ach‹, erwiderte Valentin, ›ich möchte wissen, wann Jahr und Tag seitdem vergangen sind, zwölf Monate, sechs Wochen, drei Tage.‹

Da richtete sich Gerwig im Vette auf und fragte: ›Du bist doch kein Wildfang?‹

›Wo nicht gar!‹ rief ich, aber das Herz klopfte mir beklommen. ›Valentin ist so wohl geboren wie du und ich. Stammt nicht dein Vater aus einem sächsischen Pfarrhaus und deine Mutter aus einer nassauischen Schwertfegerfamilie?‹

›Das ist wahr, aber ...‹

›Was aber?‹ rief Gerwig.

›O ihr lieben Herzbrüder‹, seufzte jetzt Valentin, ich habe niemand in der Welt, dem ich mich anvertrauen darf, als euch, und ich will euch alles sagen, damit ihr mir raten und helfen könnt!‹

›Schweig!‹ sagte ich, aber zu gleicher Zeit sagte er:

›Meine Mutter hat meinen Vater vom Henkerskarren zum Gatten geholt.‹
Es wurde still im Gemach.

›Du bist unehrlich und rechtlos‹, sagte Gerwig nach einer Weile.

›Ja, das bin ich. Und ihr seid meine Herzbrüder. Dich, Johannes, habe ich immerdar als einen treuen deutschen Gesellen erkannt, und du bist mein allerliebster Gerwig – auf der Erde und im Himmel und in der Hölle mein Gerwig. Mein Geheimnis ruht jetzt in euern Händen. Es reut mich nicht, dass ich's euch gesagt habe.‹

›Weiß jemand davon in Heidelberg?‹ fragte ich.

›Ich glaube nicht. Aber in Mainz gibt es noch viele, die es erlebt haben, und wie leicht kann einer von denen hierher kommen.‹

›Darum möchtest du fort, ehe Jahr und Tag vorbei ist‹, sagte Gerwig.

Ich aber schalt Valentin: ›Du hättest gleich gehen sollen, vor einem Vierteljahr, als das Wildfangwesen anfing, oder hättest dich wenigstens damals nach dem Tag deiner Ankunft erkundigen sollen; das Buch lag noch lange auf der Herberge, und das Fragen war noch unverdächtig.‹

›Freilich‹, klagte Valentin. ›Aber ich dachte, ich hätte noch Zeit genug. Und vor dem Fortgehen fürchtete ich mich geradeso wie vor dem Gefangenwerden.‹

›Und jetzt?‹ fragte ich.

›Sie will ja mit!‹ jubelte Valentin. ›Habe ich noch acht Tage Zeit, so wird alles gut.‹

Dann richtete er sich auf, setzte sich auf des Bettes Rand und fuhr fort:

›Liebe Brüder, ich bitte euch, dass ihr mir helfet. Hundert Gulden habe ich, und wenn mir jeder von euch noch fünfzig Gulden leiht auf deutsches Gesellenwort, dann reicht es für uns. Wir ziehen fort aus des Pfalzgrafen Jagdbann, fort von der Heimat meiner Mutter und über die Heimat meines Vaters hinaus. Ich weiß eine Stadt, weit von hier, wo es für einen Fremden leicht ist, Meister zu werden, wenn er nur ein Deutscher ist.‹

›Was ist das für eine Stadt?‹ fragte ich.

›Auch das will ich euch verraten: Rosenberg in Schlesien, wo die Polen wohnen. Aber die Deutschen sind Herren, und die Polen sind Knechte.‹

›Und Kunigunde geht mit?‹

›Die geht mit.‹

›Und den lahmen Vater lässt sie zurück?‹ fragte ich ingrimmig.

›Den nehmen wir auch mit!‹ erwiderte Valentin. ›Wir kaufen ein Kütschlein und zwei Pferde. Hab und Gut machen sie zu Geld, dann haben wir noch einmal hundert Gulden. So fahren sie gemächlich, und ich reite daneben. Irgendwo unterwegs, wo die Herberge gut ist und die Vögel am schönsten singen, halten wir Hochzeit.‹

›Die Vögel singen nirgendwo um diese Jahreszeit‹, sagte Gerwig trocken.

Ich aber rief: ›Und das alles habt ihr miteinander ausgemacht, das schwarze Seil in den Händen?‹

›Das und noch viel mehr.‹

›Das ist ein unheimlicher Verspruch.‹

›Wir haben das schwarze Seil regiert und dem Tod kommandiert‹, sagte Valentin.

›Oder ihr habt ihn herbeigeläutet!‹

Valentin legte sich auf sein Bett zurück. Es war wieder still im Gemach.

›Geht denn Kunigunde gern so weit hinweg zu den fremden Menschen?‹ fragte ich, um das unheimliche Schweigen zu brechen.

›Ja, sie geht gern. Denn die Meistersfrauen gelten dort geradesoviel wie die Edelfrauen bei uns. Und sie braucht dort keine gemeine Arbeit zu tun. Sie kann so viele Knechte und Mägde haben, als sie nur will, lauter Polacken.‹

›Weiß Kunigunde von deiner unehrlichen Herkunft?‹ fragte jetzt Gerwig, der lange geschwiegen hatte.

›Nie darf sie davon erfahren!‹ rief Valentin. ›Ihr kennt sie ja, wie sie so stolz ist! Nicht umsonst heißt sie die Pfalzgräfin. Wenn sie je erführe, was ich bin, und was sie durch mich geworden ist, das könnte sie nimmermehr ertragen! Sie ist des Glaubens, dass ich auswandern will, weil ich dort rascher Meister werde als sonst irgendwo, und weil sie es dort besser bekommt als hierzulande.‹

›Aber wenn du nicht mehr so viel Zeit hast, wie du meinst, und auf heute oder morgen entrinnen musst?‹

›Das ist nicht möglich. Ich habe gewiss noch vierzehn Tage Zeit.‹

›Aber gesetzt den Fall?‹

›Dann stell' ich etwas an, dass ich fliehen muss. Ich schleich mich vor der Vesperzeit, wo Kunigunde in der Schmiede ist, durch die Gärten auf die Kanzlei und schlage dem Schreiber, der unseren Kameraden, den Serbold, verraten hat, die Zähne in den Hals. Dann schließ ich die Kanzleistube zu und nehme den Schlüssel mit und springe durch das Fenster in den Winkel und durch die Gärten hierher. Ich sag' der Kunigunde: ›Ich habe mit dem Schreiber Händel bekommen und hab' ihm das und das getan, ich muss außer Landes fliehen, gehst du mit?‹ – Ich weiß, sie geht mit. Denn sie liebt mich; und Gefahren schrecken sie nicht, die locken sie an. Sie vertraut darauf, dass ihr und Margarete ihren Vater versorgen werdet. Ihr habt mir derweilen ein Pferd verschafft und zu deinem Oheim Johannes, dem Gärtner im Klingenteich, in den Stall gestellt. Dort treffen wir uns auf verschiedenen Wegen und reiten den Klingenteich hinauf nach Waldhilsbach zu und weiter nach einer Reichsstadt, wo man die Pfälzer nicht mag, nach Wimpfen oder Heilbronn. Dort sind wir vorerst sicher. So hab' ich mir alles ausgedacht, und ich vertrau dabei auf euch. Und nun, liebe Herzbrüder, wollt ihr mir helfen?‹

›Ja‹, erwiderten wir, zuerst ich, dann Gerwig.

Gerwig fügte hinzu: ›Ich weiß ein gutes Pferd in der Vorstadt, das ist feil.‹

Valentin überhörte dies und sagte:

›Schwöret mir jetzt, dass ihr weder meiner Braut noch sonst irgendeinem Menschen sagt, was ihr von meiner Herkunft wisst.‹

Wir richteten uns auf.

›Ich schwör's bei meiner Seligkeit!‹ sagte ich, und Gerwig tat den gleichen Schwur.

Dann schlug Gerwig Feuer und entzündete die Ampel. Er und ich stiegen aus unseren Betten, und jeder holte aus seiner Truhe fünfzig Gulden, die er dem Valentin auf die Bettdecke zählte. Der wickelte das Geld in ein Tuch und schob es unter sein Kissen.

Als wir wieder in unseren Betten lagen, sagte Valentin: ›Morgen ist der Kurfürstin Geburtstag, und Feiertag auf herrschaftlichen Befehl. Da gehen wir in der Frühe zu deinem Baume, Gerwig, und schauen nach dem Tage.‹

›Nein, nein‹, rief Gerwig hastig. ›Mein Baum wird keinem Menschen verraten. Aber ich will hinausgehen und dir die Kunde bringen.‹

›Wenn ich noch acht Tage Zeit habe, ist alles gut, und so viel ist es gewiss noch.‹

Und dann sagte er uns viel tausend Dank und wünschte uns gute Nacht. ›Nun hab' ich ein leichtes Herz‹, sagte er noch. Dann wurde es stille.

Ich lag noch eine Weile wach. Valentin war alsbald eingeschlafen. Man hörte seinen tiefen, ruhigen Atemzug. Gerwig lag unbeweglich, aber ich merkte wohl, dass er wache. Endlich schlief auch ich ein.

Gegen Morgen wachte ich auf, von einem Traum erschreckt, Um seiner los zu werden, richtete ich mich auf. Valentin lag auf dem Rücken und schlief ruhig. Ich sah nach dem anderen Bett, und es überlief mich: Gerwig saß aufrecht und schaute zu Valentin herüber. Unsere Blicke begegneten sich. Da legte er sich zurück. Ich tat das gleiche und war bald wieder eingeschlafen.

Als ich erwachte, hatte Gerwig schon Lager und Zimmer verlassen. Valentin stand angekleidet am Tisch und zählte sein Geld. Aber zwischenhinein lachte er und sang und plauderte mit den Gulden, so dass er immer wieder von vorn anfangen musste. Endlich hatte er seine Barschaft beisammen: es waren zweihundertsiebzehn Gulden. Er band sie wieder in das Tuch und legte seinen Schatz in die Truhe. Dann kam er auf mich zu, schloss mich in die Arme und nannte mich seinen allerliebsten Bruder; und er lobte Gerwig als den treusten Freund. Er gönne mir von Herzen die schöne Schmiede mit der Margarete, und dem Gerwig alles gute Glück und das schönste Mädchen von der Welt nach seiner Kunigunde. Er werde uns das geliehene Geld auf der kaiserlichen Post zurückschicken mit den schönsten Stücken aus seiner Werkstatt und mit polnischen Pelzen für unsere Frauen, und wir sollten es erleben, dass er dankbar sei.

Mitten in diesen Reden trat er auf einmal ans Fenster, drehte sich kurz um und sagte mit einem angstvollen Schein in den Augen: ›Nicht wahr, Johannes, es wird alles gut?‹

Als ich angekleidet war, gingen wir in die Stube hinunter. Der Meister war in der Nacht von Bischofsheim zurückgekehrt und saß mit Margarete am Tisch.

Es war der erste Geburtstag der Kurfürstin, seit sie Königin von Böhmen war. Deshalb wurde auf Befehl der Herrschaft in der Stadt gefeiert. Um das gedrückte Gemüt des Volkes zu erquicken, veranstaltete der Rat des Nachmittags auf dem Anger ein Armbrustschießen, das vor dem großen Krieg in Stadt und Land die liebste Lustbarkeit war. Der Meister und Margarete beredeten gerade mit uns, wie wir den Tag zubringen sollten, als Gerwig eintrat. Er war vor dem Frühstück ein wenig im Freien gewesen. Nachdem er den Meister und Margarete begrüßt hatte, gab er Valentin und mir die Hand. Er war totenblass, aber sein Blick war ehrlich und sicher. Als er Valentin die Hand drückte, sah er ihm fest und tief in die Augen.

Nach dem Frühstück verkündete Valentin dem Meister und dessen Tochter, dass er mit Kunigunde versprochen sei. Margarete lachte über ihr ganzes Gesicht, aber der Meister machte eine sauersüße Miene. Ich glaube, er hätte jeden von uns zwei anderen der Kunigunde lieber gegönnt als den Valentin, den er wohl seiner eigenen Tochter zugedacht hatte. Doch schluckte er den Ärger hinunter und wünschte Glück, wie es sich ziemt.

Als wir anderen uns wieder um den Tisch gesetzt hatten, verließ uns Valentin, um zu seiner Braut zu gehen. ›Ich bleibe über Mittag auf dem Turm‹, sagte er. ›Dann holen wir euch ab und spazieren über den Riesenstein, die Wolfsschlucht hinunter nach dem Anger.‹

›Was er befehlen gelernt hat!‹ schmälte der Meister, halb im Ernst, halb im Scherz. Valentin aber trat an Gerwig heran und sagte halblaut: ›Du bringst mir Nachricht?‹ Gerwig nickte mit dem Kopf. Dann ging Valentin zur Tür hinaus.

Gleich nach dem Mittagessen machte sich Gerwig auf nach seinem Baume. ›Ich suche euch am Riesenstein‹, sagte er. ›Seid ihr nicht mehr dort, so treffen wir uns auf dem Anger.‹

Eine Weile später kamen Valentin und Kunigunde, uns abzuholen. Der Meister schloss sich von der Gesellschaft aus; er wollte ein wenig auf die Zunftstube und dann auf dem bequemen Weg am Neckar hinab nach dem Anger. Wir viere spazierten langsam nach dem Klingenteiche zu.

Valentin und seine Braut waren ein wunderschönes Paar. Alle Köpfe wandten sich nach ihnen um, und die Leute, die an den offenen Fenstern saßen, standen auf und schauten ihnen nach. Margarete, die hinter Kunigunde und neben mir ging, wurde nicht müde, das stattliche Brautpaar leise zu bewundern. Immer wieder winkte sie mit den Augen nach ihnen hin und schaute mich darauf glückstrahlend an. ›Meine selige Mutter und mein Vater waren auch ein stolzes Paar‹, sagte sie mir, als wir beide noch unter der Wölbung des Klingentores gingen, während die zwei anderen stolz und schön im Sonnenschein vor uns den Berg hinanstiegen.

Mancher Seufzer quoll mir in der Brust, aber er kam nicht ans Licht. Auch wollte es mir nicht gelingen, recht von Kerzen traurig zu sein. Margarete an meiner Seite war ein gar zu sanfter Trost.

Wir gingen unter den grünen Bäumen die Schlucht hinauf. Die Vögel sangen nicht, aber sie flatterten im Gebüsch umher, und auf den Blumen und reifen Gräsern wiegten sich bunte Falter. So kamen wir an den Riesenstein. Hier war es schattig und still wie in der Kirche.

Noch heute stehen auf dem einsamen Platz die zwei Bänke, auf die wir uns paarweise setzten. Von der einen Bank kann man nicht zur anderen sehen, denn dazwischen liegen die großen Steine, die vor Alters von den Riesen auf dem Michelsberg herübergeworfen worden sind. Von den beiden da drüben hinter den Felsen hörte man keinen Laut, und auch wir zwei waren an dem stillen Ort und auf dem trauten Sitz wie von selber ins Flüstern gekommen. Ich hatte meinen Arm um Margarete gelegt, und sie erzählte mir von ihrer seligen Mutter.

Eine gute Weile mochten wir so gesessen sein. Da hörte ich von oben her aus dem Walde, der unsichtbar über uns den Berg hinanstieg, einen heiseren Schrei, wie von einem Raubvogel. Er wiederholte sich zwei- und dreimal. Das zweite Mal schien er mir von einem Menschen zu sein, und das dritte Mal erkannte ich Gerwigs Stimme. Ich stand auf, eilte hinter den Steinen vorbei und einen steilen Pfad hinauf, und bald rauschte es mir entgegen. Eine Weile war es still, aber dann rauschte es wieder und viel näher, und ich hörte die Schritte von einem, der den Berg heruntersprang. ›Valentin!‹ rief es ganz nah mit heiserer Stimme, und jetzt prallten wir aufeinander.

›Was für ein Unglück ist geschehen?‹ rief ich. Es war ein Anblick zum Erschrecken. Aus Gerwigs Augen schaute die Angst, sein Gesicht glühte, von seiner Stirn troff der Schweiß. Er winkte mir ab mit dem Hut, den er in der Hand zerdrückte. ›Valentin!‹ keuchte er und sprang an mir vorüber noch zwanzig, dreißig Schritte, bis an einen Vorsprung, der dem Gipfel des Riesensteines gegenüberhing. Hier blieb er plötzlich stehen, wie wenn er vor einem Abgrund zurückschrecke. Er griff mit beiden Händen nach den Seiten, hielt sich fest am Gezweig und beugte sich zurück. Dann duckte er sich zusammen wie einer, der mordlustig im Hinterhalte liegt. Ich hatte ihn rasch eingeholt und schaute hinab.

Was ich da unten sah, erklärte mir Gerwigs fürchterliche Erregung nur allzu wohl. Voller Angst und Sorge legte ich meinen Arm um seinen Nacken. ›Armer Gerwig!‹ sagte ich und schaute ihm ins Gesicht. Das wilde Zucken seines Mundes und der Ausdruck seiner Augen entsetzten mich.

69

›Er ist dein Herzbruder! Vergiss es nichts!‹ raunte ich ihm zu. Dann rief ich, um ein Ende zu machen: ›Valentin! Valentin!‹

Da tat er die Arme von ihr und schaute her. Als er uns erblickte, richtete er sich langsam auf. Kunigunde aber hielt seinen Nacken umschlungen und blieb auf seinem Schoße sitzen.

Valentin strich sich die Haare aus dem erhitzten Gesicht und schaute aus den Augen, als ob er im Traume wäre. Kunigunde wandte langsam den Kopf und schaute uns mit funkelnden Augen an, und dann maß sie die arme Margarete, die ahnungslos herbeigekommen war, mit einem hochmütigen und herausfordernden Blick, wie wenn sie sagen wollte: Was geht das dich an? Mach es auch so wie ich, wenn du das Herz hast!

Der Groll stieg in mir auf; aber Kunigunde war noch nie so schön gewesen als jetzt in ihrer hochfahrenden Glut.

›Valentin!‹ rief ich. ›Es ist Ernst! Komm herauf! Gerwig hat dir etwas zu sagen.‹

Valentin stand nun langsam auf. Kunigunde richtete sich mit ihm in die Höhe, dann glitt sie auf die Bank nieder, aber sie fasste jetzt seine Hand und hielt sie fest, und Valentin riss sich nicht los.

Er stand da und schaute uns an mit verständnislosen Augen, die wie im Rausch blickten. ›Es ist ja noch Zeit‹, sagte er.

›Wir wollen hinunter‹, flüsterte ich Gerwig zu, und wir stiegen den Abhang hinab. Als wir nebeneinander hinter dem Steine gingen, fühlte ich, wie Gerwig meine herabhängende Hand drückte. Ich schaute ihn an. Er war blass geworden, und der Schweiß perlte auf seiner Stirn. Das unheimliche Feuer in seinen Augen war erloschen.

Als wir hinter den Steinen vortraten, sahen wir die beiden wieder auf ihrem Bänkchen sitzen, Hand in Hand, wie ertrunken im Verlangen.

Wir blieben stehen, und ich sagte: ›Valentin, komm auf einen Augenblick daher! Gerwig will dir den Tag sagen‹

›Ach, es ist ja noch Zeit genug!‹ sagte Valentin dumpf und stand auf. Kunigunde haschte nach seiner Hand, die glitt durch die ihre, aber die kleinen Finger hielten sich und hingen aneinander, wie wenn sie zusammengeschmiedet wären. Valentin kam auf uns zu. Die beiden Arme streckten sich, aber sie kamen nicht voneinander los.

›Was geht dich der Tag an, den dir Gerwig sagen will?‹ raunte sie halblaut; ›für uns beide gibt es ja doch nur einen einzigen Tag.‹

›Er ist auf dem Kohlhof gewesen‹, log ich – ich hatte mir das Märchen für den Notfall ausgedacht und brachte es jetzt zur Unzeit vor –, ›auf dem Kohlhof ist ein Pferd feil. Er hat nachgefragt, wann Valentin es zur Probe aus. reiten kann.‹

Während ich das sagte, schaute ich nach den verschlungenen Fingern. Es juckte mich, dazwischen durchzuschlagen. Ich hörte, wie Gerwig neben mir tief Atem holte; ich schaute ihn an. Sein Gesicht rötete sich. Ich sah, dass sich der niedergekämpfte Grimm wieder aufrichtete. Auch sein Blick ruhte auf den verschlungenen Fingern, und als er sich hob und erst Kunigunde und dann Valentin ins Angesicht traf, da war's, als ob er flehte: Lasst euch doch los!

Aber die beiden fühlten nichts als ihre Liebesglut. Kunigunde wiederholte mit verschleierter Stimme: ›Für uns gibt es nur einen einzigen Tag.‹ Und Valentin, wie wenn er die klafterweite Entfernung von ihr nicht ertragen könnte, zog sie, ohne nach ihr zu sehen, an dem Finger zu sich heran, schlang den Arm um sie und hielt sie fest an die Brust gepresst.

›Nun? Wie lange noch?‹ fragte er und schaute Gerwig an, aber mit Augen, die nichts sahen.

Gerwigs Gesicht verzog sich; es wurde erdfahl und finster. Er öffnete die Lippen, aber er brachte keinen Ton heraus. Dann kam ein gurgelnder Laut, wie wenn er sich verschluckt hätte. Endlich stieß er heraus: ›Heute – über zwei Wochen.‹

›Nun also!‹ sagte Valentin und wandte sich lächelnd seiner Geliebten zu. Mich aber erschütterte ein furchtbarer Verdacht. ›Gerwig!‹ raunte ich. Der aber drehte sich um und schaute mich an mit düsteren Augen.

›Was willst du?‹

Ich schwieg.

In diesem Augenblick trat Margarete zu uns. Sie hatte meinen Hut mit Blumen geschmückt und schaute uns fröhlich an mit ihren ahnungslosen Augen. Es war, wie wenn ein frischer Wind den schwülen Brodem verjage, den wir vier atmeten, und als ob wir wieder reinere Luft schöpften, seitdem sie bei uns war.

›Nun ist es aber Zeit‹, sagte sie, ›dass wir aufbrechen. Der Vater kommt sonst vor uns an und wird uns schelten.‹

›Nach dem Anger wollt ihr gehen?‹ fragte Gerwig zögernd.

Wir waren aufgebrochen und verließen langsam den Ort.

›Freilich‹, sagte Margarete. ›So ist es ja mit dem Vater ausgemacht!‹

Das Brautpaar ging voran. Margarete ging zwischen mir und Gerwig.

›Johannes«, sagte Gerwig und sah mich bedeutsam an, ›wir sollten lieber nach Hause gehen.‹

›Aber warum denn?‹ fragte Margarete.

›Es sind so viele Leute auf dem Anger.‹

›Seit wann seid Ihr denn leutescheu geworden?‹ fragte Margarete spöttisch.

Ich aber zog Gerwig am Ärmel zurück und flüsterte ihm zu: ›Gerwig, du hast gelogen!‹ Er schaute mit unsicheren Augen an mir vorbei. ›Gesteh's‹, sagte ich dringend, ›sonst ruf ich laut: Gerwig will seinen Herzbruder verraten!‹

›Gut!‹ flüsterte er heftig zurück; ›dann sag' ich alles, brech' meinen Eid und verspiel' meine Seele!‹

›Wir gehen auf den Anger‹ rief jetzt Kunigunde und wandte das schöne Haupt zurück. ›Je mehr Leute dort sind, desto besser! Ich will meinen Schatz allen Jungfrauen zeigen, und Valentin will seinen Schatz allen Junggesellen zeigen. Derweilen wir vor den Tischen spazieren, könnt ihr andern nach der Scheibe schießen. Wir kommen dann auch an den Stand; aber schießen darf Valentin nur, wenn er den Meisterschuss tun will.‹

Ich konnte meine Aufregung nimmer bemeistern.

›Valentin!‹ rief ich. ›Wir haben mit dir zu reden! Es gilt wahrhaftigen Ernst! Gerwig hat dir noch etwas Wichtiges zu sagen.‹

›Er soll's doch sagen!‹ antwortete Kunigunde.

›Dir allein, Valentin!‹ Valentin war stehengeblieben und schaute zurück.

›Das soll er in der Nacht tun, wenn wir in der Kammer liegen. Aber heute bringt keine Macht der Welt mich und meinen Schatz auseinander. Kommt!‹

›Es hat gedonnert‹, log ich in meiner Angst, ›es kommt ein Wetter. Wir wollen zurück nach Hause.‹

›Du bist ein Narr!‹ antwortete Valentin, und Kunigunde rief: ›Heute kommt nimmermehr ein Wetter! Dazu hat uns der Himmel viel, viel zu lieb!‹

Wir gingen am Trutzbayer vorbei und dann die steile Schlucht hinab der Vorstadt zu. Der Weg war durch die Stücke, die man auf die Schanzen geführt hatte, aufgerissen und reich an Furchen und Löchern, so dass wir drei mühsam gingen. Aber Valentin und Kunigunde schritten so leicht und sicher dahin, wie wenn sich der böseste Pfad unter ihren Füßen glätten müsse. Dabei jubelten sie und sangen, und zwischen hinein plauderten und scherzten sie miteinander. Sie redeten von Rosenberg im Schlesierland, von ihrem künftigen Haus und ihren Knechten und Mägden. Sie nannte ihn ›Herr Zunftmeister‹ und er erzählte ihr, dass dort die Polacken den Meisterfrauen das Kleid küssen.

So kamen wir an das Wolfschluchtpförtlein. Wir gingen durch und die Annagasse hinab auf die Hauptstraße.

Hier war ein Menschengedränge. Alles strömte dem Speyerer Tor zu. Dadurch kam ich von Margarete ab, und wir hielten uns nur noch mit den Blicken. Da trat Gerwig an mich heran und sagte rasch: ›Ich besorge, was ich kann, und suche euch wieder. Bring sie davon ab! Ist dies nicht möglich, so schaffe sie bald wieder fort! Fahrt auf dem Neckar zurück, oder wenn sie das nicht wollen, so geht auf der Neuenheimer Seite, dass wir uns nicht verfehlen. Ich such' euch zuletzt auf dem Anger; finden wir uns dort auch nicht, dann treffen wir uns zu Hause.‹

Ich fasste ihn am Ärmel und flüsterte: ›Gerwig, wann ist seine Zeit um?‹ Aber er hörte mich nicht mehr und war in der Menge verschwunden.

Ich eilte den dreien nach und holte sie unter dem Tor ein. Vor der Stadt zerteilte sich die Menge auf dem weiten Uferplan.

›Wir wollen nicht auf der Fähre überfahren,‹ sagte ich. ›Wir wollen einen Nachen nehmen; da sind wir allein.‹

Margarete und Kunigunde stimmten zu. Ich hoffte immer noch, den Besuch des Angers hintertreiben zu können.

Wir gingen an den Platz, wo die Boote zu warten pflegen. Kunigunde winkte einem vorüberfahrenden zu. Der Fährmann lenkte nach dem Lande, der Nachen fuhr auf, und die beiden Mädchen sprangen hinein. Diesen Augenblick benutzte ich. Valentin, der Kunigundens Hand nicht losgelassen hatte, war gerade im Begriff, in den Nachen zu steigen. Ich hielt ihn am Arme fest und flüsterte ihm ins Ohr: ›Es sind Fremde hier wegen des Straßburger Markts; da könnten Leute aus Mainz darunter sein.‹

›Wenn auch!‹ erwiderte er leise. ›Nur keine Angst! Ich leugne alles weg.‹

›Aber ...‹

›Ich habe ja noch vierzehn Tage Zeit!‹

›Wenn es nur wahr ist! Vielleicht hat Gerwig ...‹ Ich vollendete den Satz nicht. Er wandte sich um und schaute mich zuerst erstaunt und dann voll Verachtung an. ›Schäme dich! Wer seinem Herzbruder ein Schelmenstück zutraut, ist selber ein Schelm!‹

Er kehrte sich zornig ab. Ich aber fasste ihn fest mit beiden Händen, hielt meinen Mund an sein Ohr und flüsterte: ›Gerwig hat deine Kunigunde lieb, und da – –‹

Er wandte sich langsam um. Ein Schatten war über sein helles Antlitz geflogen, aber nur für einen Augenblick. Er schüttelte sich und sah mich mit einem großen Blicke an. ›O Johannes‹, sagte er. ›Es reut mich, dass wir beide dich zu unserem Herzbruder gemacht haben. Du weißt nicht, was Herzbrudertreue ist.‹

Er sprang in das Boot. Ich folgte ihm mit schwerem Herzen nach.

›Was hattet ihr denn für Heimlichkeiten miteinander?‹ fragte Kunigunde.

›Hätte ich dich nicht festgehalten, so hätte dich Johannes mir entführt.‹

›Ach!‹ antwortete Valentin unmutig. ›Wenn ich nicht wüsste, dass er der alte dumme Johannes ist, so‹ – er schüttelte grimmig beide Arme – ›so nähme ich ihn jetzt und würfe ihn in den Neckar.‹

›Oho!‹ sagte Margarete und legte wie schützend ihre Hand auf meinen Arm. Ich aber war willens, das Äußerste zu tun, um den Besuch des Angers zu verhindern. Valentin und Kunigunde saßen beieinander wie zwei Turteltäubchen. Sie waren so einsam in ihrer Welt, dass sie Gerwig nicht vermissten, nach dem Margarete alsbald gefragt hatte. Da hoffte ich, dass sie es nicht bemerken würden, wenn wir woanders hinführen, und befahl dem Fährmann, nach der Brücke zu rudern. Margarete wollte Einsprache tun, da legte ich ihr die Hand auf den Mund, was sie sich schweigend gefallen ließ, so verwundert auch ihre guten Augen blickten.

Wir fuhren schon den düstern Mauern des Marstalls entlang, als Kunigunde verwundert rief: ›Wo fahren wir denn hin?‹

›Nach der Brücke, und dann gehen wir heim‹, sagte ich ruhig.

Da stand Valentin auf, dass das Schifflein schwankte, und herrschte den Fährmann an: ›Umwenden! Nach dem Anger!‹

Der Bursche hob das rechte Ruder aus dem Wasser und sah mich verlegen an.

›Nach der Brücke‹, befahl ich.

›Die Ruder her!‹ rief Valentin und setzte sich auf das zweite Ruderbänkchen. Der Fährmann wollte ihm die Ruder reichen, aber ich griff nach dem einen und hielt es fest. Derweilen wurde der Nachen langsam talab getrieben.

›Nun ist es aber genug!‹ rief Valentin zornig. ›Wenn du nicht Frieden hältst, werf' ich dich in den Neckar!‹

Da kam ich auf einen verzweifelten Einfall. Wenn die Mädchen aus dem Wasser gezogen sind, dann haben sie keine Lust mehr, auf den Anger zu gehen. Ich suchte deshalb durch heftige Bewegung das Boot zum Umschlagen zu bringen. Die Mädchen lachten zuerst, bald aber fing Margarete an zu schreien, während Kunigunde mich mit großen Augen ansah. Ich hätte fast meinen Zweck erreicht, aber Valentin packte mich am rechten Bein, riss es in die Höhe und stürzte mich kopfüber in den Fluss.

Als ich wieder auftauchte und das Wasser aus den Augen geschüttelt hatte, sah ich das Boot vor mir. Der Fährmann ruderte dem Anger zu, Margarete streckte mir voller Angst die Arme entgegen, meinen Hut hielt sie im Schoße. Valentin stand und lachte aus voller Brust.

›Bist du jetzt vernünftig geworden, alter Johannes? Schwimm nur noch ein wenig nebenher!‹

Ich suchte das Boot zu ergreifen, um es umzuwerfen, aber der Fährmann, der alles für einen übermütigen Scherz hielt, entzog mir immer wieder durch einen kräftigen Ruderschlag das Boot. Endlich fühlte ich, dass meine Kraft zu Ende ging; ich musste das Spiel aufgeben. ›Nehmt mich hinein!‹ rief ich. Der Nachen hielt, und ich schwang mich ins Boot.

Meine Kleider trieften, aber das Wasser war lau, und die Sonne schien noch heiß, und die Luft war warm; so beruhigte sich Margarete, die in tausend Ängsten gewesen war. Kunigunde aber sagte: ›Es ist Zeit, dass ihr beide unter die Haube kommt, ihr wilden Gesellen.‹

Valentin hatte die Ruder ergriffen. Wir flogen dem Anger zu. Wir sahen die Zelte, die tanzenden Paare und hörten die Musik.

Noch ein paar Ruderschläge, und der Nachen stießen ans Land. Hand in Hand sprangen Valentin und Kunigunde ans Ufer.

›Darf ich neben dir gehen?‹ fragte ich Margarete. ›Fürchtest du dich nicht vor meiner lächerlichen Gestalt?‹

Sie fasste mich zutraulich an der Hand und sagte: ›So musst du nimmer sein! Das passt gar nicht zu dir. – Was hast du?‹

Sie hatte meinen traurigen Blick gesehen.

›Du wirst alles erfahren‹, sagte ich und drückte ihre Hand. ›Komm! Lasse uns eilen! Es droht ihnen Gefahr.‹

Wir erreichten die beiden noch vor den Zelten. Sie wandelten langsam an den Tischen vorbei und zeigten sich den Leuten in stolzer Glückseligkeit. Margarete schaute nach ihrem Vater aus, und ich spähte nach Gerwig.

Wie ich so vorwärts schaute, sah ich in einer Bude, an der unser Weg vorbeiführte, vorn am Tisch, halb auf der Gasse, den Büttel sitzen. Er sah uns entgegen, und ich bemerkte, wie sein Blick auf Valentin ruhte und nicht von ihm wich, so viele Leute auch neben uns und hinter uns kamen und gingen. Das war nicht auffallend, denn Valentin ragte über alle hervor. Aber es lag etwas in des Büttels Augen, das mir nicht gefallen wollte.

Das Brautpaar drängte sich an dem Büttel vorüber, und dieser rückte, um Platz zu machen, weiter hinein und aus der Gasse heraus. Valentin schaute von ungefähr an ihm vorbei in die Bude hinein, wandte aber alsbald den Kopf und zog Kunigunde vorwärts.

In diesem Augenblick stand einer auf, der an des Büttels Tisch gesessen hatte. Er beugte sich über eine Weinlache und einen umgestürzten Becher herüber und sagte:

›Ei, Valentin Herbert, seit wann bist du denn so stolz, dass du deinen Landsmann nimmer kennst?‹

Er streckte ihm die Hand entgegen.

Valentin verfärbte sich und wandte sich um.

›Wir haben keine Zeit, guter Freund« rief ich; »wir suchen jemand.‹

›Glaub's wohl, dass 'er Eile hat‹, sagte der andere. ›Aber er wird doch seinem Landsmann noch die Hand geben können?‹

Valentin reichte ihm die Hand und sagte: ›Marx! Seit wann bist du hier?‹

»Seit vierzehn Tagen. Ich habe Felle gebracht von der Frankfurter Messe für die Kürschner. Aber ich war seit der Zeit schon wieder einmal in Mainz.‹

›Wir haben uns lange nicht mehr gesehen, Marx!‹

›Aber ich habe dich schon gesehen, am ersten Tag, wo ich hier war.‹

Valentin erschrak sichtbar und sah den Büttel an. Der nickte ihm zu und hob ihm sein Glas entgegen.

›Ich danke‹ sagte Valentin abwehrend. Dann reichte er seinem Landsmann die Hand.

›Ein andermal, Marx! Lebe wohl derweilen!‹

Wir gingen weiter.

›Du bist verraten‹, flüsterte ich Valentin zu.

›Ja‹, gab der zurück. ›Es schadet nichts. In vierzehn Tagen ist der letzte pfälzische Vogt hinter mir.‹

›So sehen deine Landsleute aus?‹ sagte Kunigunde und ergriff wieder den Arm ihres Liebsten. ›Der will mir gar nicht gefallen. Woher kennt ihr euch denn so genau?‹

›Wir haben als Kinder miteinander an der Stadtmauer gespielt.‹

›An der Stadtmauer?‹ fragte Kunigunde verwundert.

›Ja. Was ist denn dabei? Wir wohnten in der Nähe.‹

Dann schaute Valentin zu uns zurück und sagte: ›Wir finden Euern Vater nicht, Margarete. Du hast recht gehabt, Johannes, das Gedräng ist hässlich. Wir wollen umkehren und nach Hause.‹

›Aber nicht auf demselben Wege‹, gab ich zurück. Ich konnte durch die Zeltstangen über eine Reihe von leeren Tischen hinweg nach dem Platze schauen, wo der Büttel gesessen hatte: der Stuhl war leer.

›Wir wollen hier gleich die Gasse hinaus nach der Ladenburger Straße zu.‹

›Dort wollen wir noch vorbei gehen!‹ sagte Kunigunde und wies nach einem seitwärts stehenden Tisch, um den Studenten saßen. Valentin zögerte, aber Kunigunde sah ihn lächelnd an und zog ihn mit sich.

Es ist ja nur ein kurzer Umweg, dachte ich, und vielleicht finden wir Gerwig, der allein weiß, was jetzt nottut.

Kunigunde und Valentin gingen langsam auf den Tisch zu. Die Augen der Studenten waren auf das herrliche Paar gerichtet. Der vorderste stand auf, brachte einen Pokal, verneigte sich vor Kunigunde und sagte: ›Dürfen wir die schöne Jungfrau und ihren Liebsten bitten, uns Bescheid zu tun? Es kommt von Herzen und soll viel Glück bringen.‹

›Ich danke den Herren!‹ sagte Kunigunde und hob den Pokal mit anmutigem Gruße.

In diesem Augenblick war es mir, als ob ich Gerwig sähe, wie er am Eingange der Zeltgasse stand und herschaute; aber ehe ich ihm winken konnte, war er hinter einer Bude verschwunden.

›Seht die Pfalzgräfin!‹ ließ sich' eine Stimme hinter uns hören. Eine Gesellschaft von Bürgersleuten drängte sich vorbei. Andere blieben stehen, und es bildete sich allmählich ein Kreis um uns.

Kunigunde schaute spöttisch nach der Sprecherin. Dann nippte sie von dem Wein und reichte den Becher ihrem Bräutigam.

Valentin tat einen herzhaften Schluck und setzte den Pokal auf den Tisch nieder. Das freundliche Erlebnis hatte jede Spur von Besorgnis aus seinem Antlitz verscheucht.

›Wir danken den Herren‹, sagte er, ›und wir wünschen einem jeden viel Fortun in der Welt und deutsches Glück in der Liebe!‹

›Wir danken euch!‹ riefen die Studenten zurück.

›Ihr habt eine schöne Klinge‹, sagte Valentin zu dem Sprecher. ›Erlaubt, dass ich sie beschaue. Ich bin Schwertfeger und habe Freude an solchen Dingen.‹

›Wir wollen gehen!‹ drängte ich, aber die beiden waren ganz im Augenblick verloren.

Während Valentin die Waffe betrachtete, sagte Kunigunde:

›Ist einer von den Herren aus Schlesierland?‹

›Ich!‹ rief einer, und ein feiner Geselle stand auf. ›Martin Opitz heiße ich und bin aus Bunzlau in Schlesien.‹

›Dann werden wir bald Landsleute sein‹, sagte Kunigunde und streckte dem Studenten ihre Hand hin, die dieser ehrerbietig ergriff. ›Wir ziehen nächster Zeit nach Rosenberg in Schlesien.‹

›Dort sind wackere Bürger‹, sagte der Student. ›Schlesien heißt euch willkommen. Führet mich einmal mein Weg nach Rosenberg, so kehre ich bei euch ein. Dann wollen wir miteinander fröhlich sein und uns erzählen vom Wolfsbrunnen und vom Neckar und von dieser wunderschönen Stun...‹

›Weg mit der Hand!‹ schrie in diesem Augenblick Valentin. Er hatte sich umgedreht und schaute mit entsetzten Augen dem Büttel ins Angesicht. Der hob die hinuntergeschleuderte Hand empor wie ein Raubtier seine Tatze und legte sie schwer auf Valentins Schulter. Der stand zitternd und mit gesenktem Haupt.

Und der Büttel sagte langsam und feierlich, wie wenn es ein Gesangbuchvers wäre:

›Im Namen meines gnädigen Kurfürsten ergreife ich Euch als Wildfang und begehre meinen Fahegulden.‹

Er zog die Hand von der Schulter und streckte sie hin, seine Gebühr zu empfangen.

›Büttel‹, rief ich, ›das ist ein grausamer Irrtum. Valentin Herbert ist ein Mainzer Bürgerkind, so ehrlich wie Ihr und ich.‹

›Er soll die Hand aufheben, wenn er ehrlich ist!‹ erwiderte der Büttel. Aller Augen wandten sich auf Valentin. Der bewegte die Hand, aber sie fiel ihm schlaff herab, und der Kopf sank ihm auf die Brust.

Der Büttel aber zog eine Schrift aus seinem Rock und entfaltete sie.

›Hier steht es‹, sagte er behäbig. ›Unser Ausfauth zu Mainz hat sein Sigill darunter gesetzt. Valentin Herberts Vater ist auf dem Henkerskarren gesessen und sollte mit dem Rad gerichtet werden. Aber Valentin Herberts Mutter, damals noch Jungfrau, hat ihn vom Karren losgeschnitten und zum Gatten begehrt. Nach deutschem Recht und Brauch ist Valentin Herbert unehrlich, und nach König Wenzels Verwilligung ist er mit all dem Seinen auf Kind und Kindeskind dem Pfalzgrafen bei Rhein leibeigen.‹

Der Büttel faltete die Schrift zusammen und steckte sie umständlich in den Rock. Valentin stand da wie ein gebrochener Mann. Kunigundens Angesicht war erstarrt. Sie schaute verständnislos bald den einen, bald den anderen an, wie wenn das alles in fremder Sprache geredet wäre.

Valentin hob langsam den Kopf und sagte leise: ›Ihr habt recht, Büttel. Und doch hat Eure Hand verdient, abgehauen zu werden, weil sie sich an einem freien Manne vergriffen hat. Erst heute über vierzehn Tage habt Ihr das Recht, mich zu fassen. Bis dahin habe ich mit dem Kurfürsten nichts zu schaffen.‹

›Da irrt Ihr Euch!‹ sagte der Büttel behaglich. ›Die Sonne ist untergegangen. Jahr und Tag ist vorbei. Als Ihr vorhin an mir vorüberginget, stand die Sonne noch am Himmel, da waret Ihr noch frei. Aber jetzt seid Ihr dem Kurfürsten eigen.‹

›Heute über vierzehn Tagen!‹ stammelte Valentin.

›Heute, heute!‹ sagte der Büttel, ›heute mit Sonnenuntergang sind zwölf Monate, sechs Wochen, drei Tage vorbei, seit Ihr in Heidelberg eingezogen seid. Glaubt Ihr mir's nicht, so schaut selber nach.‹

Er griff wieder in die Tasche, und nachdem er eine Weile darinnen herumgekramt hatte, zog er ein anderes Papier heraus, den von der kurfürstlichen Kanzlei ausgestellten Befehl. Er entfaltete ihn und hielt ihn Valentin unter die Augen.

Der warf einen Blick hinein. Seine Augen wurden größer und größer. Er streckte die Arme vom Leib und ballte die Fäuste. Dann lösten sich die Finger langsam, und die Hände schlugen an den Leib. Er wandte den Kopf seiner Braut zu, sah sie traurig an und sagte: ›Kunigunde, es ist so.‹

Da kam Leben in ihr starres Gesicht. Ihre Augen sprühten Feuer. Sie richtete sich hoch auf und zischte: ›Pfui über deine Mutter! Pfui über dich!‹

Sie wandte sich um und ging hocherhobenen Hauptes aus dem Kreise. Die Umstehenden wichen rechts und links auf die Seite, so dass sie wie durch eine Gasse schritt.

Margarete ging schluchzend hinter ihr her. Aber nach einigen Schritten wandte sie sich um und kehrte zu uns zurück. Sie stellte sich still weinend neben mich und schaute mich an mit treuen Augen, wie wenn sie sagen wollte: ›Ich bleibe bei dir in dieser schweren Stunde.‹

Valentin schaute Kunigunden traurig nach. Dann wandte er sich zu mir und sagte: ›Johannes, das ist vorbei. Wir wollen heim. Aber vorher ist noch eins zu besorgen.‹

Er legte die Waffe, die er noch immer in der Hand gehalten hatte, auf den Tisch, griff in seinen Sack und holte zwei Gulden heraus. Die gab er dem Büttel.

›Da habt' Ihr Eure Fanggebühr und ein Trinkgeld.‹

Dann griff er in die Tasche und holte einen weiteren Gulden heraus. Er warf ihn seinem Landsmann, der vorn unter der gaffenden Menge stand, vor die Füße.

›Da, Markus, hast du etwas für deine Mühe! Du bist immer ein schmutziger Halunke gewesen.‹

›Aber nun suche ich noch einen. Johannes, wo ist er?‹

›Er ist nicht da‹, sagte ich und legte den Arm um seine Schulter. ›Komm, wir gehen heim!‹

Aber Valentin machte sich los und spähte im Kreis umher.

›Ist er ein Schelm, so ist er auch da; das ist Schelmenrecht. Verbirg dich nicht, Gerwig! Komm vor! Ich habe dich gesehen! Wenn noch ein Tropfen Mannesblut in dir ist, dann komm her!‹

Die Menge wich auseinander, und bleich, wie einer, der zum Hochgericht steigt, trat Gerwig heran.

Valentin streifte den linken Ärmel zurück.

›Sieh, Gerwig‹, sagte er, ›da ist dein Zeichen. Trägst du das meine auch noch? Oder hast du auch ein falsches Fell? Wenn mich ein Engel gewarnt hätte: Nimm dich vor dem Gerwig in Acht, so hätte ich ihm gesagt: Du bist ein Teufel. Sag mir, Gerwig, hat dir der Baum gelogen, oder bist du zum Schelmen an mir geworden?‹

Gerwig hob das Haupt und warf dem Fragenden einen langen Blick zu; dann ließ er den Kopf wieder sinken.

Valentin maß ihn langsam mit den Augen und sagte: ›Also ja! Mein Herzbruder ist ein Schelm. Und hast du mich gar verraten? Habe ich meinem Landsmann Unrecht getan? Sieh, Gerwig, dort liegt noch der Gulden, Marx hat ihn nicht angerührt. Geh hin und heb ihn auf!‹

Gerwig schüttelte den Kopf und schaute Valentin traurig an. Dann sagte er leise:

›Valentin, ich habe meinen Eid nicht gebrochen. Aber belogen habe ich dich, das ist wahr. Die ganze Nacht lang habe ich mit dem Teufel gerungen und hatte ihm obgelegen. Ehrlichen Herzens sprang ich herunter durch den Wald, dich zu retten. Aber warum habt ihr in eurer Tollheit vergessen, dass andere Leute auch ein Herz im Leibe haben? Warum habt ihr uns mit eurer Liebe gehöhnt? Wärst du herauf zu mir gekommen, als ich dich rief, so hätte ich den Teufel noch einmal gezwungen. Aber als ihr nicht voneinander kamet, und ich deinen Arm zittern sah von ihrem kleinen Finger her, und denken musste, wie du zittern würdest, wenn sie dich ganz umschlinge, da wünschte ich, der Büttel stünde hinter dir und risse dich von ihr hinweg. So habe ich dir gelogen, Valentin.‹

Valentin sah ihn mit durchbohrenden Blicken an. Seine Brust atmete schwer, und in sein bleiches Gesicht schlug eine Blutwelle um die andere.

›Du hast mir nicht alles gesagt, Gerwig!‹

›Doch, bei Gott, ich habe dir alles gesagt.‹

›Du hast mir nicht alles gesagt‹, wiederholte er, und seine Stimme bebte.

›Was soll ich dir noch sagen?‹

›Du hast mich von Kunigunde weggeteufelt, damit du selbst in ihren Armen lägest. Das sollst du nicht! Das sollst du nicht!‹

Seine Stimme erstickte vor Wut. Einen Augenblick stand er regungslos, dann hielt er das Schwert, das noch auf dem Tisch gelegen hatte, in der Hand. Ich sah etwas durch die Luft blitzen, und wie vom Wetter gefällt brach Gerwig zusammen.

Während die Männer den Mörder überwältigten, sank ich an dem Sterbenden nieder. Margarete hob ihm sanft das Haupt und bettete es in ihren Schoß. Das Schwert stak ihm in der Brust. Langsam sickerte das Blut neben dem Eisen heraus aus den vollgesogenen Kleidern.

In diesem Augenblick rief es: ›Feuer! – Feurio!‹ – ›Es brennt!‹ – ›Wo?‹ – ›Hinter den Lebzeltern!‹ – Ich schaute nach der Seite, wohin das Gerenne lief; aus einer dicken, gelben Rauchwolke schlug die Flamme. Es war nahe bei der Stelle, wo ich vorhin Gerwig bemerkt hatte! Auch die Umstehenden liefen alle dorthin. Mir war es recht so.

Bis der Wundarzt kam, waren Margarete und ich bei dem Sterbenden allein.

Gerwig hatte die Augen geschlossen und lag wie tot. Auf einmal schlug er langsam die Lider auf. Er erkannte mich und flüsterte: ›Herzbruder, ich habe ihm ein Pferd verschafft. Es steht zu Handschuhsheim im Ochsen. Sein Geld ist in den Mantelsack gepackt und meines dazu ... Das Feuer ... ich ...‹ Die Augen wurden irre. ›Schnell!‹ stammelte er. ›Nimm sie vor dich aufs Ross! In Worms ist kein Ausvogt. Schnell! Immer geradeaus! Um die Dörfer herum! Bis Heppenheim ... Dann links! Glück zu! Glück zu!‹

Er seufzte tief auf und röchelte noch eine Weile. Langsam wurde es leiser und stiller in seiner Brust, und als endlich der Wundarzt herbeikam, hatte er ausgeatmet.

Der Wundarzt zog das Schwert aus der Brust. Dickes schwarzes Blut troff daran nieder. Dann legten wir den Toten auf einen Tisch. Ein paar Kameraden, die von dem rasch gelöschten Feuer zurückkehrten, boten ihre Hilfe. Margarete bedeckte die Leiche mit grünen Zweigen, und so trugen wir ihn in die dämmerige Stadt.

Viele Leute begegneten uns, die hinauseilten, die Brandstätte zu sehen. Sie blieben stehen, wenn wir den Toten vorübertrugen, und die Männer entblößten ihr Haupt. Eine Schar schweigender Kinder schritt neben und hinter uns her, und die Frauen, die beieinander unter den Haustüren standen, schauten uns entgegen und flüsterten uns nach.

Margarete ging neben der Bahre und verscheuchte mit einem Kastanienzweig die Fliegen, die der Blutdunst herbeizog. An der Heiliggeistkirche legte sie den Zweig auf des Toten Brust, deutete nach dem Turm und sagte: ›Behüt dich Gott, Johannes, ich muss jetzt da hinauf.‹

Als wir auf dem Marktplatze anlangten, wurde Valentin vom Rathause her, wo er verhört worden war, zwischen zwei Stadtknechten durch die murmelnde Menge geführt. Am Eingang zum Burgweg trafen wir zusammen.

Wir Träger setzten die Bahre nieder, und lautlos sah die Menge zu, wie der Mörder an dem Ermordeten vorüberging. Er war barhäuptig. Die Arme waren auf dem Rücken zusammengeschnürt. Vor dem Toten blieb er stehen. Er sah ihn an. Dann trat er herzu, beugte sich nieder und sah ihm ins Gesicht. Langsam richtete er sich wieder auf und schüttelte den Kopf. Da sah er mich. Schwere Tränen tropften ihm aus den Augen. Er rüttelte sich, wie wenn er mir die Hand hätte reichen wollen.

›Herzbruder!‹ rief er.

›Herzbruder!‹ erwiderte ich.

Dann ging er weiter, den Burgweg hinauf, an der Schmiede vorbei. Sie führten ihn aufs Schloss in den Gefängnisturm.

Wir aber trugen den Toten hinter dem Totschläger her die Gasse hinauf und in die Schmiede hinein. Als wir den Tisch in der Werkstatt auf den Boden setzten, klirrte das Eisen an den Wänden. Wir ließen den Tisch unten stehen und trugen die Leiche die Stiege hinauf an dem Meister vorbei, der zitternd und bebend in seiner Stubentür stand, nach unserer Kammer. Dort betteten wir den stillen Schläfer auf dasselbe Lager, worinnen er die letzte Nacht schlaflos zugebracht hatte. Dann gingen die Gesellen leise hinaus, und ich war mit meinem Herzbruder allein.

Ich zündete die Ampel an und stellte sie auf den Simsen. Dann setzte ich mich neben das Bett auf den Stuhl und sah auf den Toten, Stunde um Stunde.

Etwa um Mitternacht klopfte es leise an die Tür. Ich öffnete. Margarete trat herein. Sie schloss die Tür sorgfältig hinter sich. Dann führte ich sie vor das stille Lager des Toten. Ich deckte das Tuch von seinem Gesicht, nahm die Ampel vom Sims und hielt sie hoch. So standen wir eine Weile Hand in Hand. Margarete weinte zuerst still vor sich hin. Als ich aber hörte, wie sie heftiger atmete und wie ihre Brust wogte, stellte ich die Ampel auf den Simsen und deckte den Toten wieder zu.

Sie fasste sich aufs tapferste, und als sie wieder sprechen konnte, sagte sie: ›Ich komme von Kunigunde.‹

›Was ist mit ihr?‹ fragte ich.

Margarete schaute nach der Tür und flüsterte:

›Wie ich ihr von dem Mord erzählte, saß sie hoch aufgerichtet, und ohne den Kopf zu regen, hat sie nur zugehört. Ihre Augen haben zuerst geleuchtet, aber mit einem Male war ihr unheimliches Licht ausgelöscht, und Kunigunde hat geweint und geweint, wie ich noch keinen Menschen habe weinen sehen, stundenlang, in einem fort. Ich habe mir nimmer zu helfen gewusst.‹

›Und jetzt?‹ fragte ich.

›Ebenso plötzlich, wie sie zu weinen angefangen hatte, ist sie still geworden, von innen heraus, aus dem Herzen, wie eine, die weiß, was sie will.‹

›Was hat sie über Valentin gesagt?‹

›Wie sie stille geworden war, saß sie mit gefalteten Händen auf ihrem Bänklein auf dem Altan, hat nach dem Schloss hinübergeschaut und hat einmal über das andere den Kopf geschüttelt. Mir ist es ganz unheimlich geworden. ›Was hast du? So rede doch!‹ habe ich zu ihr gesagt. Sie gab mir keine Antwort, aber zu sich selber sagte sie: ›Für uns gibt's keinen Anfang mehr, nur noch ein Ende‹; und sie saß eine gute Weile regungslos da. Mit einem Male hat sie den Kopf aufgerichtet, wie sie tut, wenn sie die Stolze ist, und hat vor sich hingeflüstert: ›Danken wird er mir's nicht, aber gleichviel!‹ Dann stand sie auf und sagte: ›Ich will Gerwig sehen, und ... und Johannes‹; sie steht draußen vor der Tür.‹

›Sie soll nicht herein‹, rief ich, und der bittere Grimm stieg in mir auf. ›Sie soll nicht seinen Frieden stören. Seine Wunde fängt wieder an zu bluten, wenn sie hereinkommt.‹

Aber schon hatte Margarete die Tür geöffnet, und Kunigunde war eingetreten. Sie schaute sich im Gemach um, ging an mir vorüber auf Gerwigs Bett zu und kniete vor der Leiche nieder.

Hätte sie geweint oder geschluchzt, so wäre ich weich geworden. Aber ihrer Stummheit gegenüber fühlte sich mein Grimm im Recht.

›Du bist schuld an beider Blut‹, sagte ich. ›Wärst du bei ihm geblieben in seiner höchsten Not, so wäre solches nicht geschehen. Aber du weißt nicht, was Treue heißt.‹

Da fühlte ich eine Hand auf meinen Lippen. Margarete verschloss mir den Mund, und als ich sie anschaute, sah ich in große vorwurfsvolle Augen.

Kunigunde aber, die regungslos vor dem Lager gekniet hatte, die Hände vor dem Gesicht, stand auf und sagte: ›Ich will die Wunde sehen.‹

Margarete ergriff zögernd die Ampel und bat mich, das Tuch vom Gesicht zu ziehen. Kunigunde aber wehrte heftig ab und sagte: ›Nicht das Gesicht, die Wunde will ich sehen.‹

›Tu's!‹ sagte Margarete zu mir. Sie hielt die Ampel hoch und wandte ihr Antlitz zur Seite. Ich hob das Tuch und zog das Hemd auseinander. Kunigunde beugte sich über das Lager und schaute auf die blutige Brust und den schwarzen Riss auf der Seite. Ihr Körper fing an zu zittern, zuerst leise, dann heftig. Aber es war, wie wenn sie sich von diesem Anblick nicht losreißen könnte. Ein leises Stöhnen erstarb zwischen ihren knirschenden Zähnen. Margarete umfasste ihren Leib mit dem linken Arm, da wurde sie ruhig. Und nun fielen schwere Tropfen zuerst einzeln, dann häufig auf die Wunde. Margarete gab mir die Lampe und umfasste die Wankende mit beiden Armen. Ich stellte das Licht an seinen Platz und deckte die Leiche zu. Kunigunde kniete nochmals nieder und legte die gefalteten Hände auf das Tuch über die Wunde, dann stand sie auf, still und gefasst. Sie drückte mir die Hand und sah mich durch Tränen an. In ihrem Gesicht lag friedevolle Ruhe. Dann verließ sie, von Margarete begleitet, das Zimmer.

Nach einer Weile kam Margarete wieder zur Tür herein.

›Sie ist gegangen wie eine, die getröstet ist‹, sagte sie; dann nickte sie dem Toten zu, reichte mir die Hand und sagte: ›Gute Nacht, ihr lieben zwei, ich will mich jetzt schlafen legen.‹ Da zog ich die Gute, Treue an mich. Sie legte ihr Köpfchen an meine Brust. So gingen wir bis zur Tür. Dann drückten wir uns die Hände und schauten einander tief in die Augen. Sie verstand mich, und ich verstand sie. Noch einen Händedruck, und sie schlüpfte aus dem Gemach.

So haben wir uns ohne ein Wort und ohne Kuss miteinander versprochen.

Ich hielt meinem Gesellen die Totenwacht.

Am anderen Morgen legten wir ihn in den Sarg. ›Siehst du nicht, er lächelt im Schlaf‹, sagte ich zu Margarete. ›So war er gestern nicht.‹

›Das haben Kunigundens Tränen gemacht‹, erwiderte sie.

Das Begräbnis wurde aufs stattlichste ausgerichtet. Hinter dem Sarge ging ich, denn er hatte keinen Blutsfreund. Dann kamen alle Zünfte. Auf dem Barfüßerkirchhof gleich rechts neben dem Tor unter dem breiten Rosmarinbaum liegt mein lieber Geselle begraben.

Als das Grab zugeschüttet war und sich die Leute verlaufen hatten, ging ich den Schlossberg hinauf. Ein Schwestersohn von mir diente unter den kurfürstlichen Küchenjungen. Ich fand ihn im Schlosshof am Brunnen, wo er Krebse wusch, und bat ihn, mir Einlass in den neuen Garten der Frau Kurfürstin zu verschaffen; der war da vorn, wo jetzt die Stücke stehen. Mein Neffe trug das Gericht in die Küche und kam bald mit einem anderen Jungen zurück, der das Getier im Vogelhaus der Frau Kurfürstin zu warten hatte. Der Schloss mir das Pförtlein im Elisabethentor auf, zeigte mir, wo ich den Schlüssel hinlegen sollte, und ließ mich in den Garten.

Ich trat an den Burggraben und schaute hinüber. Da stand der Turm vor mir, in dessen Tiefen mein lieber Geselle lag. Des Turmes Zinne ragte noch in das Abendlicht, und dort oben leuchteten die roten Steine; aber dann stieg das Gemäuer dunkel und schwarz in die Tiefe hinab. Und dort unten, wo nichts mehr zu erkennen war in der Finsternis, lag mein Herzbruder.

›Valentin!‹ rief ich hinunter, zuerst leise, dann lauter. ›Valentin! Deine zwei Herzbrüder grüßen dich!‹

Ich lauschte. Das Wasser murmelte in der schwarzen Tiefe, sonst war alles still.

Da fing die Abendglocke auf der Heiliggeistkirche zu läuten an. So voller Jammer und voll inbrünstigen Flehens hat noch nie eine Glocke geklungen. Ich fiel nieder auf die Knie und blieb so liegen, bis der Klang verhallt war. Dann ging ich am Vogelhause vorbei an die Rampe, über die man hinunterschaut auf den Schlossberg und in die Stadt und hinaus in die Welt.

Gerade vor mir stieg die Heiliggeistkirche empor. Der Turm glühte vom Widerschein des Abendrots, und während über den Häusern der Nebel dampfte, war oben in der Höhe die Luft so klar, dass ich jeden Schieferstein zählen konnte. Da sah ich, wie sich die Türe zum Altan auftat und Kunigunde heraustrat. Hier, wo wir jetzt sitzen, ist sie gestanden. Sie schaute herüber nach dem Schloss. Ihre Haare waren aufgelöst und wehten im Winde. Da der Wind von der Michelskirche herüberkam, flogen die Haare dem Schlosse zu; das sah aus wie ein Grüßen.

Ich trat auf die Seite, denn der Gruß galt ja nicht mir, und ich wollte dem Blicke nicht im Wege sein; und doch konnte der Blick den ›Seltenleer‹ nicht treffen, denn der Turm liegt viel zu tief im Graben drinnen.

Ein Nachtfalter surrte an mir vorbei dem Schlossgraben zu. Ich sah ihm nach und dachte: Du findest vielleicht den Schlitz in der Mauer, der zu ihm führt. Bring du ihm ihren Gruß hinunter.

Da drängte es mich mit innerlicher Gewalt zu Kunigunde hin. Kein Mensch ist ihm so nahe gewesen als ich, dachte ich. Kann ich ihr keinen Gruß von ihm bringen, so bringe ich ihr doch einen Hauch aus seiner Nacht.

Ich schlüpfte durch das Pförtlein, Schloss es zu, legte den Schlüssel in das bezeichnete Mauerloch und eilte den kurzen Buckel hinab, an der Schmiede vorbei, zur Heiliggeistkirche. Die Tür zum Turme war verschlossen. Ich zog an der Glocke, und bald öffnete sich die Falle. Ich stieg rasch die Treppe hinauf; es war zwar stichdunkel, aber ich kannte den Weg. Kunigunde stand auf dem Vorplatz vor ihrer Wohnung. Aus einer halbgeöffneten Tür kam ein schwacher Lichtschein und zeigte die Umrisse ihrer Gestalt. Der schwarze Schatten, der an ihrem Haupte niederflutete, musste ihr Haar sein.

Sie hatte mich am Tritt erkannt, denn sie sagte freundlich: ›Ich wusste, dass Ihr kommen würdet. Wartet hier eine Weile. Der Vater liegt schon zu Bett; er weiß noch nichts.‹

Nach einigen Augenblicken kam sie aus dem Zimmer zurück. Sie hatte ihr Haar hinaufgenommen und mit einem Tuche zusammengebunden.

›Wir wollen auf den Altan‹, sagte sie, ›es spricht sich dort leichter.‹

Wir gingen hinaus. Die Dämmerung hob uns hoch über die Stadt und schob den Schlossberg in die Ferne, dagegen war die schwarze Finsternis des Klingenteichs zum Greifen nahe.

Kunigunde stemmte die Arme auf die Brüstung und schaute nach dem Schlosse hinüber.

›Wie geht es der armen Margarete?‹ fragte sie, ohne sich zu rühren.

›Ihre Augen trocknen nicht‹, antwortete ich.

›Ihr müsst sie trösten‹, sagte sie in derselben Haltung. ›Wisst Ihr, wie man dies macht? Wenn alles vorüber ist, dann nehmt sie auf den Schoß und küsst ihr die garstigen Tränen weg.‹

Wir schwiegen beide. Es wurde dunkel. Ein Nachtvogel huschte an uns vorbei. So standen wir lange und schauten hinaus in die wachsende Finsternis.

Endlich sagte ich:

›Ich bin droben gewesen und habe über den Graben geschaut.‹

Sie nickte stumm.

Dann wandte sie sich plötzlich um und schaute mich an.

›Wie dick sind die Mauern?‹

Ich breitete meine Arme aus und sagte: ›So dick.‹

›Aber die Glocke hört man doch?‹

›Gewiss. Er hat die Glocke gehört.‹

Sie nickte still. Nach einer Weile sagte sie: ›Ich habe ihm alles gesagt.‹

›Was habt Ihr ihm gesagt?‹ fragte ich.

Da drehte sie sich scharf nach mir um und schaute mich an mit ihrem alten stolzen Blick.

›Gott und die Glocke wissen's‹, sagte sie.

In diesem Augenblick läutete es von der Pforte her.

Sie ging an den Aufzug. Aber ehe sie den Handgriff umfasste, wandte sie sich zu mir und flüsterte hastig und angstvoll:

›Ich weiß, wer kommt ... Morgen wird er gerichtet.‹

›So schnell? Das ist nicht möglich!‹ sagte ich, um sie zu beruhigen, aber das Herz klopfte mir.

Es läutete zum zweiten Mal, heftig, ungeduldig. Ich griff an ihrer Hand vorbei und zog auf. Man hörte, wie unten die Tür zugeschlagen wurde. ›Ich gehe hinunter‹, sagte ich. ›Wartet hier! Setzt Euch! Aber wo finde ich ein Licht?‹

Sie hatte sich wie unwillkürlich auf das Kästchen neben der Tür niedergelassen. Aber als ich an ihr vorüber wollte, sprang sie auf. Da sah ich sie schwanken und hielt sie fest. Aber nur einen Augenblick dauerte ihre Schwäche. Sie raffte sich auf und eilte voraus auf den Vorplatz, holte Licht aus der Kammer und entzündete die kleine Laterne, die neben der Tür hing. Von unten klang ein unverständliches Rufen.

Ich eilte vorsichtig die Treppe hinunter und verstand nun, dass der Mensch da unten nach Licht brüllte. Als das Geräusch meiner Tritte und der Schein meiner Laterne hinunterdrang, wurde es unten still.

Ich war schon zur Hälfte die Holzstiege hinab, da rief es ängstlich herauf:

›Wer kommt denn da? Das ist kein Frauentritt!‹

›Wer seid denn Ihr?‹ gab ich zurück.

›Ein Bote vom Gericht‹, rief es. ›Wo ist Jungfer Kunigunde? Warum kommt sie nicht? Sie soll kommen.‹

Ich gab keine Antwort und eilte durch den Läuteraum der steinernen Wendeltreppe zu.

›Seid Ihr vom Rat mit dem Läuten betraut?‹ rief es herauf.

›Nein!‹

›So soll Jungfer Kunigunde kommen!‹ schrie es zornig. ›Wer seid denn Ihr?‹ Da stellte ich die Laterne auf den Boden und rief:

›So kommt herauf und bestellt Eure Botschaft selber.‹

Fluchend und schimpfend begann der Mensch die Treppe heraufzutappen. Ich eilte voraus, Kunigunde die Nachricht zu bringen. Sie stand hochaufgerichtet auf dem Vorplatz. ›Geht auf den Altan und wartet meiner!‹ sagte sie. Ich ließ das Pförtlein hinter mir offenstehen.

Der Büttel kam polternd die Stiege herauf, und als er oben war, dauerte es eine Weile, bis er zu reden anfing.

›Wer ist mir denn halbwegs entgegengekommen?‹ fragte er grimmig.

›Meldet Eure Botschaft!‹ erwiderte Kunigunde.

›Das herrschaftliche Gericht bestellt auf morgen früh das Armesündergeläut. Valentin Herbert wird um zehn Uhr auf dem Galgenbühl gerichtet.‹

Kunigunde musste etwas gesagt haben, denn nach einer Pause fuhr der Büttel fort: ›Was seine Strafe ist? Sein Recht wäre das Schwert. Aber da er die löbliche Absicht des Rates, das Volk in diesen betrübten Zeitläuften zu vermuntern, freventlicher Weise vereitelt hat, haben die Herren die Strafe geschärft: er soll mit dem Rad vom Leben zum Tod gebracht werden. Von neun bis zehn Uhr ist zu läuten, mit den drei Pausen, nach Vorschrift. – Wer war denn der Mann, der mir entgegengekommen ist?‹

›Geht Eures Weges!‹ sagte Kunigunde tonlos.

Fluchend kehrte der Büttel um und tappte an mir vorbei die Treppe hinunter. Mit großem Gekrach wurde nach einer Weile unten die Tür zugeworfen.

Kunigunde kam hinter ihm her zu mir auf den Altan und fragte mich: ›Habt Ihr's gehört?‹

Ich nickte mit dem Kopfe und sank, von Jammer überwältigt, vor der Brüstung nieder. Kunigunde stand neben mir und schaute nach dem Schlosse hinüber. Es war völlig Nacht geworden.

Endlich fasste ich mich; ich dachte an *ihren* Jammer. Ich stand auf und sagte: ›Ich will morgen für Euch läuten.‹

Sie schüttelte den Kopf: ›Niemand läutet ihm als ich allein. Aber eine andere Bitte habe ich an Euch, Johannes. Ich möchte ihn noch einmal sehen. Wenn der Zug an der Heiliggeistkirche angelangt ist, fängt die erste Pause an, und sie dauert, bis der Henker ans innere Tor gelangt. Bis ich hierherauf geeilt bin, ist der Wagen schon in der Hauptstraße, wo ich ihn nicht mehr sehen kann. Drum will ich hinaus auf die Straße. Stellt Euch in die Nähe vom Turm und erwartet mich und schafft mir Raum, dass ich ihn sehen kann, wenn er vorüberfährt.‹

Ich versprach ihr, was sie begehrte, und drückte ihr zum Abschied die Hand. Ich wollte ihr ein tröstlich Wort sagen, aber ich vermochte es nicht, und als ich ihr ins Gesicht schaute, da sah sie mich so ruhig und groß an, dass ich es nicht gewagt hätte, sie zu trösten, auch wenn ich die besten Worte gewusst hätte.

Der folgende Tag war trüb und windig. Vom frühen Morgen an war es in der Stadt lebendig, und als es neun Uhr schlug, waren die Gassen und Straßen, durch die Valentin geführt werden sollte, auf beiden Seiten an den Häusern hin durch dicke Streifen harrender Menschen eingefasst. Die Leute warteten still, ohne zu sprechen, wie man in der Kirche wartet. Wenn zwei zusammen redeten, dann taten sie's flüsternd; von den schlimmen Zeiten erzählten sie sich, dass das Wasser im Schlossgraben am Geburtstag der Kurfürstin blutrot ausgesehen habe, und dass der schauerliche Ausgang der Lustbarkeit in Mord und Brand nichts Gutes bedeute für die Pfalz und für Heidelberg. Die Gemüter waren gedrückt und die Angesichter voll Traurigkeit, und wenn zwei miteinander von Valentin und Gerwig redeten, traten ihnen Tränen in die Augen.

Ich hatte meinen Platz da, wo die Haspelgasse in die Hauptstraße mündet, und konnte von meinem Standort sowohl die Straße gegen das Rathaus zu als auch das Turmpförtlein im Auge behalten.

Am neun Uhr fing die Armesünderglocke zu läuten an. Die zusammen geredet hatten, brachen das Gespräch ab. Die Glocke klang fest und sicher wie sonst. Aller Augen waren nach der Richtung gewandt, von wo der Zug erwartet wurde.

Etwa eine Viertelstunde mochte es geläutet haben. Da hörte man ein Geflüster Heranrauschen: ›Er kommt!‹ Ich beugte mich vor und sah den Meister Hans, der langsam dem Zuge voranschritt. Er war im scharlachroten Wams und hatte das Rad, mit dem meinem armen Gesellen die Glieder gebrochen werden sollten, über die Schulter gelegt. Hinter ihm fuhr der Karren, von zwei schwarzen Rossen gezogen. Zwei Knechte, von denen einer das Gespann lenkte, saßen nach vorn. Sonst konnte ich nichts sehen. Langsam kam der Zug näher. Der Henker hatte die Kirche erreicht. Jetzt hörte es zu läuten auf. Gleich darauf fasste jemand von hinten meine Hand. Es war Kunigunde. Sie hatte ein Tuch um den Kopf geworfen, so dass ihr Gesicht fast verhüllt war, und ihre Hände waren im Kleid verborgen.

›Weiter vor!‹ flüsterte sie.

Wir drängten uns leise durch. Niemand wehrte uns. Wir standen in der vordersten Reihe.

Und jetzt fuhr der Karren langsam heran und an uns vorbei. Valentin saß auf dem zweiten Brett, nach hinten gewandt. Der Oberkörper war nackt, die Augen waren verbunden, die Hände auf dem Rücken gefesselt. Arme und Beine mit Seilen an den Karren geschnürt.

Es wurde mir schwarz vor den Augen.

Da spürte ich einen Stoß. Kunigunde war hinausgesprungen auf die Straße. Sie stand hinter dem Karren, sie schlang die Arme um Valentin, sie schrie mit überschwänglicher Stimme: ›Ich begehre dich zum Ehegemahl!‹ Ich sah etwas in ihrer Hand blitzen. Sie hatte die Seile durchschnitten an Füßen und Armen, auf der rechten, auf der linken Seite, und jetzt zwischen den Händen, sie riss die Binde von seinen Augen ... Valentin fiel vom Karren, sie fing ihn in ihrem Schoße auf, sie half ihm in die Höhe, sie hob ihr Tuch, das von ihrer Schulter auf den Boden gefallen war, und hüllte es um seine Blöße; dann schlang sie wiederum die Arme um ihn und rief schluchzend: ›Vergib mir!‹

Ihre Haare hatten sich aufgerollt und wogten wie ein Schleier um sie und ihren Liebsten hinab. Die Pferde waren scheu geworden und bäumten sich in den Zügeln; der Henker hatte sein Rad hingeworfen und suchte mit den abgesprungenen Knechten die Rosse zu bändigen. Die Volksmenge aber, die in atemloser Spannung dem Vorgang zugeschaut hatte, erhob ein Toben und Jauchzen, ein Freudengeschrei sondergleichen.

›In die Kirche! In die Kirche! Dort steht ja der Pfarrer; der soll sie trauen!‹ So riefen zwei, ein Dutzend, fünfzig Stimmen. Das Volk drängte auf die Kirchtüren zu. Ich weiß nicht, wer sie öffnete: sie stunden auf, und die Menge flutete hinein.

Margarete hatte sich durch den Strom gedrängt, sie war vor ihrer Gespielin zu Boden gesunken und küsste ihr ohne Aufhören die Hände. Einer aus der Menge hatte sein Wams ausgezogen, und sechs, acht Hände wetteiferten, es dem Befreiten anzuziehen. Valentin selbst stand und schaute um sich, wie wenn er von all dem nichts verstünde. Er ließ sich hierhin, dorthin ziehen, sich die Hände schütteln und schaute mit großen Augen, ohne ein Wort zu sagen, einen jeden an, der mit ihm redete. Aber als der Henkerkarren an ihm vorbeigeführt wurde unter den Hohnrufen und Spottreden des Volkes, da atmete er tief auf und wandte sich zu Kunigunde, fasste sie bei der Hand und sagte: ›Nun weiß ich, dass alles Wahrheit ist!‹

Unterdessen waren viele von den Zuschauern in die Kirche geströmt, wo sie ungeduldig das Paar erwarteten. Andere waren außen geblieben und bildeten einen Kreis um uns. Auch die Studenten, denen Kunigunde und Valentin auf dem Anger Bescheid getan hatten, standen in der Nähe und schauten mit Teilnahme auf das Paar.

Aller Augen wandten sich jetzt gegen den Marktplatz hin. ›Macht Platz!‹ mahnten sich die Leute und traten auseinander, um dem kurfürstlichen Amtmann, seinen Schöffen und dem Geistlichen, der Valentin hatte zum Tod geleiten sollen, Raum zu schaffen. Diese waren durch den Tumult und das Gedränge der von allen Seiten herzueilenden freudebewegten Menschen auf die Seite geschoben worden und konnten jetzt erst herzutreten, nachdem der größere Teil der Leute, um von dem bevorstehenden rührenden Schauspiel nichts zu versäumen, voraus in die Kirche geströmt war.

Der Amtmann schaute die Jungfrau von Kopf zu Füßen an und fragte:

›Ist es Euer fester Wille, dass Ihr den Valentin Herbert, der dem Nachrichter übergeben war, zu Euerm Ehegemahl begehrt?‹

Kunigunde hatte Valentins Hand ergriffen. Sie schaute den Amtmann mit vollem Blick an und sagte: ›Ja.‹

›Die Hand des Henkers hat auf ihm geruht; wisst Ihr, dass sein Weib und seine Nachkommen auf Kind und Kindeskind unehrlich sind?‹

›Ich weiß es‹, sagte sie mit fester Stimme.

Da wandte sich der Amtmann an Valentin:

›Herbert, Ihr könnt gehen, wohin Ihr wollt. Ihr seid frei.‹ Dann sagte er zu dem Pfarrer, der an seiner Seite stand:

›Das Gericht hat nichts dawider, dass Ihr sie sofort zusammengebt.‹

›Folgt mir in die Kirche!‹ sagte der Pfarrer, ging einige Schritte voran und schaute wartend zurück. Eine Mädchenhand legte Kunigunde einen Kranz auf das Haupt; eine andere steckte einen Strauß in Valentins Wams. Gott weiß, wo die Blumen herkamen. Dann setzte sich der Zug in Bewegung. Ich ging als Ehrengesell an Valentins Seite. Unter der Kirchtür erhielt ich einen Strauß in die Hand gedrückt. Margarete war Kunigundens Ehrenjungfer. Auch sie trug ein Kränzlein, bevor sie noch zwischen die Säulen trat. Nach uns kamen die Studenten, je zwei und zwei, und dann die übrigen Leute, so viele ihrer noch auf der Straße waren. Den Schluss bildeten der Amtmann und die Schöffen, und als letzter trat der Büttel in die Kirche.

Die Leute, die auf den Bänken zur Rechten vom Hauptgang und zur Linken Platz genommen hatten, standen von ihren Sitzen auf, während das Paar an ihnen vorüberschritt. Als die beiden, vor dem Altar stehend, durch ihr Ja einander eheliche Liebe und Treue zugelobten, wurden mehr Augen feucht, als wohl je bei einer Hochzeit in dieser Kirche geschehen war; als der Pfarrer den Segen über die Knienden sprach, war eine solche Stille, dass jeder sein Herz klopfen hörte, und als die Feier vollendet war, ging ein Rauschen der Freude durch die Kirche.

Kunigunde blieb auf ihren Knien, ihr Haupt sank auf die Brust, ihre gefalteten Hände zitterten, und ihre Lippen bewegten sich im Gebet. Valentin aber stand hastig auf, wie wenn er auf diesen Augenblick in qualvoller Spannung gewartet hätte, wandte sich nach mir um und fragte schier heftig:

›Sag mir die Wahrheit, bei der Treue, die wir uns geschworen haben: War Gerwig schuldig?‹

Ich trat einen Schritt zurück und zog meine Hand aus der seinen.

›Valentin‹, sagte ich, ›du solltest ihn nicht nennen in dieser Stunde.‹

Er schaute auf meine Hand, die ich von der seinen entfernt hatte, dann sah er mir spähend ins Gesicht und sagte: ›Ich war sinnlos gewesen; vor dem Altar bin ich erwacht. Da sah ich ihn, wie er mich anschaute mit seinem letzten traurigen Blick. Ich hab' an ihn gedacht, und nur an ihn, während ich kniete; bei Gott, nicht an mein Weib. Und jetzt will ich nur eines wissen: Ist er zum Judas an mir geworden?‹

›Ach, Valentin‹ sagte ich, und das Herz wurde mir grimmig und weich, ›du hast vorschnell gerichtet. Die Lüge, die er dir sagte, war seine einzige Sünde gegen dich; denn dass er toll wurde vor Ingrimm, das habt ihr gemacht, ihr habt wie törichte Kinder das Feuer entzündet. Aber er hat sogleich bereut, was er getan hat, und sein letztes Tun und sein letztes Denken war, euch zu retten. Er hat ein Pferd für euch verschafft und bereit gehalten, hat dein Geld geholt und das seine dazu gepackt und hat alles zu eurer Flucht gerichtet, Und als er sterbend in meinen Armen lag, da war euer Glück sein letztes Gebet.‹

Während ich redete, wurden Valentins Augen größer und größer, und soviel Entsetzen starrte daraus, dass es mir zu grauen anfing. Ich bereute meine Worte, während ich sie sprach, aber ich konnte nicht anders, ich musste alles sagen.

Er sah mich noch immer an mit den weitgeöffneten Augen, als ich schon schwieg.

›Valentin!‹ sagte ich und ergriff ihn am Arm. Da kam aus seiner Brust ein Schmerzenslaut wie der Klang eines brechenden Herzens.

Jetzt stand auch Kunigunde auf. Sie hatte den Seufzer vernommen, und als sie uns beisammen sah, da mochte sie erraten, wovon wir redeten. Sie trat herzu und schaute ihrem Gatten in schmerzlicher Spannung ins Angesicht. Er schaute sie an voll unsäglicher Traurigkeit. So war der erste Blick, den die Gatten miteinander tauschten.

Es wurde laut in der Kirche. Die Leute erwarteten das Paar. ›Geht! Geht!‹ drängte Margarete. Die in den Bänken schoben sich dem Gange zu, um uns vorübergehen zu sehen.

Valentin nahm sein Weib und ging mit ihr langsam dem Ausgang zu. Sein Arm zitterte wieder wie damals im Walde, und seine Augen ruhten auf ihr mit einem unbeschreiblichen Ausdruck von Wehmut und Zärtlichkeit. Kunigundens Antlitz war starr geworden, aber ihre Augen spähten nach jeder Fiber in des Gatten Angesicht.

Hinter dem Ehepaare gingen Margarete und ich. Dann kamen die Studenten, als erster hinter uns Herr Martin Opitz aus Schlesien.

Wir waren unter die Orgelempore getreten. An der Turmpforte standen der Amtmann und die Schöffen. Die Herren traten zur Seite, um den Zug vorüberzulassen.

Unter der Tür blieb Valentin stehen und wandte sich zu dem Amtmann. Kunigunde zuckte zusammen. Valentin sah dem Amtmann ins Gesicht, wie wenn er etwas sagen wollte. Dann kehrte er sich rasch seiner Gattin zu, fasste sie an den Händen, schaute ihr in die Augen und sagte: ›Du hast getan, was du tun musstest; lasse mich tun, was ich tun muss.‹

Ein triumphierendes Licht strahlte aus ihren Augen, dann füllten sich diese Augen langsam mit schweren Tränen. Ein trunkenes Entzücken kam und schwand in Valentins Angesicht. ›Du Hohe! Starke! Tapfere!‹ sagte er leise. Er legte seine Hände auf ihre Achseln und schaute sie lange innig an. Dann schloss er sie in die Arme, küsste sie auf den Mund und schluchzte: ›Lebewohl, herzliebes Gemahl!‹

Im nächsten Augenblick kniete er auf der Schwelle vor dem Amtmann, zog den Hochzeitsstrauß aus der Brust, legte ihn neben sich nieder auf den Boden und sagte mit leiser, aber fester Stimme:

›Ich bitte um mein Recht. Ich habe meinen Herzbruder erschlagen, der es treu mit mir gemeint hat. Ich will gerichtet sein.‹

Es war totenstill geworden.

Der Amtmann sah Kunigunde an. Mit einem Blick voll schmerzensreichen Stolzes schaute sie auf den Knienden. Dann lief ein Zittern über ihren Leib. Sie öffnete den Mund wie zu einem Schrei, aber sie blieb stumm und senkte das Haupt. Mit bebenden Fingern löste sie den Hochzeitskranz aus ihrem Haar und ließ ihn zur Erde gleiten. Dann trat sie von ihrem Gatten zurück und legte sich still weinend an Margaretens Brust.

›Steht auf!‹ sagte der Amtmann, und seine Stimme zitterte. ›Euer Recht soll Euch sein. Ihr sollt gerichtet werden.‹

Da drängte sich der Student an mir vorbei, der auf dem Anger die Brautleute als künftige Schlesier willkommen geheißen hatte, Martin Opitz aus Bunzlau. Er verneigte sich vor dem Amtmann und sagte: ›Gnädiger Herr, gewährt mir und meinen Kommilitonen eine Bitte. Verschont ihn mit dem Rade! Schenkt ihm die Gnade des Schwerts!‹

›Nicht das Rad! Das Schwert!‹ murmelte es vielstimmig hinter ihm.

Der Amtmann schaute seine Schöffen an und nickte. ›Die Bitte sei gewährt!‹ sagte er. Dann wandte er sich an den Büttel, der hinter ihm stand: ›Geht und holt den Meister Henker!‹

Da löste sich Kunigunde aus den Armen der Gespielin. Sie kniete neben ihren Gatten, hob ihr tränenüberströmtes Antlitz zu dem Amtmann empor und sagte:

›Auch ich habe eine Bitte, gnädiger Herr. Erspart meinem Gatten den Karren! Lasst ihn als einen freien Mann auf seinen eigenen Füßen gehen! Bloß seinen Leib nicht! Lasst ihn aus seinen Augen schauen! Und noch eins, das letzte: Lasst mich, sein ehelich Weib, an seiner Seite gehen!‹

Der Amtmann murmelte: ›Gewährt! Gewährt!‹ beugte sich nieder und hob die Weinende auf.

Auch Valentin erhob sich jetzt.

Die Umstehenden waren erschüttert. Die weiter hinten warteten und nichts gehört hatten, fragten ungeduldig, was sei, und als sie es vernommen hatten, drängten sie dem Ausgange zu. Die einzelnen gingen still an uns vorbei. Die meisten taten Valentin ein Liebes an; sie drückten seine Hand, sie berührten seine Schulter, aber keiner sagte ein Wort.

Auf die Straße gelangt, stellten sich die Leute wieder in langer Reihe an den Häusern hin, von der Kirche an die Vorstadt hinaus. Der Meister zeigte sich; er trug das entblößte Schwert auf der Schulter und sah mit einem auffordernden Blicke zur Tür herein. Der Amtmann machte eine Gebärde, die zum Aufbruch mahnte.

Da trat Kunigunde noch einmal vor ihn hin und sagte: ›Gnädiger Herr, Ihr habt mir erlaubt, mein Gemahl zur Richtstatt zu geleiten; so habt Ihr mich meines Amts entbunden. Wer soll nun meinem Eheherrn die Glocke läuten?‹

›Das soll der Büttel tun‹, sagte der Amtmann und schaute hinter sich. Dienstbeflissen kam der Büttel herbei.

›Der nicht!‹ rief Valentin, und Kunigunde winkte ein helläugiges Büblein heran, das draußen vor der Tür stand und den Henker betrachtete.

›Erlaubt!‹ sagte sie zum Amtmann, und dann fragte sie das Büblein: ›Nicht wahr, du läutest gern?‹

Der Knabe sagte: ›Ja.‹

›Wenn du die Treppe hinaufkommst, findest du ein helles, weites Gemach, gleich über der Orgel. Viele Seile hangen herunter. Darunter ist ein dünnes schwarzes. An dem darfst du läuten. Ziehe von hoch oben bis tief hinunter, und tu's so ruhig und ebenmäßig, als du nur immer kannst, damit es schön klinge, und mein Vater droben meine, ich sei es selbst. Es ist ein heiliges Werk, einem armen Menschen den Gottesgruß zum Geleit zu geben. Das bedenke! Sobald du droben bist, läute!‹

Der Knabe sah sie ernsthaft an mit großen Augen.

›Wie lange soll ich läuten?‹ fragte er.

›Du hast in der Schule den einundneunzigsten Psalm gelernt, der da anhebt: Wer unter dem Schirme des Höchsten sitzet ...‹

Der Knabe nickte.

›Den sage langsam und andächtig, während du läutest. Laut wirst du's nicht tun können; tu's in Gedanken!‹

Das Büblein nickte.

›Wenn du fertig bist, sage ihn zum andern Mal und zum dritten Mal. Dann sind wir am Speyerer Tor angelangt, die Glocke ist heiß geworden, und du wirst müde sein. Eine ganze Viertelstunde darfst du jetzt ausruhen, aber nicht länger. Dann sind wir am Hochgericht angelangt. Ist die Viertelstunde vorbei, so fängst du wieder an zu läuten.‹

›Wie lange soll ich dann läuten?‹ fragte der Knabe.

Kunigunde schluckte und sagte mit erstickter Stimme: ›Bis du müde bist.‹

Sie senkte einen Augenblick das Haupt, aber als das Bübchen forteilen wollte, rief sie es zurück und fragte ihren Gatten: ›Hast du seinen Lohn bei dir?‹

Valentin schüttelte das Haupt und sagte: ›Ich habe nichts.‹

Ich griff nach meinem Beutel, aber der Amtmann hatte Valentin schon einen Gulden gereicht. Den erhielt der Knabe aus meines Herzbruders Hand.

›Nun verzeiht noch einen Augenblick, dass ich mich ordentlich mache zu meinem Ehrengange‹, sagte Kunigunde. Sie trat auf die Seite in einen dunkeln Winkel der Kirche und kam alsbald wieder zurück. Sie hatte ihr Haar aufgesteckt, wie sie es sonst zu tragen pflegte.

Sie schaute sich im Kreise um und sagte: ›Es ist das einzige Mal, dass ich mit meinem Gatten durch die Straße gehe: da sollte ich eine Haube haben, wie sie die Ehefrauen tragen, wenn sie mit ihrem Manne ausgehen. Will eine von den Frauen so gut sein und mir ihre Haube leihen?‹

Fünf, sechs Hauben wurden ihr entgegengestreckt.

Kunigunde zögerte und sagte: »Aber ihr werdet sie nicht mehr tragen wollen, wenn sie auf dem Haupte eines unehrlichen Weibes gesessen hat?«

›Nimm! Nimm!‹ riefen die Frauen, und die zugestreckten Hauben schüttelten sich.

Da nahm Kunigunde die nächste und sagte: ›Nun denn, in Gottes Namen!‹

Jetzt fing die Glocke an zu läuten. Kunigunde horchte und nickte befriedigt.

Der Zug setzte sich in Bewegung.

Der Wind jagte zerrissene Wolken über den Himmel hin. Bald war es düster auf den Straßen, bald glitzerte alles im Sonnenschein.

Der Meister Henker ging voraus, hinter ihm seine Knechte. Dann kamen Valentin und Kunigunde. Ihnen auf dem Fuße folgten Margarete und ich, denn es war uns beiden eine selbstverständliche Sache, dass wir mit hinausgingen. Dann folgten der Geistliche und die Herren des Gerichts.

Valentin ging zuerst gesenkten Hauptes, aber bald richtete er sich auf und blickte frei. Kunigunde ging mit gehobener Stirn. Die Frauenhaube, das Zeichen ihrer eheweiblichen Würde, trug sie in der Linken. Wenn das Richtschwert auf der Schulter des Meisters blitzte, dann leuchtete zugleich die goldene Flechtenkrone auf Kunigundens Haupt.

Zuerst schauten die Leute von rechts und links schweigend her. Dann und wann hörte man unterdrücktes Weinen. Als aber ein alter Mann gerufen hatte: ›Gott zum Geleit!‹ wurden die Reihen laut und lebendig. Die Leute winkten mit Tüchern, sie drückten ihm und ihr die Hand, sie riefen Valentin Abschiedsworte zu und gute Sterbesprüchlein aus der Schrift; und je weiter wir kamen, desto lauter wurde das Weinen und Wehklagen. Zwischenhinein hörte man den Ruf: ›Die Pfalzgräfin!‹ Aber nicht im Spott wurde es gerufen, sondern in zärtlicher Liebe und Bewunderung.

Valentin und Kunigunde hatten sich an den Händen gefasst: sie grüßten nach rechts und links und schauten sich liebevoll an und redeten freundlich miteinander.

Als wir zum Speyerer Tor hinausgetreten waren, hörte das Getümmel auf. Auch die Glocke war verstummt. Hinter uns lag die Stadt im Schatten einer düsteren Wolke, aber auf uns brannte die Sonne. Es war ein langer heißer Weg durch die Weingärten. Ich sah, wie Valentin unsicher wurde; er stolperte und wankte und ließ den Kopf sinken. Da redete Kunigunde still auf ihn ein. Ich trat näher, um zu hören, was sie sagte: es waren die Worte des einundneunzigsten Psalms.

Als wir an dem Galgenstein angelangt waren, hatte die Glocke wieder zu läuten begonnen. Sie fielen einander um den Hals und hielten sich lange umschlungen. Endlich rissen sie sich voneinander los.

›Schau nicht zurück!‹ bat er sie.

›Oh, ewig, ewig!‹ erwiderte Kunigunde.

Noch einmal Aug' in Auge. Dann wandten sie sich zu gleicher Zeit um. Er stieg die Treppe hinauf, und sie ging, von Margarete begleitet, nach der Stadt zurück.

Er stand auf dem Hochgericht, hielt die Hand über die Augen und schaute ihr nach. Als sie hinter einer Hecke verschwunden war und er' sie nicht mehr sehen konnte, zog er den Wams aus, hob ihn in die Höhe und rief: ›Ist der Mann da, der mir seinen Wams geliehen hat?‹ Er wartete eine Weile. Als keine Antwort kam, warf er den Wams in die Menge hinunter und rief: ›Gebt ihn dem Mann und sagt ihm meinen Dank!‹

Dann suchten seine Augen mich.

Als sie mich gefunden hatten, rief er: ›Herzbruder! Grüße den Meister und deine Margarete! Grüße mein Weib! Grüße sein Grab!‹

›Herzbruder!‹ rief ich hinauf.

Valentin kniete jetzt nieder neben dem Pfarrer und hörte auf dessen Gebet. Dann stand er auf und reichte dem Geistlichen und dem Henker die Hand. Seine Augen grüßten mich noch einmal. Darauf kniete er nieder und legte den Kopf auf den Block.

Der Henker ließ sein Schwert im Sonnenschein funkeln. Das Eisen war so lauter und blank wie damals, als Kunigunde und Valentin es miteinander geputzt hatten. Der Henker besah die Bilder auf der Breite des Schwertes, und mit lauter Stimme las er die Geschrift:

›Wenn   ich   das   Schwert   tu   aufheben.
Dann schenke dir Gott das ewige Leben!‹

›Amen!‹ rief eine Stimme aus der Menge.

Der Meister hob das Schwert hoch in beiden Händen – ein Blitz zuckte herunter – ich schloss die Augen ...«

So erzählte der Ratsherr und Schwertfegermeister aus dem Burgweg zu Heidelberg seinem Stubenherrn hoch oben auf dem Turmaltan der

Heiliggeistkirche. Sie saßen nebeneinander auf dem Bänklein, dem herunterrauschenden Neckar zugekehrt. Das weiße Haar des alten Mannes und die dunkelblonden Locken des Jünglings leuchteten im Sonnenschein. Die Schwalben flogen über ihnen hin und her, und von Viertelstunde zu Viertelstunde rasselte es im Uhrwerk und dröhnte der Glockenschlag.

Johannes hatte seine Erzählung beendet. Jodokus schaute ihn an mit feuchten Augen und griff nach seiner Hand. Da aber der Alte seine Augen geschlossen hatte, saß Jodokus stille wartend da, derweilen eine Träne über seine Wange schlich. Als der Meister die Augen aufschlug, drückte ihm der Studiosus die Hand und sagte leise: »Ich danke Euch.«

Der Meister stand auf, sah nach der Sonne und dann über die Stadt hin und sagte:

»Es ist spät geworden. Meine Hausfrau weiß, dass ich mich da oben immer versinne; aber diesmal hat es gar lange gedauert; ich schätze, dass sie schon eine ganze Weile unten auf mich wartet.«

Er trat an das Geländer und schaute hinab. Als er sein Antlitz wieder hob, leuchteten seine Augen auf, und er rief: »Nein, sie kommt eben erst.«

Er beugte sich über die Schutzmauer und grüßte mit der Hand einem alten Frauchen hinunter, das vom Barfüßerkloster her zur Kirche eilte. Sie hatte ihren Blick heraufgerichtet und dankte nickend und winkend dem Gruße. An der Hand sprang eins ihrer Enkelkinder.

»Margarete!« sagte der Alte innig vor sich hin. Dann wandte er sich dem Turm zu: »Wir wollen ihr entgegen.«

Er ging voran. Als sie unter der Glockenstube hin schritten, hielt der Alte den Fuß an und lauschte. Jodokus warf einen scheuen Blick hinauf nach dem Armensünderglöcklein. Dann eilten sie hastig weiter; der Student war erbleicht, als ob ihm ein Schauder über den Rücken liefe.

Sie stiegen nun langsam die Treppe hinab.

Der Meister war auf der zweitobersten Stufe stehengeblieben und hatte seinem jungen Hausgenossen freundlich zugenickt. Das sah dieser für ein Zeichen an, dass er wieder reden dürfe.

»Was ist aus Kunigunde geworden?« fragte er.

»Sie hat den Turm nicht verlassen«, antwortete Johannes, sich an dem Seile haltend und dann und wann stehenbleibend. »Die Witwentrauer hat sie nicht abgelegt. In die Schmiede ist sie niemals mehr gekommen, und ihre Ausgänge hat sie in der Dämmerung gemacht. ›Ich bin ein unehrliches Weib‹, hat sie gesagt, ›und wenn mich die Herrschaft nimmer auf dem Turme duldet, so ist mein Platz da, wo Margarete niemals hingeht: im Winkel zwischen Mantel und Mauer.‹

Als der Tilly ins Land kam, schafften wir Margareten, ihren Vater und Kunigundens Vater auf den Dilsberg. Dort haben sie die böse Zeit sicher überstanden. Kunigunde blieb während der Belagerung auf ihrem Posten. Durch verabredete Zeichen hat sie dem Kommandanten auf dem Schlosse mitgeteilt, was sie vom Turme aus über den Feind erspähte. Bei der Erstürmung der Stadt ist sie getötet worden.«

»Wie fand sie den Tod?« fragte Jodokus.

»Wie ein Soldat, im ehrlichen Streit, durch eine Kugel in die Brust.

Wie wir oben auf dem Turme den letzten Kampf hatten, nachdem die Tore gefallen und die Häuser ringsum erstürmt waren – wie ich dann mit ihrer Leiche in einem Versteck des Kirchenspeichers die Nacht zubrachte, und wie am anderen Morgen die Jesuiten bei ihrem Einzug in die Kirche uns in ihren Schutz nahmen, das erzähle ich Euch ein andermal.«

Er stieß das Pförtlein auf und hielt die Hand über die Augen, geblendet vom hereinflutenden Sonnenschein. »Wo sind sie?« fragte er, auf das lichte Pflaster tretend, und spähte rechts und links.

Jodokus, der hinter ihm aus der Finsternis gekommen war, sah lächelnd zur Seite und legte zum Zeichen des Einverständnisses den Finger auf die Lippen.

»Großvater! Großvater!« rief es, und des Meisters Enkelkind sprang aus der Bude des Geschirrhändlers, worinnen es sich versteckt hatte, und es breitete sein Ärmlein um die Knie des alten Mannes. Und jetzt stand auch Frau Margarete auf, die, um plaudernd zu warten, sich auf den Schemel des Geschirrhändlers gesetzt hatte.

Tilly in Nöten

General Tilly war guter Dinge. Er strich sich den grauen Knebelbart und schaute dem schönen Mädchen, das ihm den Malvasier kredenzte, so keck in die Augen, dass sie errötete. Nachdem er einen kräftigen Zug getan hatte, wandte er sich an den Vater seiner anmutigen Schenkin, der bekümmert neben ihm am Tische saß, und sagte:

»Die Bibliothek gehört jetzt dem Papste. Ihr haftet mit Euerm Kopf dafür, dass sie unangetastet bleibt.

Eure Verantwortung soll Euch nicht zu schwer fallen«, fügte er hinzu, als er sah, wie sein Gegenüber zusammenschrak. »Eine Guardia von zwei Pikenieren vor jede Tür der Heiliggeistkirche!« rief er dem Pagen zu, der im Hintergrund des Gemaches stand. »Wer sich an dem Eigentum des Papstes vergreift, wird aufgehängt! Man soll dafür sorgen, dass dies in der Stadt bekannt werde.

Ihr seid entlassen«, wandte er sich dann an den Bibliothekarius, »aber Eure Tochter soll noch dableiben. Bis nächsten Samstag liefert Ihr das Verzeichnis der Bücher in schöner Abschrift. Schickt es mir in das Lager vor Mannheim!«

Der alte Mann, der auf den Wink des Generals aufgestanden war, verbeugte sich. Während er zur Tür ging, ruhte sein besorgter Blick auf der Tochter.

Die beiden waren jetzt allein im Gemach. Das Mädchen stand mit gekreuzten Armen am Schenktisch. Der General stützte den Ellbogen auf und sah nachdenklich nieder. Zuweilen warf er einen halben Blick zu der Jungfrau hinüber.

Es wurde von ihm im Lager erzählt, dass er nie ein Weib berührt habe. Die Soldaten hielten ihn deshalb für den Liebling der Himmelskönigin Maria und glaubten an den ewigen Sieg seiner Fahne. Das wusste der General, und er war gesonnen, seinen Leib jungfräulich in die letzte Schlacht zu tragen.

Eine gute Weile war es still im Gemach. Tilly lehnte die Stirn in die linke Hand. Er nestelte sein seidenes Wams auf und holte eine große silberne Schaumünze hervor, die auf der bloßen Brust geruht hatte. Er führte sie an die Lippen und küsste inbrünstig das Bild seiner Patronin. Dann steckte er sie wieder an seinen Ort, brachte das Gewand in die Reihe und schaute die Jungfrau mit einem offenen Blick aus seinen hellen, scharfen grauen Augen an.

»Wie heißt Ihr?«

»Susanna.«

»Wie alt?«

»Zweiundzwanzig vorüber.«

»Ihr seid schön! Ja, bei Gott, das seid Ihr. Und klug seid Ihr auch. Ihr habt mir besseren Bescheid gegeben über die Bücherei als Euer Vater. Hätte er Euch nicht zu Hilfe gerufen, so wüßte ich nicht, was das ist, was die Liga dem Papste schenkt. Seid Ihr mit jemand versprochen?«

»Noch nicht«, sagte Susanna zögernd, und ihre Wange färbte sich purpurn. »Aber« – fügte sie hinzu und stockte.

»Was aber!« rief der General, »›noch nicht‹ genügt. Kommt einmal hierher!«

Tilly war aufgestanden und ans offene Fenster getreten. Susanna kam beherzt hinzu, und der Graukopf und das blühende Mädchenantlitz schauten nebeneinander in den Schlosshof hinab.

»Seht Ihr dort den Offizier, den hohen meine ich, mit der blauen Schärpe und der schwarzen Feder? Wie gefällt er Euch?«

»Er ist ein stattlicher Herr«, sagte Susanna.

»Der soll Euer Ehegemahl werden, in dieser Woche noch.«

Die Jungfrau schaute blitzschnell den General an, ob er nicht scherze. Er sah freundlich aus, aber ernsthaft.

Susanna zitterte ein wenig, aber sie fasste sich und sagte in leichtem Tone: »Ich habe ihn jetzt zum ersten Mal in meinem Leben gesehen, und das auch nur von hinten.«

»Kommt, kommt!« sagte Tilly eifrig, nahm das Mädchen an der Hand und führte es in das nächste Gemach und an das letzte Fenster. Sie schauten jetzt über die steinerne Gestalt des Kurfürsten hinweg, der den Palast gebaut hatte, worinnen der Besieger seines Sohnes hauste.

»Hier könnt Ihr ihn von der Seite sehen – nun?«

»Die Spitze seines Bartes ist *grau*.«

»Er ist *mein* Obristleutnant.« – Der General legte in das mein einen zärtlichen Ton.

»Auch die Haare hinter seinem linken Ohre sind *grau*«, sagte Susanne und wandte sich vom Fenster ab.

Tilly fuhr sich mit der linken Hand von hinten über den kurzgeschorenen grauen Kopf und sagte: »Er ist siebenundvierzig Jahre alt; das ist ein gutes Alter. Setzt Euch! Aber schenkt mir vorher noch ein Glas von Euerm Wein und bringet Euch selber eins. Es soll ein Ruhetag sein *cum Baccho et Venere*.«

Susanna tat, wie er geheißen hatte, aber bevor sie sich an des Generals Seite setzte, sagte sie: »Von dem dort nichts mehr! Ich bin reformierten Glaubens.«

»Das ist er ja auch!« rief Tilly.

»Aber er gehört zu Euern Leuten«, erwiderte Susanna, und ihre Wangen röteten sich. »Ich habe das Geschrei der Weiber und Kinder gehört.«

»Das Volk war in der Furie«, sagte Tilly kalt; »wer will es da halten? Fraget im Elsass nach, wie Euer Mansfeld gehaust hat.«

»Darum will ich keinen Kriegsmann, nie und nimmer!« rief Susanne.

»Kommt, setzt Euch und tut mir Bescheid! Habt Ihr denn Euer Herz schon verschenkt?«

»Dem jungen Apotheker, der drüben im Turm vor dem Mörser steht, dem bin ich gut«, sagte Susanna und tat einen herzhaften Schluck.

»Ihr gefallt mir, ehrlich und klar. Ich wollt, ich wäre Euer Vater. Ich glaube, wir zwei hätten etwas voneinander. – Meine Tochter zu sein, wäre kein übel Ding«, fügte er lächelnd hinzu. »Aber einem Apotheker gäbe ich Euch nicht. Pfui, Lat-werg! Gefallen Euch nicht Sporen besser?«

»Wenn wir Mädchen heiraten, dann heiraten wir den Mann.«

»Da habt Ihr Recht. Aber ein Apotheker, in dieser Zeit, wo der Tod kurzen Prozess macht, ist das ein Mann? Mir soll einmal keiner mit seinem Tränklein kommen. Hat die Kugel nicht Garaus gemacht, dann soll der Feldscher mit dem Eisen herbei. Nein nein, den Apotheker heiratet Ihr nicht, sondern meinen Obristleutnant. Nicht aufgebraust! Bleibt sitzen und hört mich ruhig an.

Vor siebenundzwanzig Jahren war ich als Hauptmann dabei, als die Spanier Brefort im Sturme nahmen. Beim Beutemachen hörte ich aus einem Haufe klägliches Wehgeschrei und rettete ein edles Weib aus den Händen der Trossbuben. Ich jagte die Kunde mit dem Degen die Stiege hinunter, da schoss einer von unten mit dem Pistol und traf die Frau zu Tode. Sterbend sagte sie mir, wo ihr einziger Sohn versteckt sei, und bat mich, für ihn zu sorgen und ihn bei seinem Glauben zu erhalten. Ich gab ihr mein Offizierswort und hab's mit Ehren gehalten. Zuerst war er mein Page, dann Kornett in meiner Kompanie, und jetzt ist er Obristleutnant im wallonischen Regiment. Im nächsten Frühjahr soll er im Sennegau ein Regiment werben. Dann wird die Frau Obristleutnant eine Frau Obrist.«

Der General verbeugte sich vor der Jungfrau. Diese schüttelte lachend den Kopf und sagte: »Dann heißt Susanna Kulmbachin Frau Susanna Cyriakus und haust drüben im Apothekerturm zwischen Mörsern und Latwergen.«

Tilly tat, als hörte er nicht, und fuhr fort:

»Mein Obristleutnant ist ein braver Offizier und tat vor dem Feind seine Schuldigkeit. Aber er hat einen großen Fehler. Er ist ganz den Frauen ergeben.«

103

Susanna wandte blitzschnell den Kopf nach dem Fenster und warf einen neugierigen Blick hinaus.

»Er ist ganz den Weibern zu eigen«, wiederholte der General bekümmert. »Darum soll er heiraten, aber nicht die, die er will, sondern die, die ich ihm gebe. Eine Deutsche muss es sein. Ihr sollt es sein.«

»Warum gerade ich?«

»Weil Ihr schön seid und klug und mutig, und weil ich Euch zutraue, dass Ihr kommandieren könnt; so eine brauche ich.«

»Wen soll ich kommandieren, den Obristleutnant?«

»Den auch; das wird ihm gut tun. Aber das ist ein leichtes Stück. Ich trau' Euch Größeres zu. Ihr sollt die Offiziersfrauen kommandieren und Zucht und Ordnung unter sie bringen. O das Weibervolk! Das Weibervolk! Ihr glaubt nicht, wieviel Schererei und Ärger mir das bereitet. Mit der leichten Bagage geht es noch, die hält der Weibel unter seiner Fuchtel, und die Frauen der Musketiere und der Reiter haben so viel für ihre Männer zu flicken und zu waschen, dass sie keine Zeit haben, Unruhe zu stiften. Aber mit den Offiziersfrauen hat's der Teufel gesehen. Hat der einen ihr Mann ein schönes Reitpferd zugeführt, so wollen die anderen auch nicht mehr auf dem Wagen fahren. Hat die Frau Rittmeister von ihrem Gatten ein neues Kleid bekommen, wie es die adligen Frauen in Italia tragen, so kriegt der Major saure Tage, weil er nicht auch so brav Beute gemacht hat. Die Frau Leutnant hängt das Adelswappen ihres Mannes an alle vier Wände des Zelts und ärgert die Frau Kapitänin, deren Mann eines Wagners Sohn ist. Hat eine eine Magd, die die Haare nach der Mode aufsetzen kann, so machen sie ihr die anderen abspenstig, und wenn das Lager aufgeschlagen wird, will jede ihr Losament zum weitesten von der Marketenderei und zunächst beim Proviantmeister haben. Fahre ich einmal drein, so schelten sie über den alten Weiberfeind, und die Offiziere, die sonst aufeinander loshacken wie zornige Hähne, stehen gegen mich zusammen wie ein Mann, um, wie sie sagen, ihre Frauen zu schützen. Es ist ein unleidig Wesen! Ich weiß keinen anderen Rat als den: eine muss den Oberbefehl haben wie der Obrist im Regiment, und die anderen müssen ihr gehorchen bei Strafe der Verweisung aus der Armee durch den Stockmeister. Alle Streithändel kommen vor ihr Tribunal, hat sie entschieden, so steht mein Generalleutnants-Sigill darunter. Dieser Weiberobrist sollt Ihr sein!«

Susanna hob den Kopf.

»Aber warum müsste ich dazu den Obristleutnant heiraten?«

»Meinen Obristleutnant? Weil Ihr eine Offiziersfrau sein müsst, sonst habt Ihr keine Autorität. Eine Frau Obristin habe ich nicht; verheiratet sich ein Obrist, so hat er bei mir den Dienst zu verlassen. Ein Obrist darf keine andere Liebste haben als sein Regiment. Auch meine Obristleutnants wagen es nicht, mich um Ehekonsens zu bitten, sie fürchten mein böses Gesicht. Nur einer weiß, dass er heiraten darf und soll, das ist mein Obristleutnant. Ich krieg' ihn sonst nicht von dem Weibsbild los, der böhmischen Hexe, und er verdirbt mir im Ludern.«

»Einen solchen Ehegemahl mag ich nicht«, rief Susanna und warf die Lippen auf.

»Er ist ein braver Soldat vom Scheitel bis zur Zehe, aber er ist von Natur verliebten Geblüts. Das schadet ihm meines Wissens nichts beim Frauenzimmer. Und hat er Euch gesehen, so wird er eine Forelle und eine Kaulquappe unterscheiden können. Er wird kirre werden und seiner Frau den Salat aus der Hand essen.«

»Einen solchen Ehegemahl mag ich nicht«, wiederholte Susanna und stand unmutig auf. Aber sie konnte es nicht unterlassen, dabei einen Blick zum Fenster hinaus zu tun nach dem Obristleutnant, der ihr den Salat aus der Hand essen sollte.

»Wer ist denn die dort unten?« rief sie zornig, »die schießt ja mit der Armbrust unserer gnädigen Kurfürstin.«

»Die böhmische Hexe«, rief Tilly ingrimmig. »Natürlich, sie hat wieder die schönsten Beutestücke. Aber schießen kann sie – beim heiligen Sebastian, das war ein Schuss! Sie hat den Sonnengott oben auf dem Ottheinrichsbau mitten auf die Nasenspitze getroffen.«

Aus dem Hofe erscholl das Beifallrufen der Offiziere.

Susanna sah zum Fenster hinaus und sagte: »Das kann ich auch.«

»Ihr?« rief Tilly verwundert. »Das will ich sehen. Page!«

»Ihr braucht ihm nicht zu rufen«, sagte Susanna, »hier im Zimmer ist ein Armbrustschrank.«

Sie eilte in den Winkel.

»Wenn er offen ist – er ist aufgebrochen! Und all die schönen Armbrüste mit Silber und Elfenbein sind weg – da ist noch eine, eine alte, starke. Die kenne ich; ich habe zweimal mit ihr geschossen, als ich das letzte Mal mit den Hoffräulein der Kurfürstin in diesen Gemächern fröhlich war. Und hier sind auch die Bolzen, stumpfe und scharfe.«

Sie blieb eine Weile im Schatten und trat dann mit gespannter Armbrust und eingelegtem Pfeil hervor.

Der Zerstörer ihrer Heimat, der Räuber ihrer geliebten Bibliothek, der gefährlichste Feind ihrer angebeteten Herrin stand wehrlos vor ihr. In Susannas Kopf siedete es, und die Armbrust zitterte in ihrer Rechten. Tilly hatte dem Fenster den Rücken gedreht, der Latz seines seidenen Wamses stand offen, vorn, mitten in der Brust. Gerade auf den dunkeln Schatten zwischen den beiden Rändern war die tödliche Waffe gerichtet. Susannas Augen aber durchbohrten das Dunkel, in dem Antlitz ihres Feindes zu lesen. Sie sah, wie Tilly leise zusammenzuckte und sich etwas entfärbte. Dann aber legte er langsam die Arme auf dem Rücken zusammen und stand unbeweglich, das Auge fest auf die Jungfrau gerichtet. So lange als man braucht, um zweimal den Finger zu krümmen, standen sich die beiden so gegenüber und hielten sich mit den Augen. Dann stieß Susanna einen unverständlichen Laut aus, eilte an Tilly vorüber, stand im Fenster, zielte und drückte los.

Tilly hatte sich blitzschnell umgewandt und stand dicht hinter ihr.

»Ihr schießt gut«, sagte er trocken, »aber nicht so gut wie die böhmische Hexe. Ihr wäret dem Ziel halb so nahe und habt nur die Krone getroffen.«

»Ich zitterte«, erwiderte Susanna. Ihre Stimme war tonlos.

Tilly nickte bedächtig. »Diese Armbrust ist sehr stark, und Ihr nähmet einen scharfen Pfeil: eine Zacke von der steinernen Krone des Sonnengottes ist abgebrochen und in den Hof gefallen.«

Susanna schaute nach dem Bildnis hinauf und atmete schwer.

Da fasste sie Tilly mit eisernem Griff um das Handgelenk und flüsterte: »Ihr habt vorhin an das graue Haupt Eures Vaters gedacht.«

Susanna schüttelte den Kopf.

»An den ewigen Richter?«

Ein unmerkliches Kopfschütteln.

»An die Rache meiner Soldaten?«

»O nein!«

»Warum habt Ihr's nicht getan?«

»Ich sah, dass Ihr meine Gedanken errietet und Euch doch nicht fürchtetet; da konnte ich nicht.«

Tilly ließ ihre Hand los, fuhr ihr liebkosend über das blonde Haar und sagte: »Du bist ein braver Feind. Du sollst meine Frau Obristleutnant werden. Die Kutsche des Markgrafen von Baden schenke ich dir zur Aussteuer, und sechs Beutepferde von Wimpfen – sonst habe ich nichts zu verschenken. Das schönste silberne Tafelgeschirr sollt Ihr Euch aussuchen hier auf dem Schloss. Was wollt Ihr? Es ist Kriegsbeute.«

Susanna hatte sich beleidigt abgewandt. »Ihr verwechselt mich mit der böhmischen Hexe. Befehlt Ihr sonst noch etwas?«

»Ihr seid töricht, Susanna«, sagte Tilly und gebot ihr mit der Hand, zu verweilen. »Ihr versteht den Kriegsgebrauch nicht. Den müssen heutzutage auch die Frauen lernen. Wenn Euch die Fortun entgegenspringt als ein aufgezäumtes Ross, hurtig, schwingt Euch in den Sattel.«

»Solchen Gebrauch versteht die böhmische Hexe«, erwiderte Susanna. »Erlaubt, dass ich gehe; ich bin doch frei?«

»Misskennt mich nicht, Susanna«, rief Tilly und streckte ihr treuherzig die Hand hin. »Ihr seid Herrin Eures Willens. Repressalien gebrauche ich gegen Frauen nicht. Ihr habt Bedenkzeit bis morgen Mittag um zwölf Uhr.«

»Ich brauche keine.«

»Nehmt sie immerhin und vergesset nicht: für Eure böse Absicht seid Ihr mir eine gute Tat schuldig. Und es ist eine gute Tat, dem alten General seinen Obristleutnant zu retten. Gott mit Euch, Susanna.«

Als Susanna aus dem Torgewölbe in den Schlosshof hinaufstieg, sah sie gerade, wie ein halb männlich gekleidetes Weib sich in den Sattel eines prächtig geschirrten Rappen schwang. Ein Page hielt das Ross. Auf einem Fuchs, der ungeduldig in die Stange Biss, saß der Obristleutnant und wartete auf die Reiterin.

Susanna schaute den Kavalier an und musste gestehen, dass sie selten einen so ritterlichen Mann gesehen habe. Dann betrachtete sie das Weib, das langsam dem Torturm zuritt, und sie erstaunte über seine Schönheit, die ihr fremdartig, aber hinreißend erschien. Alles, was sie sonst unmutig gemacht hätte: dass das Weib in Mannesweise im Sattel saß, die gelben Reiterhosen unter dem kurzen roten Röckchen und der weiße Kavaliershut auf den wallenden schwarzen Locken – das alles wurde zwar von Susanna bemerkt, aber vergessen unter dem Eindruck, den die berückende Schönheit des Weibes auf sie machte.

Das ist die böhmische Hexe!

Susannas Augen mochten die Bewunderung deutlich genug aussprechen. Es begegnete ihnen ein freundlicher Blick aus den großen funkelnden Sternen, dann zog die Fremde ihren Hut und verbeugte sich vor Susanna, wie sich ein Kavalier vor einer vornehmen Dame verbeugt. Auch der Obristleutnant grüßte ehrerbietig.

In diesem Augenblick erscholl Tillys scharfe Stimme:

»Obristleutnant!«

Der Gerufene richtete sich auf und schaute grüßend nach dem Fenster. Der General musste ihm gewinkt haben. Mit einem Fluch stieg der Offizier vom Pferde, warf den Zügel einem Jungen in die Hände und eilte auf den Friedrichsbau zu. Er ging unter den Augen Tillys, aber doch konnte er sich nicht enthalten, so nahe an der Reiterin vorüberzugehen, dass sie aneinander streiften. Susanna schaute zurück und ward Zeugin der Blicke, die die zwei tauschten.

Er ist verliebt in die böhmische Hexe bis über die Ohren, dachte Susanna, und sie möchte gern Frau Obristleutnant werden. Mit der kämpfe ich um keinen Mann.

Während Susanna die Treppe im Hause des Königs Ruprecht, worinnen sie wohnte, sinnend emporstieg, rief die Reiterin ihren Pagen herbei, gab ihm den Zügel und stieg ab. Dann fragte sie einen einheimischen Jungen, der Wasser holte: »Ist ein Apotheker oben auf dem Schlosse?«

»Ja, in dem hinteren Turm hinter dem Ludwigsbau wohnt ein Apotheker.«

»Ist er alt oder jung?«

»Jung. In die Zwanzig.«

»Ist er hübsch? Doch das verstehst du nicht.«

»Die Jungfer Susanna hält ihn für hübsch«, rief lachend der Junge.

»War die Dame, die vorhin über den Hof ging, die Jungfer Susanna?«

»Ja, das war sie, des neuen Bibliothekarius Tochter.«

»Stelle dein Wasser hier ab. Verschütte nichts, du Tollpatsch. So, und jetzt führe mich zum Apotheker. Ist er verheiratet?«

»Nein«, lachte der Junge, wie wenn sie das Sonderbarste von der Welt gefragt hätte.

»Wer ist bei ihm?«

»Ein alter, halbblinder Stößer, sonst niemand.«

»Gut. Zum Apotheker.«

Der kurfürstliche Apotheker Hiob Cyriakus erschrak nicht wenig, als er ein Paar Sporen die Wendeltreppe heraufklirren hörte. Er war zwar bis jetzt bei solchen Besuchen immer noch so glimpflich davongekommen. Gleich nach der Besetzung des Schlosses waren zwei Reiter hereingestürmt, aber als sie an dem Geruch und an den Büchsen, die auf den Wandbrettern standen, merkten, wo sie waren, waren sie mit einem Pfui Teufel! wieder zur Tür hinausgelaufen. Dann war, von einem Schlossjungen geleitet, ein Kroate gekommen und hatte in wunderlichem Kauderwelsch etwas zum Purgieren für sein Ross begehrt. Den dritten Besuch hatte ihm ein Korporal vom Fußvolk abgestattet; der hatte geklagt, dass ihm von einer üblen Krankheit die Haare ausgegangen seien, und eine Salbe verlangt, von der sie wieder wüchsen. Als er die Salbe erhalten hatte, hatte er die Sturmhaube vom Kopf gehoben, seinen abscheulichen Schädel gewiesen und begehrt, dass der Apotheker ihm auch gleich die Salbe aufschmiere. Nachdem Hiob Cyriakus dieses besorgt hatte, hatte er ein rundes leinenes Tüchlein obendrauf gelegt, die Sturmhaube darübergestülpt und den Patienten entlassen, herzlich froh, dass ihn bei einem solchen Geschäft seine Susanna nicht überrascht hatte. Dann war er in sein Laboratorium gegangen und wusch sich eben die Hände, rieb sie mit Zitronenkraut ein und wusch sie wieder, da hörte er das Sporenklirren draußen auf der Treppe, trocknete sich rasch die Finger ab und ging klopfenden Herzens in die Apotheke hinüber.

Der Gast war schon eingetreten, und Hiob Cyriakus begab sich flugs hinter den hohen Tisch, wo seine Person am sichersten war und er die kostbarsten Büchsen nah genug zur Hand hatte, sie vor Zerstörung zu hüten. Als er den Reiter anschaute, der vor ihm stand, verwunderte er sich über die Maßen: er wusste nicht, ob es ein Mann oder ein Weib sei. Der Gast sah ihn lachend an und sagte: »Ihr seid der junge, hübsche Apotheker, der die Jungfer Susanna so gern hat? Machet doch dort das Fenster auf, damit wir einander besser betrachten können.«

Das Morgenlicht strömte in das dunkle Turmzimmer, die goldenen Münzen, die in Libuschkas Locken geflochten waren, glitzerten, und ihre roten Wangen leuchteten. Die beiden jungen Leute schauten sich wohlgefällig an.

»Erlaubt, dass ich mich setze«, sagte Libuschka. »Ich bin mein Tag noch nicht so viele Treppen gestiegen wie in diesem verwünschten Schloss.«

Sie setzte sich, schlug die Beine übereinander und sagte: »Warum seid Ihr denn kein Reiter? Da steckt Ihr in Eurer Höhle wie eine Nachteule, und draußen ist Sommer und Krieg! Kommt zu uns, ich gebe Euch ein Pferd! Wir wollen gute Freunde sein.«

Hiob Cyriakus errötete und sagte mit gepresster Stimme: »Es muss auch Apotheker geben.«

»Aber warum müsst Ihr einer sein?« rief Libuschka und lachte. »Doch ist es gut, dass Ihr einer seid, denn deshalb komme ich zu Euch. – Wo ist Euer halbblinder Stößer?«

»Er ist nicht da«, stammelte Siob.

»Machet dort die Tür zu; ganz zu. So.

Ihr sollt mich das Geheimnis lehren, Gold zu machen. Ich habe genug von dem Zeug, aber ich brauche auch viel. Ich kann nicht genug Gold haben.«

Ihre Augen funkelten.

»Das Geheimnis kenne ich nicht«, sagte Hiob, »und es gibt keinen Menschen, der es kennt.«

»Macht mir nichts weis! Ihr kennt es wohl, aber wollt es mir nicht sagen. Gebt mir's, es soll Euch nicht gereuen.«

»Hätte ich's. Euch gäbe ich's gern. Aber wäre ich hier und sähe es hier so aus, wenn ich Gold machen könnte?«

»Ihr seid fromm und wollt die fromme Susanna heiraten«, sagte Libuschka, »darum gebt Ihr Euch nicht damit ab. Aber meine Seele steht im Spiel, soweit ich zurückdenke, ja ich glaube, der Teufel hat sie von Anfang an gehabt, denn unschuldig bin ich nie gewesen. Da kommt's auf eins hinaus. Also sagt mir Euer Geheimnis. Ich gebe Euch, was ich kann.«

»Wenn ich das Geheimnis hätte, so wäre es Euer. Aber kein Mensch hat es. Mein Lehrmeister war hochberühmt in *studiis chimicis*; der hat gesagt –«

»Ach was, Euer Lehrmeister hat Euch auch gesagt, es gäbe keinen Menschen, der einen anderen fest machen kann. Aber schaut mich an« – Libuschka sprang vom Stuhl –, »ich bin fest. Meine Kostfrau in Bragoditz hat mich fest gemacht gegen Hieb und Stich und Kugel. Fragt die Soldaten, wie ich auf dem Wimpfener Feld in das letzte Regiment Fußvolk, das standhielt, hineingeritten bin.«

Hiob Cyriakus schaute sein Gegenüber mit einem fragenden Blicke an, worinnen sich Neugier und Grauen mischten, dann sagte er: »Ich schwöre Euch bei Gott, ich kann nicht, was Ihr begehrt.«

»So habe ich noch einen anderen Wunsch.« Libuschka dämpfte ihre Stimme. »Ihr sollt mir einen Liebestrank brauen, der die Person, der ich ihn beibringe, so toll macht, dass sie alles vergisst über mich und nichts begehrt auf Erden und im Himmel als nur mich allein.«

»Dergleichen Sachen gibt es«, sagte der Apotheker bedächtig. »Ich kenne sie nicht und habe mich noch nie mit solchen abgegeben, denn diese Dinge streiten wider die Seele. Aber ich weiß ein Buch, ein gottloses Buch, da stehen sie drinnen. Es ist im Jahre 1589 in Neapolis gedruckt worden und handelt von den Geheimnissen der Natur.«

»Gut. So holt dieses Buch und braut den Trank, jetzt sogleich.«

»Ich habe das Buch nicht eigen. Ich habe es nur gesehen und in der Hand gehabt und darin geblättert.«

»Ist das Buch hier in Heidelberg?«

»Ja. Und es stehen Rezepte drinnen, um Männer und um Frauen zu bezaubern. Wenn ich Euch so anschaue, weiß ich nicht, auf welches Geschlecht Ihr es abgesehen habt. Kleidung und Gebaren sind eines Mannes, aber Euer Antlitz ist das holdeste Frauenantlitz, das ich gesehen habe.«

»Ich wollte, ich wäre ein Kerl, aber Gott weiß, ich bin ein Weib.«

»Warum aber geht Ihr nicht wie die Frauen?«

Libuschka nahm den breiten Hut von ihrem Lockenkopf und betrachtete die schneeweiße Reiherfeder.

»Weil ich, weil ich über alles gern schöne Federn auf dem Hut habe. Eine Dame, die sich nicht wie ein anderer Reiter mit einem Mannsbild zu Pferde herumschlagen kann, soll auch keine Plumage auf dem Hute tragen. Seht, darum gehe ich wie ein Reiter und reite wie ein Mann.«

Hiob Cyriakus schaute voll Bewunderung in das strahlend schöne Antlitz; dann sagte er:

»Wozu braucht Ihr einen Liebeszauber vom Apotheker, den habt Ihr in Euern Augen.«

»Ach«, sagte Libuschka, »an Liebhabern, wie ich sie wünsche, hat mir's noch nie gefehlt. Der Bärenhäuter, den ich meine, will mich freilich haben, aber daneben noch das Wohlgefallen seines Pflegevaters, der mich lieb hat wie den Teufel. Darum möchte er sich heimlich meiner freuen. Aber diesmal will ich nicht heimlich, ich will ehrbar sein und heiraten. Ich bin nämlich Wittib.«

»Ihr eine Wittib?« rief Hiob verwundert.

»Die sieht wohl anders aus bei euch, ihr braven Pfälzer! Aber so geht's im Feld! Mein Seliger war Hauptmann und ist im Treffen bei Mingolsheim geblieben. Der Alte sagte, ich hätte meinem Mann bei der Okkasion eine Kugel geschenkt. Aber da tut er mir unrecht. Ja, hätte er mich mit seiner tollen Eifersucht an jenem Morgen geärgert wie acht Tage vorher, dann hätte ich's wohl getan. Das aber war damals vergessen. – Ihr könnt mich immerhin Frau Hauptmann nennen. Im Lager heißt man mich Furore.«

»Furore, das glaube ich.« »Das könnt Ihr gar nicht wissen. Nun aber möcht' ich gern Frau Obristleutnant heißen. – Schaut, wie ich Euch beichte! Die Kirche ist für mich kein sauberer Ort zum Beichten. Aber in einer Apotheke habe ich noch nichts angestellt, und einem hübschen jungen Apotheker beicht' ich lieber als einem alten Pater. Also ich möchte gern Frau Obristleutnant werden.«

»Ist denn das etwas so Schönes?«

»Ja, es ist schön, die Oberste zu sein unter allen Offiziersfrauen und ihren Hass und ihren Neid mit Hochmut zu vergelten. Am meisten Geld habe ich schon, und die besten Pferde und den reichsten Staat; die Schönste bin ich auch. Nun aber will ich auch die Oberste sein.«

»Will denn der Obristleutnant nicht?«

»Ach, mich will er schon, aber den Trauring will er nicht, halb aus Scheu vor dem Alten, den Tilly meine ich, und ich glaube halb aus Furcht vor mir, weil mein Rittmeister und mein Hauptmann so früh ins Gras gebissen haben.«

»Warum kann Euch denn der Tilly nicht leiden?«

»Weil er überhaupt keine irdische Frau leiden mag. Ich glaube nicht, dass er eine Mutter gehabt hat. Keine Frauenhand hat seine Haut gestreichelt. Drum ist sie auch so gelb und so borstig. Er hat nur einen einzigen Menschen lieb, das ist sein Obristleutnant. Wenn der Bärenhäuter nur halb so viel Mannsbild wäre wie ich, so ginge er zum General und sagte: Die Furore will ich und keine andere. Er bekäme den Konsens, denn der Alte kann ihm nichts abschlagen. Aber der Schelm will nicht.«

»Er fürchtet vielleicht, dass es ihm so ginge wie dem Hauptmann.«

»So glaubt Ihr das auch mit der Kugel?«

»Das meine ich nicht, sondern das mit der Eifersucht.«

Libuschka atmete und reckte die Glieder wie ein schönes Raubtier, dem es wohl ist.

»Was kann ich dafür, dass ich so bin? Wer heißt sie rebellisch werden, wenn ich durchs Lager gehe, so wie die Hunde im Stadtquartier rebellisch werden, wenn eine glatte Hündin durchläuft? Glaubt mir, der Tilly hätte mich schon lange aus der Armee gewiesen, aber er fürchtet, dass alle ledigen Offiziere hinter mir her zögen, und ich führte sie dann wie am Leitseil wohin ich wollte, zum Halberstädter oder zum Mansfelder oder gar zum Bethlen Gabor.«

»Ihr seid ein unheimliches Weib«, sagte Hiob Cyriakus, und seine Augen leuchteten, »Ihr seid die Frau Venus selber.«

»Wäre ich das, braucht ich dann des Zaubers? Ach nein, ich bin eine arme Wittib und möchte Frau Obristleutnant werden. Ihr sollt mir dazu helfen durch den Trank. Schaffet das Buch bei! Wo ist es denn?«

»Es ist in der großen Kirche am Marktplatz, in der Heiliggeistkirche.«

»Wie kommt denn das gottlose Buch an den frommen Ort?«

»Es gehört zu der großen Bücherei, die auf den hohen Emporen in der Kirche aufgestellt ist.«

»Und die der Alte dem Papst geschenkt hat? Eure Susanne ist ja des Bibliothekarius Tochter. Da habt Ihr den schönsten Zugang.«

»Aber der General hat verkünden lassen, dass der gehenkt wird, der sich an des Papstes Eigentum vergreift.«

»Wer sich vor dem Galgen fürchtet, wenn der Weg zu mir daran vorbeiführt: der ist meiner Liebe nicht wert.«

Die letzten Worte hatte sie mit leiser Stimme in den Sonnenschein geflüstert, der zum Fenster hereinflutete. Sie stülpte den Hut mit der wallenden Feder auf die Locken, warf dem armen Hiob Cyriakus einen verheißungsvollen Blick zu, und mit den Worten: »Morgen mittag um zwölf Uhr hole ich den Trank«, verließ sie sporenklirrend das Gemach.

»Der Bibliothekarius und seine Tochter haben Zutritt«, sagte der Pikenier und trat zur Seite.

»Ach, nicht der Bibliothekarius, nur sein unwürdiges und unglückliches Substitut, ich bin der Kustos; er selbsten, der Bibliothekarius, hat sich beizeiten salvieret.« So seufzte der Alte und trat in das Turmpförtchen. Susanna blieb vor dem Kriegsmann stehen und sagte: »Wenn der Schlossapotheker Hiob Cyriakus Einlass begehrt, so geschieht es mit meinem Willen. Lasset ihn hinein.« Dann folgte sie ihrem Vater nach.

Die Morgensonne schien hell durch die Chorfenster und malte ihre runden und eckigen Lichter in das dunkle Gestühl des Schiffes und auf die Flanken der Pfeiler. Ein Vöglein huschte unter dem Gewölbe hin. Oben im Turmkämmerchen aber saß Susannens Vater und schrieb an dem verlangten Bücherverzeichnis. Die Tür zu der Empore stand offen, und Susanna, die den Bücherbestand mit dem Verzeichnis verglich, rief dem Vater ihre Bemerkungen hinein. Tillys Sekretarius aber, ein finsterer Mann mit steinernen Zügen, versiegelte die Bücherschränke, deren Inhalt aufgenommen war. Es war eine trübselige Arbeit für Susanna. Wenn sie den Namen eines Buches rief, das ihr teuer war, oder einer Handschrift, deren Wert sie kannte, dann klang ihre Stimme wie erstickt, und wenn der Sekretarius wieder die Türen eines Schrankes schloss, stand sie hinter ihm, schaute, wie die Bücher verschwanden, und es liefen ihr die Tränen über die Wangen.

So arbeiteten die drei einige Stunden lang, ohne etwas anderes zu reden, als was zur Arbeit nötig war. Die Uhr hatte gerade neun geschlagen, da kam ein Soldat herauf und meldete dem Sekretarius, dass ein junger Mensch, ein Apotheker vom Schloss, unten an der Pforte sei und die Jungfrau zu sprechen wünsche. Auf einen Wink des Gestrengen eilte Susanna hinunter in das Schiff der Kirche. Nach einer Weile kam sie herauf und fragte den Sekretarius, ob sie einem Mann, den sie kenne, und für den ihr Vater bürge, eines der Bücher auf einige Stunden leihen dürfe. »Nein«, sagte der Sekretarius mit seiner krächzenden Stimme. Susanna biss sich auf die Lippen. Dann fragte sie, ob es dem Herrn, der das Buch wünsche, erlaubt sei, hier an Ort und Stelle unter den Augen des Sekretärs eine Stelle aus diesem Buche auszuziehen. »Nein«, lautete die Antwort; »der General hat jeglichen Gebrauch untersagt, und er fordert buchstäblichen Gehorsam.« Susanna verließ mit diesem Bescheide die Empore und kehrte sogleich wieder zurück; der Ausdruck ihres Gesichts zeugte von einer verdrießlichen Stimmung, wurde aber bald wieder verdrängt von der Traurigkeit, womit sie durch ihre Arbeit erfüllt wurde.

Um zehn Uhr wurde eine Arbeitspause gemacht. Der Kustos und Susanna gingen über die Straße zu einer befreundeten Familie, der Sekretarius eilte an der Marktlinde vorbei in den Hirschen. Als er nach einer halben Stunde wieder kam, warteten seiner Susanna und ihr Vater an der Pforte. Ehe der Sekretarius eintrat, fragte er den Pikenier, ob der Mann, der vorhin die Kirche betreten habe, auch wieder herausgekommen sei. Der Soldat hatte niemand ein- und ausgehen sehen, er war gerade erst auf seinen Posten gekommen. Der Sekretarius befahl, alle Ausgänge wohl zu bewachen und den Kirchendiener bereit zu halten. Als er mit den beiden anderen im Turme stand, vor der Tür zu der Empore, auf der sie gearbeitet hatten, fragte er, ob außer dem Schlüssel, den er mitgenommen hatte und mit dem er die Tür aufschloss, noch ein weiterer Schlüssel zu den Räumen der Bibliothek vorhanden sei. Der Kustos antwortete, dass an einem geheimen Platz im Gestühl des Schiffs noch je ein zweiter Schlüssel zu jeder der beiden Emporen hinge, unauffindbar für jeden, der das Versteck nicht kenne. Der Sekretarius zog den Schlüssel aus dem Loche, ehe er ihn umgedreht hatte, steckte ihn in die Tasche und fragte: »Ist das Versteck dem jungen Manne bekannt, der vorhin da war?« »Zweifellos«, erwiderte Susanna unbefangen; »denn er war oft dabei, wie ich den Schlüssel an seinen Ort brachte.«

»Wir wollen die Schlüssel holen«, sagte der Sekretarius und ging voraus die Treppe hinab. Als sie unten im Schiff angekommen waren, befahl er, ihn zu dem Versteck zu führen. Susanna ging voraus. Sie schlüpften durch die Bänke bis an den finsteren Winkel nächst der Tür, die auf den Fischmarkt geht. Susanna bückte sich und griff unter das Sitzbrett der Bank. »Da ist nur einer!« rief sie erschrocken und reichte den Schlüssel dem Sekretarius, der hinter ihr hockte und unter das Brett spähte. Dann suchte und suchte sie, stand endlich auf und sagte, ihren Vater ansehend: »Er ist nicht da.« Nun suchte auch dieser, ohne den Vermissten Schlüssel zu finden. Endlich ließ sich auch der Sekretarius die Hand nach dem Nagel führen und tastete auf dem Boden und in dem Winkel umher. Dann stand er auf und fragte, welcher von den beiden Schlüsseln fehle.

Susanna schaute den vorgefundenen an und erwiderte: »Der Schlüssel zu der Empore, auf der wir gerade arbeiten.«

»Auf welcher Empore ist das Buch, das vorhin begehrt wurde?« inquirierte der Sekretarius weiter.

»Auf derselben!« rief Susanna, jetzt erst erschrocken.

»Weiß das der Mann, der das Buch hat haben wollen?«

»Er muss es wohl wissen«, sagte Susanna, die totenblass geworden war, »denn er hat es oft in der Hand gehabt.«

»Dann wird wohl auch das Buch fehlen«, sagte der Sekretarius scharf. »Was war es doch für ein Buch?«

»*A Portis, de arcanis naturae*«, antwortete Susanna bekümmert, »ein kleines Büchlein, das wenig Wert hat.«

Sie stiegen nun wieder die Treppe hinauf, der Sekretär öffnete die Tür und befahl dem Kustos, das Buch zu holen. Dieser ging an einen der offenstehenden Schränke, griff an ein bestimmtes Fach und sagte: »Hier muss es sein!« Dann nahm er eins der Bücher nach dem anderen in die Hand, stellte es wieder an seinen Platz, und als er am Ende der Reihe angelangt war, sagte er betroffen: »Es ist nicht hier.« Nun trat Susanna an den Schrank, und nach einer kurzen Überschau legte sie den Finger zwischen zwei Bücher und sagte: »Hier hat es gestanden; es ist nimmer da.«

Der Sekretär rief jetzt einen der wachehaltenden Soldaten und befahl, den Korporal herbeizurufen. Als dieser gekommen war, trug ihm der Sekretarius auf, alle Ausgänge doppelt zu besetzen, den Kirchendiener herbeizuschaffen und sich mit sechs Soldaten wieder einzustellen. Solches alles geschah. Dann wurde unter Führung des Glöckners die Kirche durchstöbert, von unten an bis in die Höhe hinauf. Der Kustos und Susanna warteten unten im Schiff in großer Bekümmernis. Da hörten sie ein Getümmel, das den Turm herunterkam. »Wir haben ihn!« rief der Sekretarius, »er hat das Büchlein in der Tasche gehabt.« Dann tat sich das Pförtchen auf, das aus dem Turm in das Schiff führt, und der arme Apotheker wurde hereingestoßen. Man hatte ihn droben im Glockengebälk aufgefunden. Er hatte sich dort versteckt in der Hoffnung, um elf Uhr mit dem Läutern aus der Kirche entweichen zu können.

Hiob Cyriakus bot einen Anblick zum Erbarmen dar. Die Hände waren ihm auf den Rücken gebunden, vom Rock hingen die Fetzen herab, die Hosen waren am Schenkel zerschnitten, und aus einer Wunde, die ihm ein Nagel am Bein verursacht hatte, als die Pikeniere den Widerstrebenden an den Beinen heruntergezogen hatten, sickerte Blut. Er hielt den Kopf gesenkt wie ein Missetäter, und als Susanna gerufen hatte: »Was hast du getan!« da antwortete er ihr nur durch einen scheuen Blick, und dann senkte er wieder sein Haupt. »Was hast du mit dem Buche gewollt? Wozu hast du es gestohlen?« fragte ihn Susanna unter Tränen des Ingrimms und des Mitleids. Er schüttelte den Kopf, wich ihren Augen aus und gab keine Antwort.

»Was wird mit ihm geschehen?« fragte der Kustos den Sekretarius. »Er wird aufgehängt werden an seinen allerbesten Hals«, antwortete der Schreiber. »Wenn es elf Uhr läutet, hält der General Gericht auf dem Marktplatz über ein paar Soldaten, die sich vergangen haben. Ist er mit diesen fertig, so wird dem Bücherdieb der Prozess gemacht, und der ist im Felde kurz.«

Als er noch so redete, läutete die Mittagsglocke, und Hiob Cyriakus wurde auf die Straße geführt. Diese stand voller Soldaten, die eifrig miteinander redeten. Die Pikeniere schafften Platz mit ihren langen Spießen, und der Bücherdieb wurde auf den Marktplatz geführt. Der Kustos und Susanna gingen hinterher. Da aber dem Alten infolge seines Schreckens und vor Angst die Knie schlotterten, dass man es sah, erlaubte ihm der gutherzige Korporal, sich in eine der Marktbuden zu setzen, die in das Gemäuer der Heiliggeistkirche eingelassen sind.

Unter der Linde stand der Feldherr mit dem Profoss und dessen Knechten, in weitem Ring die Offiziere, und beim Marktbrunnen in einer anmutigen Gruppe die Offiziersfrauen, alle jung und hübsch und alle reich gekleidet; die schönste unter ihnen aber war die Hauptmannswitwe, die Frau Obristleutnant werden wollte. Sie war diesmal wie die anderen gewandet, nur dass sie einen Kavaliershut auf dem Kopfe trug. Sie stand etwas hinter den anderen und stützte sich auf die Armbrust der Kurfürstin, die ihr von allen Beutestücken aus dem eroberten Heidelberg das liebste sein mochte.

Der Apotheker wurde von dem Korporal zu den anderen Missetätern geschoben, die dem Feldherrn gegenüber auf dem Pflaster standen. Der Sekretär und Susanna wurden zu einem Haufen unterschiedlicher Leute gestellt, die Zeugnis abgeben sollten.

Zuerst wurde ein Dirnlein vorgeführt. Als Zeugin wider sie trat eine Frau Rittmeister aus dem Haufen. Die Dirne war ihre Magd gewesen und hatte ihrer Frau eine goldene Kette gestohlen. Die Kette hatte sie ihrem Liebhaber, einem Musketier, geschenkt. Nachdem der Soldat hatte zugeben müssen, dass ihm die Dirne die Kette geschenkt habe, half ihr das Leugnen nichts mehr. Sie fing an zu heulen und flehte um Gnade. Der Feldherr entschied, dass sie mit Ruten aus dem Lager gehauen werde. Dann fragte er den Soldaten, was er für Beute gemacht habe. »Nicht sonderlich viel«, sagte der und zog ein Paar goldene Ohrringe aus der Tasche. Die habe er einem toten Kinde, das er in einem brennenden Haus der Vorstadt in dem Gange gefunden, aus den Ohren gezogen. Da wurde das Gesicht des Feldherrn finster, und er sagte: »Wer nicht Kerl genug ist, bei erstürmter Stadt andere Beute zu machen als von toten Kindern und von verstohlenen Säcken, ist nicht wert, eine Muskete zu tragen. Du dienst von heute an bei den Pikenieren.« Der Soldat hängte den Kopf, ein Beifallsmurmeln ging durch die umstehende Soldateska. Schadenfroh schauten die geplagten Spießknechte auf ihren neuen Kameraden.

Dann wurde ein Kroate vorgeführt, bei dem man durch Verrat seines Jungen einen Abendmahlskelch gefunden hatte. Den hatte er aus der Peterskirche geraubt, nachdem er den Sakristan, der ihm den Eingang hatte wehren wollen, erschlagen hatte. Der Obrist der Kroaten wurde vorgerufen und bezeugte, am Tage vor dem Generalsturm sei männiglich im Regiment bekanntgegeben worden, dass alles Kirchengut der Stadt der Jungfrau Maria geweiht und darum unantastbares Eigentum der heiligen katholischen Kirche sei. Nachdem durch andere Zeugen festgestellt worden war, dass der Dieb von diesem Befehl Kenntnis gehabt hatte, entschied der Feldherr: »Hängt ihn; der Junge, der ihn verraten hat, soll seinem Herrn am Galgen Gesellschaft leisten, hängt ihn auch.« Die beiden wurden abgeführt, der Kroate war still und griff nach seinem Rosenkranz, der Junge erhob ein entsetzliches Geheul. Die Soldaten aber riefen Beifall. Der nächste war ein Reiter aus dem wallonischen Regiment. Das war Tillys Lieblingsregiment. Er hatte darin gedient vom Kornett an und hatte es in Ungarn als Oberst geführt. Es war sein Regiment, und er kannte darin jeden Mann. »Du bist Jean Thierry aus Arlon, mein Landsmann. Was hast du getan, mein Sohn?« – »Ich habe nichts Böses getan, mein General«, sagte der Soldat. – Tilly schaute den Obersten seines Regiments fragend an. Der trat hervor und berichtete, dass der Reiter in einem Hause am Marktplatz einen großen eisernen Topf voll unterschiedlicher Goldmünzen erbeutet und das Geld in einer Nacht bis auf den letzten Heller verspielt habe. »Ist dem also?« fragte der Feldherr. »Ja«, erwiderte gesenkten Hauptes der Reiter. »Wieviel Geld ist es gewesen?« – »Bis zu zehntausend Goldstücken habe ich gezählt, dann ward ich des Zählens müde. Es war viel mehr.« – »Das hast du alles verspielt?« – »Ja.« – »Und in einer einzigen Nacht?« – Darauf fällte der Feldherr diesen Spruch: »Du hättest an diesem Gelde genug gehabt und wie ein Herr davon leben können, wenn du dir's nur selber hättest gönnen wollen. Dieweil du dir aber selber nichts hast nutzen wollen, so sehe ich nicht ein, was du deinem Kriegsherrn wirst nutzen können. Du bist eine unnütze Last der Erde. Hängt ihn!«

Der Reiter ging wankend von dannen. Es war totenstill geworden in dem weiten Kreis. Auf den Gesichtern der Offiziere und der Soldaten war Entsetzen zu lesen. Der Feldherr aber verzog keine Miene und fragte: »Sind wir fertig?«

Nun kam Hiob Cyriakus an die Reihe. Der Apotheker stand vor seinem Richter wie ein elender Schlucker, im Unterschied zu den Soldaten, die vor und nach dem Spruche ihre Haltung bewahrt hatten. Der Sekretarius berichtete weitschweifig, was geschehen war. Tilly hörte schweigend zu, dann wandte er sich an Susanna und fragte sie: »Ist das der Apotheker oben auf dem Schloss, von dem Ihr mir gestern geredet habt?« Susanna schaute unter sich vor Scham und Unwillen, als sie die Frage bejahte.

»Warum habt Ihr das Buch gestohlen?«– Hiob Cyriakus zuckte zusammen und warf einen hilfeflehenden Blick zu Libuschka hinüber, die in die vorderste Reihe getreten war. – »Ich wollte es haben wegen eines Rezeptes.«

»Für wen und wozu war dieses Rezept bestimmt?«

Wieder warf der Angeklagte seiner Verführerin einen angstvollen Blick zu. Sie regte keine Miene.

»Es war zu einem Liebestrank«, sagte sie leise.

Nun traten alle, die in der Runde waren, näher. Susanna verfärbte sich und schaute den Apotheker mit großen Augen an.

»Wem hattet Ihr den Liebestrank zugedacht?«

»Er sollte nicht zu meinem Nutzen dienen.«

»Wer hat ihn bei Euch bestellt?«

»Dort die schöne Dame mit der Armbrust.«

Alle Augen wandten sich Libuschka zu. »Teufelsbrut!« murmelte Tilly in den Bart.

»Ja, es ist wahr, gnädiger Herr«, sagte jetzt die böhmische Hexe und trat gleichmütig vor den Feldherrn. »Gott hat mir die Gabe versagt, ewige Wittib zu bleiben. Einer von Euern Offizieren hat durch seine vortrefflichen Eigenschaften mein Herz überwunden. Da er aber meiner nicht begehrt, wegen meiner Unwürdigkeit, vielleicht auch aus Besorgnis, dass Eure Gnade von ihm weiche, habe ich ihn durch die geheimen Kräfte, die der Schöpfer in die Natur gelegt hat, zwingen wollen, nichts anderes zu meinen und zu minnen, als mich allein, so wie auch ich nichts anderes meine und minne, als ihn allein.«

Bei diesen Worten warf die Frau Hauptmännin dem Obristleutnant der Wallonen ihren allersüßesten Blick zu, so dass die jungen Offiziere seufzten vor Neid; einige schauten unter sich, um ihr Lächeln zu verbergen. Der Obristleutnant aber begegnete den Augen seiner Liebsten mit seinem feurigsten Blick, dann erhaschte er im raschen forschenden Vorüberstreichen die Miene des Feldherrn, die freilich ernst und düster genug war.

Tilly schaute den zitternden Missetäter an und sagte: »Ich sorge, dass ich Euch wegen teuflischer Kunst dem Gerichte des Landes übergeben muss.«

Der Apotheker wurde erdfahl. Susanna aber trat lebhaft vor und sagte: »Besorget das nicht, gnädiger Herr! Schaut Euch das Büchlein selber an. Es ist nichts darinnen von Zauberei, sondern nur von der Kunst, die Kräfte zu finden und nutzbar zu machen, die in den von Gott geschaffenen Steinen und Pflanzen, wie auch im Feuer und Wasser beschlossen sind. Es ist kein gottloses Teufelswerk, überzeuget Euch! Leset das Rezept, das er hat bereiten wollen.«

»Gebt mir das Buch!« befahl der Feldherr. Der Sekretarius reichte es ihm. »Wo steht das Rezept, Apotheker?« – »Ich kann es Euch nicht sagen, ich kann es nur selber finden.« – »Löst ihm die Hände!«

Als dies geschehen war, gab Tilly dem Apotheker das Büchlein. Der suchte eine Weile, dann reichte er es aufgeschlagen dem General zurück, und dieser las, indem er den lateinischen Text verdeutschte: »Welche Frau die Liebe eines Mannes gewinnen will, hole im letzten Neumond des August eine Zaunrübe, schabe die Wurzel und ...« Da bemerkte Tilly, wie die Frauen in atemloser Spannung aufhorchten. Er unterbrach sich, ließ seine buschigen Augen über die Zuhörerinnen schweifen und las den Rest für sich in der Stille. Dann gab er das Büchlein seinem Sekretär zurück und sagte: »Tut es an seinen Ort und sorget dafür, dass es in niemands Hände kommt, und schweiget über den Inhalt gegen jedes Frauenzimmer, es möchte sonst mein Kriegslager zu einem Hofe der Frau Venus werden.« Dann schaute er den Angeklagten an und fragte: »Was hat Euch denn bewogen, ein solcher Narr zu sein, dass Ihr für ein fremdes Weib, das Euch nichts angeht und das Ihr morgen nicht mehr sehen werdet, Euern Hals wagt?« Der Gefragte neigte den Kopf und schwieg. – »Hat sie Euch einen Lohn gegeben?« – Cyriakus schüttelte den Kopf.– »Hat sie Euch etwas versprochen?«– Der Apotheker schwieg.»– »Habt Ihr etwas von ihr erhofft?« – Dasselbe Schweigen. – »Vielleicht Gold?« – Cyriakus schüttelte wieder den Kopf. – »Vielleicht einen anderen Lohn?« – Er ließ den Kopf bis auf die Brust sinken und schwieg.

»Hat vielleicht die Frau Hauptmännin etwas hierzu zu sagen?« fragte der Feldherr mit schneidender Stimme. Auch Libuschka neigte das Haupt, und ein anmutiges Rot verschönte ihre Wangen. Dann hob sie den Blick zu dem Feldherrn und sagte: »Nur eine Viertelstunde war ich bei ihm, und da haben wir uns nur mit den Augen berührt. Versprochen habe ich ihm nichts. Wohl aber habe ich ihm gesagt: Wer um Frauengunst wirbt, darf auch den Galgen nicht fürchten. Was ich gesagt habe, das ist auch wahr; das werden mir die Damen alle bezeugen.« Ein Murmeln der Zustimmung kam von den Frauen her. Tilly aber wandte sich zu der Sprecherin und sagte, häufig absetzend, wie in Verlegenheit der Worte: »Die Frau Hauptmann!« wolle es nicht ungütig aufnehmen, wenn ich als der Generalissimus der Armada meine Offiziere vor der Wirkung Eurer Augen und Eurer Worte bewahren möchte. Heute habt Ihr einen armen Mauskopf an den Galgen gebracht, morgen bringt Ihr einen wackern Kriegsmann in Schande und Elend. Ihr seid reich und könnt herrlich leben, wo Ihr wollt. Nennt mir die Stadt, die Euch am besten gefällt, so gebe ich Euch ein Konvoi, Euch und Eure Habe dahin zu verbringen.«

Da erglühten Libuschkas Wangen, und ihre Augen funkelten. »Keine Stadt in der Welt gefällt mir besser als das glorreiche Kriegslager des ewig siegreichen Generals Tilly. Meint Ihr, ich sei des Schalls Eurer Trommeln und Pfeifen und Euers groben Geschützes satt? Das Herz hüpft mir im Leibe, wenn ich solches höre.«

Die Stimme versagte ihr vor innerer Bewegung. Die Offiziere riefen Beifall, und ein grauer Obrist trat vor und sagte: »Der General kennt mich und weiß, dass mir die Ehre der Armada über das Leben geht. Die Libuschka soll im Lager bleiben. Ein solches Weib ist mehr wert als die Erinnerung an einen großen Sieg. Sind die Musketiere noch so müde, so werden sie wieder lustig, wenn die Furore vorbeireitet, und wenn sie den Reitern zuruft: Wer geht mit, brav Beute zu machen? so sind sie hinter der böhmischen Hexe her wie das Wetter hinter dem Sturm. Ist die Furore nimmer bei uns, so ist auch die Viktoria nimmer bei uns.«

Der Obrist trat zurück, die Offiziere schlugen an ihre Schwerter und riefen: »So ist es!« Da huschte es wie Sonnenschein über das verwitterte Gesicht des alten Tilly, und zum ersten Mal warf er der Libuschka einen freundlichen Blick zu. Dann suchten seine Augen die schöne Susanna und schauten sie schier triumphierend an. »Seht Ihr, edle Jungfrau«, rief er ihr zu. »Ist es nicht besser bei den Soldaten als bei den Quacksalbern? Schaut, wie der Graukopf für die Weiber eintritt! Was werden da erst die Jungen tun?« Dann sah er geringschätzig auf den Apotheker und sagte: »Der Dieb hat das Leben verwirkt. Hängt ihn.«

Der arme Mensch zuckte zusammen, und der Korporal fasste ihn an der Schulter, ihn umzudrehen und auf den Weg zu stoßen; aber auf einen Wink seines Obristen ließ er den Sünder stehen und schaute wartend auf den Feldherrn. Denn Susanna war vor diesen getreten. Sie schwieg eine Weile, bis Tillys Augen auf sie gefallen waren, dann hub sie an:

»Darf ich den General an ein Wort erinnern, das er mir gestern gesagt hat? Niemand wird es verstehen, darum wird unser Geheimnis verborgen bleiben.«

Tilly winkte Gewährung. Susanna fuhr fort:

»Ihr sagtet, ich wäre Euch für meine böse Absicht eine gute Tat schuldig. Lasset mich jetzt meine Schuld abtragen. Ein böses Werk zu hindern ist eine gute Tat. Ihr werdet mir's später danken, wenn zu dem unschuldigen Blut, das Euer Volk vergossen hat, nicht auch dieses Leben fällt. Euer Gewissen zu beschweren. Gebt ihn frei!«

Sie schwieg und schaute mit großen erwartungsvollen Augen den Feldherrn an. Sein Gesicht sah unbeweglich aus, aber er wandte keinen Blick von der schönen Sprecherin.

Da wich die Röte der Erregung aus ihren Wangen, sie wurde totenblass, und in ihre Augen kam ein angstvoller Schein.

»Schaut ihn an«, sagte sie, und ihre Stimme zitterte. »Er ist noch viel jünger, als er Jahre zählt, auf seiner Oberlippe hat er so viele Haare wie ich, und in seinem Herzen ist noch alle Torheit der Jugend. Ihr seid nie jung gewesen und wisset nicht, wie furchtbar der Liebe ist. Sie hat den frommen König David, der doch so schöne Psalmen gesungen hat, zum Mörder gemacht. Ist es ein Wunder, dass sie aus diesem jungen Knaben, über den sie hereingebrochen ist wie der Wolf über das Lamm, ein Dieblein machte? Lasset es Euch von diesen Herren hier sagen, wie schön das Weib ist, das ihn betört hat. Ihr wisset es freilich nicht, denn niemals hat Schönheit Euer Herz gerührt.«

Ein eigentümliches Licht leuchtete auf in den tiefen Augen des Generals, und er griff mit der rechten Hand an die Brust, wo er das Bildnis seiner Patronin fühlte. Er winkte Susanna zu, weiter zu reden, wie wenn er sich nicht satt hören könne.

»Wenn er einem Menschen wehe getan hat, so bin ich dieser Mensch. Ich habe ihn gern gehabt, und ich dachte, es müsse ein schönes Ding sein, bei ihm in seinem Turme zu hausen. Als Ihr mir das Leben im Kriege prieset, da klopfte mir das Herz; aber ich dachte daran, dass ich ihm die Hand gedrückt habe, und als er mir die blaugrüne Farbe im Topf zeigte, meine Wange der seinen näher gebracht habe, als es not war. An das dachte ich und sagte: Nimmermehr! Wie aber war er gegen mich? Da blies der Wind zum Fenster herein, und sein Herz rollte der anderen in den Schoß. Jetzt ist es aus mit meiner Neigung zu ihm. Der Mann, der mich gewinnt, muss einem Falken gleichen und keinem Sperling. Aber er dauert mich in der Seele. Und Euch sollte er auch dauern. Was hat er Euch Böses getan? Er hat ein Büchlein stehlen wollen, von dem Euer Papst niemals wissen wird, ob er es habe oder nicht. Und das Büchlein ist ja zudem wieder da. Nicht böse sollt Ihr ihm sein, sondern dankbar, dass er Euch Gelegenheit gibt, der Welt zu zeigen: General Tilly hat kein steinernes Herz, und dass Ihr das selber erfahrt und selber glaubt. Auch mir hat er verholfen, mein Herz deutlicher zu erkennen. Gebt ihn frei, Herr!«

Jetzt hob Tilly sein Angesicht. Er schaute zum Kirchturm hinauf, wo gerade die Stunde schlug, und sagte:

»Susanna, es ist zwölf Uhr. Gebt mir zuerst Bescheid, dann gebe ich Euch Bescheid.«

Die Jungfrau trat einen Schritt zurück und sagte: »Ich will geworben und nicht verschenkt sein.«

Das bedeutet: »Nein?«

Susanna nickte.

»So höret auch meinen Bescheid. Nehmet Euer Nein zurück und gebt mir stattdessen ein Ja, so ist Eure Bitte gewährt. Ja reimt sich auf ja.«

Susanna schaute nieder und zog die Augenbrauen zusammen. Dann hob sie wieder die klare Stirn und sagte:

»Der gnädige Herr muss mir erlauben, ihn noch einmal an ein Wort zu erinnern, das er gesagt hat: ›Repressalien gebrauche ich gegen Frauen nicht.‹ So drückt mir nicht das Ja heraus! Lasset mich Herrin meines Willens bleiben.«

»Nun gut«, sagte Tilly. »Aber auch ich will Herr meines Willens bleiben. Ich will die Entscheidung legen nicht in Euer Herz – denn das ist gegen mich –, aber in Euer Auge und in Eure Hand. Ihr habt Euch gestern Euers Schießens mit der Armbrust gerühmt. Ich will Euch ein Ziel geben. Trefft Ihr, so ist der Apotheker frei, und Ihr seid aller Ansprüche ledig. Fehlet Ihr, so wird der Apotheker gehängt, und Ihr lasset Euch von mir vermählen. Seid Ihr dazu bereit?« »Ihr werdet das Ziel nicht zu schwer wählen«, sagte Susanna zögernd. »Nennt es!«

»Erst wenn Ihr schussbereit seid. Es wird lange nicht so schwer sein wie das, das Ihr gestern selber gewählt habt. Seid Ihr bereit?«

»Verzeiht, wenn ich Euer Wort schärfer fasse. Der Gatte, den Ihr mir gebet, ist kein anderer als der, den Ihr gestern mir genannt habt?«

»Kein anderer. Merkt auf, ihr Herren, und seid meine Zeugen. Ist das Ziel getroffen, so ist der Apotheker frei. Ist ein Fehlschuss getan, so wird die, die ihn verübt hat, von mir vermählt an den Herrn, den die Jungfrau und ich wissen; der Apotheker aber wird gehängt. So ist das Wort, das ich unabänderlich gebe, ich Freiherr Johann Czerclaes von Tilly, Generalleutnant der ligistischen Armada.«

»Wir sind Zeugen!« riefen die Offiziere. Aller Augen aber wandten sich dem Obristleutnant zu, der seinen Knebelbart strich und seine Augen zwischen Susanna und der böhmischen Hexe hin und her schweifen ließ.

Der General hob seine Augen zu dem Kirchendach und sagte: »Bringt der Jungfrau eine Waffe. Hat niemand eine zur Hand? Will nicht die Frau Hauptmännin die Ihre leihen?«

Libuschka tat, als ob sie nicht hörte, und Susanna entgegnete: »Ich kann mit keiner anderen Armbrust gut schießen als mit der meinen. Erlaubt, dass sie mir gebracht werde. Doch die haben mir ja Eure Soldaten geraubt. So lasset mir die dunkle, starke holen, mit der ich gestern geschossen habe. Sie steht in Eurer Wohnung, im letzten Gemach. Die Bolzen sind dabei. Er soll mir sechs scharfe mitbringen.«

Ein Soldat wurde auf das Schloss hinaufgeschickt, die Armbrust zu holen. Der General befahl, dass die Trommler und die Pfeifer in die Mitte träten und eins aufspielten. Die Trommler bildeten um die Pfeifer einen weiten Kreis, die Arme flogen in die Höhe, und die gewaltigen Schlegel sausten nieder auf das Kalbfell, und der Marktplatz war erfüllt von dem Gebrumm und Gedröhne der mächtigen Trommeln. Dazwischen gellten die Querpfeifen, und die Kerzen der jungen Kriegsknaben und der alten Grauköpfe wurden erbaut durch die mannhafte, feldfrohe Musik. Der Apotheker Hiob Cyriakus, in dessen Wangen die Hoffnung wieder etwas Blutfarbe getrieben hatte, spähte vergeblich nach einem Blick seiner Fürbitterin. Susanna und Libuschka schauten sich einander an voll Neugier und Bewunderung. Libuschka lächelte der Jungfrau zu und nickte ihr einen Gruß. Susanna wandte langsam das Haupt hinweg. Der Obristleutnant aber war umdrängt von einer Schar junger Offiziere, die wünschten ihm Glück, dass er mit zwei so ausnehmend schönen Frauen im Spiele sei. Dabei zwinkerten sie sich mit den Augen zu. Der Obristleutnant aber schaute von der einen zur anderen und kam nicht zum klaren, ob er dem armen Schelmen den Galgen gönnen solle oder nicht.

Jetzt war die Musik zu Ende, und Susannas Armbrust war da. Sie spannte sie und wählte einen Pfeil aus, dann schaute sie den Feldherrn fragend an. Aller Augen hingen an den Lippen des Generals, und so geschah es, dass Libuschka unbemerkt blieb, als auch sie ihre Armbrust spannte und einen scharfen Bolzen in den Lauf schob. Dann trat sie einen Schritt weiter vor, so dass sie denselben Gesichtskreis hatte wie Susanna, und ließ die gespannte Armbrust im rechten Arm niedergleiten bis nahe an den Bogen.

»Seht Ihr die drei Tauben dort oben auf dem unteren Rande des Kirchendachs?« sagte jetzt Tilly zu Susanna. »Ich beobachte sie schon lange, sie sitzen unbeweglich. Das Ziel ist nah und leicht zu treffen, wenn es bleibt wie jetzt. Aber es ist unsicher, da es lebendige Vögel sind, die jeden Augenblick auffliegen können. So ist für und wider zwischen Euch und mir gleich verteilt. Schießt eine dieser Tauben herunter, und Ihr habt gewonnen.«

Susanna hob die Armbrust, aber das Herz klopfte ihr, und die Hand zitterte. Sie setzte ab. Dann hob sie die Waffe wieder an die Wange, zielte und zielte lange, zu lange. Endlich drückte sie los. In demselben Augenblick geschah ein Doppeltes: die Vögel flogen in die Höhe, und hinter Susanna schlug eine zweite Sehne an den Stahl, und ein zweiter Pfeil flog gegen das Kirchendach. Eine der Tauben, die mittlere, wurde eine Klafter weit über dem Dach getroffen und fiel auf das Pflaster.

Libuschka hatte so blitzschnell geschossen, dass nur die wenigsten es bemerkten. Susanna gab die Armbrust weg, streckte dem Apotheker beide Hände entgegen und rief: »Du bist frei!« Dann wandte sie ihr freudenüberströmtes Angesicht dem General zu und sagte: »Ich glaubte gefehlt zu haben, aber Gott hat ein Wunder getan.«

Tilly achtete ihrer nicht, sondern rief: »Halt, Libuschka, Frau Hauptmännin! Ihr habt geschossen. Ihr habt getroffen! Euer Verstecken nützt Euch nichts. Hervor!«

Da trat die böhmische Hexe aus dem Haufen der Frauen und fragte: »Was wollt Ihr?«

»Ihr habt den Schuss getan, der getroffen hat.«

Libuschka schüttelte den Kopf.

»Ich habe es mit meinen eigenen Augen gesehen.«

»So habt Ihr ein Blendwerk gesehen.«

»Ich nicht allein«, rief Tilly. »Wer gesehen hat, dass die Frau Hauptmännin geschossen hat, der hebe die Hand. Sieben, acht Hände streckten sich in die

Höhe. Langsam folgten noch einige andere nach, dass es gerade ein Dutzend war.

»Nun ja denn«, sagte Libuschka missmutig; »ich habe geschossen. Aber ich habe auch gefehlt, getroffen hat sie.«

»Man hole die Taube her«, sagte Tilly. »Gebt mir Eure Armbrust, Frau Hauptmännin, gebt mir Eure Armbrust. Wo habt Ihr die übrigen Bolzen hin? Die habt Ihr weggeworfen. Man suche auf dem Boden danach.«

Jetzt wurde die Taube gebracht. Der General zog ihr den Pfeil aus der Brust und sagte: »Schwarzes Ebenholz, im Brand gehärtet. Zeigt Eure Armbrust, Susanna! Da sind die übrigen Bolzen, weiß und hartbüchen. Und dort bringt einer den Pfeil, der fehlgeschlagen ist: weiß und hartbüchen! Überzeuget euch, ihr Herren. Nun?« rief er dem Jungen zu, der zwei von den Geschossen brachte, die Libuschka weggeworfen hatte. »Schwarz! Es ist am Tage. Libuschka hat getroffen; und Ihr, Susanna, habt verloren. Ihr habt den Fehlschuss getan.«

»Wir haben heimlich vor dem Schuss die Bolzen vertauscht«, log Libuschka. »Das ist eine Schützenregel. Wer hat's gesehen? Du, Janko, du hast's gesehen!«

Susanna schüttelte den Kopf, trat vor den General und sagte:

»Haltet es mir zu gut, dass ich Euch heute zum dritten Mal Euers Wortes erinnere. Ihr habt gesagt, und die Herren sind Zeugen: Ist das Ziel getroffen, so ist der Apotheker frei.«

»Nun denn«, rief Tilly dem Hiob Cyriakus zu. »Du bist frei. Mir aus den Augen!«

Das ließ sich das Männlein nicht zweimal sagen. Er schlüpfte in die Menge und war verschwunden.

»Ihr habt gewonnen, Susanna, Euer Wille ist Euch geschehen. Aber ich habe auch gewonnen, denn Ihr habt den Fehlschuss getan. So müsst Ihr Euch von mir vermählen lassen. Ich habe mein Wort gehalten, so müsst Ihr das Eure auch halten.«

»Ihr irret, General«, rief Libuschka. »Ich habe beides zugleich, getroffen und gefehlt. Der weiße Pfeil rührt auch von mir, ich habe zwei Bolzen aufgelegt, einen schwarzen hinter den weißen. Das tut man bei uns zu Land. Der weiße da kommt von mir. Der Jungfrau ihr Geschoß ist kürzer. Lasset es suchen, so werdet Ihr finden, dass es kürzer ist. Und findet man's nicht, so hat sie leer geschossen, um den Obristleutnant zu kriegen.«

»Schweiget mit Euern Lügen«, rief Tilly unwillig. »Susanna, entscheidet Ihr selbst. Ich weiß, Ihr redet die Wahrheit. Was für einen Pfeil habt Ihr aufgelegt?«

»Einen weißen.«

»Gut. So habt Ihr den Fehlschuss getan, denn das Ziel ist von einem schwarzen getroffen.«

»Euer Schluss ist falsch«, erwiderte Susanna.

»Wie? falsch?«

»Hört mich an:

Der Pfeil war weiß, als vor der Sehn er lag.
Weiß wie der Schwan und wie der klare Tag,
Doch als dem Täublein er im Herzen stak.
Da dacht der Pfeil: O Gott, mit welcher Lust
Stak ich in eines grauen Geiers Brust!
Ich wollt hinein – hab doch vorbei gemusst.
Ein Mädchenmitleid mir dazwischen kam.
Der Geier lebt, es stirbt das Täublein zahm ...
So dacht der Pfeil – und wurde *schwarz* vor Scham.«

»Susanna, Susanna!« rief der Feldherr und hob drohend den Finger. Er atmete schwer auf, ließ die Hand sinken und sagte mit erzwungener Heiterkeit:

»Nun gut, es sei. Aber wie ist es mit Libuschkas Pfeil. War er nicht schwarz?«

»So ist es.«

»Und der Pfeil, der fehlgegangen, ist weiß, also ist er nicht der ihre.«

»Auch das ist ein Fehlschluss, gnädiger Herr. Darf ich's beweisen?

Schwarz flog der Pfeil vom Holz, schwarz wie das Grab,
Er fehlt des Ziels wie ein verträumter Knab,
Und müßig, wie er war, schaut er hinab.
Im grünen Tal die alte Stadt er sah.
In rauchgeschwärzten Trümmern lag sie da.
Dem Ruß von gestern war die Flamme nah
Von heute und verzehrt manch zart Gebein.
Das Volk war in der Furie! Mag es sein! –
Der Pfeil verfärbte sich, bleich traf er ein.«

»Genug, genug!« sagte Tilly erschüttert und streckte Susanna die Hand hin. »Wahrhaftig, Ihr habt das Ziel heute getroffen, dessen Ihr gestern schontet; Ihr habt mich ins Herz getroffen.«

126

Er hielt ihre Hand fest und sah ihr mit feuchten Augen in die flammenden Augen hinein.

Da trat Libuschka zwischen die beiden und rief mit triumphierender Stimme: »Die Herren sind alle Zeugen. Die edle Jungfrau hat das Ziel getroffen; so hat mein Pfeil es gefehlt. Und nun erinnere auch ich den Feldherrn an sein Wort: ›Die das Ziel verfehlt‹ – das bin ich, Libuschka –, ›die wird von mir, dem Freiherrn Johann Czerclaes von Tilly, Generalleutnant der ligistischen Armada, mit dem Herrn vermählt, den ich und die Jungfrau wissen.‹ Das ist mein *Obristleutnant*! Leugnet es ihr beide!«

Und sie ergriff den Obristleutnant an der Hand und rief, ihren Schlapphut schwenkend: »Wisset es alle, ihr Leute, ihr Reiter und braven Musketiere, wisset es, du alte Kirche und du Lindenbaum und du Schandpfahl dort drüben: heute wird die böhmische Hexe Frau Obristleutnant!«

»Ihr Herren, ihr Herren«, rief der General und schaute bestürzt im Kreise herum; »heute seht ihr den Tilly in Nöten. Herr Gott, Herr Gott! Lieber drei Schanzen erstürmen, als sich mit zwei solchen Weibern herumschlagen! Es ist mir alles recht, lasst mich nur gehen!«

Da erhob sich ein Freudengeschrei sondergleichen. »Die Libuschka wird Frau Obristleutnant!« riefen sich die Soldaten zu und umjubelten ihren Feldherrn und Vater. Libuschkas helle Stimme aber tönte über den Marktplatz: »Heute ist die Hochzeit! Droben wird sie gefeiert im englischen Schloss, worinnen der Winterkönig mit seinem Gemahl gehaust hat. Alle Offiziere sind Gäste, und euch, ihr armen Schlucker, ihr Pikeniere, soll's auch gut gehen. Aber jetzt lasset mich nach meinem Apothekerlein schauen; der Knabe hat's um mich verdient.«

Und sie ließ den Arm ihres eroberten Beutestücks fahren und eilte durch die Reihen der lachenden Soldaten. Auf einmal ertönte ein Trommelwirbel unter der Linde. Alle schwiegen und wandten die Köpfe hin. Dort stand der Profoss unter aufgerichteter Lanze und verkündete allen Offizieren und Gemeinen, dass mit dem Strange von jetzt an jeder bestraft werde, der sich an Leben oder Eigentum der Bewohner Heidelbergs vergreife, und ebenso unnachsichtlich ein jeder, der solches sehe und nicht anzeige.

In der Nacht, die auf diese Ereignisse folgte, war oben auf dem Schloss, in der Bergstadt und in der Altstadt ein Bankettieren und Jubilieren, wie es in dem fröhlichen Heidelberg nicht mehr gewesen war seit der Nacht, wo das frischgebackene Königspaar seine verhängnisvolle böhmische Majestät einweihte. Aus den erleuchteten Fenstern des runden Speisesaals im dicken

Turm erscholl das Klingen und Jauchzen ins Tal hinunter. In der Vorstadt glühender Schutt und die Balken der verbrannten Häuser, aber am Berg und im oberen Quartier, wo die Stadt am wenigsten gelitten hatte, bot jedes Haus ein Konterfei der Lustbarkeit oben auf dem Schlosse. Des Weines enthielten die Keller eine Menge. Es wurde gesotten und gebraten, denn der Schweine, Rinder, Gänse und Hühner war eine große Zahl erbeutet. Auch die verschüchterten Einwohner kamen aus ihren Verstecken, denn Tillys Schonungsbefehl war allenthalben ausgerufen worden. Die Soldaten luden die Hausbewohner zu Gast, und es mochte diesen wunderlich vorkommen, dass sie in ihren eigenen Stuben, aus ihren eigenen Schüsseln und Bechern, mit ihrem eigenen Wein und Brot bewirtet wurden. Sogar die wilden Kroaten waren manierlich, sie nahmen die Mädchen, die vor ihnen zitterten, an der Hand und führten sie fein säuberlich zu Tische. Dabei sagten sie in ihrem Kauderwelsch: »Nit förcht heut, Meidlin, Kroat heut gut Freund!« Ähnlich verständigten sich die Wallonen, und wenn die Einwohner fragten, warum heute alles so freundlich und lustig sei, dann sagten die deutschen Soldaten: »Das habt ihr der Furore zu verdanken. Heute hat sie zum dritten Mal Hochzeit seit drei Jahren, und jedes Mal geht's höher her. Übers Jahr hat sie einen anderen Mann und wird Frau Obristin. Dann muss zur Hochzeitsfeier dem Kaiser eine Stadt abbrennen.«

Kurz vor Mitternacht kam allen Offizieren unerwartet der Befehl, dass die Regimenter bis auf eine kleine Besatzung mit dem frühesten Morgen nach dem Lager vor Mannheim abzumarschieren hätten. Das tat der Fröhlichkeit keinen Eintrag, weder oben auf dem Schloss noch unten in der Stadt. Man beschloss, bis zum Aufbruch durchzubankettieren. Nur die beiden Hochzeitsleute zogen sich auf die Kunde hin in ihre Gemächer zurück. In demselben Fenster, aus dem in der Nacht vor seinem Scheiden der junge König schwermütig und ahnungsvoll in die schlafende Pfalz hinausgeschaut hatte, bis die Königin kam, den Arm um ihn schlang und ihn ins Zimmer zurückführte, in demselben Fenster lag der halbtrunkene Obristleutnant, und hinter ihm stand im Nachtkleid die böhmische Hexe und warf die Kanne mit dem Reste des Schlaftrunks über den Kopf ihres dritten Gemahls in die Stadt hinunter.

Als der Morgen aufdämmerte, wurde es allgemach still oben auf dem Schloss und unten in den Straßen. Dann rauschten die Trommeln, und die Reitertrompeten riefen. Pferde und Männer wurden wach. Bald erhob sich allenthalben ein neues Getöse, aber anderer Art: Geklirr, Gerassel, Geroll, Kommandorufe, Pferdegetrapp und helles Gewieher, und der schwere Marschschritt der Pikeniere und der Musketiere. Das letzte Regiment, das abzog, waren Tillys Wallonen, die rings um den Feldherrn auf dem Schloss in Quartier gelegen hatten. Fähnlein um Fähnlein sammelte sich im Hof und ritt zum Schloss hinaus. Dem letzten Fähnlein schloss sich der General an. Tilly hatte an dem Feste keinen Teil genommen und in der Nacht keinen Tropfen Weins getrunken, und doch sah er übernächtig und verwacht aus. Auch Susanna hatte in dieser Nacht über dem Getöse und über ihren Gedanken kein Auge geschlossen. Als der Morgen über den Ottheinrichsbau in den Schlosshof kam, grüßten sich der alte General und das junge Mädchen, ein jedes aus seinem Fenster herüber und hinüber. Und als Tilly an dem Hause König Ruprechts vorüberritt, zog er den Hut und neigte den Degen, Susanna aber winkte ihm zu mit beiden Händen. Auch die anderen Offiziere grüßten ehrerbietig. Der Obristleutnant wandte unter dem Torturm noch einmal den Kopf nach der Jungfrau.

Die letzten, die das Schloss verließen, waren die Offiziersfrauen. Die anderen Weiber des Regiments waren mit dem großen Tross vorausgeschickt. Müd und verschlafen kamen die Damen aus ihren Gemächern, die meisten verschmähten den Sattel und setzten sich in die bequemen Wagen. So ritten und fuhren sie nacheinander aus dem Schlosshof hinaus.

Zuletzt war nur noch Libuschkas Kutsche da. Sie selbst hatte sich noch nicht gezeigt. Susanna schaute zu, wie Libuschkas Knechte allerlei Töpfe und Büchsen brachten. Zuletzt kam es selbst, das Apothekerlein, die Treppe heruntergehinkt. Die Knechte halfen ihm in den Wagen. Er hatte Stulpen an den Beinen und trug einen prächtigen dunkelgrünen Rock. Im Gürtel steckte ein Pistol. Als er im Wagen saß, kam Libuschka, reitermäßig gekleidet, die Treppe herab. Sie sah frisch und blühend aus, und wiederum verwunderte sich Susanna über ihre Schönheit. Furore sprang in den Sattel, ritt an die Kutsche heran, und ihre Sorgfalt um den blonden Jungen war zärtlich genug. Dann zogen die Pferde an, von dem Pagen Libuschkas gelenkt. Rechts und links ritt einer von ihren Knechten. Hiob Cyriakus aber saß mit gesenktem Haupt wie ein armer Sünder; so fuhr er an Susanna vorbei. Die schaute ihm nach trockenen Auges mit wehmütigem Lächeln. Libuschka geleitete ihre letzte Heidelberger Beute bis an das Tor; hierauf ritt sie vor Susannas Fenster, und die beiden Bundesgenossen lachten einander an und grüßten sich mit Hand und Mund. Dann ritt Libuschka zum Tor hinaus. Vor dem Turme wandte die böhmische Hexe noch einmal das Ross, zog mit der Linken wie ein Kavalier den Hut und warf mit der Rechten wie eine verliebte Dame die anmutigsten Kusshände zum Fenster hinauf.

Der Hufschlag dröhnte auf der hölzernen Brücke und verhallte. Das Pferdegetrapp der Reiter, die vor dem Schlossgraben warteten und den letzten Schluss bildeten, verklang in der Ferne. Es war ganz still geworden rings im weiten Schlossgebiet. Aber noch immer stand Susanna am offenen Fenster, versunken in ihre Gedanken.

Die Frühglocke (Teil 1)

»Sie haben ihn! Sie haben ihn!«

Die halbwüchsigen Buben waren allen anderen voraus. Sie rasten die steile Gasse hinab dem vorderen Tore zu. Dann kamen die Gesellen aus den Werkstätten, die Hufschmiede voran. Die Dirnen ließen ihre Kübel am Brunnen stehen. Aus den Häusern quollen die Bürger und die Frauen, und des kurfürstlichen Amtmanns schöne Töchter traten auf den Erker und beugten sich zu den Fenstern hinaus.

Man brachte ihn die Marktstraße herauf. Ein Landsknecht ging voran und machte Platz mit der Hellebarde. Dann kamen ein Zinkenist und ein Trommler. Der Zinkenist blies dasselbe Stück, das er und seine Gesellen geblasen hatten, als man vorgestern den Kurfürsten in die Stadt einholte. Das Gedränge auf dem Marktplatz und der Lebtag in allen Gassen war damals nicht größer gewesen als heute, auch war kein geringeres Traktament zu erwarten, als der Rat es vorgestern bewilligt hatte; warum sollte da der Zinkenist nicht dasselbe Stück blasen, das der Stadtorganist zum Einzug Seiner Kurfürstlichen Gnaden aufgesetzt hatte? Der Trommler seinerseits verfuhr nach einem anderen Grundsatz: jedes Mal, wenn er an einem Dirnlein vorüberstrich, schlug er mit Leibeskräften auf das Kalbfell; das gab dann Auseinanderstieben, Gekreisch und Gelächter.

Hinter dem Trommler ging der Gefangene. Sie hatten ihm die Arme auf dem Rücken zusammengeschnürt. Sein Wams war zerfetzt, die schwarzen Haare hingen ihm verzaust in das wildschöne Gesicht. Über die linke Schläfe hatte er eine breite Wunde, aus der das Blut rieselte.

Der hat sich gewehrt!

Und wie! Sie waren zu fünft gegen ihn. Zwei hat er niedergeschlagen, ehe sie ihn warfen, und als sie ihn zu Boden kriegten, hat er noch einen mit sich gerissen, der auch das Aufstehen vergaß.

So sagten die Gesellen zueinander; die Mädchen aber, die zum Erkerfenster herausschauten, die schwarzlockige Judith und ihre Gespielin, die blonde Agathe, raunten sich zu, leise, damit es die dritte nicht höre: »Das schöne junge Blut! Schau, wie seine Augen blitzen! Und wie er einherschreitet, so stolz, als ob er ein Ritter wäre! Bei Gott, ich weiß unter unseren Gesellen keinen, mit dem ich so gern zum Tanze ginge!«

Ähnlich dachten und sagten auch die Mägde unten auf der Straße. Und doch war kein eigentliches Mitleiden, weder bei den Alten noch bei den Jungen, weder bei den Frauen noch bei den Männern. Denn es war ein wildfremder Mensch, den noch niemand gesehen hatte bis auf den vorgestrigen Tag, wo er zum Tanze erschien unter der Linde vor dem oberen Tor, und wo er nach kurzem Streit des Kurfürsten Armbrustspanner erschlug. Wie es zugegangen war, wusste niemand zu sagen, denn kaum hatte sich der Wortwechsel entsponnen, so waren die beiden aufeinander losgefahren – so lag der eine von ihnen in seinem Blut, und der andere war durch die Menge gebrochen und im nahen Gehölz verschwunden. Die kurfürstlichen Reiter waren alsbald die Straßen hinausgesprengt und hatten in den umliegenden Dörfern Lärm geschlagen. Allerlei müßiges Volk aus der Stadt hatte sich aufgemacht in der Hoffnung auf ein gutes Fanggeld und hatte die Wälder abgesucht. Einigen von diesen Leuten war denn auch der Flüchtling in die Hände gefallen, freilich nicht, ohne dass sie es mit Beulen, Wunden und gebrochenen Gliedern büßen mussten.

Das war's, was sich die Männer zu erzählen wussten. Die Weiber aber hatten nachgespürt, was es denn für eine Schürze sei, um derentwillen die beiden Fremdlinge aneinandergeraten waren; und als man erfuhr, dass es des Waagmeisters Veronika gewesen sei, war des Verwunderns nicht wenig; denn sie war fast noch ein Kind und war zum ersten Mal zum Tanze gegangen. Die Burschen hatten noch nie von ihr geredet, und dass sie schön sei, hatte noch keine der Frauen bemerkt. Dagegen wusste man, dass sie arm sei und weder Verwandtschaft noch Anhang habe. Und da nun auch der Erschlagene niemand etwas anging, so brachte man dem ganzen Vorgang nur Neugier entgegen.

Bei den Stadtvätern mischte sich mit der Neugier ein schmunzelndes Behagen. Seit die alte Pfalzgräfin droben im Schlosse, ihrem Witwensitz, gestorben war, hatten sie kein Glied der Landesherrschaft in ihren Mauern gehabt. Darum gedachten sie aus der kurzen Anwesenheit des Kurfürsten einige Gerechtsame für ihr Gemeinwesen herauszuschlagen. Als sie ihm aber – es war am Tage nach dem Unglück – ihre Aufwartung machten, hatte sie Ottheinrich zornig angefahren, als ob sie schuld wären, dass ihm sein Diener erschlagen worden, worauf sie beteuerten, dass sie in betreff dieser Missetat schuldlos seien wie die bethlehemitischen Kindlein und um den Ermordeten Leid trügen als um einen Bruder. Ottheinrich aber hatte ihnen ungnädig den Rücken gekehrt, und sie waren niedergeschlagen nach Hause getrollt. Umso vergnügter waren sie jetzt darüber, dass es nicht den kurfürstlichen Reitern, sondern Bürgern aus der Stadt gelungen war, den Missetäter einzubringen, und wo sich ein paar Ratsherren im Getümmel trafen, beglückwünschten sie sich und machten miteinander aus, dass den Fängern zu der Belohnung des Kurfürsten eine

Verehrung aus dem gemeinen Säckel bewilligt werden müsse, den drei Verwundeten noch obendrein ein Schmerzensgeld.

Ottheinrich war gerade vom Mahle aufgestanden, als sich der Lärm dem Schlosse näherte.

Er trat ans Fenster und schaute die Gasse hinunter, dem Schwarme entgegen.

»Wen führen sie denn da herein? Bei Gott, mit derselben Musika, mit der sie mich empfangen haben!«

Da stürmte der alte Schlossvogt zur Türe herein.

»Sie haben ihn, Kurfürstliche Gnaden, sie haben ihn!«

»Wen?«

»Den Mann, der Eueren Fritz erschlagen hat.«

»Remblem!« sagte der Kurfürst und ging eilends hinaus, so wie er ging und stand, barhäuptig und im bequemen Hauswams.

Als der Trommler des hohen Herrn ansichtig wurde, fasste er seine Kunst von der ernsten Seite auf und schlug machtvoll den Takt. Der Zinkenist setzte mit doppeltem Eifer ein und blies die letzten Kadenzen des Marsches Fortissimo. Die beiden Musikanten stellten sich zur linken Hand des Kurfürsten auf. Der Zinkenist drehte sein Instrument um, und der Trommler schloss mit einem gewaltigen Wirbel.

Ottheinrich warf den beiden einen unmutigen Blick zu und fragte sie über die Schulter weg:

»Habt ihr mich vorgestern zum Schelmen gemacht, oder macht ihr jetzt den Schelmen zum Pfalzgrafen?«

Der Zinkenist, der gerade Luft schöpfte, vergaß den Mund zu schließen, der Trommler aber sperrte den seinigen machtvoll auf; so schauten sich die beiden fragend an, denn sie verstanden nicht, ob hinter den Worten des Kurfürsten ein Trinkgeld lauere oder eine Tracht Prügel.

Unterdessen war Ottheinrich die Rampe hinuntergestiegen und betrachtete den Missetäter.

»Schade um den Kerl!« murmelte er in den Bart. Dann sagte er in die Volksmenge hinein: »Der Mann blutet. Man soll ihm die Wunde waschen und ihn verbinden!«

»Man soll ihm die Wunde waschen! Man soll ihn verbinden! Wasser und Leinwand her! Wo ist der Bader? Ist der Bader noch nicht da? Der Teufel hol den Bader!«

So liefen die halblauten Rufe durch die stockende Menge. Niemand wusste, ob der Bader geholt werde, und keiner regte sich vom Platz.

133

Da trat mit züchtigem Schritt ein Dirnlein aus der Menge. Es war ein blutjunges Ding, zart und fein, mit blondem Haar und schüchternen blauen Augen. Sie trug ein irdenes Kübelchen in der Hand, und über ihrem Arme hingen blendendweiße gefaltete Linnen. Sie ging auf den blutenden Mann zu, stellte das Kübelchen auf den Boden, und ohne rechts oder links zu blicken, fing sie an, die Wunde zu waschen.

»So ist's recht, Jungfer!« sagte der Kurfürst. »Er ist dir zu groß. Knie nieder. Mann, damit sie dir besser helfen könne!«

Nach den Worten des Kurfürsten Ottheinrich schaute der Gefangene seine Samariterin zum ersten Mal an. Ein helles Licht flog über sein Angesicht. Er beugte sich tief vor ihr und kniete auf das Pflaster.

Das Kind wurde rot und rot bis in die Stirne hinauf und bis unter die Haare. Ihre schlanken Fingerlein zitterten; aber sie fasste sich tapfer, schöpfte tief Atem, dass es fast wie ein Seufzer klang, und dann führte sie sicher und überlegsam, geschickt und flink ihr Werk zu Ende.

»Wo ist der Bader? Ist der Bader noch nicht da? Soeben kommt der Bader! Platz für den Bader! Der Baderist nimmer nötig. Bader, geh heim! Leg dich ins Bett, alte Schlafhaube!«

So rief es im Hintergrunde der gestauten Menge hinauf und hinunter. Derweilen wurde das Werk vollendet.

»Ich danke Euch«, sagte der Mann und stand auf. Das Mägdlein nahm sein Kübelchen vom Boden, und ohne aufzuschauen schlüpfte es in die Volksmenge nach derselben Richtung, woher es gekommen war.

Während die Wunde gewaschen und verbunden wurde, hatte der Kurfürst die Gesichtszüge des knienden Mannes aufmerksam betrachtet und dann an ihm vorbei in den Volkshaufen geblickt, ziellos, als ob er sich auf etwas besänne, das er nicht finden könne.

Als sich der Unglückliche aufgerichtet hatte, holte der Fürst seinen Blick zurück, sah an dem Gefangenen hernieder und sagte: »Löst ihm die Hände!«

Die verdüsterten Augen des Gefesselten schauten ihn dankbar an.

»Nicht doch, gnädiger Herr!« sagte der Bürgermeister und trat aus einer Gruppe von Ratsherren. »Er kommt in den tiefsten Turm, und in den kommt kein Gefangener mit ledigen Händen. So will es die Regel.«

»Gut. Und er ist die Ausnahme von eurer Regel. Löst ihm die Hände!«

»Verzeihung! Er hat nicht nur den fluchwürdigen Mord begangen, er hat drei Leute niedergeschlagen, als man ihn gefangen nahm.«

»Das war sein gutes Recht, denn da kämpfte er um sein Leben. Gehören die Leute mir?«

»Ach, leider nein! Es sind Bürger unserer Stadt, ein Schneider, ein Nagelschmied und ein Kürschner.«

»Was haben denn eure Bürger mit dem Manne da zu schaffen? Die sollen daheim bleiben und das Ihre hantieren. Oder sind sie aufgeboten worden?«

»Nein, sondern in löblichem Wetteifer sind sie freiwillig hinausgezogen, Euer Wohlgefallen zu verdienen.«

Ottheinrichs gütige Miene verfinsterte sich.

»So sollen sie's haben, wie sie's getroffen hat! Einen schlechten Dienst haben sie mir erwiesen! Er wäre früh genug gefangen worden, nachdem ich eure Stadt verlassen. Meint ihr, es sei eine Annehmlichkeit, einen Menschen um seinen Hals zu urteilen?«

»O gnädiger Herr«, sagte der Amtmann und trat zu dem Bürgermeister – »er soll Euch keine Beschwer schaffen! Überlasst ihn uns! Wir werden ihn richten, wenn Ihr fortgezogen seid.«

»Ich bin der oberste Richter im Lande«, sagte der Kurfürst und schaute den Sprecher mit kurzem Blicke an. »Meiner Pflicht gehe ich nicht aus dem Wege. Löst ihm die Hände!«

Der Befehl war mit erhobener Stimme gesprochen. Jetzt gab es keine Widerrede mehr. Die Fesseln fielen auf den Boden, und der Mann reckte seine Arme.

»Versprich mir, dass du nicht entrinnen wirst!«

»Ich verspreche es!« sagte der Gefangene und streckte seine Rechte hin.

Ottheinrich sah die Hand, aber schaute drüber weg.

»Weißt du, wer der ist, der mit dir redet?«

»Wer sollte Eure kurfürstliche Gnaden nicht kennen, Ottheinrich, Pfalzgrafen bei Rhein?«

»Du bist in Heidelberg Student gewesen«, fuhr der Kurfürst fort. »Ich habe dich gesehen im Mantel des Bakkalaureus.«

Der junge Mann erbleichte und presste die schmalen Lippen aufeinander.

Ottheinrich musterte die zerschlissene Kleidung des Gesellen und fuhr fort:

»Du warst zwei Nächte im Wald; aber das Wetter ist schön, und das Moos ist trocken. Deine Kleider waren schon vorher, wie sie nicht hätten sein sollen. Du bist in den Orden der Fahrenden gegangen oder gar in schlimmere Gesellschaft. Deine Eltern hatten Kümmernis deinetwegen, und jetzt stehst du gar als Mörder vor mir.«

»Ich hatte mich meines Lebens zu wehren. Der andere hat mich angegriffen.«

»Das alte Lied!« rief der Kurfürst unmutig. »Wo ist das Dirnlein, um das sich die Männer schlugen? Man führe sie her!«

Es war dessen nicht nötig. Die Menge teilte sich, und dasselbe Mädchen, das vorhin die Wunde verbunden hatte, trat herzu, gesenkten Hauptes und schüchternen Schrittes, aber in geruhiger Sicherheit.

»Ist das nicht unsere Samariterin?« rief der Kurfürst verwundert. »Kind, Kind, du gehörst noch an der Mutter Schürze, und deinetwegen müssen zwei Männer das Leben lassen. Schau mich an!«

Veronika hob die großen Lider und schaute mit ihren veilchenblauen Augen dem Pfalzgrafen ins Gesicht.

»Kennst du den Mann da?«

»Er hat vorgestern mit mir getanzt.«

»Hast du den Mann gekannt, den er erstochen hat?«

»Auch er hat vorgestern mit mir getanzt.«

»Welchen von den beiden hast du früher gekannt?«

»Keinen. Ich habe beide vorgestern zum ersten Male gesehen.«

»Wer hat dich gehabt, als der Streit begann?«

»Keiner. Aber sie haben mich beide haben wollen zur gleichen Zeit; da hab' ich ihm die Hand gegeben.«

»Wem?«

Veronika deutete mit dem Köpfchen nach dem Gefangenen.

»Wer hat zuerst nach dem Messer gegriffen?«

»Ich habe nur das Seine blitzen sehen.«

»Die Dirne lügt!« brauste der Bursche auf.

»Schweige!« gebot ihm der Kurfürst, »Und wenn der andere es war, der zuerst die Waffe zückte, so spricht dies nicht für dich. Denn wem das Messer so leicht zum Ziele springt, dem hüpft es in der Scheide. Bereite dich zum Sterben. Morgen, wenn die Frühglocke ausgeläutet hat, sühnst du deine Missetat mit dem Kopfe.«

Der Unglückliche zuckte zusammen.

Ottheinrich sah ihn teilnahmsvoll an.

»Das ist dir nicht an der Wiege gesungen worden, dass du eines solchen Todes sterben würdest. Wo wohnen deine Eltern? Wie heißest du?«

Der Jüngling schwieg.

»Gibst du mir keine Antwort?«

»Ich bin guter Leute Kind. Erlaubet mir, dass ich Herkunft und Namen verschweige. Es ist genug, dass sich meine Eltern um mich grämen. Ich will nicht zu dem Kummer auch noch Schande bringen.«

Da schlich sich einer der Gerichtsherren an den Fürsten heran und sagte: »Sollte man nicht die peinliche Frage an ihn stellen?«

Ein zorniger Blick scheuchte ihn zurück.

Des Pfalzgrafen Auge wandte sich wieder dem Antlitz des Verurteilten zu und grübelte darinnen wie in einem Rätsel.

»Du bist aus der frommen Bahn entwichen und wilde Wege gegangen. Nun gut. Wir sind allzumal Sünder. Aber warum bist du nicht Soldat geworden, einer ehrlichen Kugel entgegenzulaufen? Jetzt verfällst du dem Henker.«

»Der Kaiser hat überall Friede.«

»In Ungarn scharmützelt es«, erwiderte der Kurfürst lebhaft. »Bald wird der Türkenkrieg wieder da sein. Dort braucht man hurtiges Eisen. Warum bist du nicht dorthin gegangen?«

Der Jüngling atmete tief auf.

»O wie gern ginge ich, wenn ich könnte!«

Der Kurfürst schien mit einem Entschluss zu kämpfen. Aber nur einen Augenblick. Dann schüttelte er traurig den Kopf und sagte:

»Dazu ist es jetzt zu spät. Aber höre! Wenn du mir Herkunft und Name sagst, dann soll dich nicht das Schwert treffen, das bei Meister Hans am Nagel hängt, sondern du sollst durch die Kugel sterben. Drei kreuzbrave Musketiere, die ich aussuchen werde, sollen's besorgen. Sag mir's leise, und ich gebe dir mein Fürstenwort: was du mir sagst, bleibt mein Geheimnis.«

Der Kurfürst trat an den Mann heran und hielt das Ohr an seinen Mund. Aber dieser Mund flüsterte nichts, sondern wandte sich weg und sagte laut: »Verzeiht mir, dass ich schweige. Ihr kennt meine Mutter und Ihr kennt meinen Vater. Darum schweige ich.«

Der Kurfürst sah betroffen auf. Seine Augen bohrten sich in die Mienen des Jünglings, aber kein Erinnern leuchtete in ihm auf.

»Nun gut«, sagte er endlich, »so sollst du sterben als ein unbekannter Mann. Aber die Kugel schenke ich dir doch. Morgen, wenn die Frühglocke dort oben auf dem Kirchturm ausgeläutet hat, sollen dich die Kugeln treffen, hier auf diesem Platz, wie einen Soldaten, der sonst brav war, aber gegen das Lagergesetz gesündigt hat. Gebt ihm ein ehrlich Gewahrsam«, wandte er sich an die Ratsherren. »Führt ihn in den Bürgergehorsam. Ich will es so haben. Schickt ihm einen Pfarrer, dass er die Nacht über bei ihm bleibe. Aber er soll ihn in

Ruhe lassen, wenn er Ruhe haben will. Er soll bei ihm in der Stube schlafen. Wann läutet die Frühglocke?«

»Wenn der Tag graut, um vier Uhr.«

»Um vier Uhr soll er hier sein, und sobald die Glocke ausgeläutet hat – Gott sei mit dir, mein Sohn!«

Ottheinrich sah ihm noch einmal tief in die Augen, aber ohne zu finden, was er suchte.

Der Jüngling griff nach der Hand des Fürsten; aber Ottheinrich hatte sich schon abgewendet. Er rief einen Junker herzu und nannte ihm den Korporal und die drei Musketiere; dann rief er: »Wohlauf, ihr Herren, lasst uns ein wenig hinausreiten in den grünen Wald und des Weidwerks pflegen!«

Als der Kurfürst eine Viertelstunde später die enge Wendeltreppe hinunterstieg, die von seinem Gemach in den Hof führte, hätte er, da er etwas kurzsichtig war, beinahe eine weibliche Gestalt umgerannt, die auf den Stufen kniete, da, wo der Schatten am dunkelsten war.

»Wer ist das? Wer kniet hier? Steht auf! Wer seid Ihr? Was wollt Ihr?«

Die Gestalt blieb in ihrer Lage. Aber es hoben sich zwei flehende Hände zu ihm auf und ein tränenüberströmtes Angesicht.

Ottheinrich beugte sich nieder zwischen die emporgerichteten Arme und schaute in das Antlitz.

»Tu bist es, Dirnlein? Was willst du?«

»Ich habe nicht alles gesagt«, schluchzte die Maid. »Ich habe nur sein Messer blitzen sehen, nicht, weil der andere keines gezogen hätte, sondern, weil ich nur allein ihn angeschaut habe.«

»So! Und hast du mir noch etwas zu sagen?«

»Ja. Ich bitte um sein Leben!«

»Lasse dies, Kind! Hat er dir gesagt, woher er sei?«

»Nein, aber ich glaube, dass er aus Nürnberg ist!«

»Warum glaubst du dies?«

»Weil er gesagt hat, in Nürnberg tanzt man den Schleifer anders.«

Nürnberg? Nürnberg?

Der Kurfürst suchte in seiner Erinnerung. Er war oft in Nürnberg gewesen und hatte viele Nürnberger Frauen kennengelernt. Sollte es –

»Weißt du, wie er heißt?« fragte der Kurfürst.

»Sein Vorname ist Sabinus. Mehr weiß ich nicht.«

Da fiel es dem Pfalzgrafen wie Schuppen von den Augen.

»Sabine!« sagte er vor sich hin.

»Habt Erbarmen mit ihm und schenkt ihm das Leben!« flehte die Dirne.

»Geh heim, Kind«, sagte der Pfalzgraf erschüttert. »Wirf dich daheim auf die Knie und bete zu Gott, dass der ihm gnädig sei, ich darf es nicht sein. Wo soll die Gerechtigkeit bleiben, wenn die Fürsten vor allem Volk die Person ansehen? Wenn morgen die Frühglocke läutet, dann bete brünstiger, denn nach dem letzten Glockenton fallen drei Schüsse, und drei Kugeln durchbohren seine Brust. Du wirst sie hören, Kind, und ich höre sie auch; dann wirst du weinen, Kind, und ich weine auch. Geh!«

Ottheinrich schritt an ihr vorüber. Unter der Tür rief er in den Hof hinaus: »Sattelt die Pferde ab! Ich reite nicht auf die Jagd.« Und in tiefen Gedanken ging er die Treppe hinauf in sein Gemach, ohne weiter des Dirnleins zu achten, das an ihm vorüberschlüpfte. Stunde um Stunde hörte ihn der Page, der im Vorzimmer weilte, auf und nieder gehen. Derweilen aber kniete Veronika in ihrem Kämmerlein vor ihrem Mädchenlager und betete, aber nicht, dass Gott der Seele des Geliebten gnädig sei, sondern dass er gelingen lasse, was sie im Busen bewegte. Als ihr der Vater rief, stand sie auf, strich sich das Gewand glatt und brachte ihre Haare in Ordnung. Ihre Lippen waren zusammengepresst. Im Hinausgehen flüsterte sie: »Wenn morgen die Frühglocke läutet... Sie darf nicht läuten; sie läutet nicht!«

Die Frühglocke (Teil 2)

»Wo willst du noch hin, Veronika?«

»Ich will noch ein wenig zur Muhme hinunter.«

»Du hast ja deine Spindel vergessen.«

»Heute wird nicht gesponnen; wir wollen uns nur ein bisschen was erzählen!«

Veronika eilte rasch das Gässchen hinab. An der Ecke schaute sie zurück und eilte dann nicht rechts über den Seilermarkt, wohin der Weg zur Muhme gegangen wäre, sondern sie verschwand hinter der Kirchhofmauer, an deren südwestlicher Ecke das Gässchen mündete. Sie ging nun auf dem grünen Pfad, der sich zwischen dem Kirchhof und dem Stadtgraben hinzog. Auf der Kirchhofmauer saßen zwei Knaben und hielten eine lange Angelrute über den Pfad.

»Wollt ihr Grundeln fangen?« sagte Veronika und schlüpfte unter der Rute hinweg.

»Du bist an unsere Schnur gestreift, dumme Gret!« sagte der Knabe, der den Stock hielt, und zog die Angel in die Höhe. Veronika aber lief der Mauer entlang bis zur nächsten Ecke und bog hinum. So kam sie an die nördliche Schmalseite des Kirchhofs, die an den Geschützwall des Schlosses stieß. Sie sah den ganzen Pfad hinaus; kein Mensch war zu sehen. Auch jenseits des Grabens auf dem Pfade, der sich unter der Stadtmauer hinzog, war keine Seele, und ebenso menschenleer war der Wall, an dessen steiler Rampe ihr Pfad endete.

Veronika ging bis an diese Rampe und stieg dann die schmalen Staffeln hinauf, deren unterste Stufen sich an die Kirchhofmauer lehnten. Von der fünften Stufe aus war es leicht, die Mauer zu ersteigen; ehe sie dies tat, spähte sie in den Kirchhof, nach den Fenstern des Schlosses hinüber und die Mauer entlang. Die beiden Buben kehrten ihr den Rücken und schauten der Angelschnur nach in den Graben hinunter. Der Kirchhof lag still und verlassen im Abendlichte. Aber an einem Fenster des Schlosses, dem letzten des zweiten Stockes, da, wo der Mittelbau an die Schlosskirche stieß, stand eine hohe und breite Gestalt und schaute über den Schlosshof und den Kirchhofwinkel herüber nach den verglühenden Wolken des Abendhimmels. Das junge Mädchen lag gerade in der Linie dieses Blickes, aber Veronika brauchte nicht zu befürchten, gesehen zu werden, denn ihre Gestalt wurde von dem dichten Gezweig und den breiten Blütenbüscheln eines Holunderbaumes verdeckt. Sie schaute zurück. Hinter ihr und auf den beiden Pfaden herwärts vom Graben und jenseits längs

141

der Stadtmauer war niemand zu erblicken. So wartete sie geruhig, bis sich der Mann dort oben vom Fenster verzogen habe. Sie schaute scharf hinüber. Der helle Widerschein des breiten Abendrotes fiel auf die Schlosswand und verklärte das Angesicht des Mannes am offenen Fenster. Es war der Kurfürst. Jetzt wandte er sich um und verschwand in der Tiefe der Stube. Veronika wartete eine Weile und war schon im Begriff, sich auf die Mauer zu schwingen. Da tauchte die Gestalt wieder aus der Finsternis. Der Kurfürst stemmte die Hände auf die Brüstung und schaute heraus. So stand er einige Augenblicke. Dann wandte er sich langsam und ging in das Schwarze zurück. Kein Zweifel, er wandelte im Gemache auf und nieder. Veronika wartete, bis er wieder erschienen war, und sobald er von neuem den Rücken gekehrt hatte, stieg sie durch das Geäst auf die Mauer, ergriff ein Büschel Zweige mit beiden Händen und sprang in den Kirchhof hinab. Der Baum neigte sich, und sein wirres Gelock mit den breiten Rosetten schwankte auf und nieder. Veronika huschte über den grünen Boden in den Schutz der Mauer, die von dem ersten Strebepfeiler der Kirche herlief und auf den Graben stieß. Es kam ihr vor, als sei seit ihrem Sprung von der Zinne nicht halb so viel Zeit vergangen, als der Kurfürst brauchte, um sein Gemach auf und ab zu messen. Sie lief nun, unbesorgt vor weiterer Entdeckung, an der Mauer hin, hinter alten Grabsteinen und allerlei Gesträuch, und kam in den versteckten Kirchenwinkel zwischen eben dieser Mauer und dem vorspringenden Chore. Sie setzte sich auf einen Haufen von Bruchstücken abgetaner Grabsteine und schaute über den Kirchhof hinüber nach den gleichen Abendwolken, die Ottheinrichs Augen aufsuchten, so oft, er über Veronika am Fenster stand.

Das Licht des Tages verglomm, die Schatten der Bäume wurden matt und flossen ineinander, aus dem Boden stieg die Dämmerung, und der Himmel wurde grau. Ein frischer Wind erhob sich, es flüsterte in den Trauerweiden, und die Wipfel der Ulmen rauschten feierlich. Eine Amsel fing ihr Lied an, am anderen Ende des Friedhofs, und dicht neben dem lautlos wartenden Mädchen antwortete ein Meislein mit seinem zarten, flinken Schlag. Veronika sah zu dem Baum empor, von dessen Gipfel es sein Sprüchlein sagte. Aber sie konnte den Vogel nicht sehen, es war zu düster geworden. Sie hörte, wie sich hoch oben zu ihren Häuptern der Kurfürst räusperte, und wie das Fenster geschlossen wurde. Der Wind weht ihm in die Stube und bläst ihm die Kerze aus, dachte Veronika und faltete die Hände, denn die Abendglocke fing zu läuten an. Als sie ihr Gebet hergesagt hatte, läutete es noch immer.

Ob dies auch die Frühglocke ist? dachte sie und lauschte. Vielleicht! Der Abendstern ist ja auch der Morgenstern.

Der letzte Ton verklang, Amsel und Meise waren still geworden. Eine Peitsche knallte in der Ferne, aber man hörte kein Wagengerassel. Der Abendstern bekam Genossen weit über den Himmel hin, und sein silberner Glanz wurde gülden; unter die Büsche legte sich die Finsternis, und zwischen Himmel und Erde schwebte die Nacht.

»Jetzt ist es Zeit«, sagte Veronika. Sie erhob sich und ging über den Friedhof hinüber, an den Kränzen und Grabsteinen vorbei, unter den Bäumen hin bis in den entgegengesetzten Winkel. Hier erhob sich, zwischen die Mauern gebaut, das kleine steinerne Häuschen, worin die Geräte des Friedhofs aufbewahrt wurden. Veronika wusste Bescheid. Des Totengräbers verstorbenes Töchterlein, war es nicht ihre liebste Gespielin gewesen? Sie wusste, wie man das Türchen öffnete. Gleich vorne rechter Hand musste das Leiterchen sein.

Da war es nicht. »Das ist eine Tragbahre, was da an die Mauer hinaufgestellt ist. Aber daneben, hier eine Sprosse, hier eine Sprosse, der eine Leiterbaum, der andere. Nur heraus mit dir, was auch da übereinander purzeln mag! Das bringen wir später wieder in Ordnung. Komm, Ding!«

Sie hing das Leiterchen auf die linke Schulter und ging auf demselben Weg nach ihrem Winkel zurück.

»O weh!« Ihre Leiter war in der Finsternis an ein Kreuz gestoßen. »Da drunten liegt der alte Gerichtsweibel. Sei mir nicht böse, es ist nicht gern geschehen!

Was webt hinter mir her? Sei nicht böse, guter alter Nikolaus! Ich bin die Veronika, die dir einmal deinen Weibelstock aus dem Stadtgraben geholt hat, als du betrunken warst. Du hörst es ja. Ich hab' es nicht gern getan. Gott sei Dank! Ich greife die Kirchenmauer an, mit beiden Händen. Alle guten Geister ...«

Veronika verlor für einen Augenblick beinahe alle Besinnung. Ihr war, als müsste sie sich wieder auf die Erde werfen, wie dort an der Treppe, als der Kurfürst so schweren Schrittes herunterkam. Sie fühlte sich so schwach, selbst zu handeln. Aber endlich atmete sie wieder auf. Die Leiter hatte sie neben sich an die Kirchhofsmauer gelehnt und schaute nun in die Höhe. Dort oben der schwarze Schlitz, das war das Fenster, durch das sie mit ihrer verstorbenen Gespielin mehr als ein dutzendmal in die Kirche gestiegen war, zuerst aus Neugier, um all die feierlichen Dinge zu begucken und zu betasten, und später aus lüsternem Verlangen nach einem Schläfchen auf den Kissen des

143

herrschaftlichen Gestühles. Als sie das letzte Mal hier hereingestiegen waren, holte sich ihre Freundin die tödliche Krankheit. Denn sie war vorher auf dem hohen Fliederbaum gesessen und hatte die duftenden weißen Blütenbüschel heruntergeworfen; da hatte ihr die Sonne auf die Schläfe gebrannt, und drinnen in der Kirche war es dumpf und kalt wie in einem Keller. Wenn du noch lebtest, Margarete, so wären wir auch jetzt zu zweit!

Veronika stellte die Leiter an und stieg hinauf. Ein leiser Druck mit dem Daumen, und der Fensterflügel sprang aus der Spannung und glitt nach innen. Ein kühler Hauch wehte aus der schwarzen Finsternis, und ein leiser klirrender Aufschlag zeigte an, dass sich die Scheiben an die Mauer lehnten.

Ehe Veronika durch den Spalt stieg, wandte sie sich um. Der Mond musste aufgegangen sein, denn der Kirchhof lag in welchem Dämmerlicht. Veronikas Augen suchten das Kreuz ihrer Freundin. Dort vorne leuchtete es unter dem Fliederbaum, aus dessen Krone an jenem Maientag des Totengräbers Tochter die Blumen heruntergeworfen hatte auf ihr eigenes künftiges Grab. »Hilf mir, Grete«, flüsterte Veronika. »Halte hier Wacht und wehre die anderen ab, wenn sie mir nachwollen!« Und dann stieg sie beherzt durch das Fenster in die Finsternis.

Sie kauerte eine kurze Weile auf dem Gesims der breiten Fensternische, dann drehte sie sich um, hielt sich mit der rechten Hand an dem zitternden Fensterflügel, mit der anderen Hand fasste sie das Fensterkreuz, und nun ließ sie sich langsam in die Kirche hinab. Ihre Fußspitzen kamen auf die Holzlehne des Gestühls zu stehen, mit dem die Innenseite der Chormauer bekleidet war. Von hier stieg sie auf das Bankbrett hinunter, und im nächsten Augenblick stand sie auf den steinernen Platten der Kirche. Ein matter Lichtstreifen fiel von einem Fenster des Langhauses schief durch die Kirche und streifte eine Ecke des Altars. Da vorne links über dem vorderen Schlosshof musste der Mond stehen. Er wird mir droben leuchten, dachte Veronika und ging getrost an dem Altar vorbei, die zwei Stufen hinab in das Schiff der Kirche. An der vordersten Frauenbank vorüber trat sie in den schwarzen Schatten und erreichte die hölzerne Stiege, die hinauf auf die Empore führte. Die unterste Stufe knarrte unter ihrem Fuß, aber die folgenden verhielten sich still, und bald stand Veronika vor der Türe, die zu dem Kirchenstuhl der kurfürstlichen Herrschaft führte. Die Türe war angelehnt und öffnete sich lautlos. Veronika trat ein und ging auf den Zehen. So hatten die beiden Mädchen immer getan, wenn sie hier hereingeschlüpft waren. Im Vorübergehen streichelte sie über den Samt, auf dem Margretlein gelegen hatte, als sie mit gierigen Zügen den Tod einschlürfte.

Hier hatte die Bank ein Ende. Veronika stand still. Zu ihrer linken Hand war die eichene Tür, die in die Gemächer des Schlosses führte. Hinter dieser Türe weilte der Mann, der Leben und Tod des armen Gesellen in seiner Hand hielt. Ob er wohl noch auf und ab wanderte? Veronika lauschte. Dann fiel ihr ein, dass die Türe sehr dick sei und dahinter wohl noch erst manches andere komme, und sie ging weiter. Am Ende des kurfürstlichen Stuhles kam wieder eine Türe, die war in der Falle, aber unverschlossen. Hindurch! Veronika ging zwischen der Mauer und der hintersten Reihe der Männerbänke hin. Als sie an dem Fenster vorüberkam, durch das der Lichtstreifen in die Kirche fiel, blieb sie stehen und schaute hinaus. Über dem gegenüberliegenden Schlossflügel stand der Mond. Der Kies auf dem Hofe leuchtete wie Silber. Morgen früh, wenn der Mond über den Turm gewandert ist und wenn statt seiner Scheibe der Morgenstern über den Giebel schaut, wird da drunten auf dem hellen Kies der Mann stehen, dem ihr Leben gehörte, seitdem er sie im Arme gehalten hatte, und wenn die Frühglocke ausgeläutet hat, dann werden sich drei glimmende Lunten erheben, und drei Schüsse werden krachen. Aber die Frühglocke soll nicht ausläuten! Sie soll gar nicht läuten! Sie läutet nicht!

Veronika presste die Lippen aufeinander und ballte die kleinen Fäuste. Dann ging sie weiter. Sie kam an eine niedere eiserne Türe, die in den Turm führte. Sie wusste, dass diese durch einen Riegel verschlossen war. Sie tastete hinauf und hinunter. Da war der Riegel nicht. Aber hier zur Seite war er. Erst beim dritten Versuch lockerte er sich, und nach einem weiteren tüchtigen Druck schob er sich zurück. Die Türe ging nach innen. Ein scharfer Luftzug wehte aus dem Turm. Veronika trat in die Wendeltreppe und stand im hellen Lichte des Mondscheines, der durch die offene Luke zur linken Hand in den Turm fiel. Eilig stieg Veronika in die Höhe, jetzt in die Finsternis hinein, und dann wieder in das Licht hinaus. Der Wind war heftiger geworden, er wehte von Westen her. Wenn das Mondlicht aufhörte, dann kam der scharfe Wind und wehte an ihr hinunter. Dessen wurde sie getrost. »Ich bin nicht allein«, sagte sie zu sich. »Im Winde fürcht' ich mich nicht, der kommt vom Walde her, und der Mondschein ist mein Kamerad, der hilft mir.«

Jetzt stand sie droben auf dem obersten Stockwerk des Turmes. Hier war es stockfinster, denn die hölzernen Läden waren geschlossen. Sie drückte die Augen zu und legte über die Brauen die Hand. So stand sie eine Weile. Dann öffnete sie plötzlich die Augen. Aber das Feuer, das vor ihnen glühte, kam aus ihrem Blut; es war rings um sie her so schwarz wie vorhin. Nun tastete sie nach der Wand. Hier war die Wand, sie griff sich feucht und schimmlig an.

Vorsichtig ging sie an der Wand hin, mit dem Fuße voraustastend. Jetzt kam sie an einen Fensterladen. Er war fest in die Nische gerammt und gab nicht nach, wie sie auch daran drückte. In Gottes Namen weiter! Grete! Grete! – Wieder an der Wand hin; puh, wie mussten die Hände aussehen! Sie rochen nach Moder und Spinnweben. Da stieß sie mit dem Fuß an einen Balken. Sie tastete mit den Händen. Hier ging die letzte Stiege, eine Leiter, hinauf zu den Glocken. Hinauf, hinauf! Im Steigen wandte sie sich um und schaute hinab, und nun sah sie doch unten einen bleichen Schimmer, der kam von der Wendeltreppe herein. Also dort war der Ausgang, wenn sie hinunter wollte; aber auf dem geraden Weg mochten Löcher sein, darum nur hübsch wieder an der Wand herum! Aber jetzt hinauf, hinauf! Holla! Sie stieß den Kopf an etwas Hartes. Was ist denn das? Ein Brett breit über ihr, das ist die Falltüre! Sie wird doch nicht geschlossen sein! Sie stemmte ihre kleinen Hände hinauf und drückte. Das Brett gab nach. Ein Lichtstreifen glänzte vor ihr. Er wurde zum wachsenden Keil, zum flutenden Strom. Immer geringer wurde der Widerstand des Brettes, und nun öffnete es sich selber und legte sich hinten hinüber. Sie trat hinaus in die lichte Höhe. Der Nachthimmel schaute hoch herein. Dort drüben blickten die Sterne, und hier stand der Mond, und in seinem lieben Lichte schimmerten die Glocken! Die Glocken! Ihr Herz frohlockte. Drei sind es. Sie hängen nebeneinander, in der Mitte die große, zu ihren Seiten die kleinen. Welches ist die Frühglocke? Ist es nicht die eine, so ist's die andere; darum darf keine von euch läuten! Zuerst musst du stumm werden, du leuchtendes niedliches Ding!

Veronika ging auf der festen Bahn, die den Wänden entlang lief, bis sie neben dem Glöckchen stand. Sie griff hinein in das Gebälk und streichelte das Erz, dann bog sie ihr Köpfchen zwischen die Balken und drückte die Lippen auf das kalte Rund. »Sei lieb und gut und folgsam!« schmeichelte sie. »Ich will dich auch mit Blumen schmücken!« Dann bückte sie sich und kroch zwischen der Balkengabel hindurch unter die Glocke. Sie fasste festen Fuß auf dem schwanken Brett und richtete sich auf. »Hier ist der Klöppel, der muss heraus und fort. Wer hätte gedacht, dass er so schwer sei? Und doch, er lässt sich lupfen. Lasse doch sehen, wie er eingehängt ist!«

Veronika spürte mit der Hand. »Hier ist er hineingekommen, und hier muss er auch wieder heraus, und nun sei vernünftig!«

Sie fasste den Schlegel mit beiden Händen und hob ihn und ließ seine Öse hin und wieder spielen, hinauf und hinab. Fast hätte sie vor Freuden aufgeschrien: sie hielt den Klöppel in ihren Armen. Sie ließ ihn hinuntergleiten bis an die Brust und drückte ihn ans Herz, wie wenn er ein Kindlein wäre und sie dessen Mutter. Dann schob sie ihn vorsichtig durch die Balken auf den festen Boden und schlüpfte nach. Als sie draußen stand im hellen Schein des Mondes, überlegte sie, wo sie die Puppe bergen solle. Einen Augenblick dachte sie daran, den Schwengel hinunterzuwerfen in den Friedhof. Aber da fiel er vielleicht auf einen Stein, und der laute Schall konnte sie verraten. Also verstecken! Aber wohin? Unter die Treppe? Aber wenn sie mit Lichtern heraufkamen und suchten, mussten sie ihn finden. Da fiel ihr der Herrschaftsstuhl des Kurfürsten ein. Darinnen stand eine lange gepolsterte Fußbank, unter die wollte sie den Klöppel legen; denn dort würde ihn niemand so bald suchen.

Sie hob ihn vom Boden auf und ging nun den Weg zurück, den sie gegangen war. Sie konnte rasch gehen, denn das Licht begleitete sie bis zur eisernen Türe, die zur Empore führte. Sie ließ diese Türe hinter sich offenstehen und eilte zwischen den Bänken hin in den kurfürstlichen Kirchenstuhl.

Hier wusste sie auch in der Finsternis Bescheid. Sie bückte sich und suchte die Fußbank. Das erste, was sie ergriff, war der wattierte Fußsack der seligen Pfalzgräfin. Hinter dem war die gepolsterte Bank. Sie ließ das lange Ding nach vorne umkippen, legte den Glockenschwengel dahinter, richtete die Fußbank wieder auf und eilte hurtig und vergnügt den Weg zurück, die Schnecke hinauf, über den Boden hin zur Leiter und empor auf den Glockenstuhl.

»Jetzt kommt der Kamerad an die Reihe«, sagte sie und ging auf die andere kleine Glocke zu. Sie schlüpfte unter die eherne Haube, hob den Schlegel versuchsweise in die Höhe und suchte dann mit dem Finger nach der Öse und dem Haken. Aber o weh! Hier war es nicht möglich, dem Munde seine Zunge zu rauben. Sie war angewachsen, das eherne Gelenk schloss sich rund und heil, und die suchenden Fingerlein des Kindes fanden nirgends einen Einlass.

Ihre Hände fielen auf ihr Schürzlein. Bekümmert schaute sie zu dem Mond empor, wie wenn der ihr raten und helfen müsste. Was sollte sie tun? Das Glockenseil abschneiden? Im Gerätehäuschen des Totengräbers ein Grabscheit holen und die Glockenseile abschneiden, alle! Aber dann würde man denken, es habe sie einer gestohlen, der Glöckner würde ein anderes herbeibringen, und nach einer Viertelstunde Aufschub läutete die Glocke doch! »Was soll ich tun, du guter treuer Mond?«

Der leuchtete selbstzufrieden herunter, wie wenn er der Himmelsglockenschwengel wäre und bei sich dächte: Ich hänge gut; mich hebt keiner aus. Da kam eine Wolke herangezogen über das Kirchendach her und zog unter dem Monde hin, und für eine Weile war er wie eingewickelt in ein warmes wattiertes Futteral. Da rief Veronika aus: »Der kurfürstliche Fußsack!« und mit fröhlichem Lachen schaute sie zum Mond hinauf, der wieder blitzblank geworden war. »Danke dir, danke dir, lieber Freund!«

»Zuerst in die Sakristei hinunter und Schnüre gesucht und alles heraufgeschleppt, was an Teppichen vorhanden ist!«

Sie lief die Stiegen hinab, die Empore hin. Im Vorübergehen haschte sie den Fußsack auf und schloss ihn dahinlaufend an ihr Herz. Wie groß und dick und weit, ein Familienfußsack für die ganze pfalzgräfliche Sippschaft; und die bayrischen Vettern hatten auch noch Platz darinnen. Sie musste ihn zusammendrücken, wenn sie ihre Arme schließen wollte.

Im fröhlichen Laufen stolperte sie über die Stufen, die zum Chor hinaufführten. Aber sie fiel auf den Fußsack, warm und weich. Nun stand sie hochaufatmend vor dem Altare. Wenn ich nur auch alles andere finde! Zur linken Hand war die vergitterte Sakristei. Sie klinkte auf. Die Tür tat einigen Widerstand und wich unwillig mit grämlichen Knarren. Da lief ihr ein Schauder über den Rücken. Zum ersten Male fürchtete sie sich. Es war ihr, wie wenn sich vor ihr eine dunkle Gestalt erhebe. So pflegte der Pfarrer aufzustehen von seinem Stuhl, wenn er sich anschickte, die Kanzel zu besteigen. Veronika biss die Zähne aufeinander und ging vorwärts. Es war nichts, natürlich, es war nichts! Hier steht das Schränkchen, worinnen der Küster seine Schnüre aufbewahrt.

Wie oft hatte Veronika mit ihrer verstorbenen Gespielin aus diesem Kästchen Kirchengut geraubt, wenn sie Kränze wanden und ihnen der Bindfaden ausgegangen war! Über dem Schränkchen hängt der eingerahmte Spruch Luthers, und quer über den drei letzten Zeilen liegt unter dem Glase der tote Tausendfüßler, den sie oft mit Schauder und Abscheu betrachtet hatten. Nicht daran denken! Nicht daran denken! Er ist tot und liegt unter dem Glas. Auf mit der Tür! Hier liegen die Schnüre und Stricke, ein ganzer großer Knäuel! Der wird in den Fußsack gestopft, so trag' ich sie am ersten! Hier ist ein Tuch, das kann ich auch brauchen, und den Bodenteppich nehm' ich mit. Und was ist denn das? O herrlich, ein ledernes Futteral! Auf damit! Ein Kelch ist drinnen. Den stellen wir auf den Boden, und das Futteral nehmen wir mit. Das geht auch noch in den Fußsack hinein – und nun die Tücher – das eine, das andere. Hab' ich alles? Ja. Jetzt auf und davon.

Sie stieß mit der Stirn an das Gitter der Sakristei und konnte die Tür nicht gleich finden. Eine jähe Angst kam über sie. Hinaus und schnell auf die Empore! »In den Männerbänken bin ich sicher. Aber neben mir, draußen in der

Luft, geht der Pfarrer, der will mir den Weg abschneiden, und der Tausendfüßler, riesengroß, liegt dort im finstern Gang!«

»Auf die Bank hinauf! Da scheint der Mond hin, da geh' ich sicher. Aber jetzt hat die Bank ein Ende, und ich muss hinunter. Dort ist ein Fleck Mondlicht. Da schau ich hinein und steig derweil auf den Boden. Und nun zur Tür. Gottlob! Die Treppe hinauf! Rasch, rasch! Sie huschen und streichen mir nach! Dort hockt etwas im Winkel und atmet mich an. Es atmet wie ein Mensch, und die glühenden Augen! Eine Eule ist's. Vorbei! Vorbei! Jetzt noch die letzte Stiege hinauf! Dann ist das Licht da, und die Glocken sind da! O weh, meine Tücher flattern hinter mir her! Da können sie mich greifen. Aber sie greifen mich nicht. Grete, Grete, hilf mir! Jetzt noch fünf, noch drei Stufen! Aber ich kann nimmer! Gottlob, das ist die letzte Pforte – die Falltür ist auf; ich halt mich an ihr. Was steigst du in die Höhe? Nicht weiter! Willst du mich nicht hinauflassen, du wüstes Brett? Ach, ich hab' dich ja selbst in die Höhe gezogen, und nun vollends hinauf! Gott sei Lob und Dank! – Droben!«

Veronika musste sich in die Knie niederlassen, so war sie erschöpft. Ihr Herz stürmte. Aber sie fasste sich, denn sie hatte, was sie brauchte. Doch ward sie der Angst des Schauderns nimmer los. Die Schrecken waren aufgerührt und gingen um sie her. Der tröstliche Mondschein war nimmer da. Die goldene Scheibe stand über dem Kirchturm, und von allen Seiten drang gleichmäßig die dämmerige, webende Nacht herein, und nun erhob sich der Wind und sauste durch den Turm und fegte hinunter durch die offenen Türen in die Kirche. Veronika lauschte seinem Toben, Stöhnen und Ächzen. Sie hörte ihn durch die Tür fahren. Ein Fenster schlug auf und zu. Das war das Fenster, durch das sie eingestiegen war. Es kam ihr zum Bewusstsein, dass der Weg zu ihr offen war von all den Gräbern her. Sie hätte gern die Falltür, die sich in der Schwebe hielt, vollends zugemacht. Aber sie fürchtete sich, von dem Fleck zu gehen, auf dem sie kauerte. Der Sturm wuchs und wuchs, zerrissenes Gewölk fuhr über den Himmel hin. Der Wind fuhr herauf und hinab; es zitterte, rasselte, rüttelte über ihr. Da ein schmetterndes Krachen! Die eiserne Tür, die vom Turm auf die Empore der Kirche führt, ist zugeschlagen worden. Gleich darauf schwankte die Falltür hin und her und senkte sich langsam und schloss sich mit einem dumpfen Schlag.

»Das hast du getan, Gretlein!« sagte Veronika vor sich hin. »Du hast die Türen hinter mir zugemacht und stehst Wache. Nun kann niemand zu mir kommen.«

Sie war mit einem Male still und getrost geworden. »Jetzt kann ich an die Arbeit gehen. Leuchtet mir auch der Mond nimmer, so ist das Sternenlicht da, und die Nacht ist selber lauter Schimmer und Schein bis in den Turm herein und bis unter die Glocken.«

Und nun ging sie frisch an die Arbeit. »Zuerst kommt der Strumpf«, sagte sie und zog dem Schwengel das Lederfutteral an. »Jetzt der Strumpfbendel!« Sie schnürte das Leder fest. »Jetzt kommt der warme Unterrock!« Sie stülpte den Fußsack um den Schwengel und umwickelte ihn mit straff gespannten Stricken, »Und nun das Staatskleid!« Sie hüllte das weiße, wollene Tuch um den Fußsack, nachdem sie es dreimal zusammengelegt hatte. Sie schnürte es fest und band die Enden der Schnur oben an den Haken, worinnen der Klöppel hing. »Zum Schluss noch der Mantel!« Sie packte das unförmliche Ding, das die Glocke schier anfüllte, in den Bodenteppich, den sie mit den derbsten Stricken umwickelte und an der Öse des Schwengels befestigte. Nachdem sie ihr Werk wieder und wieder geprüft und es hier und dort verbessert hatte, trat sie unter dem Schwengel hervor, fasste den Rand des Erzes und bewegte die Glocke, zuerst nur schwach, dann immer stärker, und schließlich aus Leibeskräften. Die Glocke schwebte lautlos auf und nieder, und als sie ausgeschwungen hatte und stille stand, war keine Schnur verrückt.

Aber all dieser Arbeit war Stunde um Stunde verronnen. Der Mond war westlich vom Turmdach wieder zum Vorschein gekommen und leuchtete hell und klar durch die Luken, Fenster und Bogen herein. Der Sturm hatte sich gelegt, der Himmel war wolkenlos. Die Sterne leuchteten in tiefem Glanz, und gegen Osten über dem Fichtenwald brütete eine leise Helle. Aus der unteren Stadt klang der Wächterruf: »Wohl um die drei!«

»Jetzt kommt das Schwerste, die große Glocke!« sagte Veronika vor sich hin. Sie raffte den Rest der Stricke vom Boden auf und kletterte durch das Gebälk unter die mittlere Glocke, die die größte und die oberste war. Der Schwengel hing nicht so hoch, dass sie ihn nicht in beide Hände hätte fassen können. Aber wie sie nun versuchte, ihn zu heben und zu lüpfen, rückte er kaum ein wenig in die Höhe. Sie stellte sich auf die Zehen und stemmte sich mit aller Kraft wider das wuchtende Gehänge. Ein wenig weiter hinauf konnte sie's schieben. Aber spielen und suchen konnte sie nicht, und das schwere Gewicht glitt zwischen ihren Händen hinab und hing in seiner Ruhe. So geschah es wieder und wieder. Endlich ließ sie die vergebliche Arbeit sein.

Sie kletterte unter der Glocke hervor nach dem hohen westlichen Schallloch hinüber und schaute verzagt zum Mond hinauf.

»Es ist so licht und still dort droben, so feierlich; der liebe Gott sitzt hoch über dem Mond und schaut auf mich herunter. Du weißt alles, du weißt auch, was jetzt zu tun ist.«

Ratlos schaute sie an der Glocke in die Höhe. »Wenn ich dort oben das Seil losbinden könnte, dann bände ich's an eine von den stummen Glocken. Aber wie komme ich dort hinauf?«

Sie schüttelte verzagt den Kopf, schlüpfte wieder in die Mitte des Glockenstuhls unter den trutzigen Schwengel, kauerte sich um den Balken und schaute sinnend und grübelnd in die schwarze Höhle der Glocke hinauf.

In der Unterstadt ertönte ein Hahnenschrei. Und bald darauf kam der zweite und dritte. Von Gässlein zu Gässlein, hinter dem Marktplatz her, an der Bleiche hinauf – bald glockenhell, bald heiser, bald im Fistelton und dann melancholisch tief – ein Krähen ums andere. Das war unserer, dachte Veronika bei einem dieser Hahnenschreie, und sie seufzte aus der Tiefe. Wie mochte sich ihr Vater abängstigen! Ob er sie wohl suchte?

Sie schaute zu den Sternen hinauf. Sie waren blass geworden. Über dem Fichtenwald aber quoll es hellgelb herauf, und die kleinen hohen Wölklein über dem Schlosse bekamen rosigen Schein. Jetzt hörte man Stimmen unten in der Stadt, Schritte wurden laut und verklangen. Nach Veronikas Schätzung musste es bald vier Uhr sein. Dann kam der Küster und läutete!

Sie schaute zum Schwengel empor und dachte: Wenn ich an ihm hinaufspringe und mich festhalte und immer weiter hinaufgreife, bis ich ganz in der Glocke hänge?

Sie stand auf, stellte sich auf die Zehen und fasste den Klöppel mit beiden Händen dicht über dem Knopf und brachte sich ins Schaukeln. Aber ihre Hände rutschten hinab, und sie fühlte, dass, wenn der Schwung weiter hinaufginge, sie alsbald hinausgeschleudert würde. Was wäre damit gewonnen? Die dort unten würden's nicht einmal merken, und die drei Schüsse krachten doch.

Sie suchte mit ihren Fußspitzen nach dem Balken und ließ sich hinab. Als sie festen Boden gefasst hatte, hielt sie noch eine Weile den Glockenschwengel, denn es schwindelte ihr, und sie fürchtete sich, auf den Füßen zu stehen. Sie musste erst die Augen schließen, dann ließ sie los und hielt sich mit ausgebreiteten Armen mühsam im Gleichgewicht. Unter der Glocke hervor! Was sollte sie hier? Ihre Knie wankten. Sie musste sich an den Balken und Dachsparren halten, durch die sie leicht und sicher hereingeschlüpft war. Als es galt, den letzten Schritt über die freie Luft zu tun, hielt sie sich an dem Glockenseil, das zum Bügel der großen Glocke hinaufführte. Das Seil senkte sich und die Glocke schwang sich, und schiergar hätte der Klöppel angeschlagen. Jetzt stand sie auf sicherem Boden, an dem Schallloch, das nach Süden schaute. Sie konnte hier in die Stadt hinuntersehen. Aber sie war auch in Gefahr, bemerkt zu werden. Darum ließ sie sich auf die Knie nieder, legte die Arme auf das mit Blech beschlagene Gesims und ihren Kopf auf die Arme. So war denn alles vergeblich? Was tat sie noch hier oben? »Ich will heim zu meinem Vater!«

Und doch! Es war ihr, als dürfe sie nicht von der Stelle. Hier war der Mund, der dem Tode rief; noch hatte er sich nicht aufgetan, und vielleicht gelang es ihr doch, ihn zu verschließen.

Aber schon hörte sie den Schritt der Soldaten. Sie lugte hinaus. Vier Männer marschierten die Straße herauf, am Kirchturm vorbei. Auf dem Schlossplatz machten sie halt, und jetzt brachten sie den Verurteilten. Er ging neben dem Pfarrer, hinter ihm und vor ihm je zwei Stadtknechte. Veronika ging an das nächste Fenster und spähte auf den Platz hinunter. Sabinus stand mit geöffneter Brust barhäuptig mitten auf dem Platz; die vier Soldaten hielten fünf Schritte vor ihm. Sie hatten ihre Musketen abgestellt und hielten die brennenden Lunten in der Hand.

Und jetzt hörte sie den schlurfenden Schritt des Glöckners. Der Schlüssel raschelte im Schloss, die Turmtür knarrte, und gleich darauf – Veronika sah in höchster Spannung von einer Glocke zur anderen – fing unter den dreien die an zu schwingen, deren Schlegel verhüllt war. Sie schwang sich immer höher, immer mächtiger, aber kein Ton kam aus ihrem Mund. Der Schwung ließ nach; sie kam allmählich zur Ruhe. Da fing die andere stumme Glocke an, sich auf und auf zu bäumen, die, deren Schwengel ausgehoben war; aber nur eine kleine Zeit, dann wurden die Schwingungen kürzer und matter und hörten auf. Die Kirchtür wurde auf und zu geschlagen, einzelne Rufe wurden laut; ein aufgeregtes Hinundherrennen. Eine Weile war alles still gewesen, dann aber fing die mittlere Glocke an, sich zu schwingen und alsbald zu tönen. Veronika hörte einen Kommandoruf. Sie schaute hinaus und sah die drei Gewehre im Anschlag und die drei glühenden Lunten. In Todesangst lief sie vor die Glocke und stand mit gerungenen Händen neben dem auf und nieder raffelnden Seil, und die dröhnenden Schläge rauschten um sie. Sie schaute die Glocke an, die erbarmungslose, wie sie auf und nieder, auf und nieder fuhr. Jetzt wurden die Schläge matter, die Schwingungen niedriger. Es läutete aus. Sie hörte die Tür gehen. Der Glöckner hatte das Seil gelassen, er will zuschauen, wie der arme

Mann niedergeschossen wird. Jetzt noch ein Schlag und noch ein Schlag; wenn der letzte verklungen ist, krachen die Schüsse.

»Nein!« rief Veronika frohlockend, und sie hielt das Seil in den Händen und zog und zog, dass sich die Glocke wieder fröhlich schwang und der Glockenton in den Morgen hinausrauschte. »Wenn es ausgeläutet hat, wird Feuer gerufen. Aber es soll nicht ausläuten. Es läutet nicht aus!«

Und Veronika zog an dem Seil und zog – bald mit der Rechten, bald mit der Linken, dann wieder mit beiden Händen. Die Leute rannten die Gasse herauf. In der Ferne riefen sie: »Feurio! Es brennt!«

Ein Auflauf geschah auf dem Platz, Stimmengewirr und einzelne Rufe rings um den Turm. Veronika läutete und läutete.

Die Frühglocke (Teil 3)

In dem gleichen Augenblick, wo Veronika vor der eichenen Pforte gestanden war, die aus des Kurfürsten Kirchenstuhl in seine Gemächer führte, stand Ottheinrich auf der anderen Seite dieser Tür. Sein ruheloses Umherwandeln hatte ihn dorthin geführt. Er betrachtete flüchtig das Schnitzwerk und fragte seinen getreuen Helmstatt, der ihm wie sein Schatten folgte: »Phips, wo geht's da hin?«

»In deinen Kirchenstuhl, Otte.«

Wenn die Freunde allein waren, duzten sie sich.

Der Kurfürst wandte der Tür gleichgültig den Rücken und wanderte über den Gang hinüber in sein Schlafzimmer, worinnen die Wachskerzen brannten, und an dem breiten Lager vorbei in das hellerleuchtete Wohnzimmer.

Als die beiden Freunde allein waren, seufzte Ottheinrich aus tiefster Brust und warf sich auf das Polster.

»Komm, Phips, setz dich zu mir! Warum fragst du mich nicht?«

»Weil du selber anfängst, wenn dir's ums Reden ist.«

»Ach, Philipp! – Sieh, wenn ich über mein Leben nachdenke, dann spinnen sich meine Gedanken eine Kette von lauter Warum und Warum. Warum ist jenes so ergangen, und warum hat sich dies so getroffen? Hängt diese Kette an den Sternen, so beuge ich mich stumm; hält sie aber unser Herrgott in der Hand, dann klettern meine Gedanken an der Kette hinauf, und ein bitterböses letztes Warum setzt sich ihm auf die Finger und schaut ihn finster an. Sieh, Phips, vor siebenundzwanzig Jahren habe ich einer edlen Frau, die mich liebhatte, das größte Leid angetan, ohne bösen Willen, mit gutem Gewissen. Sie hatte mir vor allen anderen Nürnbergerinnen gefallen, und als ich einmal nach einer lustigen Schlittenfahrt sie aus dem Pelze hob und mir mein Schlittenrecht nahm, da küsste sie mich wieder, und ich merkte wohl, dass sie gern in meinen Armen lag. Ich aber hatte damals schon dem Bürgermeister von Nürnberg versprochen, um sie zu werben für seinen Sohn, und ich tat's am selben Tag. Den Blick, mit dem sie mich anschaute, hab' ich nie wieder vergessen. Sie wandte mir den Rücken und lachte hellauf, dann ging sie auf den Bürgermeister zu und sagte: ›Ja, ja – freilich, freilich!‹ Aber in derselben Nacht hat sie zerstoßenes Glas getrunken und wurde todkrank.«

»Ist sie gestorben?«

»Sie genas und hat des Bürgermeisters Sohn geehelicht.«

»Nun, so ist ja alles gut!«

»Nein, Phips, es ist nicht alles gut. Heute habe ich wieder in ihre Augen geschaut. Der morgen früh erschossen wird, ist ihr Sohn. So muss ich zum zweiten Mal auf ihr Herz treten, ohne bösen Willen, mit gutem Gewissen.«

Der Kurfürst trat an das Fenster und schaute zu den Sternen hinauf. »Habt ihr's so gefügt, so beug' ich mich.«

»Otte«, sagte der Freund und legte ihm die Hand auf die Schulter, »du bist hierhergekommen, um ihn zu retten.«

Da wandte sich Ottheinrich langsam um und sagte ernst: »Keineswegs. Wenn morgen die Frühglocke ausgeläutet hat, erschießen ihn meine Musketiere.

Geh nun zu Bett, Phips. Ich will zu schlafen versuchen. Gute Nacht!« –

Als das Dämmerlicht des ersten Morgens durch die Scheiben fiel, erhob sich der Kurfürst von seinem Lager, hüllte sich in seine Kleider und ging in das Speisezimmer hinab. Er öffnete das Fenster und schaute hinaus.

»Wen hast du ausgesucht, Peter?«

»Den Johann Fries, den Christoph Gißler und den Fritz Klormann.«

»So ist's recht. Lauter gute Heidelberger. Macht eure Sache brav, Leute! Denkt euch, es wäre ein Soldat. Ein Tropf, wer nicht ins Herz trifft!«

Dann suchten seine Augen den Gefangenen, er nickte ihm zu und grüßte mit der Hand.

Jetzt kam der Glöckner über den Kies herbei. Sein Schlüssel rasselte im Schloss, die Kirchtür tat sich auf. Ottheinrich wandte dem Fenster den Rücken und faltete die Hände.

Eine geraume Weile verging. Kein Glockenton ließ sich hören. Der Fürst wandte sich um und schaute hinaus. Die Soldaten hatten das Gewehr an sich gezogen und hielten die Lunten bereit. Der Korporal, der Gefangene, die Neugierigen, die zufällig des Weges gekommen und stehen geblieben waren, alle schauten nach der offenen Türe des Turmes. Da sprang der Glöckner heraus mit entsetztem Angesicht und schrie: »Die Glocken sind verhext!«

Der Kurfürst rief ihn zu sich ans Fenster.

Mit schlotternden Knien stand der Mann vor ihm, und kaum brachte er die Worte heraus:

»Die Frühglocke tut nicht, und die Mittagsglocke auch nicht.«

»Warum denn nicht?«

»Das Seil ist in Ordnung, die Glocken schwingen, das spürt man, aber sie sind gebannt! Der Mann dort ist ein Hexenmeister.«

»Sind nur zwei Glocken da?«

»Nein, noch die Abendglocke.«

»So läutet mit dieser!« –

Gleich darauf fing die Glocke zu läuten an.

Der Kurfürst ging in die Stube zurück; in ihrer Mitte blieb er stehen und presste sich die Hände auf die Augen.

Aber was ist das? Es hört ja nicht zu läuten auf! Was ist das für ein Gerenn' und Geschrei? Ist Feuer ausgebrochen?

Der Kurfürst eilte ans Fenster. Aus der Ferne tönten Feuerrufe; und doch war nirgends Rauch oder Flamme zu sehen. Aber vor dem Turm stand ein Haufen erregter, schreiender Menschen. In ihrer Mitte der Glöckner. Die Haare sträubten sich ihm auf dem Kopf und er heulte vor Entsetzen.

Der Kurfürst rief einen von diesen zu sich ans Fenster und fragte: »Was ist in dem Turme?«

»Das Glockenseil springt drinnen herum wie verrückt. Es ist kein Mensch im Turm. Die Glocke läutet von selber und hört nimmer auf.«

»So geht doch hinauf und schaut, wer droben ist!« rief der Kurfürst in die Menge und wiederholte dem Korporal seinen Befehl. Aber der alte Krieger schüttelte sich vor Grauen und sagte: »Dass mir der Teufel den Hals umdreht? Der Teufel läutet die Glocke.«

Aus der Menge aber, die mit jedem Augenblick anschwoll, trat ein Ratsherr ans Fenster, zog sein Barett und sagte flehentlich:

»Gnädiger Herr, wir bitten Euch, schicket den Mann dort aus unserer Stadt. Wir wollen ihm ein Zehrgeld geben. Er hat unsere Glocken verhext; wenn es so fortläutet, kommen unsere Weiber nieder, alle auf einmal, und wir Ratsherren verlieren den Verstand.«

Ottheinrich schaute nach dem Verurteilten hinüber. Der war allein in einem weiten Kreis. Männer, Frauen und Kinder standen um ihn herum und sahen ihn mit angstvollen Augen an. Der Kurfürst wartete, bis der Mann zu ihm herblickte, dann winkte er ihm mit den Augen und wandte sich ins Zimmer zurück. Philipp von Helmstatt war gerade eingetreten.

»Keiner hat das Herz, hinaufzugehen«, sagte er; »so will ich nachsehen.«

»Nein, Phips«, erwiderte Ottheinrich. »Du hast anderes zu tun. Lasse zwei Pferde satteln, eines für dich und eines – du weißt, für wen. Pack ihm ein Bündel auf und tu so viel Geld hinein, als ein Edelmann braucht, nach Ungarn zu reisen. Lasse Kleider für ihn richten. Und wenn du all dies angeordnet hast, dann schreib in meinem Namen ein Brieflein an unseren Freund, den edlen Grafen Niklas Zriny. Ich schick' ihm einen Mann, der soll bei ihm ein Held werden. Siegle mit meinem Petschaft!«

Kaum hatte Helmstatt das Zimmer verlassen, so trat Sabinus ein. Er verneigte sich tief.

»Wenn ich den Wink Eurer Kurfürstlichen Gnaden verstanden habe, habt Ihr mich gerufen. Verzeiht, dass ich unangemeldet eingetreten bin. Aber jeder weicht mit Grauen vor mir zurück.«

»Folgt mir!« sagte der Kurfürst.

Er führte den Mann in sein Gemach hinauf. Philipp saß am Tisch und schrieb.

»Hier bring' ich ihn«, sagte Ottheinrich. »Er soll hier auf mich warten.«

Dann ging er in sein Schlafzimmer und durch die entgegengesetzte Tür und über den dunkeln Gang bis zu der Pforte, die nach der Kirche führte. Er schob den Riegel zurück, öffnete und ging hindurch in den dämmerigen Fürstenstuhl der Kirche. Er warf einen Blick über die Brüstung hinunter, um sich zurechtzufinden, und ging dann auf den Turm zu. Die eiserne Tür öffnete sich leicht. Rasch stieg er die kleine Schnecke empor, und mit jedem Schritt klang das Geläute lauter. Als er in dem finstern Raum angelangt war, rief er mit halblauter Stimme: »Ist jemand hier?«

Er lauschte. Das Seil rauschte auf und nieder, und droben klang die Glocke. Er ging dem Schalle nach und kam so geradeswegs auf die Stiege. Er kletterte hinauf und wartete eine Weile. Dann stieß er mit aller Kraft die Falltür zurück und stieg hinauf in den lichten Glockenstuhl.

»Remblem! Du bist es, Dirnlein?«

Veronika saß auf einem Balken in der Höhe. Sie hatte sich aus dem Neste ihrer Stricke eine Art von Steigbügel gemacht und hatte ihn an das Glockenseil gebunden. So viel Zeit hatte ihr zwischenhinein der eigene Schwung der Glocke gelassen, und nun konnte sie abwechselnd auch mit den Füßen läuten.

»Gnädiger Herr!« rief sie. »Gott schickt Euch mir!«

Dem Kurfürst wurde im Augenblick alles klar.

»Komm herunter, Kind!«

Veronika sprang herab und fing sofort mit den Händen zu läuten an.

Der Kurfürst ging vorsichtig auf dem Balken unter die eine der beiden Glocken und schaute hinauf.

»Wahrhaftig, du Dieb! Du hast den Schwengel ausgehängt. Wo hast du ihn hingebracht?«

»In Euerm Kirchenstuhl unter der Fußbank liegt er.«

»Du Schelm! Und wie ist es mit der anderen Glocke?«

Ottheinrich zwängte sich durch die Balken hindurch und schaute in die andere verstummte Glocke hinein. Als er den vermummten Glockenschwengel sah, brach er in ein fröhliches Lachen aus.

»Wann hast du denn das alles geschafft?«

»Heute Nacht.«

Der Fürst arbeitete sich aus dem Gebälk heraus und schaute zum Schallloch hinaus.

»Um Gottes willen! Alles ist schwarz von Menschen. Die ganze Stadt ist auf den Beinen. Nun, Kleine – wie heißt du?«

»Veronika.«

»Höre, Veronika! Spring eilends hinunter und hol den Klöppel herauf. Ich löse dich derweilen ab.«

Das Mägdlein lächelte verschmitzt, und im Nu war sie verschwunden.

Und nun stellte sich Ottheinrich an das Seil. Er war ein kräftiger Mann, die Glocke klang noch mal so laut, und Wehgeschrei der Weiber erscholl von unten herauf.

Es dauerte nicht lange, da keuchte Veronika die Stiege herauf. Der Kurfürst schaute über die Schulter, ergriff das Seil mit der linken Hand und sagte:

»Flugs, hänge den Klöppel an seinen Platz.«

Veronika huschte wie ein Vögelchen durch das Gebälk, hob die eherne Keule in die Höhe, und nach kurzer Zeit sagte sie:

»So, jetzt hängt der Kerl.«

»Aber auch fest?«

»Ja, gerade wie vorher.«

»Und jetzt, geschwind, Veronika, mach hier den Strick vom Seile los. Leg ihn auf den Boden! Jetzt herunter mit dem Zeug aus der anderen Glocke! Du hast kein Messer bei dir? Hole meinen Dolch aus der Scheide!«

Veronika trat an den Fürsten heran und ergriff sein Messer. Als sie es in der Hand hielt, schaute sie den Fürsten mit sonderbaren Augen an und sagte: »Aber er bleibt am Leben?«

»Gewiss, gewiss! Nun eile dich!«

In fliegender Hast zerschnitt Veronika die Stricke und warf eines nach dem anderen dem Kurfürsten vor die Füße, den Bodenteppich, das Tuch und die anderen Dinge, zuletzt die Reste der Stricke.

»Was ist denn das für ein Untier?« fragte der Kurfürst und deutete mit der Fußspitze.

»Das ist Euer Kurfürstlichen Gnaden Fußsack. Ich hab' ihn von Eurem Kirchenstuhl heraufgeholt.«

Da wurde Ottheinrich von einem Lachkrampf befallen, so dass er das Seil loslassen musste. Sofort sprang Veronika hinzu und läutete und läutete.

Der Kurfürst hatte sich gefasst.

»Du sollst meine Schlosskastellanin werden. Aber lasse mich an das Seil. Du hast anderes zu tun. Hast du alle diese Dinge aus der Kirche geholt?«

»Ja.«

»Tu alles wieder an seinen Platz und komm wieder her. Vergiss nichts! Hier ist noch ein Endchen Strick und dort das Lederfutteral! Hast du nun alles? Aber beeile dich, denn ich werde müde.«

Veronika sprang mit ihrem Pack die Treppe hinunter, und der Kurfürst läutete und läutete.

Der Schweiß rann ihm von der Stirn, und seine Hände brannten wie Feuer. Seufzend schaute er nach der Falltür und zählte von eins bis hundert und läutete und läutete.

»Die Hexe wird mich doch nicht im Stiche lassen?«

Da kam sie herauf mit fliegendem Atem und wogender Brust.

»Gott sei Dank! Wo hast du denn meinen Dolch? Dass wir den nicht vergessen! Steck ihn mir in die Scheide! Und jetzt wollen wir beide aus Leibeskräften der Glocke noch einen Schwung geben, dass sie von selber fortläutet, bis wir in der Kirche sind. Tu deine Händlein zwischen die meinen! Eins – und zwei – und drei! Jetzt fort!«

Die beiden ließen das Seil los und sprangen die Stiege hinab, Veronika voraus. Sie hatte den Kurfürsten an der Hand gefasst und schaute im Springen, ob er sicher trete. Als sie beinahe unten waren, glitt er aus und polterte die letzten Stufen hinunter. »Es tut nichts! Weiter! Dorthin, wo das Helle ist! Aber leise, leise!«

Sie eilten, so schnell und so leis sie konnten, die Wendeltreppe hinab.

»Läutet es noch?«

»Noch ein paar Schläge!«

»So, jetzt zur Tür hinein! Die Tür verriegelt! Horch! Kommen sie schon?«

»Ja, gnädiger Herr! Sie kommen.«

Sie lauschten noch eine Weile. Fussgetrapp und Stimmengewirr kam von unten herauf.

»Jetzt gehen sie vorüber!« sagte Veronika.

»Komm, Kind!«

Sie eilten leis und vorsichtig zwischen den Männerbänken hin und in den fürstlichen Stuhl.

»Hier hinein«, sagte Ottheinrich und wies auf die eichene Tür.

Er ließ die Dirne durch die Pforte schlüpfen, folgte nach und verschloss die Türe hinter sich.

»Warte hier im Gange, bis ich dich rufe! Wenn alles gelingt und wenn du schweigst, dann versprech' ich dir etwas!«

»Was denn, gnädiger Herr?«

»Wenn er glücklich aus dem Krieg zurückkommt, und wenn er sich gehalten hat wie ein braver Soldat, dann will ich für ihn bei dir werben.«

Veronika wurde blutrot. Sie schlug die Augen nieder und flüsterte: »Warum denn nicht gleich?«

»Weil er deiner würdig werden soll, Jungfer Kastellanin.«

»Muss er denn in den Krieg?«

»Ja, in den Türkenkrieg. Er reitet jetzt gleich in das Ungarland nach der Festung Szigeth. Dort weilt ein berühmter Held, Niklas Zriny. Das ist ein Freund von mir. Der wird jetzt sein Herr und Meister sein. Aber Abschied nehmen sollt ihr! Warte hier; ich rufe dich gleich!«

Ottheinrich ging in sein Schlafgemach und rief in das Nebenzimmer hinein: »Philipp!«

Der Getreue kam alsbald auf den Ruf.

»Gnädiger Herr, wie seht Ihr aus!«

»O Phips, ich bin müde, wie wenn ich ein Klafter Holz gehackt hätte. Aber ich bin überaus fröhlich! Heute Mittag wollen wir miteinander in den Wald reiten. Da will ich dir etwas erzählen! Ist alles bereit?«

»Die Pferde sind gesattelt. Ich habe ihm die braune Stute gegeben. Die hält aus. Ein gehöriger Sack ist hinten aufgepackt. Hundert Dukaten sind hineingelegt. Und hier ist der Brief an Niklas Zriny.«

Ottheinrich überflog die Zeilen.

»So ist alles recht. Und er selber?«

Ein junger Landedelmann trat ein und küsste dem Kurfürsten die Hand.

Ottheinrich schaute ihm ernst in die Augen und sagte:

»Der Ritter von Helmstatt wird dich begleiten bis zur Grenze. Die ist zwei Stunden von hier. Und dann reite gegen den Feind des Reiches und der Christenheit. Du hast vieles gutzumachen! Werde ein wackerer Kriegsmann! – Noch eins!«

Ottheinrich ging in das Schlafzimmer und kam gleich darauf mit einem Kästchen zurück. Er öffnete es und holte einen Ring heraus.

»Nimm ihn mit und halt ihn hoch!

Und jetzt noch ein letztes! Veronika!«

Die Tür tat sich auf, und das Dirnlein trat herein, über und über errötend.

»Bedanke dich bei ihr! Sie ist's gewesen! Sie hat dir das Leben gerettet.«

»Die?« rief Philipp verwundert.

»Erlaubt!« sagte Sabinus, zum Kurfürsten gewendet, und steckte dem Mägdlein den soeben empfangenen Ring an den Finger. Dann nahm er die süße Maid in seine Arme und küsste sie auf den Mund.

»Sie ist eine Heldin«, sagte der Kurfürst, und Tränen liefen ihm über die Wangen. »Werde du ein Held, und dann – wie Gott will.«

»Und nun fort, Kinder! Du hier hinaus, Jungfer Kastellanin! Und Ihr dort hinaus! Gott sei mit dir! Und mit dir!«

Drei Wochen nach diesen Begebenheiten saßen die schönen Töchter des kurfürstlichen Amtmanns mit ihrer Freundin im Erker des Hauses am Marktplatz und redeten von diesen Dingen.

»Nun weiß ich auch, wer's gewesen ist«, sagte Judith. »Der hochberühmte Doktor Faustus ist's gewesen.«

»Den hat ja der Teufel in Wittenberg geholt«, meinte die Schwester.

Die Freundin aber rief:

»Nein, zu Staufen im Breisgau hat ihm der Teufel den Hals umgedreht.«

»Weder das eine noch das andere ist wahr«, sagte Judith, »sondern hier ist er gewesen und hat unsere Glocken gebannt und ist dann durch die Lüfte davongeritten mit dem höllischen Begleiter. Im Rennertwald ist er verschwunden. Dort soll es nimmer geheuer sein!«

»Und wisst ihr auch, dass des Waagmeisters Tochter Veronika Kastellanin im Schloss geworden ist? Das blutjunge Ding!«

Die Mädchen schauten sich gedankenvoll an und schwiegen.

Fünfzig Jahre später schrieb der grundgelehrte Hildebrand Holzbockius ein Buch, das folgenden Titel hatte: »Des hochberühmten Doctoris Johannes Fausti Glockenzwang, oder wie Doctor Faustus in einem guten pfälzischen Städtlein einen erschröcklichen Mord begangen, item wie er die Glocken gebannet, so dass ihrer etliche nicht zu klingen vermögend gewesen, etliche von ihnen selbst läuteten, will sagen, vom Teufel geläutet wurden; mit nützlichen und ergötzlichen Anmerkungen versehen von Hildebrando Holzbockio. Verlegt's David Knortz. Frankfurt am Mayn. Anno 1610.«

Merkwürdigerweise haben alle unsere hochgelehrten Faustforscher von diesem Buch noch keine Notiz genommen. Ich besitze es, und wenn mir der Leser dieser Geschichte einmal die Freude bereiten sollte, mich in der schönen Neckarstadt zu besuchen, werde ich's ihm zeigen.

Die Entdeckung des Heidelberger Schlosses
vor hundert Jahren

Als sie zu steigen begannen, fing das Geläute an, und während sie an den Häuschen hin die schmale Gasse hinaufwanderten, eilten die Kirchgänger an ihnen vorüber in die Stadt hinab; dabei ruhten die Augen der Gesangbuchträger mit Neugier oder mit Wohlgefallen auf den edlen Gestalten. Die Männer schauten die junge Frau an, und wenn die Blicke zu dem hochgewachsenen Gatten hinüberschweiften, so geschah es nur deshalb, weil man schauen wollte, wie der Mann aussehe, dem ein so holdes Geschöpf zu eigen sei. Die Frauen und Mädchen aber betrachteten entzückt den schönen Knaben, der zwischen Vater und Mutter glückselig dahinschritt.

Den Eltern aber wurde es feierlich zumute. Hinter ihnen her und über die Häuser herein rauschte das Geläute. Sie spürten, wie rings um sie der Zug wirksam war hinunter zu den rufenden, sammelnden Glocken; sie aber fühlten sich ausgenommen, frei und sich selbst genug, sie ließen die anderen vorüberziehen und stiegen hinauf und hinaus in die Höhe und in die Einsamkeit.

Unwillkürlich schauten sie einander an und lächelten. In dem Manne schwoll die Sehnsucht. Sie sah es seinen Augen an, und sie lächelte wieder, so, wie überlegene Güte dem Ungestüm lächelt.

»Hast du gewusst, dass heute Sonntag ist?« fragte sie.

»Einen Augenblick dachte ich gestern daran, als das Gewitter am schlimmsten tobte und ich mit dem Kutscher die Pferde hielt. Ich weiß nicht, wie es kam. Als ich den bäumenden Braunen herunterriss und der Boden zitterte unter dem Donner, der uns über den Köpfen hinrollte, dachte ich: Morgen ist Sonntag! Und ich wurde ganz ruhig.«

»Und weißt du, was mir alle Furcht genommen hat? Das stille Pfeifen des Fuhrmanns, mit dem er die Pferde besänftigte, und zwischenhinein aus der Finsternis deine Zurufe, die ich zwar nicht verstand, aber die mir doch sagten: er ist da. Das einzige Wort, das ich verstanden habe, war ›Portugal‹. Portugal? Darüber verwunderte ich mich also, dass ich leicht über den Schrecken hinauskam, als der Blitz nicht weit von uns in den Bergwald schlug. Was wolltest du eigentlich mit Portugal?«

»Ich habe dir zugerufen: Bei diesem Unwetter fahren wir nicht bis Weinheim, sondern bleiben in Heidelberg über Nacht im ›König von Portugal‹.«

»Oh, unsere Herberge hat einen so stolzen Namen?« rief der Knabe. »Und ich habe sie noch gar nicht einmal recht angesehen!«

»Ich auch nicht, mein Sohn«, sagte die Mutter. »Ich war todmüde und bin ins Bett gesunken und eingeschlafen, ohne recht zu wissen, wo wir sind.«

»War ich auch so müde?« fragte der Knabe.

»Du bist sogar nicht einmal aufgewacht«, sagte der Vater. »Wir haben dich als einen Schlafenden aus der Kutsche ins Bett getragen, der Aufwärter und ich.«

»Ach, der dumme Schlaf!« rief der Knabe. »Wir haben schon so vieles erlebt, und ich habe alles verschlafen: die französischen Sappeurs mit ihren langen Bärten, die von euch Brot und Wein und Geld wollten, dann die Zigeuner, die euch zu ihrer Hochzeit einluden, beim großen Feuer, mitten im Wald, und nun gestern Nacht das schöne Gewitter! Wenn ihr wieder ein Abenteuer erlebt, müsst ihr mich aufwecken.«

Unter diesen Reden hatten sie den Hügel erstiegen. Es hatte ausgeläutet. Sie wandten sich um und schauten hinüber und hinab und hinaus.

»O wie schön!« riefen sie eines Mundes.

»Es ist doch gut, dass wir den Berg hinaufgegangen sind«, meinte das Kind.

»Das steckt uns in den Beinen«, sagte der Vater. »Wohin wir auch kommen mögen, wir müssen und müssen den Berg hinauf und von oben hinunterschauen.«

»Aber der Berg da drüben wäre höher gewesen«, rief der Knabe.

»Wo mag denn nur das Kurfürstenschloss stehen?« fragte die Frau. »Unten in der Stadt oder draußen in der Ebene?«

»Es muss auf der Höhe liegen«, erwiderte der Gatte, »denn es ist eine alte Burg, und wo solche Berge sind wie hier, haben die Vorfahren keine Schlösser in die Tiefe gebaut. Ich möchte glauben, dass es hier oben läge; aber das war kein Burgweg und keine Schlossstrasse.«

»O Vater, o Mutter, schaut!« rief in diesem Augenblick die Stimme des Knaben. Er war einige Schritte weiter vorgelaufen und stand mit ausgebreiteten Armen da. Die Eltern gingen ihm nach und sahen nun zu ihrer Freude das Schlosstor und den überbuschten Wall mit seiner tiefen Mauer vor sich liegen. Aber dichtes Gebüsch und zwischen hohen Bäumen schimmerten hochragende Wände und verhießen eine geheimnisvolle Welt.

»Wie schade! Ich habe mein Zeichenbuch vergessen!« rief der Vater. »Ich eile zurück in das Gasthaus, es zu holen.«

»O bleibe hier und zeichne mit den Augen«, bat die Frau.

»Wir müssen heute Mittag weiterfahren, und das hier ist so schön, das darf in meinem Buche nicht fehlen.«

»So wollen wir mit dir gehen!«

»Wozu? Setzet euch dort auf die Mauer, die Sonne hat die Steine ganz trocken gebrannt. Hier wartet auf mich. Ich bin bald wieder bei euch! Aber verlasset nicht den Platz!«

Und er eilte rasch den Weg zurück, den sie heraufgekommen waren.

Die Mutter hatte sich auf das steinerne Mäuerchen gesetzt, oberhalb der Torbrücke, und sah dem Gatten nach, damit ein etwaiger letzter Gruß nicht verlorengehe. Als sie diesen empfangen und mit der rechten Hand wiedergegeben hatte, schaute sie sich nach ihrem Söhnlein um.

Aber wo war das hingeraten? Sie wandte sich rückwärts und schaute über ihre rechte Achsel und den Schlossgraben durch den Torbogen in eine grüne Wildnis hinein.

»Lothar! Lothar!« rief sie.

»Hier bin ich, Mutter!« antwortete die helle Stimme in nächster Nähe, und alsbald kam der Knabe aus dem Gebüsch heraus und sprang durch das Tor auf die Mutter zu.

Sein Gesichtchen glühte vor Erregung.

»O Mutter, Mutter, komm! Oh, was ich gesehen habe! Himmelhohe Bäume und dickes Gestrüpp und Gebüsch, und Himbeeren, viele, viele! Und mitten drin ein wunderschönes Tor, ohne Haus und ohne Mauer; aber man kann nicht durch, es ist ganz zugewachsen. O komm, Mutter, komm.«

»Wir wollen auf den Vater warten und dann alles zusammen ansehen. Bleibe hier!«

»Nein, wir wollen's zuerst ansehen und es dann dem Vater zeigen.«

»Aber mir gefällt alles am besten, wenn ich's zugleich mit deinem Vater zum ersten Mal sehe.«

»Und mir gefällt alles am besten, wenn ich es ganz allein zum ersten Mal sehe. Adieu, Mutter!«

»Verirre dich nicht!«

»Ich bin sogleich wieder da.«

Und richtig, ehe noch die Mutter den ersten sorgenden Gedanken hegte, kam er schon aus der Wildnis hervorgesprungen.

»Mutter, Mutter!« rief er und schwang sein blaues Mützchen. »Nun bin ich doch durch das Tor gekommen. Weißt du, was dahinter ist? Ein wilder Garten mit hohen Bäumen, und auf dem Boden bis hoch hinauf ein Gewirr von Dornen und Hecken und hinter einem breiten Graben ein hoher Turm und zerfallene Paläste. Oh, du glaubst nicht, wie schön das alles ist. Aber du musst kommen, es ist erschrecklich viel zu sehen!«

Die schöne Frau strich dem Knaben die wirren Haare aus der Stirn und sagte lächelnd:

»Der Vater wird bald wieder da sein. Er wird uns alles erklären, dann verstehen wir's viel besser. Er wird zeichnen, und wir werden ihm zuschauen.«

»Lasse mich noch einmal hinein! Ich komme gleich wieder.«

»Aber du musst mir immer antworten.«

»Ja, Mutter. Adieu!«

»Lothar!«

»Mutter!«

»Lothar!«

»Mutterchen, oh!«

»Lothar! – Lothar!«

Es kam keine Antwort, die junge Frau stand auf und ging langsam auf den Torbogen zu und durch das Tor hindurch in den Bezirk hinein.

»Lothar!«

Da rauschte es im Gebüsch, und der Knabe kam heraus. Er ging auf den Zehen und war blass geworden und zitterte in tiefster Bewegung.

»O Mutter, was ich gesehen habe!«

Er schlang seine Ärmchen um die Frau. Sie legte ihm die Hand auf die Schulter und drückte ihn an sich.

»Komm heraus«, flüsterte sie. Sie schaute schüchtern auf in die stille unendliche Wildnis hinein. Ein leiser Schauder kam über sie. Sie führte ihr Kind zum Tor hinaus, an dem steinernen Schildwachthäuschen vorbei, setzte sich auf die Mauer und zog ihren Jungen auf den Schoß.

»Was hast du gesehen?«

»O Mutter, ich kann es nicht sagen.«

»Schau hinaus – wie freundlich und heimelig ist es hier! Siehst du dort die Tauben auf dem Dach? Die sind fast so groß wie die deinen daheim.«

»O Mutter, weißt du, wie es war? Geradeso, wie du mir erzählt hast.«

»Ich weiß nicht, was du meinst, Kind.«

»So, wie du mir erzählt hast, so war es.«

»Aber ich habe dir doch nie von Heidelberg erzählt. Ich war ja noch niemals hier.«

»Ach, so meine ich nicht. Ich meine, wenn wir in der großen Stube sitzen nach dem Weiher hinaus, ehe die Marianne das Licht bringt, wenn wir zwei beide auf dem Sofa sitzen, und der Mond scheint zum Fenster herein, und du erzählst mir: gerade so ist es gewesen.«

»Ach, so meinst du!«

Die Mutter zog ihr Kind näher an die Brust und sagte: »Jetzt musst du mir erzählen, wie war es?«

»Also! Ich bin geradeaus gegangen durch Gebüsch und Dornen; da sah ich über mir ein Häuschen, mitten in den Baumwipfeln, und darunter ein Tor. Ich ging drauf zu und kam über eine Brücke und durch das Tor und wieder über eine Brücke, eine breite und lange, dann kam ein hoher dicker Turm, durch den ging ich mitten hindurch wie durch eine gewaltig große Höhle, und dann« – der Knabe schöpfte tief Atem – »dann kam ich in einen weiten Hof, der war ganz wild überwachsen. Hohe Bäume sind drinnen und Holundergebüsch und überall und überall Efeu und Efeu. Aber was noch? Mutter, du glaubst es gar nicht! Von allen Seiten hohe Paläste. Die einen sind verfallen, aber die anderen stehen noch, stolz und prächtig. Der blaue Himmel scheint durch die Fenster, und steinerne Männer und Frauen schauen aus dem Efeu. Kein lebendiger Mensch! Aber viele Schmetterlinge stiegen über den grünen Boden, und die Vögel singen in den Bäumen.«

»Da bist du in den Schlosshof geraten. Was sich der Vater freuen wird, wenn wir all dies anschauen. Aber nun bleibst du hier!«

»Oh, nur noch ein einziges Mal! Ich habe noch lange nicht alles gesehen. Das Schloss ist noch viel, viel größer. Ganz hinten steht noch ein gewaltiger Turm. Dort muss es herrlich sein!«

»Aber es ist alles so wild und einsam. Da könntest dich verlaufen im Dickicht oder in ein Loch stürzen.«

»Ich? O nein, Mutter. Ich bin vorsichtig und schaue wohl, wohin ich trete. Und klettern kann ich in die Tiefe und in die Höhe. Verirren werde ich mich sicherlich nicht. Ich weiß, ich muss so gehen, wie jetzt die Sonne scheint, dann komm' ich wieder zu dir.«

Die Frau widerstrebte noch, aber sie war schon im Nachgeben. Lothar bestürmte sie mit Liebkosungen und hatte es bald gewonnen.

»Aber du kommst wieder, sobald ich dich rufe.«

»Jaaa – oder, Mutter, wir wollen es diesmal so halten: ich gehe fünfhundert Schritte weit, dann kehre ich wieder zurück. Bis du auf tausend gezählt hast, bin ich wieder bei dir.«

»Du mutest mir eine lustige Beschäftigung zu«, sagte die Mutter lächelnd. »Nun denn in Gottes Namen, so lauf!«

Sie stand und sah ihrem Knaben mit stolzem Blick nach. Dann spazierte sie langsam vor der Brücke auf und nieder, schaute bald in die Ebene hinaus, bald die Gasse hinunter, bald durch das Schlosstor in die grüne Märchenwelt hinein. Darauf sah sie einer grauen Katze zu, die am Ende des Mäuerchens auf der warmen Steinplatte lag und aufmerksam hinunter in die Brennnesseln blinzte.

Da fiel ihr auf einmal ein, dass ihr Gatte schon lange hätte zurück sein müssen. Er wird etwas gefunden haben, was er zeichnen muss. – Aber Lothar! – –

Sie trat unter das Tor und schaute in die Wildnis. Das sind die Falter, von denen er gesprochen hat, und das sind seine Vögel; aber wo ist er selbst?

Ich soll auf tausend zählen; warum hab' ich's denn nicht getan?

Und nun fing sie an, das Versäumte nachzuholen.

Ehe ich bei hundert bin, ist er da, sagte sie sich, als sie über die dreißig war. Und sie zählte getrost weiter, aber das Herz schlug ihr immer höher hinauf.

Sie ging zählend bis zu ihrem Sitz zurück, ließ sich nieder, schloss die Augen und zählte und zählte, bis hundert; – und nun war sie bei zweihundert, bei dreihundert – und er war noch nicht da. Weiter, weiter. Ehe ich bei fünfhundert bin, habe ich ihn wieder. Fünfhundert – und sechshundert und weiter hundert – und hundert. Als sie neunhundertneunundneunzig gezählt hatte, hielt sie eine Weile inne. Dann sagte sie laut vor sich hin: »Tausend.« Und nun war es, als ob alle Geister der Furcht wie auf ein Losungswort auf sie einstürzten.

Sie sprang auf, eilte durch das Tor in das Dickicht hinein und rief: »Lothar!«

Eine Amsel flog erschreckt aus dem Gebüsch und flatterte mit schwerem Flügelschlag in die Wildnis hinein. Es raschelte auf dem Boden. Aber keine Antwort.

»Lothar! – Lothar!« rief sie in kurzen Unterbrechungen. Und mit jedem vergeblichen Ruf wuchs ihre Angst.

Da hörte sie hinter sich die Tritte ihres Gatten.

»Er kommt, und ich habe das Kind verloren«, sagte sie zu sich. »Ich muss ihm das Kind bringen, wenn er mir entgegenkommt.«

»Lothar! Lothar!« und sie lief, ohne des Rufes ihres Gatten zu achten, mitten durch das Gestrüpp zwischen den Ruinen hin, die rechts und links durch die Bäume und über die Büsche auf sie niederblickten.

»Hier geht es in den Schlosshof«, sagte sie zu sich. »Hier ist er nicht hinein. Er wollte zu dem hohen Turm, von dem er erzählte.«

Und sie arbeitete sich weiter durch Brombeerhecken und Efeugewirr und eine grüne Welt aller Gesträuche und alles Laubwerks auf das rotschimmernde Gemäuer zu.

Ihr Gatte ging ihr langsam nach. Er ahnte nichts von ihrer Angst. Sie geht dem Kleinen nach, der ihr den Weg zeigt, dachte er und ging schauend und staunend in die Märchenpracht hinein.

Da hörte er vor sich einen leisen Schrei. Es war die Stimme seines Weibes. Er schaute hin und sah die helle Gestalt vor seinen Augen verschwinden.

War es Traum oder Wirklichkeit? Er schloss die Augen und öffnete sie wieder. Die Käfer summten und eine Waldtaube gurrte; grüngoldener Sonnenschein flutete über die stillen Zweige hin.

Er legte sich die Hand vor die Stirne. War sie es, oder war sie es nicht? Sie war es gewesen, ihre Gestalt, ihr Kleid, ihr braungelocktes Haar. Aber sie war so wundersam vor ihm hergeschwebt, ohne seiner zu achten, und doch so lockend und ziehend, wie wenn sie hier ihre Heimat hätte in diesen Trümmern; und sie war vor ihm verschwunden, als ob sie der Boden verschlungen hätte. »Karoline!« rief er, aber nur mit halber Stimme.

Das war sie. Er hatte sie deutlich rufen hören, aber aus der Ferne und aus der Tiefe. »Lothar!« hatte sie gerufen. Also sucht sie den Knaben, der sich in der Ruine verirrt hat.

Er ging vorsichtig der Stimme nach. Aus dem Gestrüpp wurde dichtes Gebüsch, Ahorn und Birken, Hainbuchen und Akazien. Er bog die Zweige auseinander und wollte vorwärtsschreiten. Da folgten seine Augen dem einbrechenden Sonnenlicht, und er sah, dass der Boden aufhörte. Jenes Gebüsch, durch das er schlüpfen wollte, waren die Wipfel hoher Bäume, die aus der Tiefe wuchsen.

»Hier ist mein Weib hinuntergestürzt«, sagte er zu sich, trat in das Gezweige eines Vogelbeerbaumes, hielt sich mit den Händen fest und kletterte hinunter. Vom untersten Ast sprang er in die Tiefe und fiel auf weiches Moos. Ringsum Moos und Farnkraut und Efeubüschel, und dazwischen wuchsen die dichtzweigigen Stämme in die Höhe.

»Auch sie wird weich gefallen sein«, sagte er und rief: »Karoline, Karoline!«

Von ferne, ganz leise, kaum hörbar, kam Antwort. Es schien ihm, als ob es Lothar gerufen hätte.

Er wand sich zwischen den Stämmen hindurch, ging dem Tone eines Wassergerieseis nach und kam an einen gemauerten Brunnen, der mitten in der grünen Wildnis lag, von Zweigen überwölbt. Aus zwei eisernen Röhren sprudelte das Wasser. Er stieg die Stufen hinab, beugte sich hinüber und trank. Das Wasser war köstlich.

»Ob wohl mein Weib hier getrunken hat?« fragte er sich. Da sah er etwas aus dem Kieselgrunde blinken. Er griff hinein und hielt einen wohlbekannten Kamm in der Hand.

»Sie hat hier ihren Durst gelöscht«, sagte er und streichelte mit der rechten Hand das dunkle Wasser; »dabei ist ihr der Kamm aus den Locken gefallen.«

»Karoline!« rief er, »Karoline!«

Aber diesmal bekam er keine Antwort.

Er stieg die Stufen hinauf und suchte einen Ausgang aus dem Zwinger. Da kam er an ein rundes, aus gewaltigen Quadern errichtetes Bollwerk. Er ging daran hin und gelangte an einen Trümmerhaufen. Er stieg hinauf über geborstene Quader und Geröll und kam an viel klafterdickem, zerrissenem Mauerwerk vorbei in das Innere eines Turmes, der von dem grünen Wachstum, das ihn erfüllte, auseinandergesprengt schien. Durch einen schmalen Ritz schaute der blaue Himmel. Aber ihm hing drohend ein ungeheurer Mauerklotz, wie festgebannt mitten im Sturz, und zur Seite und rechts und links schossen schlanke Stämme in die Höhe, und die grünen Laubkronen schmiegten sich an die fürchterlichen Mauern.

Mit Schauder und Freude schaute der Mann in die Höhe und um sich. Das Skizzenbuch flog aus der Tasche, und während er zeichnete, sagte er: »Ich bin in einen Turm geraten, den Giganten auseinandergerissen haben. Sie konnten ihr Werk nicht vollenden. Der letzte von ihnen wandte sich noch einmal um und brach diesen Brocken vom Gipfel und warf ihn in die dampfenden Trümmer. Aber wie komme ich heraus, wie komme ich in die Höhe? Dort oben steht noch eine Säule, die das Gewölbe trägt. Dort hinauf!«

Er begann über die Trümmer durch die Haselbüsche emporzusteigen und griff nach zottigem Lärchengezweig, um sich daran in die Höhe zu ziehen. –

Während er sich kletternd mühte, schweifte sein Weib in der weiten Trümmerwelt umher und rief von Zeit zu Zeit nach ihrem Sohne. Auch sie war in den Schlossgraben hinuntergeglitten, ohne Schaden zu nehmen. Sie hielt sich im Fallen an den hängenden Efeuzweigen und fiel in ein dichtes Nest von hochgewachsenem Farnkraut. Die Stengel waren so stark und die Blätter so breit, dass die Frau über dem Boden in der Schwebe gehalten wurde. Sie stellte sich auf die Füße und schaute umher und dann in die Höhe voll bangenden Entzückens.

Ist er hier heruntergefallen, so hat er keinen Schaden genommen, dachte sie und arbeitete sich aus der Wildnis nach einer lichteren Stelle. So kam sie an den ummauerten Brunnen; sie stieg die Stufen hinab und trank; dann ging sie weiter im Graben, der Sonne entgegen. Sie hatte zur Rechten eine hohe Wand, zur Linken und vor sich wunderlich gestaltete Bollwerke und Mauergänge. Sie kletterte über Trümmer durch eine Bresche und schaute rechts und links in die schwarzen Höhlen hinein. Dann trat sie hinaus in einen freieren Raum. Hohe Bäume wiegten ihre Wipfel in der blauen Luft, üppiges Unkraut bedeckte den Boden. Von der hohen Mauer zur Rechten strömte der Efeu hernieder, und links hoch oben wuchsen die Türme des Schlosses über dem dunkeln Mauerteppich durch die Wipfel der Bäume gen Himmel empor.

An einer düsteren Bastei vorüber, die sich wie ein Wurzelknorren des steinernen Geästes an den Boden schmiegte, trat sie hinaus in eine Waldschlucht. Der Weg neigte sich rasch zur Tiefe. Durch die Zweige der Akazien und Maronen schimmerte eine Waldwiese, die sich über den gegenüberliegenden Abhang breitete und über deren oberem Rand hochgewölbte Steinbogen sich wider die Last des Berges leicht und anmutig stemmten.

Die junge Frau erkannte, dass sie sich vom Schlosse entfernte. Sie hemmte ihren Fuß, und nachdem sie Umschau gehalten hatte, stieg sie die Schlucht hinan, an dem Zwinger vorüber zur Höhe des Schlosses zurück.

Als sie in einen verwilderten Garten eingebogen war, der in den Busen der Schlucht auf einer von Mauern umschlossenen Terrasse gebettet lag, hörte sie rasche Schritte den Berg heraufkommen. Sie spähte hinunter und sah einen Mann in werktäglicher Kleidung. Er trug ein Stemmeisen auf der linken Schulter und stieg eilfertig wie einer, der ein Geschäft vorhat, mit langen Schritten. Dicht unter der lauschenden Frau bog er in den Hain, in den der Graben mündete.

Gott sei Dank, dachte die junge Frau, dass ich nicht mehr dort unten bin. Wäre mir dieser Mensch im Dickicht begegnet, ich wäre erschrocken. Er zeigt kein gutes Gesicht und hat wohl auch nichts Löbliches im Sinn. Gott behüte mein Kind, dass es ihm nicht in den Weg läuft.

Und sie beschleunigte ihren Gang und rief »Lothar! Lothar!« zu der Ruine hinüber. –

Zu der gleichen Zeit, wo der Vater aus dem Geäste der Lärche auf das Gesims des geborstenen Turmes kletterte und die Mutter aus dem verwilderten Garten in das Dornengestrüpp hineinstieg, das sich um den oberen Rand des

173

Grabens legte, saß der Knabe in der Krönung eines Renaissancekamines zwischen zwei pausbäckigen Putten und verzehrte einen Apfel.

Warum er auf diesem sonderbaren und hohen Sitze saß, das hätte er erzählen können, nicht aber, wie er in dies Gemach gelangt war. Er war durch ein Fensterloch aus dem Graben in den Palast gestiegen und von Saal zu Saal gegangen, durch zertrümmerte Türen, an Pfeilern ohne Gewölbe vorbei, über die Neste verkohlter Balken hinweg. So kam er in das Prunkgemach, von dessen dereinstiger Pracht die steinernen Fensterverkleidungen, der Türschmuck und vor allem der Kamin Zeugnis gaben.

Als der Knabe in dies Gemach getreten war, ging er zweifellosen Schrittes auf das Kamin los, hob ein Brett hinweg, das die alte Feuerstätte zudeckte, und stieß einen Ruf des Entzückens aus. Der wohlbekannte Duft, der ihn beim Eintreten begrüßt hatte, hatte ihn nicht betrogen, und mit sicherem Blick hatten die Augen alsbald den Hort gefunden. Auf Stroh gelagert leuchteten ihm die schönsten Äpfel entgegen, große dunkelgelbe mit mattroten Flecken, reif und mürb, alle noch vom vorigen Jahr, ein köstlicher Schatz. Ohne Bedenken suchte sich der Knabe die drei schönsten aus, steckte sie in sein Wämslein und dachte: Einen für mich, einen für die Mutter und einen für den Vater. Dann griff er nach zwei weiteren, um sie auf der Stelle zu verzehren.

Nun sah er sich nach einem Ruheplatz um, damit er in Behaglichkeit schmausen könne. Aber da war weder Stuhl noch Bank, weder Gesims noch Schemel. Hätte er sich auf das Brett gesetzt, so hätte er die köstlichen Früchte zerdrückt, denn das Brett lag nicht auf den Rändern der Feuerstätte auf. Da sah er in die Höhe und schaute einem lustigen Knaben aus weißem Sandstein ins derbe Angesicht, und daneben, hinter breitem Laubwerk, lugte ein anderer hervor.

Das ist gute Kameradschaft! dachte Lothar; dort hinauf komme ich leicht. Aber er dachte auch an seine Mutter und wie diese schelten würde, wenn er sein schönes Wämslein schmutzig brächte. So zog er es aus und legte es in einen gesäuberten Winkel neben den Kamin. Dann streifte er die Ärmel seines Hemdchens zurück, steckte die beiden Äpfel, die er zu verzehren gedachte, in seine Hosentaschen und kletterte an dem steinernen Geranke der Kaminwand hinauf, und im Nu war er auf dem vorspringenden Dach. Allerdings, es war hier über die Maßen staubig; der Staub eines Jahrhunderts lag dort oben. Wenn ich mich da hineinsetze, sind meine blauen Samthöschen verdorben, dachte der Knabe. Was tun? Er holte seine Äpfel aus der Tasche und legte sie in ein steinernes Füllhorn, dann streifte er seine Höschen von den Beinen, warf es zu seinem Wämschen hinunter, schwang sich auf das Gesimse und setzte sich rittlings über ein hervorquellendes Traubengehänge. Rechts und links vor ihm saßen zwei andere Knaben, geradeso pausbäckig wie er, mit geradeso drallen Gliederchen, wie die seinen waren. So saßen sie schon seit dritthalbhundert Jahren und hatten auf Liebliches und Grausiges heruntergeschaut, aber was sie heute erlebten, das war etwas ganz Neues. Einer ihresgleichen saß zwischen ihnen und verzehrte mit beißenden Zähnen wirkliche Äpfel.

Nun aber geschah noch etwas ganz Merkwürdiges.

Als der eine Apfel verzehrt und der andere angebissen war und dem kleinen Lothar gerade einfiel, es möchte jetzt die Mutter bis auf tausend gezählt haben und für ihn die Zeit zur Rückkehr gekommen sein, da trat ein Mann mit einem langen Eisen in den Saal, und ohne sich weiter umzuschauen, ging er in eine Fensternische und fing an, an einem Eisenstück zu zerren, das in der Mauer stak. Als er es nicht herausbrachte, nahm er die Eisenstange und stieß damit in die Mauer, dass Wand und Boden zitterten. Bald sprangen Stücke des Quaders davon und auch von der schönen Fensterumrahmung ein spannenlanger Streifen. Unbekümmert fuhr er in seinem Werke fort, und obgleich das Eisen, um das es ihm zu tun war, auf den Boden gefallen war, stieß er erbarmungslos einmal über das andere in die Steinwunde hinein.

»Halt, mein Freund!« rief eine bittende Stimme. Sie hatte einen fremdländischen Klang, und der hochgewachsene Mann, der in das Gemach eintrat, sah aus wie eine Gestalt aus vergangener Zeit. Er hatte etwas Gebietendes und zugleich Bescheidenes in seinem Wesen und trug sich, wie sich die Kavaliere getragen hatten, deren Zeit damals vorüber war. Er mochte in den Fünfzigern sein, hatte aber einen leichten Gang und die aufrechte Haltung des Soldaten.

Bittend trat er auf den Mann zu, legte ihm die Hand auf die Schulter und sagte:

»Euer Eisen ist ja schon da, so steckt es ein und geht Eures Wegs. Was verderbt Ihr die unschuldigen Zieraten?«

»Weil es mir Spaß macht«, lachte der Geselle und schlug ein steinernes Fensterkreuz in Trümmer. »Und weil es niemand etwas angeht, was ich hier treibe, und weil es den hergelaufenen Franzosen ärgert, darum schlag ich zusammen, was ich mag.«

Er holte aus, um den zarten Schmuck, der sich um das Fenster schmiegte, völlig zu zerstören.

Da fasste ihn der Kavalier am Kragen und zog ihn vom Fenster weg.

Der Geselle riss sich wütend los und holte mit seiner Eisenstange zu einem Schlag aus.

In diesem Augenblick fuhr ihm etwas wie ein Faustschlag mitten auf die Nase, dass das Blut herausspritzte. Es war der Apfel, den der Knabe von seinem hohen Sitz herab in wohlgezieltem Wurfe dem Burschen mitten ins Gesicht geschleudert hatte. Zugleich fing der Kleine an zu schreien mit gellendem Ton, der wie Trompetenklang die Luft durchschnitt: »Vater! Mutter! Vater! Mutter!«

Die Wirkung war wunderbar. Der Getroffene wischte sich mit der Hand das Blut aus dem Gesicht und sah schreckensbleich in die Höhe. Siehe! Einer von den Knaben dort oben war lebendig geworden; er ballte beide Fäuste wider den frechen Zerstörer und rief in gellendem Geschrei unausgesetzt: »Vater! Mutter! Vater! Mutter!«

Der Mann taumelte zurück, warf das Eisen aus der Hand, flüchtete aus dem Saal, und bald hörte man, wie er heulend den Abhang der Schlucht hinuntersprang. –

Als der Kleine in seinem Geschrei eine Pause machte, sagte zu ihm der wunderliche Fremde:

»Du hast mir das Leben gerettet; aber du hast, was mehr wert ist, vielleicht auch das Schloss gerettet. Was bei diesem Volke Gefühl und Einsicht nicht vermögen, das vermag vielleicht die Furcht des Aberglaubens. Aber nun steige herunter, du Äpfeldieb – du bist hinter meine Äpfel geraten – und wenn du unten bist, dann erzähle, wie du hinaufgekommen. Tritt sachte auf, dass du nichts beschädigst; so! Und nun sage, pflegst du im bloßen Hemdlein die Äpfel zu stehlen? Geht es so besser?«

»Nein, aber die Mutter ist betrübt, wenn meine Kleider gar zu schmutzig sind.«

»Wie heißest du?«

»Lothar! Und mein Vater und meine Mutter sind auch da.«

»Hier ist die Mutter«, sagte eine sanfte, süße Stimme. Der Kavalier verneigte sich tief. Die schöne Frau schloss den Knaben, der sich gerade die Hosen gürtete, an ihr Herz.

Dann stand sie auf, neigte sich anmutsvoll und sagte: »Ich grüsse den Herrn und Gebieter dieses Märchenschlosses.«

»Ach, nicht sein Herr bin ich, sondern des Schlosses unwürdiger Diener, der seine Herrlichkeiten hütet, damit sie von einem stumpfsinnigen Volk nicht zerschlagen werden. Und Gebieter? Zu gebieten habe ich hier gar nichts, sondern demütig zu bitten, dass man mir erlauben möge, das schönste Kleinod

Deutschlands vor der Zerstörungssucht der Deutschen zu schützen. So suche ich gutzumachen, was meine Vorfahren hier gesündigt haben. Vielleicht kommt einmal die Zeit, wo ihr Volk erkennen wird, welch einen Schatz es in diesen Trümmern besitzt.«

»Gewiss, sie wird kommen«, rief der Vater, der unbemerkt eingetreten war und dem Gespräch gelauscht hatte; »und dann wird man sich dankbar des treuen Fremdlings erinnern, der unseren Schatz gehütet hat.«

»Oh, nun sind wir alle da!« rief die Mutter voller Freuden. »Wo bist du so lange? Wie kommst du hierher?«

»Ich habe manches gezeichnet; hierher bin ich gelangt auf wunderlichen Wegen, aus dem geborstenen Turm durch mancherlei Gemächer und Gänge. Als ich in den Schlosshof trat, hörte ich des Knaben Hilferuf. Aber nun erzählt, was ist denn geschehen?« »Ja, da gibt's zu erzählen«, sagte der Kavalier. »Aber nicht an dieser Stätte.« Er hob die Eisenstange vom Boden und wies auf den Ausgang.

Sie waren aus dem Saal und aus dem Palast geschritten und gingen gerade die Treppe hinunter in den Schlosshof.

»Ich bitte Sie, mit mir zu kommen. Dort hinter der Sonnenuhr hause ich mit meinem Diener. Von dort beobachte ich die Eintretenden und spähe in ihren Mienen, was sie im Sinne haben. Die feigen Räuber brechen deswegen jetzt von hinten herein.

»Vor sieben Jahren kam ich hierher, ein heimatloser Flüchtling, gescheucht von der Raserei seines Vaterlandes. Ziellos wandernd fand ich das Schloss.«

»Wie wir«, rief die schöne Frau.

»Ich wusste nichts von ihm, als dass mein Ahnherr dabei war, als die Unerbittlichkeit des Krieges seine Zerstörung verlangte. Als ich im Schlosshofe stand und das alles schaute, was Sie hier sehen, da hatte ich für den Rest meines Lebens einen Zweck gefunden.«

»Dort wohnen Sie beide ganz allein? Fürchten Sie sich nicht in dem weiten Schloss?« fragte der Knabe.

»Wie kann man fürchten, wo man liebt? – Aber nun kommen Sie, treten Sie ein! Es sitzt sich droben bequem am eichenen Tisch, und etwas, den Hunger zu stillen, wird auch vorhanden sein.«

»Hier hab' ich drei Äpfel, meinen Teil hab' ich schon gegessen!«

Der alte Herr hob lächelnd den Finger. Dann schaute er sich nach den Eltern um, die zurückgeblieben waren und entzückt im Schlosshof sich umschauten.

»Es wird nicht lange währen«, rief der Vater, »so werden die Menschen von allen Enden der Erde hierher wallen, damit ihre Seelen erhoben werden durch dies einzige Werk, das Kunst und Natur, Wachstum und Zerfall im fruchtbaren Wettkampf miteinander geschaffen haben.«

»Die Zeit ist schon da«, rief der Kavalier, »und ihr, meine lieben Gäste, seid die ersten Pilger. Tretet ein!«

Der Dickkopf und das Peterlein

Dickkopf war die bekannteste Person in der Stadt, trotz der Erlauchtheiten, die die Hochschule schmückten. Er hieß eigentlich anders, und der Polizeihauptmann nannte ihn bei seinem Vatersnamen; aber die Schutzleute rapportierten vom Dickkopf, und jeder von ihnen hatte sich für sein Taschenbuch eine eigene Abkürzung für diesen Namen ersonnen, einer sogar ein symbolisches Zeichen.

Sein Standort war an einer bestimmten Straßenecke im belebtesten Teile der Stadt. Wer nicht lediglich zum Spazierengehen auf der Welt war, musste mindestens einmal im Tag an ihm vorbei; und wer an ihm vorbeiging, stieg vom Gehweg herunter, denn der Dickkopf machte niemand Platz. Er grüßte auch niemand. Früher hatte er die Studenten dadurch ausgezeichnet, dass er an seine Dienstmannsmütze griff, und denjenigen Menschen, die er als Autoritäten anerkannte, wie dem Staatsanwalt, dem Prorektor und dem Oberpedell, hatte er vertraulich zugenickt. Jetzt aber war er für beides zu dick und faul geworden. Die Hände in den Hosentaschen stand er da und starrte den Vorübergehenden ins Gesicht.

Zuweilen kam es vor, dass Fremde, die Hilfe brauchten, etwas betreten und zögernd den Dickkopf zu einem Dienstmannsgeschäft beanspruchten; die wies er dann mit einer kurzen Handbewegung über die Straße hinüber, wo andere Dienstmänner standen. Er selbst befasste sich nur mit seiner Arbeit. Die bestand im Augenzwinkern und in ein paar halbblauten Worten. Es waren junge Frauenzimmer, parfümierte Damen in elegantem Putz und solche im fahrigen Aufzug der stellenlosen Kellnerin, mit denen er, während sie vorbeihuschten, das Augenzwinkern und die halbblauten Worte tauschte. Nicht die saubersten Geschäfte mochten es sein, von denen sich der Dickkopf täglich nährte und häufig betrank. Aber er hatte auch seine Verdienste um die bürgerliche Gesellschaft. Zu den Leuten, denen er zublinzte und die ihm Fragen zuraunten, gehörten auch die Geheimpolizisten der Stadt. So konnte man nicht wissen, ob es der sittlichen Ordnung zuleid oder zulieb sei, wenn er mit einem Male aus der faulen Ruhe aufbrach, seinen Platz verließ und wie ein Mann, der weiß, was er will, irgendeine Straße hinausschob. Dann fassten die Kindermädchen ihre Pflegebefohlenen um die Handknöchel und stiegen mit ihnen vom Bürgersteig hinunter; die Kleinen aber sagten: »Der Dickkopf kommt.«

Dieser Dickkopf war es, auf den sonderbar genug im Konfirmandenunterricht die Rede kam. Der Pfarrer sprach von der Entheiligung des Sonntags. Seine Knaben waren fast lauter Armeleutekinder, aufgewachsen in den Gassen der Altstadt, ausgestattet mit einem Schatz von Anschauungen, um den sie keine Mutter aus dem Villenviertel beneidet hätte, der aber die Jungen nicht daran hinderte, so fröhlich und harmlos wie möglich in die Welt zu schauen. Deshalb fand der junge Geistliche Verständnis, als er bei seinen Erläuterungen in die Wirklichkeit griff. Aber freilich, die Stimmung, die die Beispiele erzeugten, war eine ganz andere als seine eigene. Eine stille Heiterkeit verbreitete sich über die Gesichter der Knaben. Nicht als ob sie Allotria getrieben oder gedacht hätten, sie waren ganz bei der Sache; aber die Bilder, die an ihren Augen vorübergingen, belustigten sie, und es stellten sich aus ihrem Schatze andere ein von ähnlicher Art, Vorgänge der Gasse, der Stiegen und Hinterhöfe, und die Knaben machten gerade solche Augen, wie sie sie zu machen pflegten, wenn sie in Neugier und Spannung zuschauten, welchen Verlauf diese Vorgänge in der Wirklichkeit nahmen.

Am fröhlichsten sah das Peterlein aus seinen Augen. Das war ein kurzer, stämmiger Junge, weiß und rot im Gesicht, mit gelben, glatten Haaren und goldbraunen Sternen. Der brachte die Lippen gar nimmer zusammen; es kam ihm ein Lächeln über das andere. Die weißen Zähne blitzten, und die Augen strahlten den Lehrer an in schwelgender Wonne.

Das Peterlein war überhaupt eine lustige Haut, so kalt ihm der Wind durch die dünnen Hosen pfiff. Der Pfarrer hatte diese lichtbraunen Augen, aus denen das ganze Herz lachte, liebgewonnen, seitdem er einmal zwei große Tränen darin erschaut hatte; die waren hineingekommen, als der Pfarrer seinen Schülern aus »Onkel Toms Hütte« vorlas, wie die Mulattin Elisa, von den Sklavenjägern gehetzt, ihr Kind auf blutenden Füßen über die Eisblöcke des Ohio trug und drüben am rettenden Ufer niedersank – so weit war er gekommen –, da stieg ein tiefer Seufzer aus Peterleins Brust, und als der Vorleser innehielt und aufschaute, da sah er große Tränen in Peterleins Augen glänzen. Seitdem ruhte sein Blick gerne auf Peterleins sonnigem Angesicht, und ohne sich dessen bewusst zu werden, las er die Wirkung seiner Worte von ihm ab.

So tat er auch heute.

Als er sah, wie Peterleins Augen in Fröhlichkeit schwammen und sein Köpfchen sich neigte unter dem Übermaß des Behagens wie ein Blumenkelch unter dem Tau, da hielt der Pfarrer inne und wollte gerade abbrechen. Aber schon meldeten sich drei, vier Finger. Die Konfirmanden wollten nun ihrerseits, wie sie es gewohnt waren, etwas zur Unterhaltung beitragen.

Der erste, der aufgerufen wurde, deutete auf einen Mitschüler in der hintersten Bank und erzählte:

»Am letzten Sonntag ist dem Wolf sein Vater vom Wolf seiner Mutter aus dem Schottenhof geholt worden. Dort hat's Freibier gegeben. Dem Wolf sein Vater hat nimmer laufen kön –«

»Schweig und schäm dich!« fuhr der Pfarrer den Jungen an.

Die Kinder wandten sich alle um und schauten nach dem Sprössling des würdigen Vaters. Der arme Kerl saß in blutroter Verlegenheit und starrte die Bank an. Das Peterlein aber machte flink wie der Blitz dem hässlichen Angeber eine Faust. Der Pfarrer ergriff die Hand am Knöchel, drückte sie leise auf das Brett und sagte: »Es war nicht bös gemeint; aber ihr wisset doch, dass ihr nichts übereinander und über eure Eltern hier in der Stunde sagen dürft. Wir wollen jetzt über was anderes reden. – Du, was willst du denn?«

Das Büblein eines Studentendieners stand auf und sagte: »Ich weiß noch was. Der Dickkopf–«

Ein schallendes Gelächter erfüllte die Stube.

»Da ist doch nichts zu lachen!« schalt der Pfarrer. »Was ist mit dem Dickkopf?«

»Der Dickkopf hat letzt beim Kommers unserer Herren fünfundzwanzig Liter Bier getrunken.«

»Wie kommt denn der Dickkopf auf den Kommers eurer Herren?«

»Er war Vizefax; er hat meinem Vater beim Schenken geholfen.«

»Der Dickkopf kann viel vertragen«, meinte ein Junge.

Ein neuer Sturm der Heiterkeit brach los.

»Still!« rief der Pfarrer, »wie könnt ihr über so etwas Abscheuliches lachen! Mitleid solltet ihr haben mit dem armen Mann. Der Dickkopf hat auch eine unsterbliche Seele.«

Überraschend war die Wirkung dieser Worte. Eine Weile war es still; dann aber brach das Peterlein in ein unbändiges Gelächter aus. Die anderen lachten mit, aber hörten bald wieder auf, denn sie wussten keinen Grund. Dem Peterlein aber erschien die Vorstellung von der unsterblichen Seele des Dickkopfs so komisch, dass er aus dem tiefsten Herzen lachen musste. Der ganze Mensch war erschüttert. Hilflos schaute er den Lehrer an mit Augen, die ihn um Vergebung baten, und mühsam brachte er heraus: »Ich ... muss ... halt ... so arg ... lachen!«

»Das seh' ich«, sagte der Pfarrer, und in diesem Augenblick bemerkte er zum ersten Male, wie fein und schier geistreich die Lippen des Knaben geformt waren.

»Genug jetzt!« sagte er und strich dem Jungen, dessen Vater an den Pranger gestellt worden war, über den glattgeschorenen Schädel; dabei sah er aber das Peterlein an, dessen Augen auf einmal mit großem Blick wie ins Unendliche hinausschauten.

»Genug jetzt, Kinder! Singt mir noch ein Weihnachtslied!«

Die Knaben schnellten von ihren Sitzen. Nur das Peterlein erhob sich langsam. Er atmete aus der Tiefe, wie Kinder tun, wenn ein Gedanke sie bedrängt; dann schlug er sein Gesangbuch auf.

»Ich möchte wissen, was in seiner Seele vorgeht«, sagte der Geistliche zu sich, als er nach Hause ging. Dabei dachte er aber nicht an die unsterbliche Seele des Dickkopfs, sondern nur an das Peterlein.

Als das Peterlein von der Konfirmandenstunde nach Hause ging, begegnete ihm der Dickkopf. Den Schädel vorgestreckt gleich einem Mauerbrecher und mit den weit abstehenden Armen schlegelnd, schob er die Gasse herab. Das Peterlein ging ihm langsam entgegen und schaute ihn mit seinen großen, freundlichen Augen an. »Guten Tag, Dickkopf!« rief es ihm zu, als es ihm auswich.

Der Dickkopf sagte etwas, das klang wie "rm!", blieb stehen und wandte sich um. Da lachten ihm Peterleins Augen entgegen voll goldigen Sonnenscheins, und das Apfelgesichtchen nickte ihm freundlich zu. Dem Dickkopf war so etwas noch nie begegnet. Er wusste nicht, was das bedeuten sollte. Wäre sein Kopf nicht zu dick gewesen, hätte er ihn geschüttelt. So aber begnügte er sich, noch einmal zu brummen, wandte sich um und ging seines Weges.

Seit dieser Begegnung war zwischen dem Dickkopf und dem Peterlein ein Gespinst angefangen, und jeder zog einen neuen zarten Faden dazu.

Der Dickkopf stand auf seinem Platz, und wenn die Schulzeit kam, beehrte er die Hauptstraße mit seinem Rücken und schaute die Gasse hinab, von der das Peterlein herkam; war die Schulzeit um, so streckte er sich und schaute die Hauptstraße entlang, bis er Peterleins blaue Jacke entdeckt hatte. Das Peterlein lachte ihn schon von weitem an, der Dickkopf aber grinste über sein ganzes Gesicht und nickte dem Peterlein freundschaftlicher zu, als er je einem Prorektor früher getan hatte. Und als ihm gar einmal das Peterlein am Fuße eines hohen Treppenhauses ein Briefchen aus der Hand genommen und gesagt hatte: »Ich will dir's schnell hinauftragen, Dickkopf, o ich weiß, an Fräulein Loni vom

Varieté« – da fasste der Dickkopf einen großen Entschluss; und als er am Tage vor dem Fest in der besten Konditorei der Stadt seine Aufträge als Kommissionär besorgt hatte, fügte er mit besonderer Eindringlichkeit eine Privatbestellung hinzu.

Es war die letzte Rüstzeit des Heiligen Abends. Schon wurden hier und dort, wo die Kinder noch klein waren und früh zu Bett sollten, die Lichter des Christbaums angezündet, und wo der Kerzenglanz noch säumte, da lauschte er hinter den Gardinen, bis alles für ihn bereitet sei.

In den Lebensmittelläden war ein hastiges Wesen. In einsilbiger Eilfertigkeit machten die Verkäufer ihre Sache ab, und die Kunden waren so ungeduldig wie die törichten Jungfrauen beim Ölkrämer. So verkrochen sich die letzten Zipfel des Werktages; sie konnten's kaum hurtig genug, denn sie schämten sich vor dem aufsteigenden Schimmer der Heiligen Nacht.

In dem Wurstladen auf dem Georgenplatz hielt der Werktag am längsten aus, und das Peterlein musste ihm dabei helfen. Es saß auf einem Bänkchen an dem großen Ladenfenster, hatte seine ernsthafte Amtsmiene aufgesetzt, und seine Augen folgten aufmerksam den Gebärden der Verkäuferin. In seinem Arm lehnte eine Stange mit eisernem Haken, und kaum hatte die Verkäuferin mit sanftem Augenaufschlag »Schwartenmagen!« oder »Schinkenwurst!« gesagt, so hatte das Peterlein das Verlangte von der Decke heruntergeholt und den dicken Wulst auf den Marmortisch gelegt.

Endlich war die letzte Köchin draußen. »Gottlob!« sagte die Verkäuferin und ließ den Rolladen herunterschnurren. »Komm, Peterlein, jetzt sollst du dein Christkindchen haben.«

Sie führte den Knaben in das Nebenzimmer. Ein Weihnachtsbäumchen stand auf dem Tisch. Das Mädchen zündete einige Lichtchen an und sagte: »Hier die zehn Mark und das Zuckerbrot sind von der Herrschaft; die Strümpfe habe ich dir gestrickt. So, jetzt nimm alles zusammen und geh flugs heim. Aber halt, den Schinken hast du noch zu besorgen zu Professor Persius in der Gartenstraße. Lasse dir ihn gleich von der Köchin bezahlen!«

Das Peterlein bedankte sich schön und steckte seine Gaben in die Taschen. Aber alsbald packte es die Strümpfe und das Zuckerbrot wieder aus und sagte: »Ich will lieber später meine Sachen holen, ich kann sonst nicht so schnell laufen. Können Sie mir nicht statt des Goldstücks zwei Fünfmarktaler geben?«

Das Mädchen ging in den Laden hinaus und suchte in der Kasse, während das Peterlein die Strümpfe und das Zuckerbrot in einen Pack zusammenschnürte.

»Hier sind zwei funkelnagelneue!« sagte das Mädchen und legte die Silberstücke auf den Tisch. Das Peterlein dankte, steckte die Münzen in die Tasche, nahm den Schinken unter den Arm und griff nach seiner Mütze. Aber unter der Türe wandte es sich um und sagte: »Fräulein Anna, darf ich den Weihnachtsbaum mitnehmen?«

»Den Weihnachtsbaum? Den hat unser Fräulein für das ganze Personal gebracht. Aber die anderen werden ihn nicht vermissen. Du bist der Jüngste. Nimm ihn nur und trag ihn heim, ich will's verantworten. Aber besorg mir den Schinken heute noch!«

»Vielen schönen Dank und vergnügte Feiertage!« sagte das Peterlein und gab dem Mädchen die Hand. Dann legte er sein Päcklein in den Fensterwinkel. »Morgen hol' ich's!« Und er nahm den Schinken unter den Arm, setzte die Mütze auf und ergriff das Bäumchen mit beiden Händen unten am Stamm. Die Verkäuferin öffnete die Tür. »Gute Nacht!« »Gute Nacht!«

Langsam und vorsichtig ging das Peterlein die nächste Gasse hinab. Bei jedem Schritt schlugen die Glasglöckchen an und klirrten leise. Es war finster zwischen den hohen Mauern, denn diese hatten keine Fenster, und die einzige Gaslaterne brannte unten am Ausgange der Gasse. Wer oben stand und hinunterschaute, sah nichts, aber hörte, wie die geheimnisvollen Stimmlein des Weihnachtsbaumes die Gasse hinunterschwebten. Jetzt hörte das Klirren auf, denn das Peterlein war stehengeblieben: der Schinken wollte ihm Hinunterrutschen. Das Peterlein bückte sich, stellte das Bäumchen auf den Boden und schob den Schinken in die Achselhöhle hinauf. Dann ergriff es das Bäumchen wieder mit beiden Händen und ging sachte, sachte weiter.

Der Dickkopf wohnte zum Glück ganz nahe. Er hauste in der Gerbergasse. Die hatte keine Hausnummer; rechts war sie von einer Fabrikmauer begrenzt, links von den Hinterhöfen und Lohkammern einer weitläufigen Gerberei. In einem der Speicher, zu denen die Höfe führten, wohnte der Dickkopf.

Der Knabe hielt vor dem Hoftorpförtchen. Es stand auf. Der Kettenhund knurrte, aber die Kinderschritte mochten ihn beruhigt haben: er legte sich wieder in seine Hütte.

Mitten über dem Hof hing eine düster brennende Laterne. Ihr Schein beleuchtete eine schmale, steinerne Treppe, die zu dem gegenüberliegenden Gebäude führte.

Das Peterlein stieg langsam die Stufen hinauf und stand vor einer schwarzen Wand. Es stellte den Weihnachtsbaum neben sich vor die Schwelle und suchte mit den Händen in der Höhe. Jetzt hatte es die Klinke gefunden. Auch diese

Türe war unverschlossen. Das Peterlein drückte sie auf, dann nahm es sein Bäumlein und trat in den Flur. Dicht neben der Tür hockte es sich auf den Boden und ließ den Schinken, der schön in blaues Packpapier eingewickelt war, in den Winkel gleiten; dann richtete es sich auf und ging rascher den dämmerigen Gang hin.

Am Ende des Ganges hing eine Ampel an der Wand. Dort ging's um die Ecke. Das Licht erhellte eine hölzerne Stiege. Das Peterlein eilte hinauf, so rasch es konnte, und stand in einem weiten Speicherraum. Zur rechten Hand waren einige unter das Dach gezimmerte Kammern, und eine an der Wand hängende Sturmlaterne lud ein, dorthin zu gehen. Das Peterlein schlich jetzt auf den Zehen. Vor der Tür, neben der die Laterne hing, blieb es stehen und las auf einer rosenroten Visitenkarte:

Dickkopf

Kommissionär

Das Peterlein lächelte vergnügt, ging mit seinem Bäumchen hinter ein Kamin, wo Schutz vor dem Luftzug war, stellte das Bäumchen auf den Boden, in die Nähe von einem Haufen zerbröckelter Lohkäse, holte ein Feuerzeug aus der Tasche und zündete die Lichtchen an.

Der Dickkopf saß in seinem Zimmer und war in eine schriftliche Arbeit vertieft. Er saß auf einem blau geblümten Sofa vor einem kleinen hölzernen Tisch. Vor ihm lag ein Bogen Briefpapier. Links oben, über den Worten »Geehrtes Fräulein Edith!« war eine rote Marke für die Antwort aufgeklebt. Er tauchte gerade gewichtig die Feder in das enghalsige Tintenfläschchen, um hinter das letzte Wort, das er geschrieben hatte, ein paar Ziffern zu malen; da öffnete sich leise die Tür, und das Peterlein kam herein, auf den Zehen, barhäuptig, lächelnden Angesichts. Es winkte seinem Freunde Stillschweigen zu, ging leise auf den Tisch los, ergriff die Lampe, wie wenn es so sein müsse, und trug sie, ohne ein Wort zu sagen, mir nichts, dir nichts zur Stube hinaus.

Auch der Dickkopf hatte kein Wort gesagt, so erstaunt und erschrocken war er. Er ließ den Federhalter in dem Tintenfläschchen stecken und strich sich mit der linken Hand über die Stirn. Da tat sich die Tür weit auf, und das Peterlein kam noch einmal herein und hielt den brennenden Weihnachtsbaum in beiden Händen. Langsam und feierlich schritt es vor. In der Mitte der Stube blieb es stehen, hielt den Weihnachtsbaum zur Seite, so dass sein Köpfchen frei war,

185

schaute dem Dickkopf mit seinen Augen ins Gesicht und rief mit glockenheller Stimme:

»Fürchte dich nicht, Dickkopf, siehe, ich verkündige dir große Freude, die allem Volk widerfahren wird; denn dir ist heute der Heiland geboren, Dickkopf, welcher ist Christus, der Herr, in der Stadt Davids!«

Hierauf trat das Peterlein an den Tisch und stellte das Bäumchen darauf, griff in die Tasche und legte das Fünfmarkstück davor. Es prüfte mit den Augen, ob der Baum gerade stünde. Dann schaute es noch einmal den Dickkopf lächelnd an, neigte sein Köpfchen, wandte sich langsam um und ging leise, wie es gekommen war, zur Tür hinaus. –

Der Dickkopf stützte sein schweres Haupt zwischen die Hände und schaute in die Lichter seines Weihnachtsbaumes hinein. Er schaute das blanke Geldstück an und drehte es im Kreise herum. Es wurde ihm heiß und wunderlich zumute, und es ist nicht sicher, ob die schweren Tropfen, die auf das Fünfmarkstück niederfielen, von deren Stirn oder anderswoher kamen. Mit schiefen Augen schaute er den Brief an, an dem er geschrieben hatte, und machte dabei ein Gesicht, wie er zu tun pflegte, wenn ihm das Bier nicht schmeckte. Er schob ihn zur Seite. Dann legte er beide Arme auf den Tisch und seinen dicken Kopf darauf; die Herzbewegung hatte ihm Schlaf gemacht.

Als das Peterlein den Schinken an seinen Ort getragen hatte, sprang es leichtfüßig und lustig seinem Hause zu. Ach, wie freute es sich auf seinen Weihnachtsbaum! Oben an der Gerbergasse dachte es: Will doch schauen, ob seiner noch brennt!

Es lief die Gasse hinunter, öffnete das Hoftor und schaute zum Fenster hinauf. Ja, der Weihnachtsbaum brannte noch.

Aber was ist das dort? Das hinter den Speicherluken? Der unheimlich flackernde Lichtschein?

Das Peterlein wollte schreien, aber die Kehle war ihm zugeschnürt. Einen Augenblick stand es starr. Dann flog es wie der Wind an dem heulenden Kettenhund vorbei die steinerne Treppe hinauf. Die Tür war offen. Das Peterlein stürzte hinein. Ein heftiger Luftzug kam ihm entgegen, und klirrend fiel die Tür hinter ihm ins Schloss.

Vom Boden herunter den Gang her wirbelte schwarzer Rauch. Das Peterlein flog die Stiege hinauf. Durch den Speicher sauste der Wind und jagte die Flammen auf den Dielen hin und drückte sie an die Bretterwand; sie quollen aus dem Winkel, wo das Peterlein vorhin den Weihnachtsbaum angezündet hatte.

Das Peterlein stürzte in die Kammer. Die war schon voller Rauch, und die Lichter des Weihnachtsbaumes brannten trübrot. Der Dickkopf aber hatte den Kopf auf die Arme gelegt und schlief.

Ach, wenn der Dickkopf schlief, dann gab's ein Stück!

»Dickkopf!« rief das Peterlein und rüttelte den Mann. Aber der schlief und schlief.

»Dickkopf, lieber Dickkopf, so wach doch auf!« jammerte der Knabe und versuchte es, das schwere Haupt in die Höhe zu heben.

Da, endlich schlug der Dickkopf die Augen auf. Als er das Peterlein erkannte, lächelte er. Aber im nächsten Augenblick sah er sich entsetzt um. Die Stube war voller Rauch, und draußen auf dem Speicher schwirrte die Flamme.

Er sprang von seinem Sitz und eilte mit Peterlein zur Tür hinaus. Ein großer Teil des Speichers war voller Feuer, doch war der Weg zur Stiege noch frei. Hand in Hand sprangen sie darauf zu. Aber unterwegs fiel dem Dickkopf sein Fünfmarkstück ein.

»Lauf!« keuchte er; »ich habe etwas vergessen.«

»Ich bleibe bei dir!«

»Nein, spring! Ich komme gleich nach.«

Der Dickkopf eilte ins Zimmer zurück. Die Tür ließ er hinter sich offenstehen. Er suchte auf dem Tisch, auf dem Boden; der Flammenschein vom Speicher her leuchtete ihm dabei. Endlich im Fensterwinkel fand er sein Weihnachtsgeschenk. Er eilte hinaus und sah, dass das Feuer bis an die Stiege gelaufen war, auch von unten leckten schon die Flämmchen herauf. Das Peterlein musste längst im Freien sein. So eilte der Dickkopf einer anderen Stiege zu, die in den großen Vorderhof mündete.

Das Peterlein aber stand unten hinter der Tür, durch die es gekommen war. Die Tür war in der Falle, und sie hatte keine Klinke.

Ach, wohl besaß sie eine Klinke, aber die war aus dem Schloss gefallen, als der Wind die Tür hinter dem Peterlein zugeschlagen hatte, und jetzt lag sie unten auf dem Boden dicht neben dem Türbrett. Das Peterlein in seiner Todesangst dachte nicht daran, dass die Klinke unten liegen könne; es dachte überhaupt nichts. Mit zitternden Händen griff es und griff es: ja, hier war das Loch, hier war der eiserne Stift, es konnte ihn fassen mit den Fingerspitzen, aber öffnen konnte es nicht. Da lief das arme Kind den raucherfüllten Gang zurück, die Stiege hinauf über die züngelnden Flammen hinweg und in den schauerlich erleuchteten Speicher hinein, und »Dickkopf! Dickkopf!« rief es jammernd in den qualmenden Rauch und in das tobende Feuer.

»Unkraut verdirbt nicht, der Dickkopf ist da«, sagten draußen die Löschenden zueinander. »Es wohnt kein anderer Mensch drinnen. Lasset den alten Kasten verbrennen!«

Und sie richteten die Schläuche auf die umliegenden Gebäude.

»Dort ist jemand!« rief plötzlich eine helle Kinderstimme. »Oben am Fenster.«

Hundert Augen richteten sich in die Höhe. Es war nichts zu sehen als der flackernde Schein.

»Ein Mensch!« schrie ein Feuerwehrmann.

Jetzt hatten es die hundert Augen gesehen. »Es ist ein Knabe, er ist am Fenster vorbeigelaufen.«

»Das Peterlein ist's!« rief die Kinderstimme.

Es wurde todesstill unter den Männern, aber nur für einen Augenblick: dann gellten die Signale, und die Wasserstrahlen zielten nach jener Stelle hin.

Die auflodernden Flammen spotteten des ohnmächtigen Tuns. Man legte eine Leiter an, aber das durchglühte Gebälk zerbrach unter ihrer Last. Zwei todesmutige Männer stürzten nach der einzigen noch zugänglichen Tür, aber als sie sie aufgestoßen hatten, trieb sie die Gewalt des Qualmes zurück.

»Es darf kein Mensch hinein«, rief der befehlende Beamte. »Rettung ist unmöglich. Kein weiteres Leben darf gefährdet werden!«

Da schob sich eine dicke Gestalt durch die Menge. Wer nicht auswich, wurde sanft, aber nachdrücklich auf die Seite gestellt. Gerade auf die Treppe steuerte sie zu, den dicken Kopf vorausgestreckt gleich einem Sturmbock, und mit den Armen segelnd, geradeso, wie sie durch die Hauptstraße zu schnauben pflegte.

»Haltet ihn zurück!«

Aber der Dickkopf schleuderte den Schutzmann, der ihm den Weg abgelaufen hatte, die Treppe hinunter und ging wie einer, der's eilig hat, durch die glührote Luft auf die qualmende Pforte zu – und zur Pforte hinein.

»Peterlein!« –

»Dickkopf!«

Und er hielt den Knaben in den Armen, hob ihn an die Brust, das Kind schlang die Arme um seinen Hals und barg das Gesicht an seiner Schulter. Der Rauch wirbelte heran, den Mann zu erwürgen. Aber das Herz, das an seinem Herzen klopfte, gab ihm Kraft. Er raffte sich auf und schritt mit seiner Last über die heißen Balken an den düster glühenden Wänden hin durch die qualmende Nacht. Ein Funkengesprüh schnitt ihm den Rückweg ab. So wankte er dem Winkel zu, wo eine an die Mauer geschmiedete Leiter in die Häutekammer hinabführte.

Draußen hörte man nichts als das Knarren der Spritzen und halblaute Kommandoworte. Sekunde um Sekunde verging. Aller Augen schauten nach der Pforte, durch die der Dickkopf verschwunden war; es qualmte und qualmte aus ihr, und jetzt schlug die erste schlanke Lohe heraus.

»Sie sind verloren«, sagte der Oberbürgermeister zum Polizeiamtmann.

Da rief die Kinderstimme von vorhin: »Dort steht er!«

»Wo? Wo?«

»Dort unten, hinter dem vergitterten Fenster.«

»Wasser! Wasser!« schrie eine heisere Stimme aus dem Haufen. »Zielt über das Fenster, der Strahl wirft ihn sonst um!«

»Er hat das Kind im Arm! Das Fenster ist vergittert! Eine Eisenstange her! Sie können nicht heraus! Stoßt den Krems hinein! Um Gottes willen, schnell, schnell!«

Dann wurde es wieder still auf dem weiten Platz. Und jetzt hörte man die dumpfen Stöße, die Rettung bringen sollten. Aber nach dem dritten warf der Grobschmied heulend das Rammeisen weg, das noch eine Weile in der Lache auf dem Boden rauchte.

»Mehr Wasser! Sonst kann kein Mensch arbeiten!«

Ein zweiter war herangesprungen und schwang einen triefenden Balken und stieß ihn gegen das Gitter. Aber obgleich ihn der Sprühregen überschüttete, der von der Mauer zurückprallte, jagte ihn die fürchterliche Hitze weg. Der Krems hielt noch. Ein dritter von den todesverachtenden Männern sprang herzu über den brennenden Balken hinweg und holte aus zum Stoß.

»Halt!« rief die helle Stimme. »Nicht stoßen!«

Der Mann warf das Eisen weg und sprang dicht an das Fenster. Da sah man, wie der Dickkopf mit seinen aufflammenden Händen das Gitter aus den Steinen riss. Der Mann draußen griff mit seinen Armen zum Fenster hinein. Da brannte sein Wams. Der Wasserstrahl wurde auf den Retter gerichtet und warf ihn zu Boden. Ein anderer sprang ans Fenster. Hinter dem Fenster, von Flammen umwogt, stand der Dickkopf. Er sah in der Rindshaut, die er um sich geschlagen hatte, noch unförmlicher aus als sonst.

Er ist nimmer da. Er ist zu Boden gestürzt. Jetzt ist er wieder aufgestanden. Er hält das in ein Fell geschlagene Kind in den Händen und schiebt es behutsam aus der Luke, so wie der Postschaffner ein lang geratenes Paket zum Schalter hinausschiebt.

Nicht nur zwei – vier, sechs Hände nehmen's in Empfang. Zwei Männer tragen's durch die Menge, in der sich still eine Gasse bildet.

»Das Peterlein lebt!« ruft jemand. »Der Arzt sagt, es komme davon!« schallt es aus einem Schuppen herüber, in den man das Kind getragen hatte. Ein Jubelgeschrei erfüllt die Luft.

Wie es verhallt ist, ruft die Kinderstimme: »Der Dickkopf!«

Es klingt so schrill wie ein Vorwurf.

Alle schauen nach dem Fenster, aus dem sich leuchtender Qualm drängt.

Vorhin hat er seinen Kopf und die Arme herausgestreckt, ein irregegangener Wasserstrahl hat ihn zurückgeworfen. Mehrere behaupten, jeder sagt's dem anderen nach, keiner hat's gesehen. Der Raum hinter dem Fenster ist mit blendendem Rauch erfüllt. Jetzt schlägt eine Flamme vom Boden in die Höhe und leckt zum Fenster heraus, aber sie zieht ihre Zunge gleich wieder zurück, denn draußen gibt es nichts zu fressen.

Als der Tag graute, war die Gerberei niedergebrannt bis auf das wenige Gemäuer.

Das Peterlein war in das Krankenhaus verbracht worden. Es lag in einem weißen Bett, über und über verbunden. Von dem Gesicht sah man nur die Nasenspitze und die Augen.

Soeben hatte der Arzt den Verband erneuert. Er stand in der Fensternische und sagte zur Oberschwester: »Es tut ihm nichts. Das Rindsfell hat ihn wunderbar geschützt.« Da kam ein Aufwärter in den Saal herein und brachte eine große runde Holzschachtel.

Die hat soeben ein Konditorsjunge für das Peterlein abgegeben. Er hätte sie ihm schon gestern Abend bringen sollen, aber über dem Brand sei's vergessen worden. Er habe gehört, dass das Peterlein in das Krankenhaus gebracht worden sei, drum habe er die Schachtel gleich hierher getragen.

So berichtete der Aufwärter der Diakonissin, die der Tür zunächst gewesen und darum herzugeeilt war.

Peterleins Pflegerin, die die Botschaft nur halb vernommen hatte, nahm der Schwester die Schachtel aus der Hand, legte sie auf das Bett des Knaben und hob den Deckel weg.

»Gib acht, gib acht«, sagte sie, »die schickt dir wohl der Oberbürgermeister. Er hat vorhin fragen lassen, wie's dir gehe.«

Der Knabe hob den Kopf ein wenig und schaute mit lächelnden Augen hin. Aber nach dem ersten Blick stieß er einen Schrei aus, so jammervoll, dass der junge Arzt erschrocken herbeieilte.

In fettem Zuckerguss trug die Prinzregententorte die Aufschrift:

Der Dickkopf
seinem lieben
Peterlein
zum heiligen Christfest.

Vergessene Kinder

Großvater, lasse mich laufen! Die Kinder sind schon alle dort, und gleich wird es losgehen!«

»Willst du artig sein!«

Und der alte blinde Mann drückte die widerspenstige kleine Hand immer fester und zäher, wie wenn seine Fingerknochen ein Schraubstock wären.

Die Enkelin seufzte und gab den Widerstand auf. Da ließ auch der Zwang des Schraubstockes nach, und die langen weißen Finger streichelten das blass gewordene Händchen, in dessen aufschwellendes Polsterchen jetzt das rote Blut floss.

»Hat nicht dein Fräulein gesagt: drei Uhr?«

»Ja, es hat auch schon drei Uhr geschlagen. Du hast es nur nicht gehört, weil gerade die Elektrische vorüberkam. Aber ich seh's doch; auf dem Petriturm ist es drei vorüber.«

»Die Uhr auf dem Petriturm geht falsch, meine geht richtig«, sagte der Blinde.

»Um Gottes willen, jetzt bleibt er auch noch stehen! Großvater! Großvater!«

Die kleine Dirn trippelte vor Ungeduld und fing zu weinen an.

»Da, nimm meinen Stock«, sagte der Alte, knüpfte seinen Rock auf, holte die Uhr aus der Westentasche, ließ das Glas aufspringen und griff nach den Zeigern.

»Es sind noch drei Minuten bis drei Uhr, und in anderthalb Minuten sind wir auf dem Platz.«

Nachdem er mit großem Umstand die Uhr wieder an ihren Platz getan und seinen schwarzen Rock zugeknöpft hatte, ergriff er die Hand seines Enkelkindes und ging weiter. Er beschleunigte etwas seine Schritte.

»Großvater, o lasse mich laufen! Eben gehen sie fort. Großvater, ich seh's ja doch, sie schwenken schon nach dem Berge!«

»Das ist nicht möglich«, sagte er und lauschte. »Das sind andere Kinder. Das sind die Kinder von Sankt Marien.«

»Nein, nein«, meinte die Kleine, »ich seh' doch meine Lehrerin.«

»Das ist deine Lehrerin nicht. Sie sieht ihr nur ähnlich. Alle Lehrerinnen sehen sich ähnlich.«

»Großvater, lasse mich, lasse mich! Es sind ja gar keine anderen Kinder sonst auf dem Platz. Du bist schuld, wenn ich nicht mitkomme.«

»Sei ruhig, Anna; sie stehen hinter dem Platz in der Schillerstraße. Natürlich; hier waren sie dem Verkehr im Weg. Und meinst du, sie gingen ohne dich davon?«

Er ließ ihre Hand los und fuhr ihr mit seinen schmalen Fingern liebkosend über die Stirn.

»So, jetzt sind wir an meiner Bank. Jetzt springe in Gottes Namen! Grüß deine Lehrerin schön, und empfiehl mich dem Herrn Stadtpfarrer. Vergiss nicht, dich schön zu bedanken! Gib auf dein Hütchen acht, wenn ihr durch die Hecken schlüpfet. Und verlier dein Spitzentaschentüchelchen nicht, es ist von deiner seligen Mutter. Und nun geh mit Gott, liebes Kind. Küsse mich! Ich werde der Sonne nachrutschen von Bank zu Bank, und bis ihr wiederkommt, werde ich wohl auf der ersten Bank sitzen, am Stadtgarten. Nun viel tausend Wünsche!«

Jetzt endlich ließ er die kleinen Hände los.

»Adieu, Großvater!« hauchte die Enkelin und lief, so schnell sie konnte, dem Zuge der Kinder nach.

Es war von ihm nichts mehr zu sehen, aber Anna wusste, welchen Weg sie eingeschlagen hatten. Sie lief wie der Wind am Stadtgarten vorbei auf dem breiten Weg in den Wald hinein. Über sich sah sie die Spitze des Zuges aus dem Gebüsche kommen.

»Jesu, geh voran
Auf der Lebensbahn«,

fingen die jungen Kehlen zu singen an. Das passte freilich schlecht, denn wer den Kindern voranging, das war niemand anders als der alte Orgeltreter an der Petrikirche, der in seinem geschwollenen Rucksack die Butterbrote schleppte.

»Führ uns an der Hand. Bis ins Vaterland!« sang die Schar, und doch wollten die Kleinen für heute nur auf die Waldwiese am Kirschbrunnen.

Aber Gesang ist Gesang, und die Kinder waren so darein vertieft, dass keines von ihnen die arme Anna bemerkte, die sich durch Hecken und Dornen den Wald hinaufarbeitete.

Der Studiosus Engelmann hätte sie sehen können, denn er schaute beständig in den Wald hinunter, um durch die schlanke Lehrerin, die dicht vor ihm ging, nicht in der Andacht seines Gesanges gestört zu werden. Aber er war so kurzsichtig, dass er Annas roten Hut für einen blühenden Fuchsienstock hielt, wobei er sich nicht im Geringsten darüber verwunderte, dass Fuchsien im Walde wachsen.

Annas Hut war nämlich im Gestrüpp hängengeblieben. Das weinende Kind lag auf den Knien und löste das Band von den Dornen los. Jetzt hatte sie den Hut befreit. Sie hielt ihn in der Hand und schaute den Berg hinauf. Noch war die Hoffnung da, den Zug einzuholen; denn der alte Orgeltreter hatte sich auf einen Baumstamm niedergelassen und ruhte aus, während die Kinder unter dem Gesang:

»Führst du uns auf rauhe Wege. Gib uns auch die nöt'ge Pflege« an ihrem Butterbrotlieferanten vorüberzogen.

Habe ich nur einmal den Rucksack erreicht, dann hab' ich's gewonnen, dachte das Kind und fing an, tapfer hinaufzusteigen. Da fiel ihr das Spitzentaschentuch ein. Sie griff an das Kleid: es war nimmer darinnen; sie suchte in der Tasche; wirklich, es war nimmer da.

Jetzt aber fing sie bitterlich zu weinen an und wandte sich zurück, das verlorene Tüchlein zu suchen. Sie hatte es bald gefunden. Es lag am Anfang des Waldweges dicht am Ende des Stadtgartens. Ihre Tränen versiegten, und sie freute sich ein wenig. Aber die Hoffnung, die anderen zu erreichen, gab sie jetzt auf. War sie doch noch niemals im Walde gewesen, obgleich er zu allen Gassen ihrer Vaterstadt hereinschaute. Sie kannte keine anderen Wege, als die sie ihren Großvater leitete, und sie wäre vor Angst vergangen bei einem einsamen Schritt in den Wald hinein. So kehrte sie in tiefer Traurigkeit in die Anlagen zurück und setzte sich auf die erste Bank, von der aus sie ihren Großvater sehen konnte.

Auch nicht einen Augenblick kam ihr in den Sinn, zu ihm zu laufen. Sie wusste, dass er außer sich käme vor Leid, wenn er erführe, wie es ihr ergangen wäre. Er hatte sich auf diesen Spaziergang der Sonntagsschule schon seit Wochen gefreut, und seit geraumer Weile redete er von nichts anderem. Bei ihm stand es fest, dass sein Enkelkind der Liebling seiner Lehrerin sei und in jedem Gottesdienst durch seine guten Antworten und sein freundliches Wesen die Aufmerksamkeit des Stadtpfarrers auf sich lenke. Den heutigen Spaziergang stellte er sich als einen Triumphzug seines Lieblings vor, und der kleinen Anna war es angst darauf gewesen, was er alles von ihr werde hören wollen, wenn sie zurückkomme. Sie konnte jetzt nur seinen Rücken sehen, aber sie stellte ihn sich vor, wie er einmal über das andere vor sich hin lächelte, weil er sich ausmalte, welche Auszeichnungen ihr zuteilwürden. Und wenn sie sich nun seine Enttäuschung dachte und seine ingrimmigen Vorwürfe gegen sich selbst, dann tat dem guten Kinde das Herz weh. Darum war es ihr, ohne dass sie einen Entschluss zu fassen brauchte, eine gewisse und notwendige Sache, dass ihr Großvater in seinem Wahne erhalten bleibe, und sie nahm sich vor, sich still in seiner Nähe herumzutreiben, bis die Ausflügler zurückkämen, und sich dann, wie wenn sie sich aus dem Zug losgelöst hätte, zu ihm zu gesellen. Sie dachte nach, was sie ihm erzählen wolle; darüber kam sie mit ihren Gedanken wieder zu ihren Genossinnen in den Wald, malte sich ihre Spiele auf der Wiese aus, und ihre Augen füllten sich langsam mit Tränen.

»Jetzt werden sie wohl unter den Bäumen sitzen und Butterbrot essen und Himbeerwasser trinken«, seufzte sie laut und verspürte, dass sie Hunger habe.

Da fiel ihr ein, dass ihr der Großvater für alle Fälle zehn Pfennige geschenkt hatte. »Brauchst du's nicht für dich«, hatte er gesagt, »so schenk's einem Kinde, das ärmer ist als du und nicht hat mitdürfen« – so hatte er gesagt, als er das Geldstück am Rande prüfte und in ihr Händchen legte. Sie hatte es in einen Knoten ihres Taschentuches gebunden und vorhin mit ihrem Tüchlein selbst wiedergewonnen. Vergnügt knüpfte sie den Zipfel auf und holte ihren Schatz heraus. Ihr gegenüber auf der anderen Seite der Straße war ein Sodawasserhäuschen, in dem auch allerlei Obst, Brötchen und Leckereien zu haben waren.

Sie schaute sich um, ob niemand im Begriff sei, an das Häuschen zu treten, denn sie wollte ganz allein sein bei ihrem Einkauf. Niemand näherte sich. Da sprang sie durch den Schatten der Lindenbäume und stand vor dem Schenktisch.

»Was wollen Sie, Fräuleinchen?« fragte das Mütterchen und schaute über ihren Strickstrumpf aus dem Häuschen heraus.

»Was kostet ein Glas Himbeersaft mit Brausewasser?«

»Zehn Pfennig.«

»Ooh! Und was kosten dort die schönen braunen Hörnchen?«

»Stück für Stück fünf Pfennig.«

»Ich will ... ich will ... ich möchte gern ...«

Sie ließ ihre Augen über die Herrlichkeiten schweifen.

»Nun, was möchtest du gern, mein Liebling? Gelt, Wahl macht Qual?«

»Ich möchte gern ein Hörnchen«, sagte sie flugs, »und so viel Kirschen, als man für fünf Pfennig kriegt.«

Anna schob ihren Nickel über den Tisch bis vor den Strickstrumpf.

»Da hast du dein Hörnchen, das größte und braunste und röscheste; es hat auch am allermeisten Kümmel und Salz.«

Dann holte das Mütterchen eine Tüte von der Seitenwand herab und füllte hellrote Kirschen hinein, bis sie oben herausquollen wie aus einem Füllhorn.

»Das sind für gut acht Pfennig Kirschen, weil du's bist. Gelt, du bist dem alten blinden Organisten sein Enkelkind?«

»Ja«, sagte Anna und presste ihre Schätze an die Brust. Sie machte einen Knicks und sagte: »Ich danke auch viel tausendmal!« Und sie ging vorsichtig und überglücklich auf ihr Bänkchen zurück.

Sie kniete nieder in den Sand und schüttete die Kirschen auf das Brett. Sie teilte sie hälftig und stellte sie in Reih und Glied an den beiden Enden der Bank auf; dann setzte sie sich in die Mitte zwischen ihre zwei Heere, nahm ihr Hörnchen in die Hände und lächelte glückselig.

Nun Biss sie das dunkelbraune mürbe Spitzchen ab; es war köstlich. Dann legte sie das Hörnchen in den Schoß, streckte beide Hände aus und ergriff die zwei Flügelmänner von den beiden hinteren Ecken der Bank, steckte sie zu gleicher Zeit in den Mund, ließ zuerst die beiden Stiele regungslos herausgucken und fing dann langsam an, mit Zünglein und Gaumen zu schwelgen, so lange als es nur immer möglich ist, in zwei saftigreifen Herzkirschen zu schwelgen.

»Pfui, du issest nicht hübsch«, sagte mit einem Male in dichtester Nähe ein glockenhelles, feines Stimmchen.

Anna erschrak, dass sie sich verschluckte. Sie holte mit der einen Hand die beiden grünen Stiele, deren Endchen schief aus dem Mund herausguckten, mit der anderen fasste sie ihr Hörnchen krampfhaft fest. Dann schluckte sie die beiden Kirschen samt den Steinen hinunter und riss ihre Augen weit auf.

Vor ihr stand ein kleines Persönchen, so merkwürdig, wie sie's nicht für möglich gehalten hätte. Es war ein Mädchen, etwa so alt wie sie selber. Aber wie sah es aus! Um die krausen schwarzen Locken war ein rotes Seidenband geschlungen. Aus dem feinen braunen Gesichtchen funkelten zwei schwarze, brennende Augen. Um den nackten Hals schlang sich eine Korallenkette. Sie hatte ein kurzes rotes Röckchen an und kurze weiße, spitzenbesetzte Höschen. Die Arme und die Knie waren nackt. Um die Knöchel über den schlanken braunen Händen schlangen sich silberne Armreife, und ihre Füßchen staken in hellgelben weichen Lederstrümpfen, die oben ausgezackt und mit goldenen Schellchen verziert waren. Bei jeder Bewegung klirrte es. So jetzt wieder, wo sie den rechten Fuß um die Ferse des linken schlang.

Das merkwürdige Ding stand dicht vor Anna und schaute zu ihr mit lachenden Augen hin. Anna wurde rot, dann lächelte sie, und schließlich lachten sie einander an.

»Ich will dir zeigen, wie man Kirschen isst«, sagte der Fremdling und griff mitten hinein in die linke Armee und holte sich einen feisten Kameraden heraus. Sie lockerte den Stein in der Kirsche und hob ihn dann an dem Stiele heraus.

»So machen wir's auch«, sagte Anna. »Wir heißen das Butterfässchen.«

»Butterfässchen?« sagte die andere geringschätzig. »Wir sagen Ponyställchen.«

»Da hast du den Pony«, sagte sie jetzt und reichte der Gefährtin den Stiel mit dem Stein. »Halte den Zügel gut, dass er nicht davonläuft.«

Dann legte sie die Kirsche auf ihr braunes Händchen, so dass die rote offene Wunde nach oben schaute, streckte blitzschnell ihr Züngelchen in die Kirsche hinein und zog es mit seinem roten Käppchen an den blitzenden Zähnchen vorbei wieder in den Mund zurück. Sie stand eine Weile, den Kopf nach hinten gebeugt, die Arme übereinander gekreuzt, das geschlossene Mündchen in die Länge gezogen, in den Genuss versenkt. Dann löste sich die biegsame Gestalt, und sie sagte: »So muss man Kirschen essen.«

»Bekommst du oft Kirschen?« fragte Anna.

»Alle Tage, solange es gibt.«

»Habt ihr so viele?«

»Alle Kirschen an der Landstraße gehören uns.«

»An welcher Landstraße?«

Die Fremde besann sich eine Weile und sagte gedehnt:

»Vorn ... Bordeaux bis Odessa. Aber ist das artig von dir, dass du allein auf der Bank sitzest mit deinen dummen Kirschen?«

Anna schob mit ihren Händen die Kirschen zu ihrer Rechten auf ein Häufchen zusammen, und der Wildfang setzte sich.

»Nun will ich's auch versuchen wie du«, sagte Anna. Sie machte es gerade so, wie sie es vorhin gesehen hatte. Als sie aber bedächtig ihre Zunge herausstreckte, rief ihre Nachbarin:

»Oh, du kannst nicht, du kannst nicht. Du hast eine Zunge, so breit, wie unser Papagei eine hat. Schau, meine ist wie ein Schlänglein!«

Das zarte rote Spitzchen züngelte zwischen ihren blitzenden Zähnen.

Anna wurde rot und zog schnell ihr Züngelchen zurück, und es war gut, dass es angewachsen war, sonst wäre es hinuntergeflohen auf Nimmerwiedersehen vor lauter Schreck und Scham. Sein fester Halt gab ihm Besinnung und Selbstgefühl zurück, es wurde trotzig und bäumte sich.

»Ich kann aber, was du nicht kannst. Ich kann mit meiner Zunge ein Röhrchen machen. Sieh nur.«

Sie spitzte ihr Mündchen und schob langsam ein rosiges, dralles Kanälchen heraus.

»Das ist hübsch! Das kann ich nicht. Aber ich kann, was du nicht kannst, ich kann mit meinem Zünglein stechen!«

Blitzschnell warf sie ihre Arme um Annas Nacken und küsste sie hinter das Ohr.

Anna schrie auf. »Du hast mich gebissen!« Sie riss sich los und rieb die Stelle mit der Hand. Die Fremde lachte wie ein Kobold, und ihr Lachen klang so silbern und lockend, dass Anna wohl oder übel mitlachen musste.

Als die Kinder ausgelacht hatten, griff Anna wieder in ihre Kirschen und schmauste eine.

»Hast du keine Lust? Greif nur zu.«

»Kirschen?« sagte die andere nachlässig. »Eigentlich mag ich keine. Doch – du kannst mir einige geben.«

Anna teilte ihren Vorrat und gab ihr die Hälfte in ihren Schoß hinüber.

Ihr Gast fing zu essen an.

»Weißt du«, meinte die Fremde, »von dem Zeug wird man nicht satt. Hunger hätte ich schon. Wenn ich Geld hätte, kaufte ich mir da drüben Bonbons und ein Stück Brot. Aber ich bin so arm wie unser Sambo.«

»Wer ist denn euer Sambo?«

»Das ist unser Neger.«

»Ihr habt einen Papagei und einen Neger?«

»Oh, wir haben noch viel. Sage, hast du kein Geld bei dir?«

»Ach nein, ich habe nichts mehr. Aber ich muss mein Hörnchen noch haben. Wo ist das hingekommen?«

»Da, unter der Bank liegt es«, sagte das fremde Kind, hob das Backwerk auf und legte es in Annas Schoß.

»Wir wollen es redlich teilen«, sagte Anna.

»Oh, du wirst wohl allein damit fertig werden.«

»Aber du hast vielleicht größeren Hunger als ich.«

Anna schaute auf und sah die brennenden Augen des Kindes, die das Brot verschlangen. »Seit wann hast du nichts gegessen?«

»Seit heute früh!«

»O du Arme, und ich hab' ein so gutes Mittagessen gehabt, Rindfleisch und Reis. Da hast du das Hörnchen.«

»Aber willst du denn gar nichts davon?«

»Wenn du erlaubst, so will ich hier das braune Gipfelchen herunterbeißen, das esse ich fürs Leben gern. So, alles andere gehört dir.«

»Du bist ein süßer Schatz. Soll ich dich küssen?«

»Nein, nein, nein!« rief Anna und setzte sich an das andere Ende der Bank.

199

Und nun wurde es für ein Weilchen still unter der Akazie. Anna schmauste ihre Kirschen, und das fremde Kind stillte seinen Hunger.

»Wie kommt es denn, dass du heute nichts zu Mittag bekommen hast?« fragte Anna, als beide fertig waren.

»Ach, das ist eine dumme Geschichte. Sie sind fort und haben mich vergessen.«

»Wer ist fort? Dein Vater und deine Mutter?« fragte Anna erschrocken.

»Ach nein, der Chef und die Onkels und die Madame und die Ponys und der Sambo und die große Pauke und der Papagei und alles miteinander.«

Anna machte große Augen.

»So Sachen seid ihr? Und fürchtest du dich denn nicht, ganz allein zurückzubleiben?«

»Ah bah!«

Sie hatte einen Kirschenstein auf die Rücklehne der Bank gelegt und schleuderte ihn fort.

»Heute Nacht ist Kleiderappell. Da merken sie's, dass ich fehle, und morgen früh kommt Onkel Abraham und holt mich ab.«

»Wer ist Onkel Abraham?«

»Unser erster Clown. Onkel Abraham ist ein Ehrenmann.«

»Hast du auch einen so sonderbaren Namen?«

»Hier heiße ich Anita.«

»Anita? Klingt das schön! Ich heiße nur Anna.«

»Vor drei Wochen habe ich Nikolajewna geheißen, da waren wir in Nancy. In vierzehn Tagen werde ich Ninon heißen, da sind wir in Warschau.«

»Ja, aber was ist denn dein wirklicher Name?«

»Einen wirklichen Namen, den habe ich gar nicht.«

»Wie sagt denn deine Mutter zu dir?« »Eine Mutter hab' ich nicht, Dummkopf! Freilich hab' ich eine Mutter gehabt. Jeder Mensch hat einen Vater und eine Mutter. Weißt du das noch nicht? Aber mein Vater ist da, und meine Mutter ist dort.«

Sie warf ihre beiden Händchen nach den entgegengesetzten Seiten.

»Ich hab' auch keine Eltern mehr«, sagte Anna. »Sie sind beide tot. Jeden Sonntag geh' ich mit dem Großvater auf ihr Grab ... Komm, Anita«, sagte sie plötzlich mit leiser, erschrockener Stimme. »Der Mann dort ist mein Großvater. Jetzt hat er sich auf die nächste Bank gesetzt, und in einer kleinen Weile kommt er zu unserer herüber. Sehen kann er nicht, aber er hört furchtbar gut. Siehst du, wie er aufhorcht? Er darf nichts von mir merken, wir wollen leise wegschleichen.«

Anita machte ein pfiffiges Gesichtchen und nickte. Die beiden Kinder fassten sich an der Hand und schlüpften in den Stadtgarten hinein. Sie flatterten wie zwei Vögelchen die Kieswege entlang, von Gebüsch zu Gebüsch. Erst als der ganze Park zwischen ihnen und dem Blinden lag, hörten sie auf zu huschen und wandelten nun Hand in Hand in aller Gemächlichkeit die Vorstadt hinaus.

»Da bin ich noch nie gewesen«, sagte Anna.

»Aber ich!« rief Anita. »Das große Haus dort ist eine Kaserne, und wenn wir daran vorbei sind, kommen die schönen Wiesen und der Fluss. Dort wollen wir hin und wollen baden.«

»Aber das ist verboten. Es ist uns in der Schule verkündigt worden, dass es verboten ist, im freien Fluss zu baden.«

»Das gilt nur denen, die sich erwischen lassen. Wer sich nicht erwischen lässt, darf alles tun, was verboten ist.«

»Ja, aber ...«

»Wenn unser Chef etwas verbietet, dann darf man es nicht tun, denn unser Chef erwischt jeden, er ist ein Genie. Aber wenn die Madame etwas verbietet, dann darf man es tun, denn die erwischt niemand. Wer hat es denn verboten, dass man nicht baden soll? Die Polizei?«

»Ja, wahrscheinlich.«

»Dann dürfen wir's tun, die Polizei erwischt uns nicht.«

»Aber mein Großvater würde mich schelten.«

»Dann dürfen wir's erst recht tun, denn der erwischt uns auch nicht, und wenn wir ihm vor der Nase ins Wasser plumpsen. O du! Warum bist du denn deinem Großvater durchgebrannt? Ich weiß warum. Weil du tun willst, was er dir verboten hat.«

»O nein«, erwiderte Anna heftig und schüttelte ihr Köpfchen. Und dann erzählte sie ihrer neuen Freundin, was ihr widerfahren war.

Anita hörte aufmerksam zu.

»Oh, bist du dumm!« rief sie, als der Bericht zu Ende war. »Warum bist du denn nicht nachgegangen? Der Hirschbrunnen liegt dort hinten im Wald. Ich habe zwei Wegweiser gesehen. Komm, wir kehren um, gehen miteinander hin. Ich zeig' dir den Weg, und du nimmst mich mit.«

Anna kam in Verlegenheit.

»Ich weiß nicht, ob es sein kann. Es darf niemand dabei sein, als wer in die Sonntagsschule geht.«

»Aber ich bin doch ein fremdes Kind, da werden sie mich doch nicht fortjagen. Wenn meine Leute hier wären und ich brächte dich zu ihnen, so wären sie alle freundlich gegen dich, Onkel Abraham und die Madame und Sambo und Fräulein Lucie, das ist unsere jüngste Reiterin und eine Schönheit ersten Ranges, und selber der Chef. Da werden deine Leute doch auch gegen mich freundlich sein? Komm, wir springen hin!«

Anna war blutrot. »Es geht wohl doch nicht recht. Ja, wenn meine Lehrerin allein...«

Sie fühlte Anitas spöttischen Blick und brachte kein Wort mehr heraus.

Anita blieb stehen.

»Geh jetzt zu deinem Großvater zurück, und ich will sehen, wo ich die Nacht bleibe.«

Anna schüttelte heftig den Kopf.

»Das will ich auch sehen, wo du die Nacht bleibst, und eher geh' ich nicht heim, bis ich weiß ...«

Sie legte den Arm um Anitas Nacken.

»Ja, was willst du denn machen, wenn es Nacht wird?«

»Ich will einmal sehen, ob das Heu noch auf der Wiese liegt wie gestern. Wenn es nimmer da ist, dann geh' ich auf die Polizeistube im Rathaus, und ich sage: Da bin ich. Dann fragt mich einer aus, und ich sage, was ich mag. Dann bringt mich ein Schutzmann ins Armenhaus. Der Verwalter ist ein schnauzbärtiger, knurriger Mann, er tut grob, aber meint es gut. Der bringt mich in die Küche, dort bekomme ich einen Teller Suppe und ein großes Brot. Dann kommt eine alte Schwester mit einem dicken roten Gesicht voller Narben und mit einer weißen Haube. Die führt mich die Treppe hinauf in ein Kämmerlein. Da ist eine Badewanne drinnen mit warmem Wasser. Da werd' ich hineingesteckt. Wenn ich heraussteige, sind meine Kleider nimmer da. Ich bekomme ein graues, grobes Hemd und einen roten Unterrock, der ist mir viel zu groß, und einen weißen Kittel, der ist mir viel zu lang, und ein Paar mächtige Schlappen an die Füße, und dann schlurf' ich durch einen langen, langen Gang, und der Kittel schleift hinter mir her. So komm' ich in einen großen Saal, da schlafen alte Weiber drinnen und allerhand Mädchen. Und die Schwester führt mich vor ein Bett und sagt: ›Hier sollst du schlafen.‹ Und ich schlüpfe aus den Schlappen und dem Unterrock und dem Kittel und husche ins Bett. Wenn ich dann morgen früh aufwache, dann höre ich, wie draußen im Gang vor der Tür Onkel Abraham und der Verwalter miteinander reden.«

»Woher weißt du denn das alles so genau?«

»Weil ich's schon zweimal erlebt habe, einmal in Itzehoe und einmal in Ulm an der Donau. Aber in Basel, da war's fein! Wenn das Heu noch liegt, dann mach' ich's wieder so wie in Basel.« Die Kinder gingen am Flusse hin. Zu ihrer linken Seite waren Villen mit zierlichen Vorgärtchen. Die Straße erstreckte sich noch lang hinaus und mündete auf einen Wiesenplan.

»Wie ist denn das? Erzähl einmal«, sagte Anna.

»Ich treib' mich herum, bis es Nacht geworden ist, dann geh' ich hinaus auf die Wiese. Da liegen hohe, dunkle Haufen, das ist Heu. Ich such' mir einen aus und steige hinauf. Oben sitzt ein schwarzer Kater und macht funkelnde Augen. Aber dann mach' ich auch so Augen, und wir glotzen und glühen einander an. Endlich bekommt der Kater Angst und steht auf und macht einen hohen Buckel und knurrt. Dann knurr' ich auch, und meine Augen werden immer größer und sprühen Funken wie Feuer unterm Blasbalg, und so rück' ich dem Kater auf den Leib. Da graut es ihm, und er macht einen mächtigen Satz vom Heu hinunter und huscht über die Wiese davon. Dann wühl' ich mir ein warmes Loch und lege die Arme unter den Kopf und schau' zum Himmel hinauf. Ich fange an, die Sterne zu zählen, bis ich hundert habe. An denen habe ich genug für heut. Dann decke ich mir das Gesicht mit Heu zu und blinzle hindurch nach dem Himmel, wo er am hellsten ist. Und der Mond steigt auf und schaut zu mir herein. Dann mach' ich mir einen hohen Wall gegen den Mond und mache die Augen zu und schlafe. Früh morgens, wenn der Himmel blass wird und die Sterne davongehen, wache ich auf, denn die Wachtel ruft. Und ich krabble aus dem Heu und hol' mir's aus den Haaren und gähne und strecke mich. Die ganze Wiese ist voller Dunst. Ich ziehe die Schuhe und Strümpfe aus, denn das Gras ist nass vom Tau, und springe hinunter an den Fluss. Hinweg mit den Kleidern und hinein ins Wasser! Da schwimm' ich hinauf und hinab, mit den Forellen um die Wette. Und wenn das Morgenrot durch die Weiden leuchtet, such' ich meine Kleider und zieh' sie an. Was die Mähder und Mähderinnen gucken, wenn ich auf einmal aus dem Erlengebüsch auftauche. Sie stehen alle da und schauen zu mir her, aber niemand redet ein Wort. Ich glaube, sie halten mich für einen Elf und fürchten sich. So spring' ich an ihnen vorbei, und die Schellchen an meinen Schuhen klingeln, und sie sehen mir nach, bis ich in der Stadt verschwunden bin. Ich spring' in die erste Bäckerei hinten hinein, wo die Backknechte stehen, und sage: ›Ich bin ein vergessenes Kind und habe Hunger, gebt mir ein Brot.‹ Sie schauen einander an, und der größte greift in den Korb und gibt mir einen Doppelweck. Den ess' ich auf im Gehen. Dann lauf' ich durch die Straße auf den Marktplatz und geh' in die Wachtstube und frage den Schutzmann, der auf der

Pritsche liegt und sich die Augen reibt: ›War der Onkel Abraham schon da?‹ ›Nein‹, sagt er und setzt sich und lässt die Beine herunterhängen. ›Dann will ich hier auf ihn warten‹, sag' ich; ›aber lieber draußen, hier ist die Luft so dick.‹ Und ich setze mich auf die steinerne Bank vor der Wachtstube und sehe den Tauben zu, wie sie am Marktbrunnen Wasser trinken, und nach einem kleinen Weilchen ist der Onkel Abraham da.«

»Oh, das ist herrlich!« rief Anna, und ihre Augen leuchteten. »Da möchte ich wohl dabei sein.«

»So komm mit, komm mit! Sieh, das Heu ist noch da! Dort der dritte Haufen in der zweiten Reihe ist der größte. Da steigen wir miteinander hinauf und legen uns hin und schlingen die Arme umeinander und graben uns hinein. Komm, komm!«

Aber Anna blieb stehen und schüttelte den Kopf. »Wenn ich nicht heimkäme, bliebe mein Großvater die ganze Nacht auf der Bank sitzen und wartete. Horch! – Hörst du nicht?«

Sie deutete über die Wiese hinweg nach dem Walde.

»Ich höre Gesang, wie er aus euren Kirchen schallt. Aber es sind lauter Kinderstimmen.«

»Sie sind es, sie kommen. Jetzt muss ich zu meinem Großvater springen, denn wenn sie an ihm vorbeiziehen und ich komme nicht auf ihn zugelaufen, dann vergeht er vor Angst. Behüt' dich Gott, Anita.«

Sie streckte ihr die Hand hin.

»Ich gehe mit dir«, sagte das fremde Kind.

»Du? Was willst du bei mir?« fragte Anna und machte große Augen.

»Willst du nicht bei mir sein, so will ich bei dir sein heute Nacht.«

Anna zog die Stirn zusammen und sah vor sich nieder. Aber das dauerte nicht länger, als ein Vögelchen braucht, um vom Nest herunter auf den Boden zu fliegen und einen Strohhalm aufzuheben. Sie schaute Anita mit hellen, freundlichen Augen an und sagte: »Komm mit!« Die Kinder fassten sich an den Händen und sprangen miteinander in die Stadt zurück.

»Oh, ich glaube, ich glaube, wir kommen zu spät«, keuchte Anna und bückte sich vornüber. »Ich habe Seitenstechen.«

Da blieb Anita stehen. Sie schob mit ihrem Fuß einen Schotterstein vor die sich krümmende Freundin und sagte:

»Heb diesen Stein auf! Spuck auf den Boden und denke an etwas recht Abscheuliches!«

»An Gelberüben«, keuchte Anna.

»Ja. Und jetzt deck's mit dem Steine zu. So. Und jetzt noch einmal. Heb den Stein auf! Spucke! Ein Teller voll Gelberüben, recht alte, große, dicke, weißgelbe! Deck's zu. Und jetzt zum dritten Male. Du weißt's ja schon! Denk dir alle Gelberüben der ganzen Welt auf einem Haufen! Deck's zu! Wie geht dir's jetzt?«

Anna richtete sich auf und atmete tief.

»Kein bisschen Stechen mehr! Es ist ganz und gar vorbei.«

»Wir waren auch zu dumm, so zu rennen«, sagte Anita. »Sie sind dort drüben gewesen, wo die Föhren hinlaufen. Jetzt haben sie ja noch um die Schlucht herumzugehen. Wir können gemächlich machen und kommen doch noch recht.«

»Woher weißt du denn, dass dort eine Schlucht ist? Du warst doch nicht dort!«

»Aber ich hab' meine Augen im Kopf. Ich schau' die Sachen an, dann weiß ich's.«

Sie warf selbstbewusst ihr Köpfchen zurück, und die Schellchen an ihren Schuhen klingelten noch einmal so laut.

Sie waren in den Stadtpark gekommen und spähten die Wege entlang und suchten mit den Augen die Bänke ab.

Anna wollte gerade um den letzten Busch herumbiegen, da fasste sie Anita bei der Hand und flüsterte:

»Halt! Dort sitzt dein Großvater, auf derselben Bank, auf der wir deine Kirschen gegessen haben. Was er so steil sitzt!«

»Er horcht!« flüsterte Anna. »Er hat das Singen gehört und wartet auf die Tritte.«

»Du, ist dein Großvater geistlich?«

»Ja, halber. Er war Organist in der Petrikirche. Jetzt ist er pensioniert.«

»Er sieht bös und gut aus.«

Anna nickte. Dann legte sie ihrer Gefährtin den Arm um den Nacken und flüsterte ihr in das kleine Ohr: »Du musst mir nachher helfen, ihn anzulügen.«

»Oh, das tu' ich furchtbar gern!«

Und nun saßen die beiden Mäuschen im Gebüsch dicht hinter dem alten Mann und warteten.

»Jetzt kommen sie!« flüsterte Anita.

»Nein«, sagte Anna und schaute über ihre linke Schulter. »Dummkopf! Du musst nicht dort hinaus horchen! Sie müssen doch von daher kommen. Hörst du nicht das Gesumme?«

205

Und jetzt kam die Schar. Sie war schon aufgelöst. Gerade vor der Bank blieb der Haufen stehen. Einige Kinder verabschiedeten sich. Sie drängten sich um die Helfer und Helferinnen und gaben ihnen die Hand.

Der Blinde hatte sein Gesicht der Gruppe zugewendet. Er saß vornübergebeugt, beide Hände hatte er auf den Stock gestützt. Anna saß da wie ein Kätzlein, das springen will. Aber Anita hatte sie an ihrem Zöpfchen gefasst und flüsterte: »Erst wenn ich sage: los!«

Jetzt war die Kinderschar weitergegangen. Ein Helfer und eine Helferin wandelten hinterdrein und gingen vorbei. Der Blinde war aufgestanden und tastete mit seinem Stock vorwärts. Seine Hand zitterte.

»Jetzt!« sagte Anita, und die Kinder sprangen um den Busch herum.

»Da bin ich, lieber Großvater!« rief Anna und ergriff seine Hand.

»Gottlob, dass du da bist. Ich hatte Sorge. Aber wo kommst du denn her? Bist du mit den anderen herunter gekommen?«

»Ich ... ich ...« stotterte das Kind.

Anita half ihr. »Wir haben Annas Freundin begleitet, die dort hinter dem Stadtgarten wohnt, und sind dann durch den Park zurück.«

»Was für eine Freundin?«

»Gertrud Habermann!« stieß Anna heraus.

Der Blinde hob den Stock in die Höhe und griff mit der linken Hand über Anitas Kopf in die Luft hinaus.

»Wer ist denn bei dir?« »Ich bin's«, sagte Anita, ergriff die Hand und küsste sie demütig.

»Ich heiße Anita und gehöre zu einer Gesellschaft von reisenden Künstlern. Meine Leute sind heute fort und haben mich vergessen. Ich bin traurig den Kindern nachgegangen in den Wald. Da kam Anna zu mir her und hat mich an der Hand zu ihrer Lehrerin geführt, und ich durfte bei den Kindern bleiben und mit ihnen spielen. Vorhin wollte ich von ihr Abschied nehmen und mir ein Nachtlager suchen im Heu auf den Wiesen. Aber sie hat mich nicht gelassen, sie hat gesagt, ich müsste mit ihr gehen, und ich dürfe daheim bei ihr schlafen. Mein Großvater ist so gut, hat sie gesagt, der wird Mitleid mit dir haben.«

Der alte Mann sagte nichts. Seine dünnen Lippen zogen sich in den Mund hinein. Anna wurde ängstlich.

Der Blinde betastete den Fremdling, ließ eine der schwarzen Locken prüfend durch die Finger gleiten und fuhr dann mit seiner spürenden Hand über ihren nackten Arm. Endlich tat er den Mund auf und fragte: »Bist du reinlich?«

Anita wurde blutrot, sie biss die Zähne aufeinander, und ihre Augen füllten sich mit zornigen Tränen.

»Reinlicher als Sie, alter Herr. Adieu!«

»Großvater, du bist abscheulich!« rief Anna, und ihre Stimme kämpfte mit dem Weinen. »Ihre Haut ist so blank wie eine frischgeputzte Fensterscheibe, und an ihren Kleidern ist kein Tädelchen. Wenn sie hinausgeht in den Wald und ihr ein Unglück zustößt in der finsteren Nacht, hast du die Schuld.«

Der Blinde stand mit vorgerecktem Kopf. Seine dünnen Lippen kamen aus dem Mund heraus und zitterten wie zwei Espenblättchen im Abendwind.

»Ruf sie zurück!« Anna sprang ihrer Freundin nach und führte die Widerstrebende her.

»Der Großvater ist bös und gut, wie du ja gleich gesehen hast. Das Böse ist jetzt sehr bald vorbei, und dann wird er gegen dich gut und lieb sein.«

So redete sie ihr zu und brachte sie vor den Alten. Der tastete nach ihrem Kopf und prüfte mit den Fingerspitzen.

»Anna sagt, dass du eine saubere Haut hast. Aber wie steht's mit deinen Haaren?«

»Oh, meine Haare!« rief Anita, zog das rote Seidenband und schüttelte sich. Die Löckchen sprangen um ihren Kopf herum wie ein Nudel wilder schwarzer Ziegenböckchen.

»Oh, wenn Sie sehen könnten, alter Herr! Meine Kopfhaut ist so blank wie ein funkelnagelneues Trommelfell, und meine Haare werden alle drei Tage von Fräulein Lucie mit Kölnischem Wasser gewaschen. Wenn unser Chef Sie gehört hätte, der hätte es Ihnen gehörig gesagt! Wir sind alle für die Reinlichkeit. Oh, wenn Sie morgen den Onkel Abraham sehen könnten! Wie ist der so proper und dabei so würdig! Nur der Neger Sambo, der ist nicht so sehr für die Reinlichkeit. Darum wird er auch oft gescholten von dem Chef, und wenn wir wieder nach Hamburg kommen, schaffen wir uns einen anderen Neger an.«

Sie band sich wieder ihr Band um die Locken und seufzte: »Nein, so was!«

»Wer ist der Onkel Abraham?« forschte der Blinde.

»Das ist der Herr, der mich immer sucht, wenn ich verloren bin. Der kommt morgen früh von irgendwoher mit dem ersten Zug und fragt nach mir auf der Polizei.«

»Es ist der erste Clown«, fügte Anna wichtig hinzu, »und ein Ehrenmann durch und durch, und Fräulein Lucie ist eine Schönheit ersten Rangs, und der Chef ist ein Genie. Wenn der Chef etwas verboten hat, dann erwischt er jeden, der's doch tut.«

»Ja, so ist's«, bestätigte Anita. Dann zuckte sie hochmütig die Achsel und sagte von oben herunter: »Darf ich mich jetzt bei Ihnen verabschieden, alter Herr?«

»Nein«, sagte der Blinde und tastete nach ihrer Hand. »Sondern du sollst mit uns gehen und bei uns bleiben heute Nacht. Morgen früh führ' ich dich dann auf die Polizei.«

Anita fasste zögernd seine Hand.

»Und wollen Sie der Anna deswegen nicht böse sein und auch ein wenig freundlich gegen mich selber?«

»Kommt nur, es wird kühl«, sagte der Alte und ging vorwärts. »Ihr werdet es schon sehen, wie ich gegen euch bin.«

Und nun gingen die drei durch die Anlagen nach der Mitte der Stadt. Anita hatte die linke Hand des Blinden nicht losgelassen. Sie drückte mitunter die schmalen Finger und sah mit leuchtenden Augen nach den erloschenen Augen, und das Licht aus ihren dunkeln Sternen spielte so frohgemut hinauf, als wolle es da droben in den dunkeln Höhlen ein Licht anzünden. An der anderen Seite des Blinden schritt Anna dahin und sah glückselig in die Welt.

Vor einem Wurstlerladen machten die drei halt. Der Blinde ging hinein und kaufte das Abendbrot, Presskopf und Wurst, »für zwanzig Pfennig mehr als gewöhnlich«, sagte er. Er gab dem Gaste das Päckchen zu tragen. Dann ging er in den Bäckerladen nebendran und kaufte ein langes Brot. Das bekam Anna anvertraut. Sie bogen um die Ecke und gingen in eine der engen, schmalen Gassen, die auf den Marktplatz münden.

»Die vierte Tür zur rechten Hand ist unsere Tür«, rief Anna ihrer Freundin hinüber. Sie gingen mitten in der Gasse, denn einen Bürgersteig gibt es hier nicht. Links von ihnen wurde eine Laterne angezündet, die einzige in der Gasse. Jetzt stieß der Blinde mit dem Stock die Tür auf. Langsam ging er die Treppe hinauf. Es war stockfinster. Aus einer Tür des ersten Stockes kam ein Lichtstreifen. Anita schaute in die Höhe, und es schwindelte ihr. Nun gingen sie noch eine Treppe hinauf, und noch eine, und eine vierte; der Alte ging langsam voran, dicht hinter ihm die flüsternden Kinder, die sich eng aneinander drängten, denn die Stiege war schmal.

»Jetzt sind wir ganz oben und daheim«, sagte Anna. »Es wohnt niemand außer uns auf diesem Boden.«

Der Alte zog einen Schlüssel aus der Tasche und schloss auf. Sie traten in eine schwarze, schwüle Finsternis.

Anita blieb nach dem ersten Schritt stehen und wartete auf Licht. Der alte Mann ging in der gleichen Sicherheit, mit der er die Treppe heraufgestiegen war, an dem fremden Kind vorbei durch die pechschwarze Nacht. Man hörte eine Tür gehen und den Blinden im benachbarten Raum hantieren. Jetzt hatte Anna die Lampe angezündet. Es war ein kleines, sauberes Gemach mit geweißten Wänden. Den beiden Fenstern gegenüber hing ein Spiegel, unter ihm stand ein altes Sofa. Der Kammer zugewendet, neben der Tür zum Gang, war eine hohe Spinde. Die Reformatoren in schwarzen Baretts und Kirchenröcken waren die einzigen sesshaften Bilder, denn die farbigen Blätter aus einem Modejournal, die mit Reißnägelchen an der Wand befestigt waren, führten offenbar ein Vagabundendasein. In der Mitte stand ein viereckiger Tisch, hinter der Spinde, im finstersten Winkel der Stube, Annas Bettchen.

Anita hatte sich ans Fenster gesetzt, das sie geöffnet hatte, und schaute über den gegenüberliegenden Hausgiebel zum runden, vollen Mond empor. Anna deckte derweilen den Tisch. Die Teller holte sie vom obersten Fach der Spinde herunter und die Bestecke aus der Tischschublade. Während ihres Geschäftes erzählte sie ihrer Freundin, woher das Wachstuch den großen, hässlichen Schaden habe, dass die Sackleinwand herausschaute, und sie erklärte, wo der Großvater sitze, und wo sie selber sitze, und wo der Gast zu sitzen habe.

Überdem tat sich die Tür auf, der Blinde kam herein und schleppte einen Spreuersack hinter sich her.

»Was tust du, Großvater?«

»Ich will deiner Freundin das Bett machen.«

»Aber Großvater, sie schläft doch bei mir, wir haben gut Platz zusammen in meinem Bettchen.«

»Schweig!«

Der Alte ging wieder in die Kammer hinein und kam nach einer Weile mit einem Leintuch und einer Decke zurück. Anna wollte ihm helfen, aber der Blinde schickte sie unwirsch weg. Er stopfte den Spreuersack in den Saum des Sofas, breitete das Leintuch darüber aus und legte die Decke darauf.

»Wo bist du, fremdes Kind?« fragte er dann mit hoher Stimme und schaute in die Stube hinein.

»Hier, am Fenster.«

»Das ist dein Bett. Als Kopfkissen kannst du das Sofapolster nehmen.«

»Ich danke tausendmal.«

»Du wirst aber im Schlaf herunterfallen. Wir wollen den Tisch davorstellen. Anna, hebe die Lampe hoch.«

209

»Aber Großvater, das können wir ja auch später machen, wenn wir gegessen haben.«

»Schweig!« sagte der Alte.

Anna zuckte die Achsel und machte eine unzufriedene Grimasse. Anita aber schaute mit forschenden Augen in das Antlitz des blinden Mannes. Als alles so hergerichtet war, wie er es gewollt hatte, schob er einen Stuhl vor den Tisch dem Sofa gegenüber.

»Du setzest dich rechts von mir, Anna, und du – wie heißt du?«

»Anita.«

»Und noch?«

»Hier heiß' ich bloß Anita.«

»Und dein Zuname?«

»Ja so. Anita, die kleine Grazie, Künstlergesellschaft Knie.«

»Ei was! Du sitzest hier neben dem Ofen an meiner rechten Seite. Hast du eben etwas zu Anna gesagt?«

»Nein.«

»Aber geflüstert?«

»Nein, nein.«

Anita setzte sich auf ihren Stuhl, Anna legte dem Großvater vor und bot ihrem Gaste an.

Das Mahl verlief schweigsam.

»Großvater«, fing endlich Anna an, »du hast mich ja noch gar nichts gefragt. Soll ich dir denn nicht erzählen, wie es heute am Kirschbrunnen gewesen ist?«

»Ei freilich.«

Anna bemerkte nicht die Gebärden, die ihr Anita über den Tisch hinüber machte. Der Versuch der Kleinen, ihre Freundin auf den Fuß zu treten, misslang, denn der Alte hatte seine Beine dazwischen. Und so redete Anna drauflos all die Dinge, die sie sich ausgedacht hatte, ehe Anita zu ihr gekommen war. Der Blinde hörte zu, verzog keine Miene, und als Anna zu Ende war, sagte er: »So, so.«

»Der Herr Stadtpfarrer hat auch nach dir gefragt«, fing Anna wieder an, »und hat mir Grüße an dich aufgetragen.«

»Ich danke«, sagte der Blinde und zerkrümelte den Rest seines Brotes. Dann wandte er sich an Anita: »Hast du auch alles miterlebt?«

»Wir zwei waren den ganzen Nachmittag zusammen«, erwiderte sie schnell.

Der Alte nickte mit dem Kopf.

»Wasche die Teller und bring mir ein Wasser«, sagte er zu Anna.

210

»Ich will ihr helfen«, rief Anita und sprang auf.

»Nein, nein, bleib du nur sitzen und erzähle mir, was ich dich frage.«

Er hatte das Kind an der Hand gefasst und hielt es auf dem Stuhle fest. Der Kleinen traten Tränen in die Augen.

Anna deckte den Tisch ab und trug die Sachen hinaus.

»Wie alt bist du denn?«

»Ungefähr so alt wie Anna.«

»Kennst du nicht die Zahl deiner Jahre?«

Anita schüttelte den Kopf.

»Antworte!«

»Ich weiß es nicht.«

»Wo bist du denn geboren?«

»In unserem gelben Wagen. Damals war's unser feinster. Jetzt schläft Sambo darinnen.«

»Wer ist deine Mutter?«

»Damals war sie unsere erste Reiterin. Sie heißt Juanita.«

»Wo ist sie jetzt?«

Anita seufzte und zuckte die Achsel.

»Wer ist dein Vater?«

Anita schwieg, und ihre Augen wurden groß und starr.

»Lassen Sie mich fort«, sagte sie auf einmal, »ich will auf der Wiese schlafen!«

Sie stand auf, schob den Stuhl so heftig zurück, dass er umfiel, und wollte an dem alten Mann vorbei. Der hielt sie an der Schulter fest und sagte:

»Bleib da! Ich will dich nichts mehr fragen.«

Er spürte mit seinen Fingern unter ihren Augen, und als er ihre Tränen fühlte, drückte er ihr Köpfchen an sich und sagte leise und mild:

»Du bist ein gutes, wahrhaftiges Kind. Du wirst süß bei uns schlafen, denn wir meinen's mit dir gut, und du hast ein gutes Gewissen.«

In diesem Augenblick kam Anna herein mit einem großen Glas frischen Wassers. Sie stellte es mit einem Seufzer auf den Tisch, führte die Hand des Blinden hin und sagte: »Großvater, da ist dein Schlaftrunk!«

»Danke! Zieht euch jetzt aus und legt euch zu Bett. Wenn ihr zur Ruhe seid, blase ich die Lampe aus.«

Die Kinder gehorchten. Anita legte ihre Kleider auf den Stuhl, auf dem sie gesessen hatte, streifte die Schellenschuhe von ihren Füßchen und stellte sie unter den Tisch. Dann stieg sie an der Lampe vorbei auf den Tisch und kletterte in ihr Bettchen hinein.

»Gute Nacht, alter Herr! Gute Nacht, Anna!«

Anna hatte sich neben ihrem Bette ausgezogen, aber verrichtete zwischenhinein noch dies und jenes im Zimmer, so dass sie erst eine Weile nach Anita zum Einschlüpfen fertig war. Barfuß sprang sie noch ans Fenster und band den offenen Flügel fest. Dann kam sie zu ihrem Großvater und fasste stumm seine Hand.

»Was willst du, Anna?«

»Dir gute Nacht sagen.«

»Gute Nacht, Kind! Glaubst du, dass du gut schlafen wirst?«

»Ich weiß es nicht, Großvater.«

»Geh jetzt zu Bett!«

Sie schlüpfte in ihr Lager, und der Alte blies die Lampe aus.

Er stand auf und ging im finsteren Zimmer auf und nieder.

»Großvater!«

»Was willst du?«

»Du hast mir noch nicht die Hand auf den Kopf gelegt!«

Der Blinde ging an ihr Bettchen und tat seiner Enkelin, was sie wollte.

»Danke, Großvater! Tu es Anita auch.«

Der Blinde trat an Anitas Lager, streifte mit den Händen darüber und legte sie leise auf das Lockenköpfchen. Das fremde Kind merkte nichts davon, es war eingeschlafen. –

Stunden waren vergangen. Der Mond war herniedergestiegen und schaute zwischen zwei Schornsteinen über die Gasse herüber in das Stübchen herein. Er sah, wie die Kammertür sich auftat und der Blinde hereinkam, völlig angekleidet. Der Mond legte seinen Schein breit auf die Diele und über den Tisch bis zur Spinde hin, und er musste lachen über den phantastischen Schatten, der über den Ofen hinauf bis zur Decke stieg und dann wieder herunterhuschte und auf dem Boden hinlief und sich unter die Spinde verkroch. Aber bald hörte der Mond zu lachen auf und sah mild und träumerisch drein, denn der Blinde saß mit seiner Geige am Fenster.

Eine Weile hielt er sie im Schoß, dann hob er sie an den Backen und strich mit dem Bogen langsam über die Saiten. Die erloschenen Augen hielt er dem Monde zugekehrt, der das blasse Antlitz mit seinem Scheine übergoss. Der Geiger wartete eine kurze Weile, als ob er sich sammelte, und dann quoll aus den Saiten der Choral »Wer nur den lieben Gott lässt walten«; er flutete mächtig und mächtiger und erhob sich und wurde zu einer himmlischen Gestalt und schwebte langsam in die andächtige Nacht.

Die letzte Harmonie war verklungen. Der Mond schien noch einmal so helle, und der laue Nachtwind strömte am Fenster vorbei, so feierlich und stillbewegt wie ein Zug getrösteter Menschen, der aus dem Gotteshause kommt.

Der Blinde hatte die Geige in den Fensterwinkel gestellt und die Stirn auf den Sims gelegt. Der Mondschein flutete über sein weißes Haar und seinen gekrümmten Rücken.

Da huschte etwas hervor im Schatten längs der Wand, die linke Hand des Greises wurde leise gefasst und an zwei Lippen gedrückt.

»Großvater!« hauchte es.

Der Alte richtete sich auf.

»Was willst du, Anna?«

»Ich habe dich heute angelogen.«

»Ich weiß es.«

»Ich war gar nicht dabei am Kirschbrunnen. Ich bin zu spät gekommen und fürchtete mich, allein nachzugehen. Zuerst bin ich noch bei dir auf einer Bank gesessen, dann hab' ich mir für die zehn Pfennig, die du mir geschenkt hast, Kirschen und ein Hörnchen gekauft. Dann ist Anita gekommen, und wir haben zusammen gespielt und sind spazieren gegangen.«

»Habt ihr etwas Böses getan?«

»Nein, gewiss nicht, Großvater!«

»Warum bist du denn nicht sogleich zu mir gekommen?«

»Ach, Großvater, wenn so etwas ist, dann gehst du heim und schlägst den Kopf an die Wand und stöhnst so schauerlich. Davor hab' ich mich gefürchtet.«

Der Alte seufzte tief auf und erhob seine rechte Hand. Aber ehe er sie seinem Enkelkind auf den Kopf legen konnte, war etwas zwischen die Mauer und seinen Stuhl geschlüpft, seine Hand wurde ergriffen und an ein stürmendes Herzchen gedrückt.

»Großvater«, flüsterte Anitas Stimmchen, »oh, spielen Sie noch einmal den großen, süßen, traurigen, herrlichen Marsch!«

»Das war kein Marsch, liebes Kind, das war ein Lied, das wir in der Kirche singen. Es hat auch einen gar schönen Text. Anna soll ihn dir einmal sagen.«

Anna stand auf wie in der Schule und sagte das Lied her. Anita hörte eine Weile aufmerksam zu, aber bei der dritten Strophe verging ihr die Geduld. Sie griff nach der Geige und legte sie dem Alten in den Schoß. Dann holte sie den Bogen, der auf den Boden gerutscht war, und spielte ihn dem Blinden in die

Hand. Und Annas Vortrag war knapp zu Ende, da bettelte das fremde Kind: »Oh, spielen Sie, spielen Sie!«

»Habt ihr keine Musik?«

»O doch! Und unser Chef bläst die Trompete wundervoll. Aber das von vorhin geht über alles.«

Da nahm der Blinde die Geige und spielte die schlichte Melodie des Chorals. Als er zu Ende war, blieb es stille. Auf einmal rief Anna: »Anita weint!« Der Blinde griff nach ihren Augen und spürte, wie die warmen Tränen herunterliefen. Da beugte sich der Alte hernieder und hob das Kind auf seinen Schoß. Es setzte sich auf sein rechtes Knie und schmiegte sich zärtlich an seine Brust. Nun kletterte Anna auf sein anderes Knie, und der Alte umfasste beide Kinder. Die schauten sich einander in die Augen, Anna lachte, und Anita lächelte durch die letzten Tränen. Sie legte ihre Ärmchen um Annas Nacken und sagte: »Hab nur keine Angst, mein Züngelchen sticht nicht mehr.« Und die Kinder küssten sich.

Das alles sah der Vollmond, und er freute sich, und die silbernen Wellen seines Lichtes fluteten um die drei Gestalten.

Auf einmal rief Anita:

»Großvater, Sie sind ja noch gar nicht ins Bett gegangen! Und eben hat ein Hahn gekräht. Sind denn Hühner in der Nähe, mitten in der Stadt?«

»Schief gegenüber von uns wohnt ein Geflügelhändler«, sagte Anna.

»Der arme Kerl!«

»Der? Der ist reich!«

»O du! Ich meine den Hahn! – Aber, Großvater, ich weiß auch, warum Sie nicht zu Bett sind! Anna, das hättest du mir sagen sollen; ich kann doch nicht wissen, wie's mit euerm Bettzeug steht! Sie haben mir Ihr ganzes Bett gegeben, Großvater, und haben drinnen nichts als das leere Holz.«

Sie war vom Schoß heruntergesprungen und hatte in die Kammer hineingeschaut.

»Gelt, so ist es!«

Sie sperrte die Tür weit auf und rückte den Tisch vom Sofa weg.

»Komm, Anna, sei nicht so langweilig und hilf mir, damit dein Großvater zur Ruhe kommt.«

Und nun schleppten die Kinder den Spreuersack in die Kammer. Anna ging voraus und hatte den Zipfel über den Kopf gezogen, Anita ging hinten und hatte das dicke Ende mit ihrem Ärmchen umfasst.

Der Mond war gerade im Begriff, hinter das Dach hinunterzutauchen. Aber er streckte sich, um in die Stube hineinzuschauen. Es war auch ein lieblicher Anblick, die wirtschaftenden Kinder. Beide waren barfuß und nur mit dem Hemdchen bekleidet.

Annas Nachthemd war für die Zukunft geschneidert und für ein ungeheiztes Zimmer. Es reichte bis auf den Boden, und die langen Ärmel meinten, auch die Finger gehörten in ihre Welt, und der Hemdenpreis rutschte so hoch hinauf, als der Kopf erlaubte. Er schloss sich so hauswirtschaftlich herum, wie ein Gummiring um einen Flaschenhals. Anitas Hemdchen aber war nach einem leichtfertigen Muster geschnitten, für loses Volk und für den heißen Tag. Es reichte bis kaum zu den Knien und war vorne und hinten tief ausgeschnitten, und die Ärmel waren ganz vergessen.

Der alte Mann saß auf dem Stuhl am Fenster. Er hatte sich vom Mond abgekehrt und horchte dem Treiben der Kinder. Dabei murmelte er leise Worte und wischte mit dem Rücken der linken Hand über die Augen.

Jetzt kamen die zwei von der Kammer herein, mit erhitztem Gesicht und fliegendem Atem.

»So, fertig wär's!« sagte Anna, und Anita nahm den Blinden bei der Hand und zog ihn vom Stuhl.

»Wir haben Ihnen das Bett gemacht, Großvater, und wenn Sie jetzt nicht köstlich gut schlafen, dann ist es abscheulich von Ihnen.«

Die Kinder führten ihn im Triumph in die Kammer hinein.

»Ihr seid lieb, ihr seid lieb«, murmelte der alte Mann.

»Gute Nacht, Großvater!« riefen sie jetzt.

»Und du hast mir verziehen?« sagte Anna und hob ihre Lippen zu der Wange des Blinden. Anita aber drückte einen Kuss auf seine Hand.

»Gute Nacht, Kinder!«

»Gute Nacht!« rief es aus der Stube zurück. Es raschelte und huschelte von Annas Bettchen her, in das die Kinder miteinander gestiegen waren. Es wurde still.

»Gute Nacht«, sagte jetzt auch der Mond und schlüpfte vollends hinter das Nachbarhaus. Da wurde es auch finster in der Kammer und in der Stube. – –

Der Tag hatte in der Glut der Sonne und im Lärm der Straßen seinen stillen, taufrischen Morgen schon längst vergessen und war gerade daran, die kleinen Mädchen, die am längsten ausschlafen müssen, in die Schule zu treiben, als unsere drei Freunde zu gleicher Zeit erwachten. Es klopfte an die verschlossene Tür, und eine barsche Stimme rief:

215

»Schutzmannschaft hier! Aufmachen!«

Anna erschrak bis in den Tod und zog sich die Decke über den Kopf. Anita aber war aus dem Bett gesprungen und zog sich in fliegender Eile an.

»Gleich, gleich!« rief ihr glockenhelles Kehlchen.

»Das ist sie!« sagte draußen eine fette, behagliche Stimme. »Anita!«

»Onkel Abraham!«

»Sie brauchen sich nicht länger zu bemühen, sie ist es«, hörte man von draußen.

»Na denn, das war rasch abgemacht. Adieu!«

Einer von den beiden Männern entfernte sich. Man hörte ihn noch lange die Treppe hinunterpoltern.

Anita schloss die Tür auf und öffnete einen Spalt.

»Onkel!«

»Kind, Kind! Gottlob, dass wir dich haben!«

»Du kannst noch nicht herein. Anna und der Großvater liegen noch zu Bett. Kannst du nicht in einer halben Stunde wiederkommen? Aber wie hast du mich denn so schnell gefunden?«

»Der Schutzmann hat dich gestern Abend mit dem Herrn Organisten gesehen.«

»Also in einer halben Stunde!«

»Gut, ich gehe derweilen auf den Wochenmarkt und betrachte die Frühlingsgemüse, die interessieren mich sehr. Empfiehl mich derweilen. Auf Wiedersehen!«

Onkel Abraham entfernte sich, und Anita verschloss wieder die Tür.

Eine halbe Stunde später saßen die drei beim Frühstück, gewaschen und gestrählt. Auch das Zimmer war in schönster Ordnung. Sie waren fleißig gewesen, die beiden kleinen Mädchen. Es traf sich gut, dass Anna heute Morgen bis zehn Uhr zu Hause bleiben durfte, weil eine Lehrerin erkrankt war.

Sie waren mit ihrem Mahle fertig, und die Kinder saßen dem Blinden gegenüber Hand in Hand. Da klopfte es schüchtern an die Tür, und ein hochgewachsener älterer Mann trat herein. Er hatte ein glattrasiertes, wohlwollendes Gesicht und leicht ergrautes kurzes Haar. Der lange, schwarze Gehrock gab ihm etwas Ehrwürdiges, und wenn er auch nicht gerade wie ein Pastor aussah, so doch etwa wie ein Reiseprediger, der die Brüder hin und her aufsucht, feierliche Händedrücke verabreicht und erbauliche Ansprachen hält.

»Das ist unser erster Clown, Onkel Abraham«, sagte Anita und schaute in strahlendem Stolz an dem Manne hinauf.

Der schüttelte dem Blinden lange die Hand und dankte in wohlgesetzten Worten für die Barmherzigkeit, die er dem fremden Kinde getan habe. Dann begrüßte er in der gleichen Feierlichkeit die kleine Anna.

»Und nun nehmet Abschied! In einer halben Stunde geht unser Zug.«

Anita ging auf den Blinden zu und bedeckte seine Hand mit Küssen. »Leben Sie wohl. Sie lieber, teurer, unvergesslicher Großvater!« Dann umschlang sie leidenschaftlich ihre weinende Freundin.

»Sie haben wunderschöne Artischocken hier auf dem Gemüsemarkt«, sagte Onkel Abraham zu dem Blinden. »Auch die Radieschen sind wunderschön. Aber den Kopfsalat habe ich gestern in Frankfurt besser gesehen, mehr entwickelt und vor allem interessantere Sorten!«

Unterdessen hatte Anita ihre Korallenkette von ihrem braunen Hälschen heruntergenommen und legte sie der tief errötenden Anna an. Diese drückte verlegen ihr Taschentuch mit den schönen Spitzen in Anitas Hand.

»Das stammt von meiner seligen Mutter!« flüsterte sie.

Die Kinder umarmten sich noch einmal und küssten sich.

»Wenn wir wieder in die Gegend kommen, dann schau' ich vom Seil herunter nach dir und rufe: ›Anna, bist du da?‹ Wir sind vielleicht schon ganz groß geworden. Dann rufst du: ›Anita, ich bin da!‹ Und ich winke mit dem Taschentuch, und du hebst das Kettchen hoch. Dann spring' ich herunter vom Seil, und wir umarmen uns.«

Anna sagte nichts, sie hatte nur Tränen. –

Als die beiden Fremdlinge die Treppe hinuntergingen, begegnete ihnen zwischen dem zweiten und dem dritten Stock ein Zuckerbäckerlehrling, der eine köstlich duftende Torte trug.

»Ganz oben auf dem Boden, die erste Tür links!« sagte der Clown. »Halt einmal. Junge!«.

Er steckte dem Burschen eine halbe Mark in die Tasche seines weißen Wamses und sagte:

»Droben kein Trinkgeld nehmen!«

Sie gingen unter den Bäumen der Anlage dem Bahnhof zu. Anita hatte die Hand des Mannes ergriffen und schlich trübselig an seiner Seite.

»Großvater! Onkel!«

»Was willst du?«

»Ich bin müde – trage mich!«

»Wo nicht gar! Was werden die Leute sagen! So ein altes, großes Ding!«

»Onkel Abraham, wenn du mich lieb hast, dann trage mich!«

»Bist du krank?«

»O nein, aber –«

Da wurde es dem heimatlosen Manne wunderlich zumut. Er beugte sich nieder und hob das Kind an seine Brust. Anita legte die Arme auf seine Schulter und schmiegte ihr Gesichtchen an seine Wange.

»Ist es gut so, Kind?«

Sie gab keine Antwort.

»Freust du dich auf deine Ponys und den Papagei und den Neger Sambo und Fräulein Lucie? Wir haben dich alle so lieb.«

Anita schwieg.

»Nun?«

»Ein wenig freue ich mich«, flüsterte sie.

»Weinst du, Kind?«

»Ein wenig, ja.«

Da musste sich der starke Mann auf eine Bank setzen, denn er zitterte, und das Herz tat ihm weh.

Der Seehund

»Birr!« sagte er und legte die Hand darauf. Dass er die Hand darauf legte, ist selbstverständlich, und birr statt mir zu sagen, entsprach seinem Charakter. »Birr!« war sein Wort.

So sagte er also »Birr!« und legte die Hand darauf.

Dieses Mal auf ein Fünfzigpfennigstück.

Der Vater hatte es stiftenderweise auf den Tisch gelegt, damit er und seine Geschwister den Seehund sähen.

Die Schwester wusch ihm Hände und Gesicht, unbesehen, denn es gehörte zu den festgesetzten Dingen, dass solches an ihm vollbracht wurde, ehe er in der Öffentlichkeit erschien. Dann wanderten sie über den Marktplatz auf die Bude zu, die trübselig zwischen dem Armenhaus und der Gemeindewaage stand.

»Gib's dem Manne!« sagte die Schwester. Er verstand und überantwortete dem Manne das Fünfzigpfennigstück. Der Mann schaute auf die Gruppe, ließ seine Blicke auf ihm ruhen und sagte in vornehmer Lässigkeit: »Kinder unter fünf Jahren zahlen die Hälfte.« Damit legte er ein Fünfpfennigstück auf das krüpplichte Tischchen, dessen einziger gesunder Fuß in der Ablaufrinne des Armenhauses stand. Die Schwester errötete respektvoll ob dieser freundlichen Behandlung; er aber sagte »Birr!« und legte die Hand darauf.

Er machte die Hand langsam zu einer Faust, und als er diese aufhob, war die Münze verschwunden. Er aber streckte aus der anderen Faust einen Finger und deutete auf das Kramlädchen jenseits der Mühlbrücke; und er steuerte lächelnd drauflos, wie ein Mann, der befriedigt seinen Geschäften nachgeht. Die anderen folgten, doch wandte sich die Schwester vorher an den Mann und sagte: »Entschuldigen Sie, wir kommen gleich wieder.«

Vor der Tür des Kramladens ergriff der nächstältere Bruder seine Hand und wollte mit ihm eintreten, denn eine herauskommende Frau hatte offengelassen. Er aber schüttelte missbilligend den Kopf und schaute in die Höhe. Da zog der Bruder die Tür zu, dass es klingelte, dann öffnete er sie wieder, dass es noch einmal klingelte. Jetzt erst, da sein Kommen in ordnungsmäßiger Weise angekündigt war, trat er ein, und die anderen kamen hinten nach. Er beachtete die freundlich grüßende Witwe Böhm nicht, sondern deutete auf eine bestimmte Schublade; es war die dritte in der zweituntersten Reihe, von rechts nach links gerechnet.

»Für fünf Pfennig Bärendreck!« sagte der Bruder, nahm das Geldstück aus der sich willig öffnenden Faust und legte es auf den Ladentisch.

Mit dem phantasievollen Namen Bärendreck bezeichnet in Wetbachhausen der Bevölkerungsteil, der den Begriff Wohlleben mit drei bis fünf Schubladen der Witwe Böhm verknüpft, die harten, schwarzen Brocken eingekochten Süßholzsaftes, die sich in einer dieser Schubladen befanden.

Frau Böhm holte eine spannenlange Stange von der Dicke eines derben Daumens heraus und legte sie auf den Ladentisch. Dann ergriff sie das Hackmesser, an dessen Eisen noch einige Krümchen Kandiszucker hingen, und hieb die Stange in der Mitte durch. Die Schnittfläche war wundervoll glatt und spiegelblank. Das eine von den beiden Stücken legte sie in die Schublade zurück, das Andere wickelte sie in Strohpapier, das, viereckig zugeschnitten, zur rechten Hand bereit lag. Bei all diesen Verrichtungen lächelte die Witwe Böhm, und die beiden Brüder schauten von dem Hackmesser nach ihren Lippen, ob da nicht auch die glänzenden Bröselchen Kandiszucker zu schauen seien.

Als die kunstgerecht zugewickelte Stange, an deren einem Ende ein gelbes Zipfelchen herausstand, auf die abgescheuerte Anrichte des Ladentisches zu liegen kam, sagte er: »Birr!« und legte die Hand darauf. Aber er reichte nur mit zwei Fingerchen bis hinauf; so konnte er die Stange nicht fassen, und sie fiel auf den Boden. Vertrauensvoll sah er zu, wie die Schwester den Erwerb aufhob, und verließ befriedigt den Laden.

Die kleine Schar wandte sich jetzt der Linde zu, links von der Mühlbrücke. Auf dem breiten, gemauerten Gesims, das den Stamm wie ein Kranz umgab, wurden die Rechtsgeschäfte der Wetbachhäuser Kinder vorgenommen. Hier ging denn auch die Verteilung des Bärendrecks vor sich. Die Schwester vollzog sie mit Hilfe eines Taschenmessers und eines großen Steins und legte die fünf Stückchen in gleichen Abständen auf den Sims. Als der jüngste hatte er zuerst zu wählen. »Birr!« sagte er und legte die Hand auf das größte Stück, für die Schwester blieb das kleinste übrig.

»Jetzt müssen wir aber zum Seehund«, sagte sie, »der Mann nimmt es uns sonst übel.«

Jedes steckte sein Stück in den Mund, und als sie die Bude erreichten, hatten sich sämtliche Mundwinkel schön schwarzbraun gefärbt.

»Nicht wahr, es tut nichts, dass wir nicht gleich gekommen sind?« fragte die Schwester schüchtern den Mann. Dieser schüttelte gütig den Kopf und hob den Vorhang. Die Kinder traten ein.

In dem dämmerigen Raume war nichts zu sehen als eine Badewanne. Sie stand mitten auf dem schwarzen Erdboden und war fast bis an den Rand mit Wasser gefüllt. In dieser Badewanne saß er, nämlich der Seehund. Die Kinder verteilten sich auf die verschiedenen Seiten der Wanne. »Er« sah ihm gerade ins Gesicht.

Jetzt trat der Mann heran und sprach:

»Der gemeine Seehund, auch Robbe genannt. Er hat die Form eines Kegels. Die Hinterfüße bilden ein Steuerruder. Mit den Vorderfüßen streichelt und putzt er sich. Aber er kann nur schlecht laufen. Das Weibchen bekommt nie mehr als ein Junges auf einmal, das es auf seinen Vorderpfoten trägt wie eine Mutter ihr Kind. Das Junge lernt bald alle Künste seiner Eltern. Dieses Exemplar ist einen halben Meter lang. Der Seehund nährt sich von Fischen und anderen Meertieren. Auch Frösche verschmäht er nicht. Wollen die Herrschaften ein wenig zurücktreten. Sie werden sonst nass.«

Als dieser Vortrag vollendet war, drehte sich der Seehund langsam um und bewegte das Wasser leise mit seinem Steuerruder. »Er« aber griff mit zwei Fingern der rechten Hand in den Mund, holte eine schwarze Masse heraus, näherte sich zutraulich der Badewanne und legte das Geschenk oben auf den Rand.

Im nächsten Augenblick schnellte der Seehund im Kreis umher, das Wasser schwappte hoch auf; an der Stelle, wo das Gastgeschenk lag, schlug es über den Rand und schwemmte die süße Gabe auf den Boden hinab und in den schwarzen Kot.

In tiefer Gemütsbewegung fasste »Er« seine Schwester am Schurz und schüttelte einmal ums andere den Kopf. Der Seehund aber legte seine Vorderpfote auf den Rand, stieg mit dem halben Leib über das Wasser empor und schaute ihn aus treuherzigen Augen gefühlvoll an. Ein leises Zittern lief über »Seinen« Körper; er trat einen Schritt zurück, wandte sich verlegen ab und verbarg sein verschämtes Köpfchen in dem Rock der Schwester. Diese beugte sich nieder und fragte: »Wollen wir heim?« Anstatt der Antwort schlang er seine Arme um ihr Kleid.

»Entschuldigen Sie, dass wir schon gehen«, sagte die Schwester zu dem Mann. »Es war wunderschön, und Ihr Vortrag war so interessant! Wir blieben noch gern länger, aber ich fürchte, er tut nicht mehr gut.«

Die Kinder verließen die Bude und gingen über den Marktplatz nach Hause.

Daheim erzählten die Knaben, dass der Seehund sein Junges auf den Pfoten trage, und dass der Birrle, so hieß »Er« in der Familie, dem Seehund seinen Bärendreck verehrt habe; die Schwester erzählte, wie der Mann so freundlich gewesen sei, und fragte den Vater: »Nicht wahr, das ist doch ein besserer Mensch?« »Er« aber war mauderig wie ein Vögelchen vor der Mauser, wollte

221

nicht essen und nicht spielen, und die Mutter argwöhnte, dass eine Krankheit in ihm stecke.

Um fünf Uhr pflegte er Schlaf zu kriegen, und da die Mutter um diese Stunde am wenigsten Zeit hatte, ihn zu Bett zu bringen, war sie gewohnt, ihn im Vorbeigehen auf das Sofa zu legen, wo er in der Regel alsbald einschlief. Die Kinder pflegten ihm dann Worte ins Ohr zu flüstern wie: »Schinken – Wurst! Schinkenbrot mit wenig Brot und viel Schinken! Eine dicke Wurst!« Und sie zauberten dadurch ein holdes Lächeln auf sein Angesicht.

Aber diesmal war der Verlauf ganz anders. Die Mutter legte ihn auf das Sofa, drückte das Köpfchen in den gewohnten Winkel und einen Kuss auf das Köpfchen. Da spürte sie, wie unter ihrem Kuss seine Lippen bebten und ihm ein tiefer Seufzer aus dem Busen quoll.

»Was fehlt meinem Birrle?« fragte sie besorgt.

Es kam ein neuer Seufzer; der Mund verzog sich und tat sich mächtig auf, und: »Seehund!« rief er im Ton des tiefsten Schmerzes.

Dann heulte er gesund und kraftvoll. Die Mutter merkte an Stärke und Tonfall, dass ihrem Birrle keine Krankheit drohe. Darum war sie nicht erschrocken. Aber sie war aufs höchste erstaunt.

»Kinder, Kinder«, rief sie, »der Birrle hat ›Seehund‹ gesagt!«

Die Kinder kamen herbei, und staunend umstanden sie das heulende Brüderchen. Das heulte und heulte und sah durch die strömenden Tränen eines nach dem anderen jammervoll an. »Seehund ... birr!« schluchzte er, die Kinder jubelten, und er verdoppelte sein Geheul. Die Mutter schickte die Kinder hinaus, nahm ihn auf den Schoß, denn sie hatte noch nie erlebt, dass sich eines ihrer Kinder in den Schlaf geweint hätte, und holte die Arche Noah herbei, um ihn auf andere Gedanken zu bringen.

Sie stellte zuerst die Familie unseres Ahnherrn auf und ließ dann den Zug der Tiere heranmarschieren. Leise weinend sah er zu. Als sie aber so unvorsichtig war, die Geschöpfe zu loben, sauste ein Faustschlag auf die Spitze des Zuges nieder, so dass dem Vater Noah das Genick gebrochen und einem braven Kamel alle vier Beine zermalmt wurden.

»Seehund!« schrie er aus Leibeskräften, und sein Geheul verdreifachte sich.

»Wir wollen den Seehund suchen«, sagte die gute Mutter und wühlte mit der rechten Hand in dem Haufen der übereinander geschütteten Tiere.

Er hörte auf und sah mit Spannung zu.

»Da ist ein Seehund!« rief die Mutter und setzte eine von Noahs Tauben vor ihn auf den Tisch. Er schaute einen Augenblick hin, dann ergriff er die Taube und warf sie über den Tisch an die Wand, dass sie, zurückprallend, auf die Glasglocke der Lampe aufschlug. Dann griff er in den Haufen, fasste Japhet und sein Weib, die doch beide ganz unschuldig waren, und warf sie in das Waschbecken, das neben der Arche auf dem Tische stand.

Jetzt aber wurde die Mutter ernstlich böse. Sie rettete zuerst unsere Erzeltern vor dem geschichtswidrigen Tode des Ertrinkens und stellte sie zum Trocknen auf den Kleiderschrank. Dann legte sie »Ihn« auf ihren Schoß, und zwar so, dass er nach unten schaute, und ein helles Geklatsche gab Zeugnis von der strotzenden Fülle seiner Muskulatur.

Sein Zorn war gebrochen, aber sein Jammer wurde herzzerreißend. »Seehund, Seehund!« schluchzte er zwischen Geschrei und stiller fließenden Tränen. Da half sich die Mutter durch ein Mittel, das jede Pädagogik brandmarkt; sie vertröstete ihn: »Morgen gehen wir zum Seehund; wenn du ausgeschlafen hast, darfst du wieder zum Seehund.«

Er sah die Mutter unter Tränen an. Die küsste ihm die Augen und wischte ihm das Näschen. Endlich beruhigte er sich, trank seine Milch und wurde zu Bett gebracht. Als die Mutter mit ihm gebetet hatte, setzte er auf ihr Amen ein vertrauensvolles »Seehund, birr!« und schloss die Augen. Es gab ihm noch einige Stöße vom Herzen herauf. Wie die Mutter zum dritten Mal nach ihm sah, lag er in tiefem Schlaf.

Am anderen Morgen stieß die Mutter den Fensterladen zurück, und der Tag quoll in die Stube. Der Birrle zog die Füßchen in die Höhe, das Körperchen kugelte auf die linke Seite, die Ärmchen stemmten sich in das Kissen, dann richtete sich die Gestalt zu ganzer Lebensgröße auf, die großen runden Augen schauten der Mutter erwartungsvoll in das lachende Gesicht, und über die aufgeworfenen kirschroten Lippen kam der Morgengruß: »Seehund!«

Während er gewaschen und angezogen wurde, zeigten sich Arme und Beine merkwürdig willfährig, so dass die Mutter in der halben Zeit mit ihm fertig war. In musterhafter Bravheit verzehrte er, was ihm sein Löffelchen in den Mund führte. Dann band ihm die Schwester sein neues rotes Schürzchen um, strählte seine Haare und setzte ihm sein Käppchen auf. Er aber ging an den Kleiderrechen, packte sein seidenes Mäntelchen, sah die Schwester an und sagte: »Birr!«

»Mutter, darf der Birrle sein grünes Mäntelchen anziehen?«

»Was fällt dir ein!«

»Aber er möchte es so gern haben!«

Die Mutter fürchtete eine zweite Auflage des gestrigen Geheuls. »Nun denn in Gottes Namen!«

So zog ihm denn die Schwester das grüne Mäntelchen an. Das war sein aller-allerbestes Staatskleid; er kam sich immer ganz ehrwürdig darinnen vor.

Sie stiegen miteinander die Treppe hinunter nach dem unteren Hausgang. Er strebte zur vorderen Haustür hinaus. »Halt, Freund«, sagte die Schwester, »hinten hinaus geht unser Weg!«

Da warf er einen vorwurfsvollen Blick die Stiege hinauf, machte sich los von seiner Schwester und legte die Händchen hinter seinem Rücken aufeinander. So folgte er still und trotzig der vorausgehenden Schwester in das Höfchen hinter dem Hause.

In dem Höfchen war ein leerer Entenstall, ein leerer Schweinestall, ein leerer Holzschuppen und eine kahle Scheunenwand. Auf dem sauberen, sonnigen Pflaster lagen allerhand hölzerne und blecherne Geschirrchen. Hier war sein Vormittagsreich.

Die Schwester überzeugte sich, dass die Tür, die aus dem Höfchen auf die Gasse führte, geschlossen sei, und dachte, als sie nach dem Hause zurückkehrte: Er sieht doch herzig aus in dem roten Schürzchen und dem grünen Mäntelchen! »Gib mir einen Kuss, Spatz!« sagte sie. Er aber drehte ihr den Rücken und schaute die leere Scheunenmauer an. Da holte sie sich ihren Kuss und eilte ins Haus zurück, um der Mutter bei der Morgenarbeit zu helfen.

Er stand eine Weile in der Mitte des Höfchens, dann setzte er sich auf die warmen Pflastersteine, griff nach einem Holztellerchen, legte es gleichgültig auf die Seite und wartete der Dinge, die da kommen sollten.

Und es kam des Nachbars schläfriger Hermann, um aus dem Keller, der an den Nachbar verpachtet war, einen Krug Birnenmost zum Zehnuhrbrot zu holen. Er ließ die Tür hinter sich sperrangelweit auf und verschwand im Keller. Da stand »Er« auf und ging wie einer, der entschlossenen Sinnes ist, auf die offene Tür zu. »Seehund!« sagte er vor sich hin und verschwand auf die Gasse. Gleich darauf kam der Nachbarsohn aus dem Keller, schloss hinter sich zu, verließ den Hof, zog die Hoftür hinter sich in die Falle und ging schläfrig seines Weges.

Kurz vor zwölf Uhr wollte »Ihn« seine Schwester holen, aber das Höfchen war leer. Weder die Mutter, noch der Vater, noch die Magd, noch die Brüder wussten etwas von ihm. Der Vater suchte im gegenüberliegenden Schlossgarten, die Brüder durchstöberten die Scheunen, die Höfe und die Ställe der Nachbarschaft, die Magd fragte in den Häusern hin und her, die Schwester durchkroch die Winkel hinter dem Marktplatz. Die Mutter blieb daheim, damit jemand da sei, wenn er selber zurückkehre oder ihn jemand brächte. Sie trug ihr schweres Herz treppauf treppab, stubenein stubenaus, schaute zu den Fenstern hinaus auf die Gassen und seufzte und flehte in jedem Winkel.

Der Marktplatz, die Hauptstraße, die Gassen waren menschenleer, denn die Leute von Wetbachhausen hatten rasch Mittag gemacht und waren wieder hinaus zur Heuet gegangen. Nur der blinde Eisenbärle stand auf dem Marktplatz an seinem gewohnten Eck.

Der Eisenbärle war ein steinalter Jude, der viele Jahre lang das alte Eisen in Wetbachhausen gesammelt und es in Sensenbach verkauft hatte. Er hieß Abraham Bär und wurde zum Unterschied von den anderen Bären des Städtchens der Eisenbärle genannt. Jetzt war er blind, und solange der Tag schien, stand er an seiner Ecke, die er mit dem Rücken blank gescheuert hatte, und sonnte sich. Hut oder Mütze trug er nie. Seine schneeweißen Haare fielen ihm auf den ehrwürdigen schwarzen Rock, den er auch am Werktag trug, da ihm die reichen Glaubensgenossen von Wetbachhausen ihre abgelegten Sabbatröcke verehrten.

Er war ein guter Mensch und hatte alle Kinder lieb. Die Kinder pflegten ein Liedlein hinter ihm her zu singen, das fing an: »Eisenbärle, kreideweiß!« Die zweite Verszeile gab einen unreinen Reim auf diese erste und sprach einen wohl nicht ganz unbegründeten Verdacht aus gegen Eisenbärles Ehrenkrone, seine kreideweißen Haare. Aber der Eisenbärle nahm das Liedlein nicht übel, und es war auch gar nicht böse gemeint.

Das war der einzige Mensch gewesen, der auf dem Marktplatz gestanden hatte, als Birrle auszog, den Seehund zu suchen.

Birrles Schwester stand mit dem Eisenbärle auf sehr gutem Fuß. Sie hatten beide etwas miteinander erlebt, was ihnen tief zu Herzen gegangen war. Es war schon mehrere Jahre her. Sie hatte damals Besuch von einer Freundin aus der Stadt, und die beiden Mädchen lagen miteinander im offenen Fenster. Vor ihnen stand ein Glas voll Seifenwasser, denn sie hatten Seifenblasen zum Fenster hinausgeschickt und waren des Spiels müde geworden. Da kam der Eisenbärle den Bürgersteig daher. Er ging wie immer barhäuptig, mit vornübergebeugtem Kopf, dicht an den Käufern hin und tastete mit dem Stock nach der Rinne zur rechten Hand.

Eine Kinderschar zog hinter ihm her und sang:

»Eisenbärle, kreideweiß ...«

»Du, dem schütten wir das Wasser auf den Kopf!« sagte die böse Gefährtin, und ehe es die andere hatte wehren können, war der Unfug schon verübt. Die

Täterin fuhr vom Fenster zurück und versteckte sich unter dem Sims. Die Genossin aber sah, wie der Eisenbärle stehenblieb und mit seinen ausgelöschten Augen heraufschaute. Das ging ihr ins Herz. Im Nu stand sie unten und wischte ihm mit einem Handtuch das Wasser aus den Haaren und vom Rock und sagte ihm, was ihr gutes Herz ihr eingab. In dieser Stunde verlor sie eine Freundin und gewann einen Freund.

Auf diesen ihren alten Freund fielen ihre Blicke, als sie auf den Marktplatz zurückgekehrt war. Sie sprang zu ihm hin und fragte: »Eisenbärle, hast du mein kleines Brüderchen nicht fortgehen hören? Es ist aus unserem Höfchen entwischt, und wir wissen nicht, wohin. Er hat sein grünes Mäntelchen an. Ja so ...«

Der Eisenbärte neigte sein Haupt und sagte: »Dein Brüderchen ist nicht dahin gegangen, und dein Brüderchen ist nicht dorthin gegangen. Es ist Schule gegangen.«

»Ach, was sollte es Schule gehen!« rief das Mädchen und sah in die kurze Gasse hinein, die zur Synagoge führte. »Da müssten wir's schon lang wiederhaben. Dort kann es ja nirgends hinaus. Du hast gewiss geschlafen, Eisenbärle. Weißt du, wo der Seehund hingegangen ist? Ich fürchte, er ist dem Seehund nachgezogen.«

»Der Mann mit dem Seehund ist zum Hinterstädtchen hinaus«, antwortete der Eisenbärle.

»Danke!« rief das Kind und sprang über die Mühlbrücke dem Roten Reisig zu.

»Er hat sein grünes Mäntelchen an!« sagte sie sich zum Trost. Es war ihr, als könne ihrem Brüderchen nichts Böses widerfahren, wenn er sein grünes Mäntelchen anhabe.

»Sie ist ein gutes Kind!« murmelte der Eisenbärle vor sich hin und wandelte langsam zur Schule.

Vor seiner Erblindung war er Synagogendiener gewesen. Er hatte das Gärtchen rings um die Schule angelegt, das den Abschluss der Sackgasse bildete. Ehe er zum Nachtmahl in das Judenhaus ging, das gerade an der Reihe war, saß er noch gern ein Weilchen auf der sonnigen Bank mitten im Schulgärtchen, roch den Jasmin, den er gepflanzt hatte, und hörte dem Pfeifen der Vögel zu.

So tat er auch heute. Aber er musste an das gute Kind denken und an dessen verlorengegangenes Brüderchen, und er hob das Gesicht und lauschte. – Wie war es denn all die Weile her dem Birrle ergangen?

»Seehund!« sagte er, als er in dem Gässchen stand, und er ging seinem Näschen nach, bis er mitten im Judengärtchen angelangt war. Hier setzte er sich auf den Boden und spielte eine Weile mit den Kieseln und Blumen, bis ihn ein Bienchen vertrieb. Dann ging er um die Synagoge herum, bis sie hinter ihm lag, und stand zwischen dem weißen Gemäuer und dem lebendigen Hag. Da kam eine Katze hergejagt und sprang über die Hecke. Hinter ihr kam ein kläffender Köter daher. Der schaute den Hag hinauf, aber er war ihm zu hoch, dann suchte er ein Loch und fand endlich eins. Er drängte sich durch, und fröhlich bellte er einer Taubenschar nach, die er aufgescheucht hatte.

Der Birrle sah das Loch an, durch das der Spitz geschlüpft war, dann legte er sich auf den Bauch und machte es wie jener. Aber es ging mühsam und langsam, und als er sein Köpflein und die beiden Arme durchgezwängt hatte, war er müde geworden und schlief ein.

Ein roter Schneck fing an, unter seinem Hälslein durchzukriechen, ein Haselmäuschen schnüffelte in sein Öhrchen hinein, ein Falter sog an seinem Odem; und der Schneck kam wohlbehalten auf der anderen Seite heraus. Da wachte Birrle auf, rieb sich die Augen und schaute nach rechts und nach links.

»Seehund!« sagte er, kroch vollends zur Hecke hinaus, richtete sich auf und ging strebsam weiter quer über die Wiese auf den Mühlbach zu.

Als er das Wieschen durchwandelt hatte, stieg er einen kurzen Rain hinab, schlüpfte durch ein Weidengebüsch und stand vor dem klaren, stillen Spiegel des Baches.

Das Wasser hatte sich hier tief in das weiche Ufer gefressen, und so war eine stille, grünüberhangene Bucht entstanden; anderthalb Klafter weiter rauschte die Strömung des Mühlbachs.

Als der Birrle am Rande des Wassers angekommen war, beugte er sich vor und schaute in den Spiegel. Da sah ihm ein Gesicht entgegen, das er schon gesehen hatte. »Seehund?« rief er überrascht, halb freudig, halb fragend. Als sich aber das Bild freundlich zu ihm herneigte, war aller Zweifel vorbei. »Seehund birr!« rief er entzückt, beugte sich nieder, um seinen Freund zu streicheln, und fiel in den Bach.

Als er wieder auftauchte, hatte ihn das ziehende Wasser aus dem Gumpen hinaus in den freien Lauf geschoben, die Strömung fasste ihn und riss ihn gegen die Mühle zu. Das grüne Mäntelchen bauschte sich über ihm wie ein Segel, und als er unter dem schmalen Steg hindurchtrieb, verfing sich die wehende Seide in die Zähne des eisernen Rechens, der unter dem Stege angebracht war, damit er das weggeschwemmte Wiesenheu aufhalte. Der Rechen fasste das Mäntelchen unter den Ärmchen und an der Brust und hielt es fest.

Das Seidenzeug war gut, und so hing er wie der Dieb am Galgen. Das Gesichtchen war über dem Wasser, aber die Gliederchen wurden vom rauschenden Bächlein überspült und geschwenkt, und wenn das grüne Mäntelchen unter der Last des zappelnden Bübleins schliss, dann trieb ihn die Strömung unter dem Rechen durch ins Verderben. Sein Zetergeschrei drang in kein menschliches Ohr. Bald wurde aus dem Geschrei ein leises Wimmern, und endlich verstummte das auch. Nur dann und wann, wenn eine hochaufspritzende Welle in seine Ohrmuschel schlug, oder wenn ein vorüberschwimmender Enterich nach seinem Fingerlein schnappte, wimmerte er wieder auf. So kam es, dass sein Vater ahnungslos um das Synagogengärtchen herumlief und, da die Welt dort ein Ende hat, wieder zum Gässchen hinausging, während sein Söhnchen einige Schritte davon in Lebensgefahr schwebte.

Aber als der blinde Eisenbärle in demselben Gärtchen auf seiner Bank saß und den Jasminduft roch und auf das Pfeifen der Vögel horchte, hob er mit einem Male sein Gesicht hoch und lauschte. Dann stand er auf, ging um die Synagoge herum in den hinteren Teil des Gärtchens und horchte über den Hag hinüber. Seine lichtlosen Augen wandten sich dem Stege zu.

»Gott der Gerechte!« murmelte er vor sich hin und stützte die zitternden Hände auf seinen Stab.

Aber nur einen Augenblick hielt er still. Er wusste einen Schlupf, dort hinaus zu kommen: durch das Haus des jetzigen Synagogendieners. Der Mann war auf dem Handel, aber seine Tochter, die Sara, musste zu Hause sein. Machte sie nicht der Frau Aaron Meyer ein neues seidenes Kleid auf der Maschine?

Das Eisenbärle verließ das Gärtchen, tastete sich nach dem Nachbarhause, die steinerne Treppe hinauf, in den Hausflur hinein. Die Stube war verschlossen, Daniel Hirsch war auf dem Handel. Aber oben rasselte die Maschine der Sara. Sollte er hinauf und die Sara holen? Aber die Treppe war steil, halsbrecherisch; einmal ist er hinaufgestiegen, vor sieben Jahren, und wie er halbwegs oben war, ist er hinuntergefallen. Zudem, was sollen die Weiber? Was können die Weiber? Sie können schreien, sonst nichts.

So ging er denn an der Stiege vorbei, die hintere Haustür hinaus durch ein Höfchen und durch ein Gärtchen und durch ein Pförtchen der Stadtmauer auf die Wiese hinaus.

Als er draußen stand, fiel ihm ein, dass er ein alter, blinder, schwacher Mann sei. Sollte er nicht zurückgehen in das Städtchen und Hilfe holen? Aber Gott hat mich nicht hergeführt, dass ich soll weglaufen, Gott hat mich hergeführt, dass ich soll retten.

Und er tastete sich mit seinem Stab über die Wiese dem Steg zu.

Jetzt ging es bergab. Er musste sich niedersetzen und hinunterkriechen. »Sie ist ein gutes Kind, sie ist ein gutes Kind!« murmelte er, während ihn die Todesangst schüttelte. Jetzt hatte er wieder festen Boden. Er stand auf und tastete mit dem Stab. Dicht vor ihm ging es ins Wasser hinein. Wo war der Steg, oben oder unten? Er lauschte und hörte das Rauschen des Bachs weiter aufwärts, und von dorther klang jetzt wieder ein leises Gewimmer.

Vorsichtig ging er das Ufer entlang auf das Rauschen zu, indem er mit dem Stock jeden Schritt vortastete und sich des festen Bodens versicherte. Jetzt stieß er mit dem Stab an einen Stein, mit dem Fuß an eine Stufe. Hier ging es zum Steg hinauf.

Er kauerte nieder, legte den Stock in seinen Schoß und griff mit den Händen. Es waren eine, zwei, drei Stufen, und hier war das Brett.

Er richtete sich auf, setzte den Fuß auf die erste Stufe und zog den Körper nach. Ebenso auf die zweite, dann auf die dritte, und jetzt stand er oben auf dem Brett.

Er wusste, dass das Brett sehr schmal war. Als er noch sah, war er als ängstlicher Mann niemals darüber gegangen. Und jetzt sollte er sich darauf wagen, da er in der Finsternis ging und hier eine Tiefe und dort eine Tiefe brauste.

Sie ist ein gutes Kind!

Mit seinem getreuen Stock vorwärts fühlend und nach den beiden Rändern des Brettes tastend, schob er seine Füße langsam vor und kam so endlich bis nahe an das andere Ufer.

Da stand er still, unmittelbar unter sich, ein klein wenig weiter zurück, hatte er's gehört, ein schwaches Ächzen.

Er drehte sich vorsichtig um und schob sich ein wenig nach der Seite zurück, von der er gekommen war, dann ließ er sich in die Knie nieder, legte seinen Stab zwischen die Beine und griff mit beiden Händen, rechts und links an dem Brette vorbei, hinunter in die Tiefe.

Da hörte er wieder das Gewimmer, gerade unter sich zur rechten Hand, aber weiter unten, als seine Finger reichen konnten. Darum legte er sich auf den Rücken, streckte sich aus, dass er der Länge nach auf dem Brette lag, schob sich links hinüber, damit er sich ungefährdet auf die rechte Seite legen könne, drehte sich langsam um, bis sein Rücken oben war, und streckte seinen linken Arm hinunter, so weit es ging.

»Was für ein feines Seidenzeug!« murmelte er.

Jetzt hatte er das Mäntelchen gepackt, und jetzt griff er in einen Ruschelkopf, und jetzt fasste er ein Ärmchen, und jetzt hielt er das Kind frei in der Luft, denn das Mäntelchen war völlig durchgeschlissen. Aber er konnte das Kind nicht zu sich auf das Brett lüpfen, dazu war sein Arm zu schwach. Er wollte die Knie zur Brust ziehen und aufstehen und das Kind so zu sich aus der Tiefe nehmen, aber seine Knie zitterten, und bei dem ersten Versuch, sich aufzurichten, glitten sie kraftlos zurück. Er griff mit der rechten Hand nach dem Stock, aber stieß mit dem Ellbogen an seinen getreuen Freund, und der fiel in den Bach.

Da blieb ihm denn nichts anderes übrig, als um Hilfe zu schreien. Das tat er denn auch erbärmlich genug, und Birrle stand ihm bei, so gut sein ausgeschrienes Kehlchen es vermochte. Fräulein Sara Hirsch hörte die Hilferufe nicht, denn sie nähte gerade eine Rüsche. Aber Birrles Vater hörte das klägliche Geschrei.

Auf seiner verzweiflungsvollen Suche war er seiner Tochter begegnet, die hatte ihm erzählt, der Eisenbärle habe gesagt, das Kind sei Schule gegangen. Darauf war er umgekehrt, war in das Städtchen zurück und in das Judengärtchen geeilt. Sein Töchterchen war ihm vorausgesprungen. Sie kam ihm mit dem Mützchen entgegen, das sie an der Hecke gefunden hatte; jetzt bemerkten sie auch das Loch, durch das der Birrle geschlüpft war, und im gleichen Augenblick hörten sie das Geschrei des Eisenbärle und das wohlbekannte Wimmern des verlorenen Kindes.

Ach, wie erschrak und wie jubelte ihnen das Herz, als sie, über die Wiese laufend, den Eisenbärle in seiner jammervollen Lage erschauten und gleich darauf auch das Kind, wie es über dem Wasser schwebte!

Der Vater sprang in den Bach, der über dem Steg nicht tief war, und nahm dem Eisenbärle sein Söhnchen aus der Hand. Er drückte es flugs an das Herz und reichte es seinem Töchterchen, dann half er dem alten Mann auf die Beine und führte den Zitternden über den Steg und in sein Stübchen beim Samuel Bär am alten Turm.

Der Birrle wurde daheim ausgezogen und untersucht vom Wirbel bis zur Sohle. Aber es fehlte ihm nichts, auch nicht das allergeringste. Ein Schühlein mit samt dem Strumpf war fort, und das grüne Mäntelchen war in zwei Teile gespalten wie der Mantel des heiligen Martinus.

Tiefe Atemzüge, häufige Seufzer und verdutzter Blick waren die einzigen Merkzeichen davon, dass etwas Außerordentliches mit ihm vorgegangen war, und da er sich an dem Rest des Tages überaus sanftmütig betrug, so erhoffte die Mutter von dem Ereignis einen günstigen Einfluss für seinen werdenden Charakter.

Als ihn die Mutter in tiefer Bewegung aus dem Abendbade nahm, hing sie die beiden Hälften des grünen Mäntelchens um das dralle, nackte Körperlein. Es sollte sich noch einmal um die bewahrten Gliederchen schmiegen und dann bei den Reliquien der Familie aufbewahrt werden. Die Mutter küsste ihr Birrle auf das gerettete Herzchen, auf das von dem Griff Eisenbärles aufgeschwollene Ärmchen, und dann hob sie ihr Kerlchen hoch zum Spiegel empor, damit es sich noch einmal im grünen Mäntelchen schaue. Als er aber sein Bild im Spiegel erblickte, wandte er sein Auge voll Entsetzen weg und klammerte sich um der Mutter Hals.

»Was hast du denn, Liebling? Schau doch, wer ist denn das?«

Da warf er einen ängstlichen Blick nach dem Spiegel und hauchte: »Seehund!«

Die Mutter ahnte den Zusammenhang. Sie tanzte mit ihrem Kindchen im Schlafzimmer auf und nieder, damit es den Eindruck vergessen habe, wenn es sich zum Schlafen lege. Das war denn auch der Fall; und er überwand bald die Furcht vor sich selber, fing an, sich zuzulächeln, und endlich wagte er es auch, festgehalten von der Mutter und sich festklammernd an deren Hemdenpreis, sein Bild im Spiegel zu »eien«.

Und ein merkwürdiger Vorgang vollzog sich in seinem Inneren. Das Bild von seiner eigenen Persönlichkeit verschmolz mit dem Bilde des Seehunds zu einer Vorstellung, mit der er sich selber meinte, und zugleich ein erhabenes Wesen, das von ihm und mehr noch von Anderen Ehrfurcht erheischte. Wenn man ihn fragte: »Wer bist du?« oder: »Wie heißest du?« dann antwortete er voll Selbstgefühl: »Birr Seehund!« – Und wenn er etwas in Beschlag nahm und zum Zeichen dessen die Hand darauf legte, dann sagte er: »Seehund birr!« Das bedeutete: Dies gehört dem Seehund, nämlich mir.

Auch der Eisenbärle nahm von dem Abenteuer keinen Schaden. Er lebte noch siebzehn Jahre lang frisch und gesund und trug sich sogar noch einmal mit Freiersgedanken. Und warum denn nicht? Hieß er nicht Abraham wie sein großer Vorfahr?

Seine Heldentat verbreitete einen sonnigen Glanz über den Rest seines Lebens. Er wurde verehrt und geliebt, und eine Weile hindurch verstummte sogar der Kindergesang: Eisenbärle, kreideweiß ..., weil die Sänger von Birrles Brüdern gehauen wurden. Aber das Eisenbärle sagte zu seiner Freundin: »Das andere ist mir lieber als das Wehgeschrei. Ich bin's gewöhnt; es tut mir wohl.«

Da wurden Birrles Brüder und später auch der Birrle selbst die Vorsänger, und der Kantus erscholl mit ungeschwächter Kraft, bis der Eisenbärle, nahe an die Hundert alt, mit Tod abging.

Was dankbare Liebe für den blinden Juden erdenken konnte, ward ihm zuteil. Am wohlsten tat ihm der Zuspruch seiner Freundin; besonders in den Tagen, wo ihm seine Glaubensgenossen abhold waren, in den Tagen seiner Freierei, war ihm ihr Trostwort eine gute Gabe. Und als endlich der Tod auch an ihn herankam, tat es ihm sanft wie ein warmes Streicheln, wenn er zwischen den zitternden Stimmen seiner ehrwürdigen Brudersöhne und den Judenbässen seiner Schwesterenkel die milde Stimme seiner Freundin vernahm. Sie war schon Gattin und Mutter und kam von ihrem Landgut herüber, so oft sie konnte.

In seinen Fieberphantasien erlebte er noch einmal all das Grauen seiner großen Stunde, und es kam ihm vor, als ob er darinnen umgekommen wäre. Mit halb klagender, halb erhabener Stimme sang er vor sich hin:

»Ich bin hinuntergestiegen in die Fluten der Finsternis, Ich habe das Kind gerettet aus dem *Rachen des Todes:* Mein Tod war Simsons Tod, Wie ein Held bin ich gestorben.«

Da reichte ihm seine Freundin den Eierpunsch. Sie hob seinen Kopf mit dem Kissen in die Höhe und sagte: »Eisenbärle, trink einmal!«

Er schlürfte den süßen Trank, dann legte er seine Hand auf ihren braunen Scheitel und sagte: »Du bist ein gutes Kind!«

Seit Menschengedenken war keine solche Judenleiche wie die des Eisenbärle gewesen. Die Leiche des reichen Aaron Meyer war nichts dagegen gewesen. Von weitem kamen die Leute, um dem Patriarchen der Gegend das letzte Geleit zu geben. Seine Freundin ging mit den Judenweibern bis zum ersten fließenden Wasser, der Birrle aber, der von der Hochschule herübergekommen war, half den Judenmännern das Grab zuschütten droben auf dem Judenfriedhof im weiten, schweigenden Walde.

Er ist später ein braver Mann geworden, und seine Füße laufen noch rüstig in einer deutschen Stadt herum. Wenn er sich einem Fremden vorstellt, sagt er nicht mehr: »Birr Seehund!« Aber wenn im Kampf des Lebens die tapfere Stimmung über ihn kommt, die der Deutsche sonst in die Worte kleidet: »Dies ist unser; so lasse uns sagen, und so es behaupten!« sagt er heute noch: »Seehund birr!« und legt die Hand darauf.

Hilarius Hochwart

Sein Vater war ein Korbflechter und wohnte im letzten Häuschen gegen Sensenbach zu. Wunderlieblich hängt's an der Berglehne; oben der Tannwald, unten der Bach. Windschief freilich sind die Wände, und der Giebel ist durch einen Balken gestützt. Aber gerade das sei so malerisch, hat das Fräulein aus der Stadt gesagt; sie gäbe viel drum, wenn sie in einem windschiefen Häuschen mit gestütztem Giebel wohnen dürfe. Und sorgfältig kletterte sie die steinerne Leiter hinauf, die, aus rohen Felsblöcken zusammengefügt, von der Landstraße zum Häuschen führt. Als sie droben war, kam sie an einer geschlossenen Tür und an einem niedrigen Fenster vorbei. Im Vorüberwandeln lugte sie durch die Scheiben und sah in eine schattige, leere Stube hinein. Auf dem großen Tisch in der Mitte tanzte ein Sonnenvögelchen. Sie ging weiter. Ihr Strohhut nahm eine Spinnwebe mit, die von einem Stallfenster herunterhing. Mit hochgehobenem Kleid spazierte das Fräulein den Pfad hin zwischen Dunghaufen und Scheunenwand und stieß auf ein niederes, in den Berg gemauertes Ställchen. Hier war der freie Fleck etwas größer, darum ließ das Fräulein ihr Kleid fallen. Sie wandte sich um, lehnte sich an das hölzerne Türchen und stieß einen Ruf des Entzückens aus.

Es ist auch gar zu hübsch, das Tälchen bis zur Mühle hinauf.

Dort kommt der Postwagen, der uns gestern hergebracht hat, dachte das Fräulein; wie sah da alles so staubig aus durch die staubigen Fenster, und wie ist jetzt alles so goldig! Aber am herzigsten ist es hier oben. Wenn Papas Halsleiden überhandnimmt, so dass er sich pensionieren lassen muss, weil er kein Kolleg mehr lesen kann, dann muss er sich hier oben eine Villa bauen, noch ein wenig weiter hinauf; ich denke, wir werden gute Nachbarschaft halten mit denen da drinnen.

In diesem Augenblick wäre fast ein Unglück geschehen. Während nämlich das Fräulein in Gedanken den Papa überredete, sich hier oben anzusiedeln, war es nach seiner Gewohnheit mit dem Rücken ein wenig hin und her gerutscht und hatte den Riegel der Stalltür zurückgeschoben. In dem Stall aber war ein feuriges Schweinchen eingesperrt, das erst vor einer Stunde vom Sensenbacher Markt gekommen war. Wie der Sturmwind brach das Tierchen heraus und wollte sich mit aller Gewalt den Weg durch das Fräulein hindurch bahnen, halb quiekend, halb grunzend.

Für den Augenblick war das Fräulein arg erschrocken; aber in seiner angeborenen Tapferkeit wankte und wich sie nicht von der Stelle, wie wenn sie darauf vereidigt gewesen wäre, das Schweinchen nicht herauszulassen. Zum Glück bemerkte selbiges nicht, dass des Fräuleins Rock unten aufhörte, und drückte immer geradeaus. Sein Widerpart aber schlug das rechte Bein, auf dessen Wade das Rüsselchen aufdrückte, hurtig über das andere Bein und beugte sich ein wenig nach links hinüber: da glitt das stemmende Schweinchen ab und schoss halbrechts an dem Fräulein vorbei auf den Dunghaufen los. Wie es hinaufkletterte, so hurtig mit den Vorderbeinchen fußelnd und so wacker mit den Hinterbeinchen stemmend!

Jetzt war es oben, und hast du mich gesehen – ist es auf der anderen Seite hinuntergepurzelt, und wie ein dicker Sonnenstrahl schoss es den Berg hinab, und auf und davon.

»Gott sei Dank«, sagte das Fräulein und faltete die Hände, »es ist so sauber, wie wenn es sich gewaschen hätte!« In der Tat, das Tierchen war zum Streicheln blank. Jetzt lief es drunten auf der Straße spornstreichs dem Postwagen entgegen. Kurz vor den Pferden machte es rechtsum und verschwand im Straßengraben. Der Postknecht schaute links zurück, bis ihn ein Birnbaumast in den Nacken schlug, ein Reisender deutete mit dem Regenschirm zum hinteren Fenster hinaus, ein anderer ließ flugs das Seitenfenster hinab, steckte den Kopf durch und sagte: »Dort ist es.«

Was von diesen Vorgängen von der Berglehne herab zu erspähen war, wurde von dem Fräulein mit großer Aufmerksamkeit betrachtet. Aber da, jetzt ward es im Häuschen lebendig, und wie! Ein Büblein sprang heraus, fünf Spannen hoch. Wie vorhin das Schweinchen kletterte es auf den Dunghaufen, es hielt Ausguck, glitt lautlos hinab und jagte den Berg hinunter. Nach ihm kam ein anderes Büblein zur Haustür heraus, ein bisschen kleiner, kletterte, glitt und sprang dem Bruder nach. Dann trippelte ein kleines Mädchen heraus, an dem Dunghaufen vorbei, die Treppe hinunter. Dann kam wieder ein Bub, und noch einer, und wieder ein Mädchen, und noch vier, Buben und Mädchen, immer eines nach dem anderen. Das Fräulein schlug vor Verwunderung die Hände zusammen. Was geht doch alles in so ein Häuschen hinein! Und jetzt kam der Vater, ein großer Mann mit struppigem Bart. Er musste sich bücken, um durch die Haustür zu kommen. Er hielt die Hand vor die Augen und spähte hinunter; dann humpelte er langsam die Treppe hinab. Das Fräulein bemerkte, dass er einen Klumpfuß hatte. Jetzt möchte ich auch noch die Frau sehen, die so viele lebendige Kinder geboren hat, dachte das Fräulein und blickte voll Verlangen nach der Haustür. –

»Wenn   unser   Säulein   ein   Schimmel   wird.
Dann werd' ich ein Offizier«,

sang eine frische Stimme, und ein Bursch trat heraus, etwa so alt und so groß wie das Fräulein. Es war ein bildhübscher Kerl, rotbackig, blauäugig, mit langen blonden Locken.

»Oho«, sagte er und wandte sich dem Fräulein zu. Keines von den anderen hatte nach rechts hinübergeschaut.

»Sie sind daran schuld; Sie haben's herausgelassen.«

»Ihr müsst Euer Getier besser ziehen«, sagte das Fräulein und sah dem Knaben aufmerksam ins Gesicht.

Da lachte der Junge, dass die weißen Zähne blitzten. »Ich hab's ihm auf dem ganzen Wege vorgesagt, aber es lernt so schwer.«

»Was hast du ihm vorgesagt?«

»Wenn dich die bösen Mädchen locken, so folge ihnen nicht.«

Das Fräulein lachte.

»Woher weißt du, dass ich ein böses Mädchen bin?«

»Ein guter Baum kann nicht arge Früchte bringen. Du hast unser Schweinchen herausgelassen. Warum hast du das getan?«

Jetzt duzt er mich auch noch, dachte das Fräulein, und etwas hochnäsig sagte sie: »Was kümmert mich eure Ökonomie? Ich habe mir nur die Aussicht betrachtet.«

Der Knabe folgte ihrem Blick und rief: »Soeben haben sie's!

Der Vater greift in Hosensack
Und holt heraus den kleinen Pack,
Es ist ein Strick von Hanf und Werg,
Das ist dem Säulein überzwerch.«

»Du bist ja ein Dichter!« sagte das Fräulein verwundert. »Wie heißt du denn?«

»Hilarius Hochwart bin ich genannt.
Elf Geschwister sind mit mir verwandt.«

»Hochwart! So möcht' ich auch heißen!« rief das Fräulein neidisch. »Wir heißen nur Möller.«

Der Bube lachte über sein ganzes Gesicht.

235

»Heirate mich, dann heißt du auch Hochwart.«

Das Fräulein hob unwillkürlich das Kleid, wie vorhin, wo sie an dem Dunghaufen vorübergegangen war, warf das Näschen in die Höhe und schielte von oben herunter.

»Wie alt bist du?«

»Ein Jahr älter als du.«

»Woher weißt du, dass ich dreizehn Jahre alt bin?«

»Hat dir heute Morgen der Kaffee geschmeckt?«

»Sehr gut; aber warum fragst du so dumm?«

»Trinkst du Milch zum Kaffee?«

»Halber, aber warum —«

Der Knabe ging einen Schritt auf das Fräulein zu und stieß mit der rechten Hand die Tür zum Viehstall zurück.

»Ho, Bleß!« rief er hinein; im Halbdüster erblickte man das Hinterteil einer Kuh und einen wedelnden Schwanz. Ein behagliches Brummen tönte aus der Finsternis.

»Sieh, daher haben Pfarrers ihre Milch«, sagte der Bursche und zog die Stalltür wieder zu. »Rat einmal, wer die Kuh gemolken hat!«

»Du?«

Er nickte, dass ihm die Locken über die Stirn flogen. Das Fräulein sah dem Buben auf die Hände, sie waren sauber und auffallend zart.

»Jetzt weiß ich auch, warum die Magd gestern Nacht so lange beim Milchholen weggeblieben ist. Das war einmal ein Lebtag in der Küche!«

»Gelt, sie ist gezankt worden?«

»Die Magd? Und wie! Die kann einmal zanken!«

»Ist sie deine Tante?«

»O nein, so was wie eine Schulfreundin meiner Mutter.«

»Drum«, sagte der Knabe nachdenklich und nickte mit dem Kopfe. »Sie duzen sich!«

»Das weißt du von der Magd. Das ist nicht recht von euch, ihr hättet sie nicht aufhalten und ausfragen sollen.«

»Oho! Wir schicken niemand fort, dem's bei uns gefällt, und wenn sich jemand setzen will, so ist noch Platz da.«

»Ihr habt noch Platz!« rief das Fräulein verwundert und schlug die Hände zusammen. »Wie macht ihr das nur? Wo seid ihr denn vorhin alle gesteckt? Ich habe zum Fenster hineingesehen, es war niemand in der Stube.«

»Wir waren in der Küche, die Mutter kocht Heidelbeermus, da haben wir zugeschaut.«

»Ihr alle?« rief das Fräulein über die Maßen verwundert. »Hör einmal, du, deine jetzige Mutter ist nicht deine rechte Mutter?«

»Was sagst du da?«

»Sie ist deines Vaters zweite oder dritte Frau?«

»Gott bewahre, seine erste!«

»Ach, ist's möglich!«

Als der Knabe keine Antwort gab, wurde das Fräulein rot und sagte: »Und dein Vater, der war auch dabei in der Küche?«

»Ja, der auch, und ich habe –«

Was er so hübsche Locken hat, dachte das Fräulein, und: »Hör einmal«, unterbrach sie ihn, »du bist zuletzt aus dem Hause gekommen und bist bei einem fremden Mädchen stehengeblieben. Du hast zwei schlimme Eigenschaften.«

»Welche denn?«

»Du bist faul. Du hättest den anderen weit voraus sein müssen, euer Schweinchen zu fangen.«

»Ich?« sagte der Junge mit eigentümlichem Ton und hob den rechten Fuß in die Höhe: der war missgestaltet wie bei dem Vater.

»Oh!« rief das Fräulein und wurde schrecklich verlegen; »das habe ich ja gar nicht bemerkt!«

»Nicht?« rief der Bursche erfreut, »und warum denn nicht?«

»Weil du so hübsche Locken hast und überhaupt –« Das Fräulein brach ab. »Sieh, das ist dein zweiter Fehler. Warum hast du deine Haare nicht kurz geschnitten wie die anderen Bauernbuben? Du bist eitel.«

»Wenn ich meine Locken nicht hätte, dann hättest auf meine Füße gesehen und hättest nicht mit mir reden mögen«, sagte er, und Tränen traten ihm in die Augen.

Er verbarg seinen verkrüppelten Fuß hinter dem gesunden.

»O doch, Hilarius, doch«, sagte das Fräulein und griff nach seiner Hand.

In diesem Augenblick war die Familie Hochwart mit dem wiedereroberten Schweinchen oben am Hause angekommen.

»Zottelbär, ich hab's gefangen«, rief einer der Kleinsten dem Bruder zu, und dann stimmte er kräftig mit ein in den Chor der übrigen: »Oing, oing, ß, ß, huß, huß!«

Durch diesen spornenden Gesang entflammt, stürmte das Schweinchen in den schmalen Weg zwischen Viehstall und Dunghaufen und gerade auf das Fräulein los in der Absicht, diesmal das Hindernis von vorn zu nehmen.

»Zottelbär, sag dem Fräulein, es soll dem Säulein Platz machen«, brummte der Alte.

»So, Vater«, lachte der Junge, »jetzt fängst du auch zu dichten an – Fräulein und Säulein ist ein guter Reim.«

Das Säulein hob das Rüsselchen in die Höhe, das Fräulein kreischte vor Angst und sah sich ratlos um. Was sollte es tun? Es konnte doch nicht über den Dunghaufen klettern!

»Komm, Therese«, sagte Hilarius, wand sich an dem Schweinchen und an ihr vorbei und schlüpfte zwischen dem Schweinestall und der Scheuer hindurch. Das Fräulein zog die Augenbrauen zusammen und rümpfte das Näschen, als er sie beim Vornamen nannte, aber sie folgte ihrem Führer nach.

Er gab sich Mühe, ordentlich zu gehen. Therese sah, wie sein Körper vor Anstrengung zitterte.

Sie schritten durch ein Gemüsegärtchen, das zwischen der Scheune und der Berglehne lag. Dann führte der Pfad jenseits des Feldwegs, von dem aus die Scheuer ihre Zufahrt hatte, ziemlich steil auf die Höhe hinauf durch einen Baumgarten einem anderen Feldweg zu. Der hatte in der Mitte tiefe Furchen, aber an der Seite gegen das Tal zu eine schmale grasige Borde. Auf der gingen die Kinder.

Das Fräulein schaute zurück und dachte: Warum führt er mich nicht den unteren Weg, der näher ist? – Aha, dort unten brauchte ich keinen Führer. – Das ist doch hübsch von ihm! Sie betrachtete ihn und sagte sich: Der Arme hinkt viel schlimmer als sein Vater.

»Willst du nicht lieber umkehren?« fragte sie nach einer Weile. »Deine elf Geschwister lassen sonst nichts vom Heidelbeermus übrig; ich finde den Weg schon allein.«

»Oh, ich esse sie lieber frisch, weißt du, immer eine gehäufte Handvoll auf einmal. Ich stecke solange in den Mund, bis nichts mehr hineingeht; dann fang' ich erst zu essen an.«

»Du, so mach' ich's mit den Johannisbeeren«, sagte das Fräulein. »Ich presse die Lippen fest zu und wühle mit der Zunge drin herum; das ist köstlich.«

Der Bursche blieb stehen. »Geh du voraus, es wird mir dann leichter, zu reden.«

Er wartete, bis Therese an ihm vorübergegangen war, dann ticktackte er hinterdrein; wie eine schiefgehängte Wanduhr, dachte sie. Der Weg verschwand vor ihnen im tiefen Korn, aber man konnte seinen Lauf verfolgen, wenn man mit den Augen die dunkelgrünen, von grauem Steingeröll eingefassten Hecken aufsuchte. Er senkte sich in das Tal und nach Wetbachhausen hinab.

Das Mädchen ging ganz langsam und brach hier und dort eine Blume vom Ackerrand.

»Therese ist auch ein schöner Name«, hub der Knabe auf einmal an. »So hat die Frau geheißen von Hermann dem Deutschen.«

»Oh, die hieß ja Thusnelda!« rief das Fräulein. »Thusnelda?« fragte Hilarius und besann sich. Er war stehengeblieben. Dann humpelte er hastig nach, und als er wieder bei dem Fräulein war, fing er an, wie wenn er die Scharte auswetzen müsse:

>»Die klugen Mädchen aus der Stadt,
> Die schaffen nichts als Ungemach.
> Therese sperrt den Schweinstall auf.
> Da springt das Säulein schnell heraus.
> Der Vater kommt mit einem Seil
> Und bindt's dem Säulein an das Bein
> An das Bein – an das Bein.
> Das ist dem Säulein überzwerch.«

»So hast du vorhin schon einmal gedichtet«, spottete Therese. Aber Hilarius ließ sich nicht irremachen. Er fuhr fort:

>»Und kommt das Fräulein wieder her.
> Dann geht sie in die Stub' hinein – Stub' hinein –«

»Du bist ja ein Weltsdichter! Reim dich, oder ich fress dich!«

>»...Stub' hinein.
> Dann mach ich meinen schönsten Reim!«

rief Hilarius erfreut.

Therese schaute blitzschnell nach ihm zurück. Dann bückte sie sich und brach eine schöne große Kornblume für ihren Strauß.

Hilarius war beglückt, dass ihr der Schluss gefallen hatte, und selbstgefällig erzählte er:

»Vorhin, als wir alle miteinander in der Küche gestanden sind und der Mutter zugeschaut haben, wie sie Heidelbeermus gekocht hat, hab' ich auch ein Gedicht gemacht. Soll ich's sagen?

Mit dem Rechen und Hafen
Durch Gebirg und Tal
Kommt die Lene gezogen
Früh im Morgenstrahl.«

»Mit dem Hafen, das versteh' ich«, unterbrach ihn Therese; »da kommen die Heidelbeeren hinein. Aber warum mit einem Rechen?«

»Ja, weißt du, da werden die Beeren mit abgestreift.«

»So? Jetzt will ich dir aber auch etwas sagen. Mit Ausnahme von dem Hafen und dem Rechen hast du das ganze Gedicht dem Friedrich von Schiller gestohlen.«

Hilarius wurde blutrot, und seine Lippen zitterten. »Er war ja gar nicht adlig«, rief er mit einer vor Zorn erstickten Stimme. Er bezwang sich und fuhr fort: »Friedrich Schiller hat er geheißen; so steht in unserem Lesebuch.«

»Sein Großherzog wird ihn wegen seiner Verdienste geadelt haben«, sagte Therese von oben herunter.

»Was liegt mir daran?« schrie der Bube unartig. Er blieb stehen und drehte sich um.

Auch Therese war stehengeblieben. Sie wandte ihr Köpfchen halb zu ihm zurück und sagte:

»Hilarius von Hochwart klingt auch nicht übel. Wer weiß, ob dich nicht einmal der Großherzog wegen deiner berühmten Gedichte adelt.«

»Hilarius von Hochwart!« schrie der Bube und setzte sich an den Rain. Er wollte zerplatzen vor Lachen.

Therese pflückte neben ihm Blumen.

»Sag einmal, wenn du genug gelacht hast, wie kommst du denn zu dem schönen Namen Hilarius? Ihr heißt doch sonst Michel oder Jockel.«

»Ich hab' den Namen von meinem Vater geerbt, den Namen und den Fuß.«

Der Junge streckte übermütig das missgestaltete Bein hinaus. Therese wandte den Kopf weg. Er sah dies und zog rasch den Fuß zurück.

»Von deinem Vater hast du den Namen geerbt?« wiederholte sie, um etwas zu sagen.

»Ja, und der von seinem, und so weiter. Mein Urururgroßvater und alle vor ihm waren dort droben – siehst du dort die Mauer auf dem Berge zwischen den Tannen? Dort ist ein Turm gestanden vor alter Zeit, dort haben unsere Vorleute gewohnt oben in der Turmstube, einer nach dem anderen, immer der älteste, und haben hinausgeguckt, und wenn die Kroaten kamen und die Franzosen, haben sie ins Horn geblasen. Drum heißen wir Hochwart. Aber sie haben auch geblasen, wenn die ersten Schwalben kamen. Dann hat der Lehrer Ferien gemacht, und der Schmied hat seinen Kammer in den Winkel geschmissen, und der Knecht hat seine Kühe ausgespannt, und sie zogen alle unter die Linde zum Tanz. Und weil meine Vorleute so die Lustbarkeit einbliesen und den Sommer, drum heißen sie alle mit dem Vornamen Hilarius. Hilarius heißt auf Deutsch ein lustiger und lustschaffender Mann.«

Therese hatte das Gefühl, dass ihr Übergewicht verloren sei. Um es wieder herzustellen, fing sie an:

»Du... du...«

Sie setzte wieder ab.

»Was denn?«

»Vor acht Tagen sind wir Geheimrats geworden.«

Sie hatte es pfeilgeschwind herausgesagt und wurde rot, wie wenn sie etwas Schändliches geredet hätte. Die Enthüllung machte keinen Eindruck.

»So?« sagte Hilarius, und nach einer Weile fügte er hinzu: »Das ist mein Onkel auch.«

»Dein Onkel?« rief Therese bestürzt. »Vielleicht Hofrat! Aber Geheimrat? Nimmermehr!«

»Doch. Und er ist der Dienstälteste auf dem Rathaus. Er kommt gleich hinter dem Bürgermeister. Letzthin ist er auch Waldmeister geworden. Zweimal hat er im Sommer den Gemeindewald zu begehen; da kriegt er Diäten.«

»Mein Vater hat in diesem Semester fünfzig Zuhörer«, sagte Therese darauf.

»Und mein Vater bekommt an Weihnachten hundert Wellen. Die gehören nicht zu seinem Bürgernutzen, die kriegt er extra, als Besoldung.«

Therese wusste nicht, dass die zusammengebundenen Reisigbüschel Wellen heißen. Aber sie wollte nach der Bedeutung des Wortes nicht fragen. Sie ärgerte sich so sehr über sich selber, dass ihr die Tränen hinter den Augen standen. Sie setzte sich zu dem Knaben an den Rain, tat den Strohhut vom Kopf, wischte sich mit dem Taschentuch über die erhitzte Stirn und schaute nach dem Berg hinüber, auf dem der Wartturm gestanden hatte.

»Hilarius«, fragte sie nach einer Pause, »möchtest du, dass es heut noch wäre wie in alter Zeit?«

»Und wie!« rief der Knabe lebhaft. »Da droben brauchten sie meine Füße nicht, nur meine Augen und meinen Mund. Ich wollt' Ausguck halten! Und wenn du mit der Postchaise angefahren kommst, dann wedelst du mit dem Sacktuch, und ich blase ins Horn: Die Schwalben sind da, und der Frühling kommt! Dann steigst du aus dem Postwagen heraus, und die Leute ärgern sich.«

Das Fräulein zog ihr Taschentuch und grüßte wie zur Probe nach dem Berggipfel zu.

»Horch einmal«, sagte der Bursche, »ob der Hilarius Hochwart ins Horn bläst!«

Die beiden hielten die hohle Hand ans Ohr und lauschten. Sie hatten sich die Gesichter zugewandt und lachten einander an.

>>Vielleicht ist ihm das Horn verstopft.
Er bläst und bläst sich einen Kropf.«

»Pfui! Du!«

»Er schläft vielleicht in guter Ruh
Und raucht eine Pfeif' Tabak dazu.«

»Oder er dichtet!« spottete Therese.

»Er dichtet einen schönen Vers
Und ... und ...«

»Hör auf!« rief das Fräulein und hielt sich die Ohren zu.
»So rede du!«
sagte der Bursche beleidigt,
»Dann halt' ich mir die Ohren zu.«

»Sei nicht unartig!« rief das Fräulein; »sag mir lieber, seit wann wohnt ihr nicht mehr oben auf dem Turm?«

»Ha, seit der Turm nicht mehr oben auf dem Berg steht. Meine Vorleute haben sich dann immer noch zu oberst hin gemacht; von unserem Haus sieht man ins Tal und auf den Berg, wir sind noch rechte Hochwarte.«

»Du, wenn du so sprichst, das gefällt mir viel besser, als wenn du dichtest. Und warum sagst du immer denn ›meine Vorleute‹? Es heißt ›Vorfahren‹.

»Ach was, das ist mir einerlei. Das ist alles dummes Zeug!«

Hilarius stand tief gekränkt auf und ging, ohne sich nach seiner Gefährtin umzusehen, den Weg weiter.

Dreißig Schritte mochte er etwa fortgehumpelt sein, da warf er sich an den Rain, auf der anderen Seite des Feldwegs, drehte Therese den Rücken und schaute das Tal hinab. Das Mädchen sah links hinüber nach dem Mauerrest auf dem Wartberg. Eine Weile war das so. Dann stand Therese auf und ging, Blumen suchend, querfeldein. In weitem Bogen umkreiste sie den trutzigen Jungen. Viel weiter unten kam sie auf den Feldweg, ein Liedchen summend, ging sie darüber, stieg den hohen Rain hinauf und in den jenseitigen Kleeacker hinein. In weitem Bogen schlenderte sie rückwärts, bald hier bald dort eine Blume pflückend. Nicht weit von Hilarius war sie wieder auf den Feldweg gestoßen und ging nun, den Strohhut im Kreise wirbelnd, oben am Ackerrande hin. Als sie vor dem Knaben stand, tat sie, als ob sie erschrecke.

»Ach, da bist du ja!«

Hilarius wandte sich nicht um. Mit dem gesunden Fuße schlug er den Rain.

»Hör doch einmal zu stampfen auf«, sagte Therese. »Da, jetzt hast du mir die schönste Weinbergsnelke zusammengeschlagen, du dummer Bub!«

Der Fuß ruhte jetzt, aber der Knabe sah noch immer das Fräulein mit dem Rücken an.

»Du könntest nach einem vierblättrigen Kleeblatt herumgucken, derweil ich meine Blumen ordne«, hub Therese wieder an und setzte sich bequem neben Hilarius auf den Rain.

Ihr Nachbar wollte sich erheben.

»Herumgucken, nicht herumlaufen, du dummer Bub!« sagte sie, ohne vom Schoß aufzublicken.

Jetzt brach auch Hilarius das Schweigen.

»Du bist aber grob!« meinte er.

»Du bist grob, sonst würdest du mir nicht den Rücken drehen. Ist das nicht dort ein Vierblättriges, dort neben dem weißen Hölzchen? Was sollen denn die Hölzchen bedeuten, die ja überall im Boden herumstehen. Und dort drüben wäre ich ein paarmal fast über Weidenruten gestolpert, die wie ein Brückenbogen in die Erde gesteckt sind. Was ist denn das?«

Hilarius war versöhnt.

»Das sind lauter Mausfallen.

»O was!«

»Und weißt du, wer sie gestellt hat?«

»Du?«

Der Knabe nickte. »Mein Vater hat mir den Gewann gegeben oben vom Wald bis zur Landstraße hinunter. Drüben auf der anderen Seite besorgt er's.«

»Was denn? Die Mausjagd?«

Therese rückte um ein Merkliches weg.

»Oh, mein Vater ist ein Angestellter; er ist verpflichtet.«

»Als Mausfänger?«

»Freilich.«

»Und das willst du auch einmal werden?«

Therese holte ihr Kleid herüber und drückte es zwischen die Knie hinunter.

»Oh, es sind gar keine gewöhnlichen Mäuse.«

»Ratten!« schrie Therese und biss mit einer Grimasse die Zähne aufeinander.

»So schrei doch nicht so! Es sind schöne, sanfte, kohlrabenschwarze Spitzmaus mit einer großen Scharrhand. Damit wimmeln sie im Boden herum, und wenn die Sonne warm scheint um die Mittagszeit, dann stoßen sie herauf, dass die Erde aufspritzt.«

»Maulwürfe meinst du! Aber die sind doch nützlich?«

»Ja, wenn's nicht zu viele sind. Aber schau einmal dort den Acker an, der ist ja ganz grindig vor lauter Erdhaufen. Und drunten die Wiesen sehen ganz krätzig aus.«

»O pfui du! Aber sag, wie fangt ihr sie denn?«

»Die einen hängen wir an den Galgen, und die anderen spießen wir tot.«

»O pfui, o pfui!« rief Therese und hielt sich die Ohren zu, aber nicht lange.

»Wie macht ihr denn das?« fragte sie voll lüsternen Grausens und rückte ganz nah an ihren Gefährten.

»Hast du die gespannten Bogen gesehen? Da ist unten in der Erde eine Schlinge daran. Wann die Scharrmaus heraufstößt, fängt sie sich drin, und der Bogen schnellt in die Höhe, und der Dieb hängt am Galgen.«

»Leben sie dann noch lange?«

»Ich hab' noch keine gefragt.«

»Und wie macht ihr denn das mit dem Totspießen?«

»Das ist eine Falle, die steckt im Boden drin. An den weißen Holzstäbchen, siehst du, dort ist sie festgemacht. Wenn die Scharrmaus stößt, dann fährt eine dicke Nadel heraus, so lang wie eine Hand, und spießt den armen Kerl durch und durch. Da ist er gleich tot.«

Therese schauderte.

»Das könnt' ich nicht«, sagte sie.

»Was?«

»Den toten Maulwurf vom Spieß herunterziehen. Brr!«

Auch durch den Körper des Knaben lief ein Zittern. »Ja«, sagte er, »mir geht auch der Kreisel aus. Drum möcht' ich –«

»Was möchtest du?«

»Was anderes werden als mein Vater. Ich will nicht Korbflechter und Mausfänger sein.«

»Du willst ein großer Dichter werden: Hilarius von Hochwart.«

»Das auch. Aber zuerst noch was anderes.«

»Was denn?«

»Rat einmal!«

Therese besann sich. Sie wollte den Kreis der angemessenen Berufsarten nicht überschreiten.

»Ein Gendarm«, sagte sie; »das sind stattliche Leute. Oder ein Jägerbursch.«

»Oh!« rief der Knabe und sah Therese mit großen, forschenden Augen an. Das Mädchen fuhr zusammen und wurde dunkelrot. »Wozu braucht man denn keine Füße?« fragte sie sich. Da fiel ihr ein, dass sie drunten im Städtchen eine Werkstätte gesehen hatte, worinnen Grabsteine zugehauen wurden.

»Ich weiß«, sagte sie jetzt, »du willst Bildhauer werden.«

»Höher hinaus!« erwiderte der Bursche.

»So sag es doch!«

»Schneider möcht' ich werden!«

»Schneider!« rief Therese verwundert.

Hilarius mochte den Ton der Enttäuschung heraushören. Eifrig sagte er:

»In unserem Lesebuch steht eine Geschichte von einem Schneidergesellen, der wirklich und wahrhaftig droben aus dem Oberland her war. Er kam als Handwerksbursche nach London und wurde bald der alleroberste Schneider. Dem König und den Prinzen hat er die Werktags- und Sonntagsmontur gemacht, und die Hosen, die in der Schlacht bei Waterloo dabei waren, die waren alle aus seiner Werkstatt.«

»Aber nur die von der englischen Armee«, unterbrach ihn Therese.

»Natürlich! Für den Bonapart hat er nicht geschafft. Und er ist grausam reich geworden. Und als bei uns eine Hungersnot ausbrach, da hat er dem Großherzog mit viel Geld ausgeholfen und hat in seinem Ort ein Spital gebaut und für Arme und Kranke viele Stiftungen gemacht. Und schließlich hat ihn der Großherzog geadelt.«

»Sieh da«, sagte Therese, »so kannst du doppelt adlig werden, erstens wegen deiner Verdienste als Dichter, und zweitens wegen deiner Verdienste als Schneider.«

»Und Menschenfreund«, fügte Hilarius hinzu.

»Und deshalb möchtest du Schneider werden?«

»Ja, und weil man als Schneider so gut zum Fenster hinaussehen und dichten kann, und wegen noch etwas ...«

»Weshalb noch?«

»Ich hab's noch niemand gesagt.«

»Mir aber sagst du's!«

»Hast du schon den Schneider bei seiner Arbeit gesehen?«

Therese besann sich. »Nein, noch nie.«

»Er sitzt auf einem Tisch und hat die Beine untergeschlagen, weißt du, auf Türkisch«, sagte Hilarius zögernd.

»Was ist denn dabei?«

Der Knabe neigte sein Haupt, dass ihm die Locken über die Stirn fielen.

»... Da sieht man die Füße nicht. –«

Die Kinder schwiegen eine Weile. Therese atmete tief auf. Ihre Hände ruhten im Schoß.

»Warum lässt dich dein Vater nicht Schneider werden?«

»Wir haben noch keinen Meister gefunden, der mich ohne Lehrgeld nimmt, und Lehrgeld können wir keines zahlen.«

Da flog ein warmer Schein über Theresens Antlitz. Sie beugte sich zum Buben hinüber, fasste ihn bei der Hand und sah ihm freundlich in die Augen.

»Hilarius!«

»Was willst du?«

»Ich will dich zum Schneider machen.«

»Du?«

»Ja ich. Glaub mir's! Weißt du, ich habe ein Sparbuch, da stehen meine Patengelder drinnen, und was ich sonst an Weihnachten und an meinen Geburtstagen erhalten habe. Ich mache meine Mittel flüssig und bezahle dein Lehrgeld.«

»Du?« wiederholte Hilarius überwältigt, und die Tränen quollen ihm aus den Augen.

»Ja ich; verlass dich drauf«, sagte Therese mit bestimmtem Ton. »Und jetzt sag mir, was willst du denn tun, wenn du der reiche Schneider Hilarius von Hochwart bist?«

»Dann bau' ich den Turm droben wieder auf und ein großes Schloss dahinter, und ich baue einige Spitäler, und dann ...«

»Und dann?«

»Heirat' ich dich.«

»Oho! Ich mag keinen Schneider!«

»Aber... einen...Menschenfreund?« fragte Hilarius schüchtern.

»Ach was, das ist mir alles einerlei, davon will ich gar nichts wissen«, sagte das Fräulein und sah hochmütig zur Seite.

Hilarius stand auf, ohne ein Wort zu sagen, stieg den Rain hinab und hinkte den Feldweg hinunter dem Tale zu.

Therese wartete eine Weile und sah ihm nach. Aber Hilarius schaute nicht zurück und setzte sich auch nicht wieder an den Rain. Er ging rasch in seinem Zorn und hinkte entsetzlich. Jetzt bog er um die Ecke und wurde durch das hochwogende Kornfeld verdeckt. Weiter unten kam der Weg wieder zum Vorschein.

Therese erhob sich und sprang leichtfüßig wie ein Reh über die frischgemähten Kleeäcker der Stelle zu, wo Hilarius wieder erscheinen musste. Der Zopf ging ihr auf, und ihr langes blondes Haar flatterte wie eine lustige Flagge hinter ihr drein. Da, nahe am Ziel, verkürzten sich ihre Schritte, sie beugte sich vor und spähte nach dem Trotzkopf aus, und als sie ihn erblickte, schickte sich's, dass ihr linker Fuß in einem Maulwurfshaufen steckenblieb, und sie fiel der Länge nach auf den Boden. In diesem Augenblick kam Hilarius auf dem Wege daher. Er blieb verwundert stehen, denn er hatte in seinem Zorn von ihr nichts gesehen und nichts gehört.

»O du verwünschter Mausfänger! Du bist dran schuld! Ich häng' an deinem Galgen fest. Komm und mach mich los!«

Hilarius humpelte eilfertig herbei. Sein Zorn war in einem Nu weggeflogen.

»O du Lügenbeutel!« rief er, »'s ist ja gar nicht wahr!«

Der Mausgalgen, der neben Theresens rechter Hand im Boden stak, war unversehrt. Er wollte ihr aufhelfen, aber Therese sprang auf die Füße, ehe er sich gebückt hatte. Sie schüttelte die Erdkrümchen von ihrem Kleid und sagte wie zu sich selber: »Jetzt hab' ich mein Zopfbändel verloren!«

Hilarius schaute den Kleeacker hinauf.

»Ist es blau? Dort liegt es?« Und er machte sich auf den Weg. Aber er war noch keine drei Schritte gegangen, da flog das Mädchen an ihm vorbei. Hilarius blieb stehen und sah ihr nach. Aber ehe sie an Ort und Stelle war, wandte er sich um und hinkte langsam wieder zurück. Der Kopf war ihm auf die Brust gesunken, und Tränen liefen ihm über die Backen.

Da fühlte er eine Hand in seinen Locken. Zuerst schüttelte er den Kopf, dann sagte er rauh: »Was willst du?«

»Dich zöpfen!«

»Nein, lasse!«

»Aber zusammenbinden will ich deine Locken. So haben sie die alten Germanen getragen. Aber das war kein blau Seidenband, sondern ein Riemen Wolfsfell oder der rote Saum von einem Römerrock.«

»So!« sagte sie, als sie fertig war, und ging nun wieder an seiner Seite. »Jetzt zeigst du mir, wie ihr die Maulwürfe fangt. Deine beiden Mausfallen müssen unbedingt in mein Tagebuch hinein.«

Hilarius kniete vor einem der Weidenbogen nieder, schob mit der flachen Hand die lockere Erde zurück, zeigte der aufmerksam dreinschauenden Genossin die verborgene Schlinge und ließ sie sehen, wie diese durch das Emporschnellen der Rute zugezogen wird.

»So, das kenne ich jetzt ganz genau. Jetzt kommt der Maulwurfspieß dran.«

Dicht daneben stak einer im Boden. Hilarius hob die Erde ab und zeigte die Spitze des heimtückischen Eisens.

»Kann man sich nicht weh tun, wenn man barfuß darauf tritt?«

»O nein. Der Spieß fährt nur los, wenn der Stoß von unten kommt. Siehst du?«

Er legte sich auf den Boden. Therese stand hinter ihm, etwas zur Seite. Hilarius bohrte mit der Hand in die lockere Erde. »Wenn meine Hand ein Maulwurf wär – der kommt so von unten herauf gewühlt...«

Der Knabe hielt einen Augenblick inne.

»Soll ich dir's zeigen?«

»Ja freilich, aber gib –«

Therese vollendete nicht. Sie hatte die Hand des Knaben erfasst und mit einem kräftigen Ruck aus der Erde gezogen.

»Was hast du?« fragte Hilarius erstaunt, und als er das Fräulein anschaute, erschrak er. Sie war totenblass geworden.

»Ich habe gedacht... hast du dir weh getan? Gewiss nicht? Ich habe mir vorgestellt, ich müsste deine Hand aus dem Eisen herausziehen.«

Sie biss die Zähne aufeinander, dass sie knirschten, und schüttelte sich.

»O du Narr!« lachte Hilarius, »das wäre auch nicht das Schlimmste!«

Mit Verwunderung sah er seine Gefährtin an. Ihre großen schwarzen Augen starrten aus dem bleichen Gesichtchen in die Luft hinaus, wie wenn sie von einem entsetzlichen Bild gebannt wären.

Hilarius betrachtete sie eine Weile. Dann bekam sein Gesicht einen eigentümlichen Ausdruck. Er fasste Therese ums Handgelenk und raunte ihr zu: »Komm du! Wir wollen zusehen, wie's dem Maulwurf so geht. Wenn die Sonne sticht, wie jetzt, stößt er.«

Er ging voran, und Therese folgte ihm auf den Zehen nach. Dabei schauten sie sich um, wie wenn sie was Böses vorhätten.

Hilarius führte sie auf die Höhe des Kleeackers, wo ein großer gelber Maulwurfshaufen im grellen Sonnenschein lag.

Er kniete nieder, doch so, dass sein Schatten hinter ihn fiel, und bedeutete seine Gefährtin, sie sollte es auch so machen. Und nun starrten sie auf das Häufchen zerkrümelten Lehms. Die winzigen Quarzstückchen blitzten heraus wie Diamanten.

»Die schau an!« flüsterte Hilarius, und Therese fasste drei Körnchen, die im Dreieck beieinander lagen, ins Auge.

Eine gute Weile knieten und starrten sie so; der Peitschenknall, der vorhin im Tale unten fern getönt hatte, klatschte neben ihnen oben am Weg, und das langsame Knarren des Wagens verzog sich den Berg hinauf. Das hohe Korn, gegen das sie gewandt waren, verdeckte sie gegen den Feldweg, und hinter ihnen lag das weite, sonnerfüllte Tal.

Jetzt kam es Therese vor, als ob eines der flimmernden Krümchen versänke; auf das andere rieselten winzige Erdbröselchen und deckten es zu. Hilarius packte sie am Arm. Die Spitze des Haufens hob und senkte sich, und Therese hörte ein leises, kurzes Zischen. Es klang aus dem Boden und war wie Totschlag und Sterbeseufzer im Schoß der Erde.

Auf der Stirn des Hilarius stand der Schweiß. Er schaute Therese fragend an und streckte seine rechte Hand aus, um in den Haufen zu greifen. Therese aber hielt beide Hände vor die Augen. Es war ihr, wie wenn sie Zeugin eines Meuchelmords gewesen wäre, der dort unten in der schwarzen Tiefe mit ihrem Wissen und Wollen vollbracht worden war. Es graute ihr vor dem Korn, vor dem Kleeacker, vor dem Erdboden, vor all dieser Stille und Einsamkeit. Auch ihr Gefährte war ein Stück von dem, wovor ihr graute.

»Willst du ihn am Spieß sehen?« sagte jetzt Hilarius und griff nach ihrer Hand.

Da sprang sie auf und rief: »Du bist ein abscheulicher Mensch!« Und ohne ihn anzuschauen lief sie, wie jemand, der ums Leben rennt, über den Acker hinab dem Wege zu, dem Städtlein zu!

Hilarius stand langsam auf und schaute ihr nach. Er schaute ihr nach, als sie schon längst verschwunden war. Dann ging er auf den nächsten Maulwurfsgalgen zu und zertrümmerte ihn mit einem Tritt seines Klumpfußes. Einem daneben steckenden Mordeisen machte er es geradeso. Als die Sonne unterging, tat ihm sein armer Fuß weh: er hatte auf dem ganzen Gewann, das der alte Hochwart ihm übergeben hatte, alle Maulwurfsfallen, die Schlingen wie die Spieße, totgetreten.

»Ich hab's gesehen, aber verraten tu' ich's nicht!« zwitscherte das Schwarzköpfchen, schwang sich auf und davon, flog über einen Buchenwipfel, flatterte durch die hängenden Birkenzweige und huschte mitten hinein in die Hecken. Es musste sich auf einen Zweig niedersetzen, denn das Herzchen klopfte ihm gar zu sehr; es zog sein Köpfchen in die Halskrause und hockte da wie ein Klümpchen Unglück.

Mit einem Male reckte es sich auf: »Und da wohnt mein herztausiger Schatz!« jubelte das Vöglein und schlüpfte in das Gebüsch. Die Liebste saß im Nest auf den Eierchen. Sie rückte zur Seite, drehte das Hälslein hin und her und äugelte dem Gatten entgegen. Der aber hüpfte auf den nächsten Zweig. Da stand er dicht vor seinen Frauen, reckte den Kopf in die Höhe, tat das Schnäblein auf und sang in den sonnigen Wald hinaus sein allersüßestes Lied.

»Horch!« flüsterten sie eines Mundes, schauten sich in die Augen und küssten sich wieder.

»Lasse mich, sonst kann ich nicht hören. Ist das nicht wundervoll?«

»Ja ja ja, das ist wundervoll!« antwortete er berauscht, drückte ihre Hand an sein Herz und suchte von neuem ihre Lippen.

Sie waren keine Brautleute, auch kein Flitterwochenpaar, sondern Ehegatten, die schon ein geraumes Stück miteinander durchs Leben gewandert waren. Aber sie hatten sich die Glut der Leidenschaft bewahrt. Die Hochzeitsreise verteilten sie über ihr ganzes Leben. Auf jedes Jahr kamen ein paar Tage. Diese Tage hoben sie mit langsamen Händen heraus aus der grauen Menge der Geschäftsgenossen, stäubten sie ab und hüllten sie in lauter feuriges Gold. Da gehörten sie einander an vom Morgen bis zum Abend, wanderten durch den grünen Wald, ruhten aus, wo es schön war, übernachteten, wo es reinlich aussah und man sie nicht kannte. So taten sie dem langen Hunger des Herzens Genüge, bald in stiller Zärtlichkeit, bald im ernsten Gespräch, und füllten in ihr Leben einen neuen Schatz süßer Erinnerung.

So waren sie auch heute früh von daheim fortgefahren, nachdem sie zum Schein dem ältesten Töchterchen, in Wirklichkeit der treuen Magd, die Obhut über Land und Leute für zwei Tage anvertraut hatten. Nach kurzer Fahrt waren sie aus dem Zuge gestiegen und waren in die Berge und in den Wald hineingegangen, zuerst steil bergauf durch ein Föhrengehölz auf glattem Boden, dann oben auf der Höhe durch den rauschenden Buchenwald. Wenn von dem breiteren Weg ein schmalerer abbog, von dem begangenen Pfad ein grasiger, so schlugen sie sich immer in das Enge, Grüne, Einsame hinein. Und jetzt steckten sie mitten im dicken Wald. Sie hatten eine Himbeerhecke gefunden, die übersät war mit köstlichen Früchten. Das eine aß sich hier hinein, das andere dort. Eine Weile sahen und hörten sie sich nicht. Auf einmal stießen sie aufeinander. Er hatte einen langen Schritt gemacht über einen Ameisenhaufen hinweg, und sie beugte sich vor, um einen Zweig, an dem besonders große Früchte hingen, zu sich herzuziehen. Da tauchte der Gatte vor ihr auf. Sie ließ den Zweig fahren und breitete die Arme aus. Er drang durch das Gesträuch und umfasste sie. So küssten sie sich. Das hatte das Vögelchen mit angesehen.

»Halt, die Beeren dort muss ich noch mitnehmen«, sagte Therese und pflückte die Früchte von dem Zweig, den sie vorhin hatte fahren lassen. Derweilen holte er den Rucksack, der auf dem Pfade liegengeblieben war, und kam dann zurück, um seinem Weibe durch die Hecke zu helfen. Während sie auf dem grünen Wegchen stehend miteinander die Himbeeren verspeisten aus Theresens hohler Hand heraus, führten sie zwischen das Essen hinein folgendes Gespräch:

»Du, weißt du eigentlich, wo wir sind?«

»Keine Ahnung!«

»Schau doch einmal auf deiner Karte nach!«

Sie hatte ihm die letzte Beere in den Mund gesteckt, und nun holte er gehorsam die Karte aus der Brusttasche und hielt sie vor die kurzsichtigen Augen.

»Sieh, von hier sind wir aus«, erläuterte er dann seinem Weibe. »Das ist die Landstraße nach Sensenbach, die sind wir gegangen bis in den Wald hinein. Weißt du noch, ob wir rechts oder links abgewichen sind?«

Therese besann sich und sagte: »Einige Mal rechts, und einige Mal links; aber wohin zuerst, das weiß ich wahrhaftig nicht. Wir haben damals über unser Ernstchen gesprochen, da waren wir ganz drinnen.«

»Ich weiß es auch nicht«, sagte Ernst. »Sind wir rechts gegangen, dann werden wir nach Wetbachhausen kommen. Dort können wir vielleicht übernachten; gefällt uns das Wirtshaus nicht, dann fahren wir mit dem Postwagen nach Sensenbach. Sind wir aber links gegangen, dann müssen wir bei Ettersbronn herauskommen. Dort können wir nicht über Nacht bleiben; es ist ein kleines Dörfchen. Wir müssen dann noch weiter, entweder zu Fuß oder mit der Post, bis Sensenbach. In Sensenbach beim Posthalter ist ein gutes Quartier.«

Sie schlenderten langsam den schmalen Waldpfad hin, der gerade Raum für zwei hatte.

»Weißt du, dass ich schon einmal hier herum gewesen bin?« fing sie an. »Wie das Nest heißt, weiß ich nimmer, und wie die Leute hießen, bei denen wir zu Gast waren, weiß ich auch nimmer. Es war damals, als meine Mutter mit mir ihre Schulfreundinnen besuchte im Land herum. Da waren wir alle paar Tage woanders, und ich kann die Forsthäuser und Pfarrhäuser, die dicken und die dünnen Frauen nimmer auseinanderhalten. Aber dass wir in der Nähe gewesen sind, das weiß ich gewiss, denn der Sensenbacher Omnibus war noch lang in unserer Familie sprichwörtlich. Er muss ein merkwürdiges Vehikel gewesen sein.«

»Von diesem Teil eurer Reise hast du mir noch gar nichts erzählt.«

»Ich denk' auch nicht gern daran«, erwiderte Therese und zog die Augenbrauen zusammen.

»Weißt du, wann ich daran denken muss?« fügte sie nach einer Pause hinzu.

»Wann, du Liebe?«

»Jedes Mal, wenn ich die Sparbücher unserer Kinder sehe. Und jedes Mal, wenn —«

Plötzlich unterbrach sie sich. »Hörst du nicht?«

Sie blieben stehen.

»Das Pfeifen dort im Busch? Irgendein Tier. Jetzt ist's vorbei.«

Therese packte ihren Gatten am Arm.

»Ich kenne das seit damals«, flüsterte sie. »Dort geschieht ein Mord!«

»Wir wollen sehen, was es ist!« sagte Ernst und wollte auf den Busch los. Aber Therese hielt ihn zurück und rief:

»Sieh doch, sieh, sieh!«

Ein Hase sprang in dem rauschenden Gezweig wie toll auf und nieder.

»Eine Schlange hängt ihm am Hals! Siehst du nicht?«

»Ja, ich seh's. Ein Wiesel ist's. Es hat sich ihm festgebissen am Genick.«

Der Hase machte jetzt einen gewaltigen Satz aus dem Busch hinaus. Man hörte, wie er auffiel. Dann war alles still.

»Dort liegt er jetzt und stirbt, und das Wiesel trinkt sein Blut.«

»Wir wollen ihm helfen«, sagte Therese, aber sie blieb stehen und zitterte.

»Bleib, Kind! Es ist um ihn getan. Das Wiesel ist ihm an die Schlagader gesprungen. Verbluten muss er sich doch.«

Sie blieben stehen und schauten nach der Stelle. Sie konnten den Boden nicht sehen, aber die Spitzen der hohen Grashalme. Nichts bewegte sich dort. Sie lauschten. Kein Laut war zu hören.

»Warum ist der Mörder so still?« raunte Therese.

»Er berauscht sich. Komm, lasse uns gehen. Das war ein hässliches Erlebnis. Denk nicht daran! Denk an das Vöglein, das vorhin so süß gesungen hat.«

Sie gingen rasch den Weg dahin, um die Mordstelle hinter sich zu haben.

»Siehst du, so etwas hab' ich damals erlebt. Es war im Sonnenbrand auf einem gemähten Kleeacker, vor einem hohen, stillen Kornfeld. Du glaubst nicht, wie –«

Die Frau schüttelte sich. Er schlang seinen Arm um ihre Hüfte.

»Denk nicht mehr daran!«

»Nein, ich will nicht daran denken! Ich möchte nicht, dass wir dorthin kämen. Noch jetzt träum' ich manchmal davon; da sehe ich ganz deutlich das hohe gelbe Korn und das ausgedörrte Kleefeld und höre den leisen Todesseufzer aus dem Boden heraus und fühle das Grausen im Mark. Dann wach' ich auf und freue mich, dass du bei mir bist und nicht –«

»Tu mir die Liebe und rede jetzt nicht mehr davon. Erzähl mir's, wenn ich dich in den Armen halte. Aber jetzt wollen wir hinaus aus dem unheimlichen Wald.«

Sie beschleunigten ihre Schritte, aber der Wald nahm kein Ende.

»Ich wollte, wir wären nicht so in den Tag hinein gelaufen«, klagte sie. Er dachte dasselbe, aber schwieg und sah besorgt nach der Uhr.

»Noch eine gute Stunde ist es, bis die Sonne untergeht. – Hörst du? Ein Hahn hat gekräht in der Ferne! Ein Dorf ist in der Nähe. Dort links, wo der Pfad hinzieht.«

Nochmals erscholl der tröstliche Ruf. Jetzt wurde es licht und blau hinter den Bäumen. Sie traten aus dem Walde heraus. Der Pfad mündete auf einen breiten Weg, der vom Waldsaume herkam und zwischen Kartoffelfeldern auf eine

Anhöhe führte. Diesen Weg eilten sie hin. Sie standen oben und schauten in ein weites grünes Tal. In seiner Mitte lag ein Städtchen mit zwei Kirchtürmen und einem alten Stadtturm. Jenseits hob sich wieder das wellige Land, und dunkler Wald säumte die Höhen.

»Wie schön, wie friedevoll!« rief Therese. Ernst aber zog seine Karte aus der Tasche und sagt vergnügt: »Jetzt weiß ich, wo wir sind. Der Wald, aus dem wir kommen, ist der Rote Reisig. Das Städtlein da unten ist Wetbachhausen. Hinter uns zur linken Hand liegt Ettersbronn, und das dort ist die Poststraße nach Sensenbach. Auf die wollen wir los. Wir gehen gerade über die Rübenäcker. Hübsch in den Furchen, Therese!«

So eilten sie querfeldein und kamen auf einen Feldweg, der auf der halben Höhe des Berges in weitem Bogen nach dem Städtchen führte.

»Halt!« sagte Ernst, »nun wollen wir ratschlagen. Von hier sind wir in fünf Minuten auf der Straße nach Sensenbach. Wenn wir nach Wetbachhausen gehen, haben wir eine starke Viertelstunde weiter. Jetzt ruhst du dich aus hier am Rain. Sieh, was für einen schönen Sitz hast du da unter dem Birnbaum! Damit du etwas zu treiben hast, hütest du den Rucksack. Ich gehe derweilen in das Städtchen und erkundige mich, ob wir übernachten können. Ist es so, dann hol' ich dich ab. Ist es nicht rätlich, dann gehen wir auf die Landstraße hinunter und wandern Sensenbach zu. Wir lassen uns von deinem Omnibus einholen und fahren gemächlich nach unserem Nachtquartier. Ist es dir recht so?«

»Ja, aber gib mir, ehe du gehst, einen Kuss«, sagte Therese und schaute nach rechts und nach links.

Er beugte sich nieder und küsste seine Frau. Dann eilte er den Feldweg hin und wurde bald durch das hohe Kornfeld ihren Blicken entzogen.

Therese streckte sich behaglich und schaute über den Weg hinüber zwischen den Apfelbäumen durch ins Land hinein. Der Berg musste jenseits des Weges rasch abfallen. Einige Baumkronen waren noch hintereinander zu schauen, deren Stämme in die Tiefe hinuntergingen und nicht mehr zu sehen waren. Oder waren es gar keine Bäume, sondern irgendein niederes Gesträuch im Steingeröll?

Therese erhob sich, um sich zu überzeugen. Aber wie nun, während sie aufstand, das Land sich um sie ausweitete, kam es ihr vor, als ob sie das alles schon einmal so gesehen hätte. Sie setzte sich nieder, und es war ihr, als ob sie schon einmal so am Rain gesessen habe. In ihren jungen Tagen war es ihr zuweilen vorgekommen, als ob sie schon einmal bis ins kleinste hinein erlebt habe, was ihr gerade Zufälliges und Geringfügiges widerfuhr, und sie hatte sich doch nicht erinnern können, dass es wirklich so gewesen sei. Da hatten sie der Stuhl mit seiner zerbrochenen Lehne, die Lackbläschen, die im Sonnenschein glitzerten, und der schaukelnde Sommerhut am Nagel mit der herunterhangenden Stechnelke, all diese Dinge hatten sie da ganz unheimlich angemutet, eben weil sie so geheimnisvoll vertraut taten. Aber im Nu war die Empfindung vorübergewesen, und es war von ihr nichts übriggeblieben als eine Falte zwischen den Augenbrauen, und die war auch bald wieder ausgeglättet. Seit geraumer Zeit hatte sich dieser sonderbare Zustand nicht wieder eingestellt, Therese meinte, seit sie sich verheiratet habe. Kam es jetzt wieder über sie, wo die alte bräutliche Sehnsucht wieder ihr Herz übersponnen hatte? Oder war es diesmal ein Stück echter, handfester Erinnerung?

Therese wandte den Kopf. Richtig, da drüben stand der alte Berg mit dem kahlen Scheitel und dem Mauerwerk zwischen den Tannen.

»Wie heißt ihr den Berg da drüben«, fragte sie ein Büblein, das gerade ihr gegenüber auftauchte. Es kam ein Pfädchen herauf, das man nicht sehen konnte und das vor ihr zwischen den beiden Apfelbäumen auf den Feldweg mündete.

Das Kerlchen stellte sich auf seine Beine, drehte sich um und fragte: »Was für ein Berg? Der dort?«

»Ja, der dort.«

»Der heißt Schlossberg.«

»Aber es steht ja kein Schloss drauf.«

»Ha, es ist zusammengefallen.«

»Das ist wohl schon lange her?«

»Ja, schon ziemlich lange.«

»War auch ein Turm bei dem Schloss?«

»Ja, ein hoher Turm.«

»Weißt du, wie die Leute geheißen haben, die oben auf dem Turm wohnten?«

»Jawohl, das waren Hochwarte.«

»Und wie heißt denn du?«

»Hilarius Hochwart.«

»Komm einmal zu mir her«, sagte Therese. Das Büblein kam zutraulich und ließ sich von ihr willig auf ihren Schoß ziehen.

»Aber du hast ja keine blonden Locken, und wo sind denn seine blauen Augen geblieben? Gelt, deine Mutter hat einen schwarzen Krauskopf?«

Das Bübchen schüttelte verlegen den Kopf und wollte vom Schoß herunter.

»Ich lasse dich gleich wieder springen. Aber jetzt musst du noch bei mir bleiben. Wie heißt denn dein Vater?«

»Peter Hochwart.«

»So! Und du hast einen Onkel, der heißt Hilarius Hochwart; gelt?«

»Ja, du!«

»Wie geht's deinem Onkel?«

»Dem geht's gut.«

»Ist er verheiratet?«

»Der ist nicht verheiratet.«

»Nicht? Was ist er denn? Gelt, er ist ein berühmter Schneidermeister geworden?«

»Ja. Er hat die vornehmste Kundschaft.«

»Wie viel Gesellen hat er denn?«

»Gesellen hat er keine mehr, wir haben nicht Platz. Aber er hat drei Lehrbuben, unser Peter ist auch dabei.«

»Wohnt ihr beisammen?«

»Freilich.«

»Wo ist denn das Haus?«

»Ha, gerade da unten liegt's ja. Komm nur herunter, dann kannst du unseren Schweinestall sehen.«

»Habt ihr auch ein Säulein darinnen?«

»Freilich. Vorigen Dienstag hat es der Vater vom Sensenbacher Markt gebracht. An Martini wird's gemetzget. Dann gibt's Wurst.«

»Jetzt will ich dir einmal etwas sagen, Hilarius. Wenn ich nach Hause komme, schicke ich dir einen Schaukelgaul.«

»Aber haarig muss er sein!«

»Natürlich muss er haarig sein. Aber du bekommst ihn nur, wenn du tust, was ich sage.«

Das Büblein stemmte den Arm in die Seite und rief: »Heraus damit!«

»Zuerst will ich aber sehen, ob du auch schweigen kannst. Mach einmal dein Mündchen zu! So! Und jetzt lege dein Fingerlein drauf! So ist's recht! So bleibe, bis ich wieder herschaue.«

Therese wandte sich um und sah hinter sich in das Kornfeld. Sie griff hinein und holte ein Büschel Rittersporn. Als sie wieder auf das Büblein blickte, hielt es immer noch das Fingerlein an die zusammengepressten Lippen.

»Jetzt ist's gut. Du kannst dein Fingerlein wieder wegtun und deinen Mund aufmachen. Ich habe gesehen, dass du schweigen kannst; jetzt gib Acht! Heute sagst du deinem Onkel gar nichts von mir, kein Sterbenswörtchen. Aber morgen früh, wenn er ausgeschlafen hat und du auch, dann sagst du ihm – jetzt gib Acht:

Du Onkel, die Therese ist wieder oben am Rain gesessen und lässt dich schön grüßen. Wie willst du ihm morgen früh sagen?«

»Du, Onkel! Die Therese ist wieder oben am Rain gesessen und lässt dich schön grüßen!«

»So ist's recht, und jetzt geh heim, und ... das Fingerlein auf die Lippen! Warum lachst du denn so?«

»Therese hat seine Bekanntschaft geheißen.«

»Was du nicht weißt! Warum hat er sie denn nicht geheiratet?«

»Sie ist ja gestorben!« Und das Büblein legte die Hände zusammen, machte ein ernstes Gesichtchen und sagte:

> »Es hat heut Nacht geregnet,
> Die Dächer tropfen noch,
> Ich hab' einmal ein Schätzlein g'habt,
> Ich wollt', ich hätt' es noch.
> Jetzt ist mir's aber g'storben
> Und schläft in süßer Ruh';
> Es hat ein weißes Schürzlein
> Und schwarzgewichste Schuh'.«

»Ei wo nicht gar!« rief Therese, und die Augen wurden ihr feucht. »Das hat er auf seine Bekanntschaft gedichtet?«

Der Knabe nickte.

»Woher weiß er denn, dass sie gestorben ist?«

»Ha, sie hat ihm doch versprochen, ihm eine Nähmaschine zu kaufen!«

»Und das hat sie nicht getan, gelt?«

»Natürlich nicht, weil sie gestorben ist.«

»Aber Schneidermeister ist er deswegen doch geworden.«

»Aber wenn seine Bekanntschaft nicht gestorben wär', dann wär' er jetzt was viel Höheres.«

»Was du nicht sagst! Hat er das euch alles erzählt?«

»Das erzählt er oft.«

»Sag einmal, Hilarius, dichtet dein Onkel auch noch?«

»Oh, noch sehr viel!«

In diesem Augenblick kam Theresens Gatte des Weges daher.

»Wir können hier vortrefflich übernachten. Ich habe mich in der Apotheke erkundigt. Komm, Therese!«

»Wir wollen nicht hier bleiben«, erwiderte Therese. »Außen herum, am zarten Rand, so geht es noch; aber tiefer hinein möcht' ich nicht. Dort irgendwo an dem Wege, woher du kommst, liegt der Kleeacker; dort ist das unheimliche geschehen. Und hier hinter den Zwetschgenbäumen wohnt er. Es ist besser, wenn er und ich uns nicht mehr sehen, sondern die Erinnerung so lassen, wie sie ist.«

»Ich verstehe dich kein Wort! Von wem redest du denn?«

»Von Hilarius Hochwart.«

»Ist das ein prächtiger Name!«

»Und ein guter Mensch ist es auch. Ich hab' ihm ein Versprechen nicht gehalten, und weil ihm das unmöglich scheint, meint er, ich sei tot.«

»Aber Therese, davon hast du mir ja —«

»Komm nur, ich erzähle dir heute Nacht alles in einem.«

Ernst schwang den Rucksack auf die Schulter, und die Gatten wandten sich zum Gehen. »Behüt' dich Gott, Hilarius!« sagte Therese zu dem Büblein. »Also morgen früh richtest du es schön aus. Heute aber ...«

Sie legte den Finger auf die Lippen, und der kleine Mann machte es geradeso. Dabei lachten sie sich an.

»Vergiss den haarigen Schaukelgaul nicht!« rief das Bübchen der Davoneilenden nach.

Therese schaute zurück.

»Gewiss nicht!«

Feuer

Am Waldrande, da, wo der Rote Reisig in die Talschlucht hinuntersteigt, hauste einer, dem man nicht gern begegnete, und um dessen Hütte man auch dann in weitem Bogen herumgegangen wäre, wenn er nicht so wütende Hunde gehabt hätte. Das war ein Mann, der konnte mehr als Brot essen. Seine Vorfahren waren lauter Schinder gewesen, und er selber war auch so etwas. Auch Scharfrichter kamen unter seinen Ahnen vor.

Er ging sonst nicht unter die Leute. Aber eines Abends trat er zu Sensenbach im Schwanen in die Wirtsstube. Man schaute ihn verwundert an, das Gespräch verstummte; als er sich an den Tisch setzte, rückten die Nachbarn von ihm weg. Er saß eine Weile still für sich. Auf einmal sagte er mitten in das Gespräch hinein:

»Eine Urururgroßmutter von mir ist zu Fürfeld als Hexe verbrannt worden. Meine Ururgroßmutter ist als junges Weib dabeigestanden. Da ist ihr eine Flamme vom Scheiterhaufen in den Leib gefahren. Darum sind alle aus meinem Geschlecht fürs Feuer gezeichnet.«

Während er so erzählte, hielt er die geballte Faust auf dem Tisch. Die Umsitzenden sahen mit Grausen, wie die Flamme in der Ampel sich zu ihm hinbog, und die Frau Wirtin bemerkte, dass sich der blaugraue Ring, den er am Daumen trug, bewegte, als ob er ziehender Rauch wäre, und sie behauptete später steif und fest, sie habe deutlich gesehen, dass eine Maus aus seiner Hand geschlüpft und über den Tisch gelaufen sei, als er sich erhob, um das Zimmer zu verlassen.

Hinter ihm war es still in der düsteren Stube, die Leute schauten sich an, keiner mochte ein Wort sagen. Da winkten sich zwei von den Tischgenossen zu, beherzte Männer, und gingen ihm nach. Im Hof war er nicht. Als sie aber aus dem Hof auf die Gasse hinausgingen, sahen sie einen langen Schatten auf dem mondhellen Weg, und wie sie um die Ecke bogen, sahen sie den Alten regungslos mitten auf der Gasse stehen und zum Giebel der Scheune hinaufschauen.

»Was seht Ihr denn dort oben?« riefen sie ihm zu. Da schrak er zusammen, wie wenn er aus einem Traum erwache. Dann ging er auf den Brunnen zu, zog ein weißes Tüchlein aus der Tasche, hielt es unter die Brunnenröhre, bis es triefend nass war, und so schob er es unter sein Wams und sein Hemd auf die bloße Haut.

Hierauf ging er wieder in die Wirtsstube. Alle Köpfe wandten sich ihm zu. Die beiden Männer aber, die hinter ihm hereingekommen waren, sahen deutlich, dass, als er sich auf seinen alten Platz setzte, die Flamme in der Ampel ein wenig zitterte und dann kerzengerade in die Höhe stieg, so dass es noch einmal so hell in der Stube wurde, als es vorher war.

Er bestellte sich den zweiten Schoppen.

Als ihm die Wirtin das volle Glas hinstellte, fasste er sie bei der Hand und sagte:

»Heut möcht' ich bei Euch bleiben!«

Das junge Weib schüttelte seine Hand ab.

»Lasset mich in Ruh!«

Darauf wurde er lustig und fing an zu singen. Zuerst tat ihm niemand Gesellschaft, denn es war ein Lied, das noch keiner gehört hatte. Die Burschen aber merkten auf den Kehrreim und sangen ihn schließlich mit:

»Zwei Flammen
Schlugen zusammen. Wo?
Ha ha ha ha!
Im Heu und im Stroh.«

Derweilen schaute die Frau Wirtin immer wieder nach der Hand, die der Alte vorhin gepackt hatte; die Männer aber, die um den runden Tisch saßen, waren in ihrem Gespräch mit einem Mal auf das Brennen gekommen. Sie erzählten sich vom letzten großen Brand, und was da ein jeder erlebt hatte. Darüber wurde es drei Viertel auf elf Uhr, und die Feierabendglocke schlug an. Ein Schreck fuhr durch jedes Gemüt.

»Es ist Feierabend«, sagte einer. »Ich habe gemeint, es brennt«, sagte sein Nachbar.

Die Männer tranken langsam ihre Gläser aus, der Alte aber, der das seine schon geleert hatte, klopfte mit ihm auf den Tisch und rief:

»Frau Wirtin, noch einen Schoppen!«

Die Wirtin tat, als höre sie nicht.

»Frau Wirtin, noch einen, noch einen Schoppen!«

Und er fing zu singen an:

»Heut   geh   ich   aber   gar   nimmer   heim!
Heut bleib ich da!«

Die Wirtin, die seit einer Weile mit Schauder bemerkt hatte, wie die Flamme der Ampel sich wieder zu ihm hinüberneigte, raffte die leeren Gläser zusammen und sagte:

»Geht Euers Wegs! Ihr habt eine weite Strecke!«

Er aber sang:

>»Und er zieht sie an der Hand,
> Auf der Leiter,
> Immer weiter —«

Damit griff er nach der Hand der Wirtin, die gerade die Gläser vom Tisch aufhob. Die Wirtin zuckte zurück, wie man vor einer Flamme, die aus dem Ofen schlägt, zurückfährt, und die Gläser fielen klirrend auf den Boden.

»Jetzt aber ist's genug«, sagte der Bruder der Wirtin und ging auf den Mann zu. »Zahlt Eure Zeche und die zerbrochenen Gläser und geht zum Haus hinaus!«

Der Alte griff in die Tasche, und während er die Münzen auf den Tisch legte, sang er:

>»Zum Haus hinaus.
> Komm, Grete,
> In die Scheuer hinein.
> Komm, Grete,
> Die Leiter hinauf.
> Komm, Grete,
> Im Heu und Stroh
> Brennt's lichterloh!

Ha ha ha ha!«

»Jetzt hol' ich den Hund!« sagte die Wirtin.

Sie eilte die Stiege hinauf in die Kammer, wo ihr großer Hund bei den Kindern schlief, bis sie selber zu ihnen kam.

Als sie mit dem bellenden Hund heruntereilte, rief ihr der Bruder zu: »Halt den Hund zurück, dass es kein Unglück gibt; er geht schon allein.«

Der Alte wankte gerade die Tür hinaus. Der Hund schnupperte hinter ihm her und kam winselnd zurück zu seiner Herrin. Die Geschwister standen unter der Haustür und sahen dem Manne nach, der wie ein Schwerbetrunkener auf die Straße taumelte.

»Hat er denn so viel getrunken?« fragte der Bruder.

»Gott bewahre! Zwei Gläser Birnenmost, und von unserem gewässerten. Aber schau, was will er denn dort?«

Der Alte taumelte auf die Scheune zu und hielt sich mit beiden Händen an dem Tor. Als er wieder fest stand, rüttelte er an der verschlossenen Tür und rief:

»Da will ich hinein, da muss ich hinein, drin muss ich sein!«

Da griff ihn der Bruder, der ein stämmiger Mann war, am Kragen, schleppte ihn zu dem Brunnen und hielt ihm den Kopf unter die Röhre, bis die Kleider vom Wasser trieften, dann gab er ihm einen Stoß und rief:

»Geh heim wie ein begossener Pudel, du Lump!«

Der alte Mann war auf den Boden gefallen und lag unbeweglich. Der Hund, den die Wirtin am Halsband hielt, tobte und wollte sich auf den Liegenden stürzen. Der aber stand langsam auf, langte nach seiner Mütze, die neben ihm auf der Straße lag, und ging hinkend davon.

Die beiden sahen ihm nach, bis er hinter der Ecke verschwunden war.

»Bleibe bei mir heute Nacht«, bat die Schwester ihren Bruder. »Ich habe noch nie so Angst gehabt vor dem Brennen wie heute.«

Der Bruder wollte sie beruhigen. Haus und Hof und Scheune seien verwahrt. Aber die Schwester flehte ihn an, ihr den Willen zu tun.

»Siehst du, wie es wetterleuchtet? Ich fürchte mich sonst nicht vor dem Gewitter; aber wenn heute Nacht eins kommt, werd' ich vergehen vor Angst.«

Da bekam der Bruder Mitleid mit seiner Schwester. Er dachte daran, dass sie keinen Gatten mehr habe. Er sah die schwarze Scheuer an und horchte nach der Richtung hin, wo die Schritte des Alten verhallt waren.

»Ich will heute Nacht bei dir bleiben und wachen. Aber ich will zuerst heim und meine Flinte holen.«

»Die Flinte nützt doch nichts wider den Blitz«, sagte die Schwester.

»Den dort fürcht' ich mehr als den Blitz«, erwiderte der Bruder. »Schließ das Haus zu und halte den Hund bei dir, in einer halben Stunde bin ich wieder da.«

Er ging rasch die Straße hinauf und beschleunigte seinen Schritt, denn Flamme auf Flamme zuckte über den Himmel, und es donnerte in der Ferne.

Die Wirtin aber ging in das Haus zurück, schloss die Tür zu und setzte sich an das Fenster, an dem sie, einer stehenden Verabredung gemäß, das Klopfen des zurückkehrenden Bruders erwartete. Ihr Hund legte seinen Kopf auf ihren Schoß und schaute sie an.

Als sie das Grollen des Donners vernahm, eilte sie, die Ampel in der Hand und von dem Hunde begleitet, in die obere Stube und weckte ihre zwei Kinder aus dem Schlaf; das ältere zog sich selber an, derweilen sie das jüngere in fliegender Eile ankleidete. Dann nahm sie das Bübchen auf den Arm, das schlaftrunkene Mägdlein folgte ihr nach, und so kehrte sie in die untere Stube zurück.

Sie setzte die Ampel auf den Tisch, hob das Kindchen in sein Stühlchen und befahl dem größeren, sich zu ihm zu setzen und den Arm um sein Köpfchen zu schlagen. Dann setzte sie sich wieder an das Fenster. Der Hund war ihr bei all ihren Gängen und Verrichtungen auf dem Fuße gefolgt, und es tat ihr wohl, wo sie ging und stand, seine Schnauze hinter sich zu fühlen. Und jetzt stand er wieder vor ihr, legte den Kopf auf ihr rechtes Knie, das dem Fenster zunächst war, und schaute sie mit funkelnden Augen an. Sie aber blickte bald auf den Hund, bald schaute sie zum Fenster hinaus, und jedes Mal, wenn ein Blitz die Erde beleuchtete, stand, grell vom Schein umrissen, die hohe schwarze Scheune vor ihren Augen.

Wie sie auch wieder einmal auf ihren Hund niederschaute, bemerkte sie, wie dessen Augen sprühten; mit wütendem Gebell fuhr er an ihrem Gesichte vorbei, setzte die Vorderpfoten auf den Fenstersims, knurrte und fletschte die Zähne.

Jetzt hielten die Wirtin und der Hund den Atem an, und die junge Frau hörte deutlich ein Geräusch, wie wenn an der gegenüberliegenden Scheune eine Leiter angelegt würde. Auch der Hund musste es gehört haben, denn er erhob ein wütendes Gebell. In diesem Augenblick erhellte ein Blitz die Nacht, und die Wirtin sah deutlich in seinem Lichte eine hohe Leiter, die bis zum Firste des Giebels hinaufragte. Sie hatte eisernes Beschläg in ihrer Mitte, und daran erkannte sie die Leiter des Hofbauern, der im letzten Hause gegen den Roten Reisig zu wohnte. Die Leiter hing sonst in einem offenen Schuppen, und hundertmal hatte sie sie da hängen sehen.

Was will denn der Hofbauer an unserer Scheuer? dachte sie, und heiße Angst kam über ihr Herz. Da klopfte es an die schwarze Fensterscheibe.

»Heinrich, du bist es schon?« rief sie und öffnete froh. Aber welch ein Entsetzen, als eine heiße Hand hereingriff und sie am Knöchel packte, und eine heisere Stimme ihr zuraunte:

>»Komm mit, komm mit
> Die Leiter hinauf!
> Im Heu und im Stroh
> Geht's heute Nacht noch lustig zu!«

Der Schreck lähmte ihr Sinne und Kraft. Der Hund sprang an ihr vorbei zum Fenster hinaus auf den Unsichtbaren los, aber mit einem Gemisch von Wutgeheul und Angstgewinsel fiel er an ihm nieder und verschwand in der Finsternis.

Da zischte der Alte:

»Es ist die allerhöchste Zeit!« ließ die Hand los und sprang vom Hause hinweg.

Im Lichte des nächsten Blitzstrahls sah sie den Mann, wie er hurtig die Leiter hinaufkletterte. Eine Weile säumte das Wetter, ein heißer Wind fegte die Straße her und schlug das Fenster zu und auf. Jetzt wieder ein Blitz, und Blitz auf Blitz, und die Donner rollten über dem Hause zusammen. Die Frau schaute nach der Scheuer hinüber und sah den Mann, wie er rittlings auf dem Firste saß, die grauen Haare wehten im Wind, und die hageren Arme streckten sich in den Glast hinein.

Der Glast erlosch, und schwarze Nacht hatte alles geschluckt. Da sang es vom Firste her:

>>Zwei Flammen
Schlagen zusammen! Wo?
Ha ha ha ha!«

In das gellende Lachen hinein schlug eine Lohe aus dem schwarzen Himmel. In Glut und Licht vergingen der Frau die Sinne. Sie wurde in die Mitte des Zimmers geschleudert. Als sie aus ihrer Betäubung erwachte, hielt sie ihre beiden Kinder umfangen. Die Stube war taghell erleuchtet, der Regen rauschte hernieder, und aus der Scheune stieg still und hehr eine Feuersäule gen Himmel.

Bei Frau Holle

Nirgends in der ganzen Welt wachsen so schöne Weihnachtsbäume als im Roten Reisig. Darum hatte Frau Holle seit unvordenklichen Zeiten mit den Gemeinden Sensenbach, Wetbachhausen und Ettersbronn ein Abkommen getroffen, wonach sie das Recht hatte, in den sechs Tagen zwischen Andreas und Nikolaus im Roten Reisig tausend Tannen und eine zu fällen. Sie war jedoch verpflichtet, auf das Gedeihen des Waldes Bedacht zu nehmen. Ehe es eine obrigkeitliche Forstaufsicht gab, sorgte Frau Holle nach eigenem Ermessen für eine dem Nachwuchs dienliche Auswahl. Seit aber in Sensenbach ein großherzoglicher Oberförster haust, wird alljährlich in der Forstkanzlei ein Plan ausgearbeitet, der dann zur Prüfung und Genehmigung an die Oberbehörde geschickt wird. Am Abend vor Andreas legt der Ratsschreiber von Sensenbach das umfangreiche Aktenstück in das Ratszimmer auf den großen Tisch, öffnet das Fenster und klingelt mit der Ortsschelle hinaus. Anderntags ist das Schreiben verschwunden, und die Bäume werden genau nach der obrigkeitlichen Anweisung gefällt.

Am Morgen nach Sankt Nikolaus liegen drei Beutel auf dem großen Tisch in der Ratskanzlei zu Sensenbach, für jede Gemeinde einer; nur darf der Ortsdiener nicht vergessen, am Abend zuvor das Fenster zu öffnen. Außer dem wohlabgezählten Geld für den Gemeindesäckel liegen in jedem Beutel noch einige besondere Päckchen, zum Dussöhr, wie man zu Sensenbach sagt. Frau Holle zeigt sich erkenntlich. Sie ist unsere nobelste Kundschaft, pflegt der Ortsdiener von Wetbachhausen zu behaupten.

Es war ein uralter Brauch im Forstbezirk, dass die Verwaltung für die sechs Tage zwischen Andreas und Nikolaus keine eigenen Arbeiten anordnet, sondern Frau Holle ungestört im Roten Reisig walten lässt.

Nun war es einmal geschehen, dass der Oberförster von Sensenbach vergessen hatte, in seinem Amtskalender diese Woche als gesperrt einzuklammern, und darum hatte er die Waldhüter der drei Gemeinden angewiesen, mit fünfzig Holzmachern zur Stelle zu sein, um den Schlag zu beginnen; und zwar gerade für denselben Tag, an dem Frau Holle ihre Bäume zu fällen anhob. Erst am Nachmittag vor Andreas fiel dem Oberförster sein Versehen ein. Er wurde sehr zornig und fluchte nicht wenig und warf den Amtskalender an die Wand. Aber was half das? Derweilen schmierten sich die Holzfäller schon die Stiefel. Was tun? Abbestellt konnten sie nicht mehr werden. Endlich beruhigte sich der Herr Oberförster, setzte sich an den

Schreibtisch und verfasste eine Eingabe an Frau Holle. Er bat Wohldieselbe, in Anbetracht der langjährigen Dienstfreundschaft das diesseitige Versehen wohlgeneigtest entschuldigen zu wollen; er bewies, dass sich die beiderseitigen Arbeiten nicht stören könnten, da seinerseits vom Schlagen der Nadelhölzer Umgang genommen werde, bat zum Schluss um Fortdauer des jenseitigen Wohlwollens und erklärte sich zu Gegendiensten gern bereit. Nachdem das Schreiben versiegelt und der Umschlag mit dem Vermerk »Portofreie Dienstsache« bestempelt war, brachte es der Oberförster auf das Rathaus. Der Ortsdiener legte es auf den großen Tisch in der Kanzlei, und als es Nacht geworden war, öffnete er das Fenster und läutete mit der Ortsschelle zu den Sternen hinauf. Am anderen Morgen war das Schreiben verschwunden. Auf dem Tische aber lag ein goldenes Haar; das wickelte der Herr Oberförster um seinen linken Zeigefinger, und den ganzen Tag hörte er nicht auf zu lächeln.

Als am Morgen von Andreas der erste Trupp Holzfäller in den Roten Reisig zog, begegnete den Arbeitern auf dem grasigen Weg ein freundlicher alter Mann mit einem langen braunen Rock und einem eisgrauen Bart, der schob einen Karren vor sich her und hatte eine Baumsäge im Gürtel hängen. Auf dem Karren lagen fünf oder sechs Bäumchen. Schon von ferne lachte der Mann über das ganze Gesicht, und beim Vorübergehen hörte er nicht auf, mit dem Kopfe zu nicken und mit den kleinen lustigen Äuglein zu grüßen. Geradeso begegnete er jedem anderen Trupp, und als sich dann die Leute zerstreuten, kam ihnen auf jedem neuen Weg immer wieder derselbe Mann entgegen, den Schiebkarren vor sich her, mit dem langen grauen Bart und mit dem lachenden Gesicht. Wohin er die Tännchen brachte, konnte niemand sagen, und auch beim Baumabsägen hat ihn keiner getroffen, wiewohl sie sich durch den ganzen Wald verteilt hatten.

Am elf Uhr herum wischte sich jeder Holzmacher den Schweiß von der Stirn, knüpfte den Wams zu, legte das Beil auf die Schulter und schlenderte nach einer sonnigen Mulde in der Mitte des Waldes, woselbst der Sammelplatz war. Ein Feuer wurde angezündet, und die Männer und Burschen setzten sich rings herum in die trockene Laubstreu. Sie holten Brot und Speck aus der Tasche und hielten ihr Mahl. Dabei ließen sie einen Steinkrug kreisen, darinnen war Birnenmost. Wer von seinem Nachbar den Krug empfing, hob ihn alsbald an den Mund und tat drei kräftige Züge; dann gab er ihn weiter.

Während des Mahles hatten sie's von dem alten Mann und stritten darüber, ob es immer derselbe sei, oder ob es ihrer viele wären. Auf einmal rief ein Bursche:

»Gucket doch! Dort oben steht er!«

Alle schauten hinauf und sahen den Mann, wie er sich gerade vor ihren Blicken hinter eine Buche versteckte.

»Komm herunter und trink eines!« rief derselbe, der ihn zuerst bemerkt hatte, und er hob ihm den Steinkrug zu, den er just empfing. Da kam der Mann eilfertig den Abhang heruntergelaufen, trat in den Kreis, gab einem jeden die Hand, wie die Kinder tun, und als er damit fertig war, ging er zutraulich zu dem Ältesten und setzte sich neben ihn auf eine Moosbank.

»Da, trink einmal!« rief der Bursche von vorhin und brachte ihm den Krug herbei. Der Fremde hielt ihn an die Lippen, aber sobald er den sauren Trank geschmeckt hatte, setzte er ab und schnitt ein entsetzliches Gesicht. Die Männer lachten, und er selber lachte mit, sobald er sich von seinem Schrecken erholt hatte. Ein Bursche stieß jetzt mit einer Stange die Kartoffeln aus der Glut. Eine rollte vor den Alten und lag aufgeplatzt zu seinen Füßen. »Nimm und iss!« rief man ihm zu. Da hob er den rußigen Knollen auf und schaute, wie es die anderen machten. Er hatte bald begriffen, drückte das duftende weiße Mehl aus der schwarzen Schale und verspeiste es aufs zierlichste. Die Männer richteten mancherlei Fragen an ihn: wie er heiße, woher er komme, ob noch jemand mit ihm sei, wie viel Lohn er kriege, und dergleichen. Er lachte jeweils den Frager an, aber eine Antwort gab er keinem. Mit der größten Aufmerksamkeit achtete er auf alles, was die Holzfäller taten, und über alles musste er lachen. Als sich ein Bursche auf ettersbronnisch schneuzte, machte er es alsbald nach, und wenn die Männer in einen Busch gegangen waren, um allda allein zu sein, mussten ihn die anderen abhalten, sonst wäre er hinterher gelaufen.

Die Mittagsstunde war vorüber, der Älteste gab das Zeichen zum Aufbruch, und ein jeder ging an seine Arbeit. Der sonderbare Waldmann verließ zuletzt den Platz. Zögernd ging er den Hügel hinauf, schaute den verschiedenen Gruppen nach und trieb sich noch eine Weile unter den Bäumen herum am Rande der Mulde, bis er endlich forttrottelte und im Walde verschwand.

Als die Sonne untergegangen war, wurde es finster zwischen den Bäumen, und die Männer machten Schluss. Sie warteten aufeinander an den Kreuzwegen und riefen die Spätlinge mit ihren Pfeifchen herbei, ein Trupp holte den anderen ab, und schließlich zogen drei Scharen zum Walde hinaus. Der größte Haufe ging nach Sensenbach, ein fast so großer nach Wetbachhausen, der kleine Rest schlug den Weg nach Ettersbronn ein. Unter diesen war der Altvater, neben dem der Fremdling gesessen hatte.

Wenn man zum Walde heraus ist, zieht sich der Forst noch eine Weile links an dem Wege hin, der nach Ettersbronn führt. »Morgen kriegen wir Schnee!«

267

sagte ein Bursche. »Morgen noch nicht, aber bald!« antwortete ein anderer. »Gucket, dort steht er!« rief der dritte. Und richtig, hinter dem letzten Baume stand er.

Einer aus der Schar bot ihm die Zeit; da kam er hinter dem Baum hervor, und als die Männer an ihm vorüber waren, gesellte er sich ihnen zu, als ob es so sein müsse.

Manch einem ward es unheimlich. Sie schlossen sich enger aneinander, und keiner wagte zurück zu bleiben, aus Sorge, der Fremde werde ihm Gesellschaft leisten. Endlich fasste sich einer das Herz und fragte: »Wo willst du denn hin?« Der Mann antwortete so viel wie vorher, nichts, und ging strebsam des Wegs, wobei er sich, was auch seine Nachbarn anfingen, immer geschickt mitten im Haufen zu halten wusste. Um sich das Grauen zu vertreiben, fing einer der Burschen ein Soldatenlied an, andere fielen ein, alle gingen im Takt. Da warf das Männlein seine Beine lang, und bald hatte er das Marschieren gelernt. Sein Röcklein flog hinter ihm her. Manchmal machte er zwei Schritte für einen, aber im Takte blieb er. So kamen die Holzfäller nach Ettersbronn. Alle waren begierig, wohin ihr Begleiter ginge, darum blieb der ganze Trupp beieinander, so dass die Leute die Fenster aufmachten und ihnen verwundert nachschauten.

Nur der Älteste, der wie immer vorangeschritten war, kümmerte sich nichts um den Zugänger, und als er an seiner Hütte angelangt war, sagte er gute Nacht! und ging hinein. »Gute Nacht!« riefen die anderen. Das Männlein aber schaute weder rechts noch links, sondern ging hinterher durch die Haustür, wie wenn er hier daheim wäre.

Ach, wie die Leute in der Stube erschraken, als der sonderbare Gast hereinkam und sich mir nichts dir nichts zu dem Altvater auf die Ofenbank setzte! Die Kinder kreischten auf und flüchteten sich in die Kammer, Vater und Mutter schrien ihn an, wer er sei, und was er wolle, bis ihnen der Altvater Schweigen gebot. Dann erzählte er, was er wusste, und sagte zum Schlusse: »Tut ihm nichts zu leid, er gehört zu Frau Holles Gesinde. Lasset ihn heute Nacht hier bleiben. Er soll neben mir in der anderen Bodenkammer schlafen unter dem Welschkorn. Morgen früh bring' ich ihn wieder in den Wald hinaus.«

So geschah es denn auch. Aber Frau Holles Knechtlein machte sich nicht an seine eigene Arbeit, sondern half den Holzschlägern bei der ihren. Er hatte die Kraft von sechsen, und in der letzten Stunde ging es ihm noch gerade so von der Hand wie in der ersten. Dabei hielt er sich immer an den Ältesten, und als der Lohn ausbezahlt wurde (es war ein Samstag) und die Reihe an ihn kam, rührte er das Geld nicht an, bis endlich der Altvater den Tagelohn zu seinem eigenen in die Tasche steckte. Während des Mittagsmahls war er lustig und guter Dinge gewesen und hatte den Holzschlägern in allen Stücken also auf die Finger und auf den Mund geschaut, dass er den Käse aufs Brot schmieren und breit einbeissen konnte, wie irgendeiner aus Sensenbach oder Ettersbronn.

Als an jenem Tage die Holzmacher heimzogen, wich Frau Holles Knechtlein seinem Alten nicht von der Seite, und wenn dieser einmal langsam ging, zog er ihn am Kittel vorwärts. Dann und wann warf er einen scheuen Blick hinter sich. Da ging es wild genug zu: im Roten Reisig raste der Sturm, die alten Tannen knarrten, und zuweilen gellte es aus dem Wald wie ein zorniger Ruf. Da blieb dann der Mann stehen, schüttelte heftig den Kopf und machte eine wegwerfende Handbewegung nach hinten. Dabei aber zitterte er vor Angst und drängte und trieb vorwärts. Erst als sie unter der vordersten Straßenlaterne von Ettersbronn durchgezogen waren, wurde er ruhig und ließ den Wams des Alten los.

Der Bauer murrte freilich, als der sonderbare Gast wiederkam. Aber der Großvater erzählte, was er für ein gewaltiger Schaffer sei und ein gar geringer Esser, und wie er sich nichts um das Geld kümmere, und er holte den doppelten Lohn aus der Tasche und setzte auf das eine Häuflein das andere. Da sagte der Bauer: »Wir wollen ihn behalten.« Und so blieb er da.

Am muntersten war er bei der Arbeit im Wald und im Feld. Er brachte so viel zustande wie fünf gelernte Bauernknechte, denn obgleich er keine Silbe sprach, war er so hellverständig, dass er zu allem zu gebrauchen war. Nach dem Geld, das er verdiente, sah er sich nicht um. Der Bauer steckte es in seinen Strumpf und kaufte sich eine fette Wiese um die andere.

Im Hause war er gut zu haben. Er saß neben dem Altvater auf der Ofenbank und war niemand im Weg. Die Kinder verloren allmählich alle Scheu vor ihm und wurden zutraulich. Er aber kümmerte sich um sie ebenso wenig wie um sonst irgendjemand. Die Mutter konnte ihr altes Grauen nicht überwinden.

Zuweilen war er auch unheimlich genug. In klaren Neumondnächten, wenn die Sterne so recht feurig funkelten, kam über ihn eine Unruhe, dass er weder sitzen noch liegen konnte. Rastlos ging er im Hause umher, in die Küche, in den Stall, in die Kammer hinauf und in die Stube zurück, legte sich auf die Ofenbank, stand wieder auf, stellte sich ans Fenster und fing die Wanderung von vorne an. So trieb er's die Nacht hindurch, bis die Hähne krähten.

»Was hat denn der Hollemann?« fragten die Kinder. »Seid still«, sagte der Altvater; »es tut ihm andt.«

»Es tut ihm andt« ist ettersbronnisch und heißt: Er hat Heimweh.

269

Es verging eine geraume Weile. Das Häuslein war noch ebenso klein, aber der Bauer gehörte zu den reichsten im Dorf. Da widerfuhr der Mutter eine große Freude: sie genas eines Söhnleins, das war schön und gesund, und es gedieh und wurde so hold, dass es jedem eine Wonne war, es anzuschauen. Die Mutter dankte dem lieben Gott täglich für dieses Kind, und der Großvater lebte wieder auf. Nur der Bauer selber hatte keine Zeit, sich über sein Hänslein zu freuen, denn er wollte Gemeinderat werden, und der Hollemann kümmerte sich um das jüngste Söhnchen so wenig als um die übrigen Leute im Haus.

Als das Kind entwöhnt war, brachte ihm sein Großvater ein Lämmchen. Das war nun der liebste Gespiele des heranwachsenden Knaben. Es lief ihm nach, wohin er ging, und wenn die Mutter ihr Hänslein zu Bett brachte, legte sich das Lämmchen unten an die Bettstatt und schlief da, bis sein Kamerad es morgens aufweckte.

Nun geschah es einmal in klarer Winterszeit, dass der Hollemann mit Einbruch der sternfunkelnden Nacht wieder überaus unruhig wurde. Man hatte sich im Hause daran gewöhnt und achtete seines Umtriebs nicht weiter. Aber als nach dem Abendessen die Mutter ihr Hänslein wusch, strich der Hollemann zweimal dicht an ihnen vorüber, und es kam ihr vor, als ob sein düsterer Blick auf das Kind gefallen sei, so oft er zur Tür hereinkam. Deshalb behielt sie ihn den Abend über im Auge, und als sie sich schlafen legte, nahm sie das Hänslein aus seinem Bettchen und legte es zwischen sich und ihren Mann. Türschlösser gab es damals in Ettersbronn noch nicht, sonst hätte sie die Kammertür zugeschlossen.

Als am anderen Morgen das Hänslein über die Bettlehne guckte, war das Lämmchen verschwunden; und als die Familie in der Stube zusammenkam, fragte eines das andere: »Hat niemand den Hollemann gesehen?« Keiner wusste etwas von ihm; auch er war nimmer da.

Alle Räume des Hauses, der Stall und die Scheune wurden durchstöbert und alle Wege hinausgeschaut. Weder vom Hollemann noch von dem Lämmchen war eine Spur zu entdecken. Endlich fand sich die Familie wieder in der Stube zusammen, und man setzte sich zur Morgensuppe an den Tisch. Die Mutter hielt das Hänslein auf dem Schoß, aber es wollte sich nicht trösten lassen. Der Vater brummte wegen des verlorenen Verdienstes. Der Altvater aber sagte: »Er hat das Lämmchen der Frau Holle mitgebracht, damit sie ihn wieder aufnehme. Seid froh, dass ihr bei dem Handel so billig davongekommen seid.«

Während er noch sprach, hörte man ein zitterndes Mäh! Die Tür tat sich auf, und der Hollemann trat herein. Ach, aber wir sahen beide aus! Des Hollemanns

Bart war zerzaust, seine Kutte hing in Fetzen, wie von scharfen Streichen zerschnitten; wo die bloße Haut zu sehen war, war sie mit Striemen bedeckt, und der ganze Mann war so verschimpfiert und abgejagt, dass es zum Erbarmen war. Und nicht minder jämmerlich sah das Lämmchen aus. Es war wund und zerschunden am ganzen Leibe und zitterte vor Erschöpfung und Schmerzen. Wimmernd schleppte es sich auf das Hänslein zu, das seinen Kameraden unter Tränen in die Arme schloss. Dann schaute das Tierchen seinen Freund noch einmal wehmütig an, streckte die Beine von sich und war tot.

»Die haben euch schön heimgeschickt!« rief der Vater. Der Altvater aber schüttelte den Kopf und sagte: »Frau Holles Gejaid hat sie gehetzt, weil ihr die Gabe missfallen hat. Vielleicht hat er jetzt für immer genug; wo nicht, nehmt euer Kind in Acht!« Die Mutter aber führte den Hollemann mitleidig an den Tisch, kühlte seine Striemen und flickte seinen Rock.

Für eine Weile war dem entlaufenen Knecht alles Heimweh vergangen. Aber nach Jahr und Tag fing die Unruhe wieder an, wenn in wolkenlosen schwarzen Nächten die Sterne funkelten.

Nun geschah dem Haus ein großes Unglück: Der Altvater legte sich hin und starb. Die Mutter und das Hänslein waren am betrübtesten, denn sie hatten ihn am liebsten gehabt. Der Hollemann ging hinter dem Sarg her so gleichgültig, wie wenn er mit dem Großvater auf die Wiesen ginge; und daheim war er so vergnügt und gleichmütig, als ob nichts geschehen wäre, und man merkte ihm an, dass er den alten Mann, der immer so gut gegen ihn gewesen war, nicht im geringsten vermisste. Da ward er der Mutter noch mehr zuwider als bisher. Sie hätte ihn gar gern losgehabt, aber der Vater wollte ihn nicht missen. So musste sie ihn dulden und konnte nichts weiter tun, als ein sorgsames Auge auf ihr Hänslein haben.

Da kam eines Tages eines der älteren Kinder nach Hause mit der Nachricht: »Die böhmischen Musikanten sind wieder da.« Unter den böhmischen Musikanten aber war einer, den hatte die Bäuerin früher liebgehabt, aber sie hatte ihn nicht heiraten dürfen, weil er arm war. Lange hatte sie ihn im Herzen getragen, noch als junge Frau, dann war sein Bild allmählich erblasst, aber ganz verschwunden war es nicht. Und als das Kind erzählte: »Die böhmischen Musikanten sind wieder da«, wurde die Bäuerin blutrot, und das Herz klopfte ihr gewaltig vor Schrecken und Freude. Zweimal schon nach ihrer Hochzeit waren die Musikanten im Dorf gewesen, und beide Mal war er nicht dabei. Das eine Mal hatte er nicht kommen wollen, und das andere Mal lag er krank im Hospital in der Stadt. Dieses Mal ist er dabei, sagte ihr das ahnungsvolle Herz, und ist er dabei, so kommt er gewiss. Vor Verwirrung und Unruhe wusste sie sich nicht zu lassen, und sie lief im Hause umher geradeso friedlos, wie der Hollemann tat, wenn die Sterne ihn stachen. Der Bauer aber war über Feld, eine Zuchtkuh zu kaufen, und wollte erst am anderen Mittag wiederkommen.

Als die größeren Kinder zur Ruhe waren, saß der Hollemann verschlafen auf der Ofenbank, die Bäuerin aber zog ihr Hänslein aus und wusch es und kleidete es in sein Nachthemdchen und presste es ein Mal über das andere ans Herz und bedeckte sein Gesichtchen mit ihren Küssen und musste auf einmal bitterlich weinen.

Da erklang draußen vor dem Fenster der wohlbekannte, heißgefürchtete und heißersehnte Geigenruf: »Gretelein, komm!« So hatte er sie dereinst zu sich hinausgelockt. Sie hob ihr Haupt, lächelte glückselig und antwortete im gleichen Ton: »Hans, ich komme!« Dann nahm sie ihr Söhnchen, trug es in die Kammer, legte es in sein Bettlein, drückte den Lockenkopf in das Kissen und huschte zur Tür hinaus ins Freie.

Die Nacht war dunstig und völlig finster, aber von Nordosten wehte ein frischer Wind, und über dem Roten Reisig war es schon klar. Aber das sah die Bäuerin nicht. Sie stand bei ihrem alten Geliebten. Sie hatten sich an den Händen gefasst, die Frau senkte ihren Kopf auf die Brust, und er schaute sie wehmütig an. So standen sie lange, ohne dass eins ein Wort gesagt hätte. Dann gingen sie im leisen Gespräch unter den schwarzen Nussbäumen auf und nieder, auf dem abgelegenen Weg, der hinter dem Hause nach dem Roten Reisig führt. Er erzählte ihr, und sie erzählte ihm, und sie waren froh und traurig. So kam die Stunde des Scheidens. Sie begleitete ihn um das Haus herum bis zu dem finsteren Erlenbusch am Rosenbach. Da setzten sie sich nieder in den schwarzen Schatten. Nur für einen Augenblick sollte es sein. Sie erzählte ihm von ihrem Süßesten und Liebsten, ihrem Hänslein, und er fragte sie, wer dem Kind den Namen gegeben habe, ob der Vater oder die Mutter; als sie schwieg, zog er sie an seine Brust und fragte, nach wem das Hänslein heiße. Da beugte sie ihren Kopf und schloss die Augen, und er küsste sie, und sie küsste ihn.

Als sie die Augen wieder aufschlug, schaute sie an seinem Kopfe vorbei in das Erlenlaub hinein; siehe, da blitzte ihr durch das Gezweig ein Stern in die Augen. Da riss sie sich los, sprang auf die Füße und hinaus aus dem Schatten auf den freien Weg. Rings um sie lauter funkelklare Nacht.

»Gretelein, komm!« raunte er aus dem Gebüsch. »Wir haben doch nichts Böses getan!... Ich will brav sein!« – Dann griff er nach der Geige, und »Gretelein, komm!« lockte es hinter ihr her. Aber sie hörte nicht. In fliegender

Eile lief sie dem Hause zu. Als sie die Umrisse unterscheiden konnte, war es ihr, als ob ein Schatten um die Ecke böge. Jetzt hatte sie die Haustür, jetzt war sie in der Stube, in der Kammer. Das Bettlein war leer, der Hollemann war nicht mehr da. Da lief sie hinaus und um das Haus herum, dem Schatten nach, den sie geschaut hatte. Der Räuber konnte noch nicht weit sein. Und sie lief und lief auf dem Weg gegen den Roten Reisig zu. Die schwarzen Schatten flogen an ihr vorbei, und zu ihren Häupten flimmerte die Sternennacht. Aber der Wald wollte nicht kommen und wollte nicht kommen. Und sie war doch auf dem rechten Weg, sie kannte ihn wie den Weg zu ihrer Kammer. Und hier war ihr Acker mit den sieben Birnbäumen, und jetzt alsogleich musste der Wald auftauchen. Aber der Wald kam nicht und kam nicht. So lief sie Stunde um Stunde, bis die Sterne erbleichten im Dämmerlicht und die Wachtel rief. Die Gedanken waren ihr vergangen, und jetzt vergingen ihr auch die Sinne. Sie stürzte über einen Pflug, schlug zu Boden und blieb liegen.

So fanden sie die Musikanten, die vor Sonnenaufgang aufgebrochen waren, auf der Landstraße, die nach der Stadt führt, weit von Ettersbronn und noch weiter vom Roten Reisig. Sie brachten sie nach dem Dorf zurück. Vor dem ersten Hause stieg sie von dem Karren der Musikanten, und ohne ihrem alten Liebhaber einen Blick zu schenken, ging sie in ihre Wohnung, weckte die Kinder, und nun durchstöberten sie jeden Winkel. Der Bauer, der dazu kam, bot die Bürgerhilfe von Ettersbronn auf. Der Rote Reisig wurde von den Männern durchstreift. Alles vergeblich. Vom Hollemann und dem Kindlein fand sich keine Spur.

Anfangs tröstete der Bauer sein Weib: »Gib Acht, sie werden ihn schon wieder heimschicken wie fern.« Er dachte dabei an den nützlichen Knecht. Da sah ihn die Bäuerin mit großen Augen an. »So? Und wie ist es dem Lamm dabei ergangen? Ach nein! –« und sie lächelte in all ihrem Leid. »So geht's ihm nicht. Ein schöner Kind als unser Hänslein gibt es nicht. Das verschmäht die Frau Holle nimmermehr.«

Und so war es auch. – Drei, vier Jahre vergingen. Die Kinder hatten ihr Brüderchen vergessen, und der Vater sagte zufrieden: »Alles, was wahr ist; die Frau Holle ist eine anständige Frau.« Seit jenem Tage war nämlich noch auffälligeres Glück mit dem Hause. Wenn überall das Obst verdarb, die Bäume von Hänsleins Vater brachen schier unter der Last. Im Stall war alles Gedeihen, und wer aus dem Hause fischen ging, dem drängten sich die Forellen an die Angel.

Aber freilich die Mutter konnte bei alledem ihr Hänslein nicht vergessen, und wenn es niemand sah, weinte sie. So stahl sie sich auch einmal in einer hellen Sommernacht aus dem Bett und setzte sich an das offene Fenster und weinte und weinte, bis die Vöglein erwachten.

Am anderen Morgen war sie allein zu Hause. Sie setzte sich auf die offene Flur, denn da war es am kühlsten. Draußen glühte der Sommer. Sie zupfte Roßhaar, aber sie war todmüde, und der Schlaf kam über sie wie ein Gewappneter. Da war's ihr, zwischen Wachen und Träumen, als ob ihr einstmaliger Hausgenosse vor ihr stünde. Er war rund und fett, seine roten Backen glänzten, und sein Bart war geschnitten. »Frau Holle ist an deinem Fenster vorbeigegangen«, sagte er, »und hat deine Tränen gesehen. Komm heute Nacht in den Roten Reislg auf die breite Wiese. Dort sollst du dein Hänslein sehen; wenn du willst, darfst du ihn rufen.«

Die Mutter sagte von ihrem Erlebnis keinem Menschen ein Wort. Als der Abend kam, trieb sie zum Nachtessen und zu Bett, und sobald sie sich überzeugt hatte, dass ihr Mann schlafe, schlüpfte sie von seiner Seite, zog Kleid und Schuhe an und schlich aus dem Haus.

Die Nacht kam süß und leise, lau und hell. Die Grillen zirpten am Raine, und die Falter surrten von den Blumen zu den Bäumen. Der Wald war totenstill und doch voll wundersamen Webens, der Pfad so licht wie am Tag, und im Gebüsch lagen Leuchtwürmchen wie glühende Funken. Kurz vor Mitternacht kam die Mutter an dem Orte an. Die Waldwiese lag breit im hellen Mondenschein, aber es war niemand auf ihr zu sehen. Die Mutter verbarg sich hinter einem Haselbusch und wartete.

Nicht lange dauerte es, da trat aus dem gegenüberliegenden Wald eine hohe, schöne Frau. Sie hatte ein weißes Gewand und lange goldene Haare. Langsam schwebte sie über die Wiese bis an das obere Ende. Dort setzte sie sich auf den Boden und klatschte in die Hände. Siehe, da sprangen eine Menge Kinder aus dem Wald auf die Wiese und spielten und tanzten, dass es eine Lust zu schauen war. Da hörte aller Gram in dem Herzen der Mutter auf. Wenn mein Hänslein bei diesen Kindern ist, dachte sie, dann will ich nie, nie mehr weinen. Und sie strengte ihre Augen an, ihr Hänslein zu erschauen. Aber sie fand es nicht. Denn die Kinder sahen alle aus wie die lieben Engel, auch waren sie alle größer, als ihr Hänslein nach den Jahren sein musste.

Als die Kinder genug getanzt und gespielt hatten, sammelten sie sich um Frau Holle, und diese schickte sie in einem langsamen Reigen rings um die ganze Wiese. So kamen die Kinder ganz nahe an der Mutter vorbei, und diese konnte jedes einzelne ganz genau betrachten. Der Zug war schon fast vorüber, da sah die Mutter zu allerhinterst ihr Hänslein, Hand in Hand mit einem anderen Kinde. Es war etwas kleiner als die anderen, aber viel größer, als es in seiner Mutter Haus gewachsen wäre. Wie war es so schön! Rot und weiß, mit hellen blauen Augen! Es sang so selig, und es schien das fröhlichste von den Kindern allen.

Wenn es mich nur nicht sieht, dachte die Mutter. Hier ist es tausendmal schöner als daheim bei uns. Und sie legte sich auf den Boden. Aber wie nun ihr Söhnchen an ihr vorüberwandelte, wallte ihr das Herz, und ohne es zu wollen, hatte sie schon gerufen: »Hänslein!«

Ach, wie erschrak sie, als sie ihre Stimme hörte! Sie schloss die Augen und hielt den Odem an. So lag sie eine Weile. Als sie endlich den Kopf hob und durch die Zweige spähte, sah sie den Zug der Kinder schon weit weg. Mitten zwischen dem Ende des Zuges und dem Busche, worinnen die Mutter steckte, stand das Hänslein mit seinem Kameraden. Sie schauten beide her; der andere deutete nach den Kindern, fasste das Hänslein bei der Hand und wollte es mit sich führen. Aber das Hänslein machte sich los und ging zweifelnd auf die Mutter zu. Mit einem Mal streckte es seine Ärmlein aus und sprang herbei.

Da legte sich die Mutter wieder auf den Boden, schloss die Augen und hielt den Odem. Sie presste die Hände auf ihr Herz und hörte ganz zu atmen auf. Sie spürte wieder und wieder, wie ihr Söhnchen an ihr vorbeikam, und sie hörte es schnaufen beim Suchen. Aber sie hatte sich zu gut versteckt, und ihr Herz war gehorsam. Endlich hörte sie, wie sich die Tritte entfernten. Sie hob den Kopf und schaute durch das Gezweig. Da sah sie ihr Kind zu Frau Holle zurückkehren, aber es ging zögernd und schaute immer wieder um; auch deuchte die Mutter, dass ihr Söhnlein traurig wäre.

»Er wird bald wieder lustig sein«, sagte sie zu sich, schlüpfte leise aus dem Busch und eilte zum Wald hinaus. Als sie ins Freie kam, wurde es im Osten hell; die Hähne krähten das Dorf entlang, als sie zu ihrem schlafenden Mann ins Bett schlüpfte.

Seit jener Nacht weinte die Mutter nimmer um ihr Hänslein. In den Stunden, wo früher ihre Tränen geflossen waren, saß sie jetzt in stillem Sinnen und lächelte in sich hinein.

Eines Tages fragte das zweitjüngste Töchterchen: »Mutter, warum weinst du denn gar nimmer?« – »Weil es bei der Frau Holle viel schöner ist als bei uns.« – »Mutter, so bring mich auch zur Frau Holle.« – »Schweig still, dich mag sie nicht, du Unart!«

Als sie dies gesagt hatte, nahm sie ein Büschelchen Weiden, um die Reben hinter dem Hause anzubinden. Als sie um die zweite Mauerecke gebogen hatte, trieb es sie, um die Holzbeuge herumzugehen und den Weg hinauszuschauen, der nach dem Roten Reisig führt. Wie sie zwischen der Holzbeuge und dem Gartenzaun hindurchschlüpft und die niederhängenden Zweige von dem Holunderbusch mit der linken Hand in die Höhe schiebt, wer kommt ihr entgegen? Der Hollemann mit dem Hänslein.

Vor Staunen und plötzlicher Freude und Sorge sank die Mutter in die Knie, sie legte die Weiden neben sich auf den Boden und wusste nicht, was sie tun und sagen sollte. Aber das Hänslein war schon auf sie zugesprungen und hatte die Arme um ihren Hals gelegt.

»Kind, warum kommst du zurück?« stammelte sie und wagte nicht, es in den Arm zu nehmen.

»Mutter, Mutter, du hast mich ja gerufen.«

Da presste sie das Hänslein an ihr Herz und sah zweifelnd an seinem Gewändlein vorüber nach dem Hollemann. Der lachte die Mutter freundlich an, aber gleich darauf machte er ein verdrießliches Gesicht und sagte:

»Frau Holle kann ihn nimmer brauchen, weil er immer traurig ist, seit –«

Die Mutter hörte nichts mehr. Sie schlang die Arme wieder um das Hänslein und schluchzte: »Kind, Kind!« Und das Hänslein presste sich an sie und flüsterte: »Immer, immer bleib' ich bei dir.«

So war denn das Hänslein wieder da. Die Freude war groß in Ettersbronn. Alle wollten es sehen und verwunderten sich, wie schön und groß, wie gescheit und lieb es war. Wenn man es fragte, wie es ihm ergangen sei, und was es erlebt habe, dann schüttelte es den Kopf und sah die Leute mit großen Augen an; eine Antwort gab es keinem. Seiner Mutter hätte es vielleicht erzählt, ganz im geheimen; aber die allein fragte es niemals.

Wenn die Nachbarfrauen ihr Glück priesen, schwieg sie still, und war sie allein, dann seufzte sie ein Mal über das andere. Sie merkte wohl, dass ihr Hänslein niemals mehr so lustig war, als sie es auf der Wiese gesehen hatte, auch kam es ihr vor, als ob sein Gang nimmer so leicht und fröhlich sei als bei der Frau Holle. Und als ihr einmal das Hänslein in dem Schlupf zwischen der Holzbeuge und dem Gartenzaun wieder entgegenlief, da sah sie mit Schrecken, wie es so bleich aussah. Jetzt hatte sie ein noch schärferes Auge auf ihr Kind. Sie bemerkte, wie es im Winter mühsam atmete in der dumpfen heißen Stubenluft. Hundertmal machte die Mutter das Fenster auf, aber jedes Mal machte es der Vater wieder zu. Wenn die Familie um den Tisch herum saß, und die anderen in das Dürrfleisch und die Kartoffeln einhieben, saß das Hänslein dabei wie ein fremder Gast, der sich nicht zuzulangen traut, und jedes Mal wenn der Metzger kam und eines der runden Schweine stach, lief das Hänschen mit entsetzten Augen im Hause herum wie in einem qualvollen Gefängnis.

Endlich war der traurige Winter vorbei, die Nachtigallen kamen und brachten die wundervollen Nächte mit. Da wurde es ein klein wenig besser um das Hänschen, aber die Mutter hörte nicht auf zu sorgen und sich zu kümmern.

Nach einem schönen Junitag – es hatte gegen Abend ein wenig gewittert – ging die Sonne hinter einer schwindenden Wolkenbank blutrot unter. Und dann leuchtete der Abendstein auf, so hell und nah, wie wenn er zu greifen wäre.

Vater und Mutter und Kinder waren zu Bett gegangen. Die Mutter machte das Kammerfenster auf, der Vater brummte und machte es wieder zu, aber als er still in seinen Kissen lag, öffnete es die Mutter leise von neuem, legte sich in das Bett und lag wachend. Da hörte sie, wie das Hänslein sich aufrichtete. Sie hob den Kopf und schaute. Ihr Kind kniete in seinem Bettlein und breitete die Arme aus nach dem Fenster, dem Sterneschwall entgegen. Lange, lange war es so. Da kam es der Mutter vor, als ob etwas das Bett schütterte. Sie lauschte krampfhaft und vernahm, wie ihr Hänslein lautlos in sich hinein schluchzte.

Das konnte die Mutter nimmer mit ansehen. Leise schlüpfte sie aus dem Bett, schlang ihre Arme um das Kind und flüsterte: »Sei mäuschen-, mäuschenstill, wir gehen zur Frau Holle auf die Wiese.«

»Gehst du mit?« hauchte Hänslein. Die Mutter nickte auf seine Achsel.

In fliegender Eile zog sie Hänslein an. Das Kind zitterte vor Freude, und die Mutter zitterte auch.

»Wart in deinem Bettlein, bis ich fertig bin.«

Sie schlüpfte in ihr Kleid und in ihre Schuhe und knüpfte die Bändel. Dann hob sie das Kind aus dem Bett.

»Sag deinem Vater Behütgott!«

Das Kind warf dem Schlafenden eine verlorene Kusshand zu. Dann schlichen beide zur Stube und zum Hause hinaus.

Der Mond war aufgegangen, und auf der Straße wechselte schwarzer Schatten und lichter Schein. Hänslein lief an der Hand seiner Mutter, und wenn sie in die Finsternis eines Hauses traten, hielt es sich auch noch mit der anderen Hand an der Mutter fest. Als sie aber hinauskamen ins freie Feld, da wurde das Kind voll Fröhlichkeit und drängte hastig vorwärts, und als sie gar in den hellen Wald getreten waren, da fing Hänslein an zu lachen und zu singen, und die

Mutter sang mit, um nicht zu weinen, und sie spielten Fangen auf dem klaren grasigen Weg.

So gelangten sie an die Wiese, über die der Mondenschein strömte. Frau Holle und die Kinder waren schon da. Frau Holle saß am entgegengesetzten Ende, die Kinder standen ihr gegenüber in einer Reihe. Eines nach dem anderen sprang auf sie zu. Sie fing das Springerlein in ihren Armen auf, drückte es an ihr Herz und küsste es. Dann entließ sie es aus ihren mütterlichen Armen, und das Kind hüpfte zur Seite, wo es von seinen beiden Vorgängerlein an den Händen gefasst und in den Reigen gezogen wurde.

Als die Mutter das alles gesehen hatte, sagte sie zu Hänslein: »Nun behüt' dich Gott! Flugs! Spring zu deinen Kameraden!«

Aber das Hänslein rührte sich nicht.

Die Mutter neigte sich zu ihm nieder. Da fragte das Hänslein leise: »Bleibst du nicht da?«

»Ei wo! Ihr könnt doch keinen Hutzebutz brauchen und keine Vogelscheuch! So spring doch! Hurtig! Hol dir deinen Kuss! Das will ich noch sehen und dann —«

Das Hänslein stand unbeweglich. Es lächelte nach den Kindern zu, aber es hielt den Arm der Mutter mit beiden Händen fest.

»Ich will dich hinführen«, sagte die Mutter mit trockener Stimme und fast barsch. So gingen sie aus dem Wald auf den Wiesenplan.

»Warum gehst du denn so langsam, du Narr? Was stolperst du denn? Bist doch nicht müde? So lauf doch! Wart, wart, ich springe mit dir! Wir springen selbander.« Und die Mutter sprang, das Kind hinter sich herziehend, über die Wiese hin. Aber bald merkte sie, dass sie es nicht mehr zog, sondern schleifte.

Da hielt sie inne und blieb stehen. Das Kind lag auf den Knien, schlang seine Ärmchen um ihr Kleid und schluchzte: »Mutter, Mutter, Mutter!« Das Herz schwoll ihr vor Weh; und sie wurde zornig und sagte: »Willst du artig sein? Soll ich dir vor der Frau Holle Schläge geben?« Zugleich aber hob sie ihr Kind an ihre Brust und presste ihre heißen Augen in seine Locken.

»Bleibe du auch da!« rief Hänslein. – »Sei still! Du wirst deine Mutter vergessen!« flüsterte sie ihm ins Ohr, und sie trug den Knaben auf dem Arm vollends zu den Kindern hin, stellte sich in die Reihe, und als die Ordnung an sie kam, sprang sie über die Wiese auf Frau Holle zu.

Als sie vor ihr stand, schaute die hehre Frau die Mutter fragend an. Hänslein sah mit strahlenden Augen der Königin ins Gesicht und hielt die Mutter am Busen fest. Diese küsste noch einmal ihr Kind auf den roten Mund, dann reichte sie es der Frau Holle hin und rief: »Hier bring' ich dir wieder meinen Sohn; mache du, dass er seine Mutter vergisst!«

Da schüttelte Frau Holle langsam ihr Haupt. Das Kind lächelte glückselig und griff zugleich mit der rechten Hand suchend zurück. Frau Holle hielt das Kind von sich ab und schaute wie unschlüssig vom Knaben auf die Mutter. Mit einem Male leuchtete ihr Antlitz in himmlischer Güte, sie breitete ihre Arme aus und presste das Hänslein an ihre Brust. So hielt sie es lange, lange umschlungen. Dann beugte sie das Haupt zurück und küsste das Kind leise auf den Mund.

Als sie es aus den Armen ließ, sprang das Hänslein nicht wie die anderen Kinder auf die Seite in den Reigentanz, sondern glitt still auf den Boden nieder.

Die Mutter hob es auf und trug es hinüber zu den tanzenden Kindern. »Hänslein, tanze doch!« Aber Hänslein wollte nicht tanzen. Zwar lächelte es wie im fröhlichsten Tanz, aber das Köpfchen glitt ihm zur Seite, und die Arme fielen hinab. Da trug es die Mutter mitten in den Ringelreihen hinein und legte es auf den Boden. Und wie sie sich so über ihr Kind beugte, wurde ihr das Herz schwer wie ein Stein, der in den Boden fallen will, und sie stürzte über das Hänslein hin.

Der Reigen löste sich auf und schwebte langsam vorüber. Frau Holle führte ihre Kinder in den Wald und legte sie schlafen.

Aus der Wiese brodete weißer Dampf und legte sich über den schimmernden Boden. Und aus dem Walde kam ein zahlloses kleines Volk, halb Männlein, halb Käfer. Das waren der Frau Holle ihre Totengräberchen. Die schleppten die beiden Leichen in den Wald hinein. Denn nichts Totes darf auf der Wiese liegenbleiben.

Mitten im Roten Reisig ist ein Hügel. Kein Gesträuch und kein Baum war darauf; dickes Moos deckte ihn zu. In diesem Hügel wurden das Hänslein und seine Mutter begraben. Als das Geschäft besorgt war, zogen die Totengräberchen davon. Aber aus dem Gebüsche trat Frau Holles Knecht. Er trug ein wunderschönes Tännlein, das pflanzte er in den Gipfel des Hügels. Als er damit fertig war, schlug er die Arme übereinander und machte das sonderbarste Gesicht: er wollte gern weinen und konnte doch nicht.

Ende